李鸣生，当代著名作家。1956 年生于四川简阳。1974 年入伍。1991 年毕业于解放军艺术学院文学系。中国报告文学学会副会长。中国作家协会报告文学委员会委员。中国文字著作权协会常务理事。

1981 年发表第一首诗歌。1982 年发表第一篇小说。1984 年发表第一部中篇报告文学。1990 年创作第一部电视剧剧本（中央电视台播出）。1991 年发表第一部长篇报告文学。主要作品有：《李鸣生文集》（十六卷），李鸣生“航天七部曲”（七卷），李鸣生“走出地球村”系列丛书（七卷），中篇小说、电视剧、电视专题片、电影纪录片多部，共约九百万字。

作品曾获三届鲁迅文学奖、三届国家“五个一工程”奖、三届中国报告文学奖，以及中国图书奖、中国改革开放三十年优秀报告文学奖、中国长篇广播金奖、北京市优秀文学作品奖、上海重大文艺工程精品图书奖、《当代》文学奖、首届《中华文学选刊》奖、冯牧文学奖、徐迟报告文学奖、全军文学作品特等奖、全军文学作品一等奖、中国人民解放军文艺奖等二十二项。

有作品入选《21 世纪中国文学大系》《21 世纪中国最佳纪实文学》《中国报告文学精品文库》《共和国作家文库》《新中国 60 年文学大系》《30 年文学典藏》《中国优秀报告文学读本》《中国报告文学精选》及大中专院校教材等数十种文本。

李鸣生微信公众号：lms6668

博客中国李鸣生专栏：limingsheng.blogchina.com

李鸣生新浪微博：@ 李鸣生

作者采访手迹

李鸣生文集

震中在人心

天地出版社

图书在版编目（CIP）数据

震中在人心 / 李鸣生著.—成都：天地出版社，2017.2
（李鸣生文集）
ISBN 978-7-5455-2152-8

Ⅰ.① 震…　Ⅱ.① 李…　Ⅲ. ①报告文学-中国-当代
Ⅳ.①I25

中国版本图书馆 CIP 数据核字（2016）第 179819 号

ZHEN ZHONG ZAI RENXIN

震中在人心　李鸣生 著

出 品 人　罗文琦

选题策划　张　京
选题组稿　谭清洁　漆秋香
责任编辑　谭清洁　漆秋香等（本书责任编辑：段智玲）
装帧设计　冠腾文化
电脑制作　四川胜翔数码印务设计有限公司
责任印制　田东洋

出版发行　天地出版社
（成都市青羊区槐树街 2 号　邮政编码：610031）
网　　址　http://www.tiandiph.com
http://www.天地出版社.com
电子邮箱　tiandicbs@vip.163.com

印　　刷　四川经纬印务有限公司
版　　次　2017年2月第一版
印　　次　2017年2月第一次印刷
规　　格　168mm×240mm　1/16
总 印 张　330（本书印张：18.75）
总 字 数　4700 千(本书字数：278 千)
总 定 价　698.00 元
书　　号　ISBN 978-7-5455-2152-8

序

有思想的非虚构：李鸣生报告文学论

丁晓原

尽管我们有《左传》《史记》这样久远的文学纪实的传统，但具有特指性的报告文学还只是一种只有百余年历史的后起文体。建构晚近三十年中国报告文学史的优秀作家有许多，其中特别重要的是一批穿越上世纪 70 年代末至新世纪的资深报告文学家，我们称之为跨世纪报告文学作家。但真正具有文体史意义的，或其创作参与了文体建设的报告文学作家，并不是很多。李鸣生是其中不可或缺的一位，他的写作对报告文学文体具有典型意义。这位写作了《飞向太空港》《澳星风险发射》《走出地球村》《中国“长征号”》《远征三万六》《千古一梦》《发射将军》“航天七部曲”的“太史令”，以其独特的创作，为我们书写了新中国航天的悲壮历史。它们既是航天的壮美诗史，也是国志，是文学。作家的地位是由作品的品位决定的，作家的个人史由其创作史建构。李鸣生以其高水准、大规模的航天作品，铸就了他在文坛作为中国航天首席报告文学家、中国航天文学领军者的地位，即使在世界航天文学的书写中也可作如是观。此外，《走出地球村》《中国 863》和《震中在人心》三部作品分别获得第一届、第二届和第五届鲁迅文学奖。获得三届鲁迅文学奖的作家很少，尽管获奖不是评价作家创作的唯一尺度，但李鸣生的这些作品摄取独特，叙事宏阔，思考深广，语言表达颇具个性意味，是完全配得上鲁迅文学奖这一荣誉的。

我们对作家的创作进行价值评估，需要超越作品某种应时而生的新闻性，获得必要的时间间距和空间背景。时间是最有信度的批评家，空间也为批评提供了更多的参数。基于这样的认知，我们将李鸣生个人的报告文学创作史，推置于晚近三十多年中国报告文学史中加以观照考察，解析作家创作的特质，探索其何以并在多大程度上实现了对报告文学文体的有效诠释，这应该是很有意义的。

一

我以为，报告文学是一种个人化的社会写作。从作者主体角色的存在视之，这是一种典型的知识分子写作方式。对此，李鸣生也是认同的。他在鲁迅文学院第二十届中青年作家高级研讨班的研讨会上，就明确地告诉他的青年同道："我认为，真正的报告文学作家是典型的知识分子。"①

知识分子的范畴具有多种义项。这里所说的知识分子不是"知识"的知识分子或者是"专业"的知识分子，而是公共知识分子。这种知识分子的基本特点是介入社会；作为社会良知，基于独立思想而向社会发言。因此，报告文学的写字间是整个社会，它拒绝一厢情愿的私人写作。并且从根本上说，作家的思想品位决定着报告文学作品的品质，而有品位的思想需要作家秉持独立的人格。在李鸣生看来，"知识分子最大的特点就是他的人格的独立，这点，作为一名优秀的报告文学作家必须具备"。由此李鸣生给出"报告文学作家和新闻记者的区别"的关键之处在于，"新闻记者是要在现场报道，要在第一时间内把最有价值的信息传达出去（深度报道另当别论）；报告文学作家是要在这些新闻事件的基础上作出自己的独立思考，最终传递和表达的是你对这个世界的思考，而你的思考要与众不同。所以，在所有的社会问题上，作为报告文学作家必须建立起自己独立的思想体系，进行与众不同的思考，最终发出与众不

① 李鸣生：《报告文学作家要人格独立》，中国作家网2013年7月2日。

同的声音”。[①] 由此可见，思考、思想之于报告文学作家李鸣生所具有的特别意义。“一个民族光有空间的高度是不够的，还必须要有思想的高度。唯有拥有了思想的高度，其眼光、胸襟、境界才大不一样，甚至说话的气派、分量也大不相同；而天天看到、想到的，就不仅仅是秦砖汉瓦、巍峨长城，滔滔黄河、滚滚长江，还有五洲四海、辽阔世界，万里长空、茫茫宇宙！”（《千古一梦·尾声》）这是李鸣生长篇报告文学《千古一梦》中一段具有主题性意义的表述。根据这一表述，结合体现作者追寻思想自觉的创作实践，我们可以获得观照、读取李鸣生报告文学特质与价值的一个优选的视角。在我看来，李鸣生的报告文学体现为一种有思想的非虚构写作范式。

思想为美是报告文学写作美学中的一条重要原则，这是这一文体作为知识分子写作方式的一种内在规定。著有《西部在移民》的麦天枢曾经说过：“当思想的深度构成读者对报告文学的普遍要求的时候，思想性就表现为一种美；思想性通过文学手段来承载，思想性就变成了文学性。”[②] 优秀的报告文学是作家卓异思想的产物，同时它又如思想的“发生器”，能够激活读者的关联思考与叩问。《哥德巴赫猜想》在新的历史时期首次正面叙写讴歌科学工作者的业绩和科学精神，在拨乱反正之初具有显然的思想先锋意义。《人妖之间》直击现实严重的腐败，开创了新时期以批判为价值取向的“问题报告文学”的先河。作者感于世相而提出的“人们啊，要警惕”的告诫，危言醒世，启人深思！李鸣生初入文坛，就浸润着新时期报告文学的文学精神。在其后的写作中，他奉持“独立人格、独立立场、独立思想、独立写作”的原则。这一原则来自他长期写作实践的真切体悟，也视为他对报告文学理想写作的一种诉求。出版文集时，这一原则被赫然印在文集的封面上，这充分说明作者对这诸多“独立”的特别看重。

我以为，四个“独立”的核心在于“独立思想”。“独立思想”是我

① 李鸣生：《报告文学作家要人格独立》，中国作家网 2013 年 7 月 2 日。
② 参见《太行夜话——报告文学五人谈》，《光明日报》1988 年 9 月 23 日。

们解读李鸣生报告文学的“文眼”。李鸣生是一位对思想有着执着认知的作家。他以为：“一个作家的思想非常重要，无论你是写什么的。思想决定作品的高度，决定作品的品质，甚至说思想决定一切。而这种思想，必须属于自己。”① “思想”在李鸣生报告文学写作中是一种整体性的存在，它涉及选题与格局、价值取向和叙事设置、思想表达和语言策略，等等。特别与众不同的是，思想于报告文学家李鸣生而言，更可贵的是体现为思考的方法、思维的智慧。我们读李鸣生的作品，很容易获得一种直观的感觉，就是大题材、大视野、大构架、大叙事、大主题、大气场。同样是科技题材的报告文学，徐迟的《地质之光》《哥德巴赫猜想》《生命之树长绿》等可谓是精致的诗，而李鸣生的《飞向太空港》《千古一梦》等作品是一种史诗的创制，即便是《发射将军》这样的人物报告文学，也注意将个人史与国史的叙事有机融合，体现出别有意味的史性。我以为李鸣生写作中显示出的种种大观，从根本上说是来自作家的大思维。其中具有李鸣生原创性新思维的，是其关于“星际文明”“宇宙文明”的发明与阐释。这是李鸣生卓然有成、自立于文坛的思想前提。

二

航天书写于李鸣生而言是一种宿命，一种天作之合的情缘，是个体生命史的建构，也是作者贡献天地文明的事业！“十五年的发射场生活，使我比一般人更有条件看到天空，也更有机会随着火箭卫星的一次次升腾，对我们居住的这个星球以及顽强地活在这个星球上的同类进行立体的思索，从而改变了我跪着看待人生的姿势，获得了一个与众不同的审视世界的角度。”（《飞向太空港·后记〈天空让人想起使命〉》）这位结缘于航天伟业的作家，是以航天人的姿态入轨报告文学天地的。从李鸣生的话中，我们可以获知作者不仅具有得天独厚的熟稔题材的条件，而且

① 参见杨鸥：《李鸣生：中国航天史诗的书写者》，《人民日报·海外版》2010年8月6日。

更重要的是由此衍生出的心理优势和写作智慧。“发射场成了我的精神牧场”（《千古一梦》）。在对象主体化的领悟之中，李鸣生开启了辽阔宽广的思维空间。这种思维空间早在写作《飞向太空港》时就已形成了。《飞向太空港》叙写的是中国“长征三号”火箭发射美国“亚洲一号”卫星的故事。这样的题材在当时极易写成高度意识形态化的主题，但李鸣生显然并没有为思维定式所囿。有作品“题记”可证：“谨以此书，献给创造空间文明、寻找人类新家园的航天勇士们！”这里所说的“空间文明”为李鸣生首先提出，在作品后记《天空让人想起使命》中，作者对此有具体的阐释。这篇后记中，作者从容地挥洒着沛然的才情，演绎着飞天想象的迷人：在宇宙文明的时代，“也许，宇宙公民们还会从各自的星球走来，手牵着手，肩并着肩，欢聚一堂，嬉笑打闹，谈天说地。而地球人回忆的话题一定是：在很久很久以前，我们如何艰难、痛苦地挣扎在地球上”。这不只是凌虚的想象，更有对科学逻辑的预知。李鸣生认为：“从区域文明到地球文明，从地球文明到星际文明，从星际文明再到地球文明，应该是一个无法抗拒的自然规律。航天时代带来的宇宙意识，导致了人类认识的飞跃，从而把人类的思想与情感引升到一个辽远而广阔的大境界。”这一表述中所包含的卓异的宏大思维，表明了作者思维的开阔与大气。而正是这样的思维建构，促成了《飞向太空港》得以大起高开，使李鸣生此后能以高水准的创作在充满竞争的报告文学领域中步履稳健地登堂入室。

《飞向太空港》的主题不只是此类题材通常会有的爱国主义精神。它的主题是复调式的。作者将中外航天合作置于中国改革开放的大背景之中，《周游列国的中国专家们》等章节极其真实地反映了开放之初始，人们在观念、能力、文化以及适应国际规则等方面所面临的种种问题。从这一点而言，这部作品可以说是为中国的开放史留存了一段生动而珍贵的侧影。而更富创意的是作者基于空间文明的思想，将不同文明的交流设置为一个叙写重点，以开放、包容的姿态，使作品超越政治叙事，建构起一个更为宏大的文明叙事。作品共六章，其中第四章《火箭，另一个伟大的文明》、第五章《我们都是地球人》和第六章《跨越国界的飞行》都直接关联了不同文明交流的叙事。正如作品中作者在与美方技术专家交流时所说，中美火箭与卫星的合作，“不单单是一次空间技术的合作，也是两个民族、两种文化、两种感情的一次交流与沟通；不光是发射一颗卫星，也是中美两国科学家在一起共同创造空间文明。因为开发宇宙，造福人类，是全人类的共同使命”。这里给出的正是《飞向太空港》的核心价值。李鸣生在《中国“长征号”》中有一段关于“长征号”意义的表述凝练而到位：“‘长征号’其实就是中华民族的一种象征，它象征着力量，象征着智慧，象征着精神！‘长征号’从封闭走向开放、从靶场走向市场的历史，就是中华民族从传统走向现代、从国内走向世界的历史；‘长征号’与世界接轨的历史，就是中华民族与世界融合的历史。”我想，这一表述用于对《飞向太空港》多维主题的解读，也是非常合适的。

如果按照“主旋律”作品的写作制式，李鸣生的《澳星风险发射》自然无法进入“主旋律”的“轨道”；而若是按照“问题报告文学”的写作要求，则这一作品需要设置为“批判”的模式。《澳星风险发射》由作品题目就可知晓所写重心，但这里的“风险”并不是作为一种“问题”来作否定性报告的。航天是一种高风险的科技，因此，失败也是航天史的一种真实。作者将 1992 年 3 月 22 日“澳星”发射失败视作一种客观存在，以一种中性的叙事立场，在中国航天文学中第一次直面失败，并对此作全展式的报告，“本来，人们对那个春天的夜晚寄予了再大不过的希望。结果，那个春天的夜晚回报给人们的却是天大的懊丧和无尽的遗憾；中华民族的自尊心受到了空前的刺激，火箭子孙的感情遭到了莫名的戏弄”，“失败似一道无形的阴影，笼罩在发射场的上空；失败像一个看不见的幽灵，潜伏在人们的心底”。作品以真实而很有故事性的叙写，凸显了极具中国特色的失败心理和失败文化。但显然，李鸣生并不是因为“懊丧”与“遗恨”而言说失败，而是因为真正领悟了诗人惠特曼所说的“当失败不可避免时，失败也是伟大的”的深意。作者以为：“一个民族，如果不光会欢呼成功，而且还能正视失败、接受失败、超越失败，甚至达到一种欣赏失败的境界，那这个民族该是多么地伟大而不可战胜啊!”由此，作品既展示“澳星”发射失败后种种中国式的反应，也不吝笔墨实写了中国航天人艰辛负重、超越失败的壮美精神。这样颠覆常规的写作，在当代中国报告文学史上也是少数的典型个例。作品这种有意义的立异，正是建立在作者独立思想、独立写作的基础之上的。从这个角度而言，《澳星风险发射》是有思想非虚构的一个典型样本。

如果我们仅仅关注创作了航天及其他高科技题材作品的李鸣生的存在价值，是不够的，也是不完整的。我们还应当关注他的另一部作品——《震中在人心》，关注这部作品的写作怎样“避免概念化，避免传统的主流叙事”，又怎样将“传统的‘主流’叙事转化为作家个性化的作品叙事”[①]。李鸣生的这一表达实际上涉及了公共的“主流叙事”和作家个人的“作品叙事”这个重要的话题。真正的报告文学需要作家在面对重大的公共写作题材时，善于将新闻写作常设的“主流叙事”有效地转化为文学创作别异的“作品叙事”。这里的“作品叙事”，就是基于主体独特感受、独立价值判断、独立思想的具有个人色彩的非虚构的文学叙事。在这一点上，《震中在人心》尤显其意义。这部取材于汶川特大地震的作品，在第五届鲁迅文学奖终评中以名列第一胜出。有意思的是，在初评时因为作品思想的某种“异调”、主题的非主旋律而差一点遭淘汰出局。这是很值得我们思考的。我们需要反思何为地震非虚构作品的终极价值。我以为钱刚的《唐山大地震》和李鸣生的《震中在人心》，在某种角度上对此作了例说。《唐山大地震》就是一部具有多功能的皇皇之作，它“是作者为今天和明天的人类学家、社会学家、地震学家、心理学家……为我们整个星球上的人们留下的一部关于大毁灭的真实记录，一部蒙受了不可抵御的灾难的人的真实记录”[②]。《震中在人心》不仅有通常的对抗震救灾的感人场面的描写，而且更有对人类遭遇重大创伤的生命之痛的感悟，还有对地震灾害作出的深刻反思。作品不仅观照地震的视角独异，而且在情感与思考的深度上超越了同类作品。作者曾说，“面对灾难，作

① 《李鸣生在〈千古一梦〉研讨会上的发言》，中国作家网 2009 年 5 月 22 日。

② 徐怀中：《唐山大地震・代序》，《解放军文艺》1986 年第 3 期。

家不应缺席；面对死亡，文学不该沉默”。大地震的写作有很多可能性，应该有对一方有难、八方支援，以人为本、抢救生命等主题的表现。但大地震终究是对人类的重创，因此大悲悯应该是此类写作不可或缺的元素。“我只为真相，只为实情，只为血印，只为泪痕，只为记录，只为见证。我不想把废墟变成大厦，把悲剧变成喜剧；我不想把谎言变成真理，把哭泣变成歌声；我不想把反思变成庆典……公示汶川大地震灾难的真相，传递废墟的气息，留下亡灵的心声，定格人心的表情。”正是有了这样的思考，作者不仅独异地摄取地震的镜头，而且在叙事处理、情感书写和思考深度以及批判性等方面超越了同类题材的作品。

有思想的非虚构，需要达成报告客体的本真、呈现主体自我的元真，从而实现报告文学文体有自我且真实的文体性。真实是报告文学的生命，是其文体力量生成的支点。报告文学的真实说到底需要作家独立地思考和判断，不违心，不唯上，不唯书，不唯权威名家，而能唯实，尊重并敬畏叙写对象本身的历史存在。作为一个有思想的非虚构作家，李鸣生是严格持守这样的写作原则的。其作品里有一个关于钱学森的个例可以说明这一点。钱学森是名满世界的杰出科学家，“钱学森的脑袋比一般人的大，略呈方形；尤其是额头，非常宽阔，而且发亮。你很难说清他的脑袋具体哪点与众不同，但给你的印象就是与众不同，似乎藏有一座智慧的金山，又像装着一组成功的密码，满脑袋都长满了天才的花朵与知识的森林，甚至连每根头发丝都像是一棵智慧的大树”。(《**走出地球村**》)可是就是这样的科学家，当年却坚持航天飞船“五人舱”的设计主张。“钱学森解释说，这五个人的分工是：一个是指令长，一个是航天员，一个是随船工程师，一个是随船医生，再加上一个政委。”（《**千古一梦**》)就是“再加上一个政委”的极简叙说，意味无限地实写了当时中国航天发展的复杂的政治生态。尽管科学的“钥匙”可以开启政治的“后门”，但科技的研发需要盖上“政治的印章”。“再加上一个政委”并不是钱学森的非科学，而是政治异化下一种集体无意识的表达。这便是历史的真实，也是一个关于钱学森的真实的插曲。

三

研读李鸣生的报告文学，我以为他的最大优势，并不在于新闻性，而体现为作品思想性的整体生成和他对非虚构文学性的自觉追求。这是决定李鸣生报告文学写作能在较高水准上长期可持续发展的关键因素。而这对新常态语境中的报告文学写作，更具有切实的意义。所谓“新常态”，取自经济学界的一个热词，报告文学的“新常态”就是全媒体或融媒体的存在。全媒体时代的报告文学，它原有的“新闻性”红利大为减少，文体一般的新闻优势已不存在。这就需要报告文学基于非虚构原则，通过有深度有个性的思想表达和非虚构文学的美学建设，激发文体内在的活力，有效强化非虚构叙事的优势。

文学性不高，是制约报告文学作为审美文体而发展的一个重要因素，也是影响读者阅读的一个基本问题。尤其在全媒体时代，报告文学文体的新闻性优势已经失去，报告文学的写作并不能简单依赖新闻性，在此背景中，文学性的意义就显得特别重要。报告文学的文学性是什么？烦琐的学院派式的论证最终也许还是无解。在美国非虚构作家杰克·哈特的《故事技巧——叙事性非虚构文学写作指南》中，“叙事性非虚构文学”命题及其展开的思路，对于报告文学文学性的研究和达成，或许能给我们一些有意义的启发。

我以为作为一种叙事文学样式，将报告文学定义为“叙事性非虚构文学”，是符合这一文体逻辑的。报告文学是真实的叙事，小说是虚构的叙事，它们共同的要求是叙事。叙事构成报告文学写作的本体，它既承载着作品思想情感等价值表达，同时又是写作本身的重要目的。

李鸣生的作品具有强烈的叙事意识。《中国“长征号”》是中国火箭发射美国卫星的大叙事，作品以事件演化为叙事线索。这是作品建章的目录：第一章《怪圈》、第二章《变轨》、第三章《推销》、第四章《天机》、第五章《谈判》、第六章《碰撞》、第七章《发射》、第八章《草图》、第九章《保险》、第十章《贷款》、第十一章《合同》、第十二章

《失败》、第十三章《检讨》、第十四章《发愤》、第十五章《官司》、第十六章《爆炸》、第十七章《阵痛》、第十八章《反省》、第十九章《雪耻》、第二十章《代价》。由章目设置可见，作者十分重视作品的叙事构篇，贯穿其中的线索主干清晰而又跌宕曲折，故事性很强，对读者别有一种牵引力。《发射将军》是一部人物报告，作品以“发射将军”与发射相关的人生历程为叙事线索，具有某种纪传体的特征。作品从第一章《军委令》将主人公由战场奉调至发射场作为故事的发端，以人物离休生活“晚年赋”作结，突出了“故事性”人物的叙事。吸引读者的是将军的传奇和在传奇中蕴含的伟大精神。

一个叙事优化的文本，首先需要建构一个与之适配的叙事结构。李鸣生能根据客体本身内在的逻辑和主题思想表达的需要来配置这样的结构。《走出地球村》写的是“东方红一号”卫星飞天的故事。卫星的研制动议于 1958 年，发射成功在 1970 年。这是一个具有特殊的政治生态的时期。根据这样一种特殊的存在，作品设置卫星叙事和政治叙事双线叙事结构。政治叙事在《走出地球村》中是充分的，从开篇“苏联第一颗卫星上天，艾森豪威尔总统手中桥牌落地”，到“美国人造‘小月亮’挂到天上，周恩来午夜拿起直通毛泽东的电话”，一直贯穿到收结“卫星功臣登上天安门”。而“‘小弟弟’找‘老大哥’学放卫星”“忍着饥饿的肚子，中国从八公里起飞”“‘东方红一号’人造卫星方案诞生”“马灯前钱学森坐卧不安”“火箭司令神游戈壁”等则为卫星叙事。这种双线并置反映的正是“东方红一号”卫星的一种特殊的历史真实。这样的安排一方面强化了对科学家忍辱负重、刻苦创造、献身科学光辉形象的再现，另一方面对非科学的政治对于科学的干预、对于科学家的摧残，进行了深刻的反思和批判。

一般来说，李鸣生的报告文学叙事构架是宏大的，这是因为叙事对象具有先在的宏大性。但是单纯的宏大无法抵达文学叙事所需要的细部深层的景致，宏大叙事需要有具体叙事作坚实的支撑。李鸣生也有作品如《发射将军》，表面看不是宏大题材，书写的只是某个人物。但对于这样的作品作者并不就小写微，而是注意将人物推置时代与历史的宏大背景中加以表现。在历时演进的纵轴上融合将军的个人叙事、导弹部队的集体叙事和共和国历史的大叙事。作为文学的非虚构叙事，在李鸣生报告文学中大叙事与小叙事是相生的，而小叙事的核心则是具体的人物叙事。“叙事需要三大支柱：人物、动作和场景。排在第一位的是人物，因为人物能够推动动作和场景的发展。”[①] 对于人物叙事的意义，李鸣生是充分认知的。他说自己的作品“希望通过人物把我们的历史，一个非同寻常的历史写出来”[②]。李鸣生把人物作为历史叙事的要素，而在我看来人物就是历史的本身，作者笔下的许多人物，航天人、科学家等，正是他们创造了作者叙写的历史。不仅如此，作者再现的人物，许多是中国脊梁式的人物而又具有常人情怀。作品的感染力来自于这些走近读者的真实而感人的人物。

李鸣生报告文学的人物叙事，颇多性格叙事、精神叙事。《中国863》是一部题材重大的长篇，作品首章《悄悄发生的革命》格局甚大，由美国“星球大战计划”、欧洲“尤里卡计划”、日本“振兴科学技术政策大纲”叙述领起，导出中国的“863 计划”。这是典型的宏大叙事。以后的全部篇幅从第二章到第七章都为具体的人物叙事，其中第二章《科委来了个“厉害的老太婆”》，是作品重点写作的一章。“厉害的老太婆”是朱丽兰。“厉害”是其作为管理者的主导性格，改革创新，敢于担当。但作品没有将她写成一个单面的概念人物，而是运用细节集成的方法，还原朱丽兰既“厉害”又和蔼；既是工作狂，又会理发、织毛衣、弹钢琴的圆形立体的本真。而李鸣生航天系列中的航天人的形象，是最烙印在心底的、难忘感人的。作者叙写这些人物，不只写他们的科学智慧、科技才能，而更重于对他们作精神性叙事。赵廉清是创建西昌发射场的指挥者，在非常年代，知其不可为而为之，积劳成疾。他留给这个世界最后的镜头是：“他手上紧紧揣着一样东西。这样东西不是别的，就是他

---

① 杰克·哈特：《故事技巧——叙事性非虚构文学写作指南》，第 74 页，叶青、曾轶峰译，中国人民大学出版社，2012 年。

② 《李鸣生在〈千古一梦〉研讨会上的发言》，中国作家网 2009 年 5 月 22 日。

生前一直随身携带的那个军用挎包！而护士打开挎包后，只看见两样东西：一份皱巴巴的施工图纸，一个被啃了小半的冷馒头！”（《千古一梦》）从这样的细节中我们可以看到，一个瘦小羸弱的生命里，升华出一个伟大的精神形象。

四

故事是什么？乔恩·弗兰克林在《为故事而写作》中为我们给出了“定义”之一：“当人物遇到错综复杂的情况，而他又不得不面对和解决时，行动就发生了，故事正是由一连串这样的行动所构成的。”[①] 这一表述中关键词是冲突，是矛盾。故事存在于冲突、矛盾之中，冲突、矛盾推衍出故事。非虚构的报告文学作者无法依靠想象力制造故事，但是他可以从对真实客体冲突、矛盾的存在中，选择并呈现其中的故事。李鸣生说，在他的作品中，“我希望呈现大的矛盾”[②]。《走出地球村》中有极“左”政治与卫星科技的矛盾，《中国“长征号”》中有开放与保守、体制与市场、国力基础与航天发展、中外文化等之间的矛盾，航天人存在的价值就是“面对和解决”“错综复杂”的矛盾冲突。这些形成了李鸣生叙事的基本构架和基础。这样的矛盾构篇也决定了李鸣生报告文学叙事的丰富性和复杂性。在总体的矛盾叙事基础上，作者再相宜地采用悬念式叙事方法，就更有效地强化了作品叙事的故事性。悬念不是虚拟的，而是实际发生的状况，也是航天高风险的一种表征。作品一环扣一环的悬念叙写，渲染了其时其地其情的紧张感。而报告文学所需的现场感就在这紧张感之中，特别扣人心弦，使人身临其境，强化了故事性叙事对读者的吸附力。

李鸣生报告文学的叙事方法是富有变化的，他能根据不同的报告对

① 杰克·哈特：《故事技巧——叙事性非虚构文学写作指南》，第6页，叶青、曾轶峰译，中国人民大学出版社，2012年。

② 《李鸣生在〈千古一梦〉研讨会上的发言》，中国作家网2009年5月22日。

象运用相应的方法。在他的作品中读者可以分享到多种叙事艺术所产生的叙事之美。在《千古一梦》中，作者设计了“双声叙事”，即作者（采访者）叙事和人物（被访者）叙事的结合，特别是导入当事人的自述，以人物的亲历亲验，真实地还原出特定时空中人物和事件的现场情状。这是一份珍贵的活的航天档案。《发射将军》则注意在“实体叙事”中有机地穿插“软性叙事”。所谓“实体叙事”是指与作品主人公“发射将军”直接关联的主干内容的记写，而“软性叙事”则如对导弹部队饥饿、文艺生活极度贫乏等的叙说。《震中在人心》则是一部运用镜头观察和叙事的作品，“用镜头定格真相，让文字留下思考”，大量的照片极具视觉冲击力和情思震撼力，不只是为文字的叙述提供了直观的背景，而且照片本身也成为作品的一种独特的叙事元素，生成了超越文字的叙述力量。

五

文学是语言的艺术，报告文学也是。语言是作品思想的现实，也是叙事生成的工具，还是作为审美的报告文学的要素。报告文学创作中语言的问题，主要是缺乏主体鲜明个性的语言新闻化，另一个是小说化的语言絮叨铺张。李鸣生的报告文学大多为长篇，但语言凝练具有表现力，诚朴简约不过度藻饰，并且具有自己鲜明的个性，许多语言表达有意味、情味、趣味，有效地增强了他作品的文学美感。在这里，我不打算对李鸣生报告文学的语言艺术进行全面的解析，只就他的“智慧语言”和“软语言”运用之美作一解读。

所谓“智慧语言”，是指形象生动、意含新异别致、具有特殊表现力的语言。比如“已经点火的火箭竟然无视天下众生，老练得如同一位千岁老人，打个盘腿坐在那儿，连动都懒得动弹一下”。(《澳星风险发射》)写卫星发射的失败，作者用拟人化的手法形容，以独特的冷峻与幽默，写意地写出发射失败的状态和航天人的尴尬，用语非常新颖。作者以幽默笔法言说失败，正与作品正视失败、超越失败的主题相关。幽默的语言是典型的智慧语言。在李鸣生的作品中已不是偶尔为之，而是一种个性的语言景观。“在国际市场上，美国人早就大把大把地捞着美元，中国人为什么不能去弄点‘零花钱’？在国际空间俱乐部里，美国人可以大口大口地喝着‘咖啡’，中国人为什么就不能去喝上一杯‘清茶’？”（《中国“长征号”》）这一表达的语境是，对于中国航天进入国际市场，国内以为冒险，西方设置障碍。这里的美元与“零花钱”之喻，客观地表示中美航天科技实力和航天市场份额的差距，“清茶”之类意含走中国自己的航天发展之路。整体的表意是非常清晰的，就是中国应该进入国际航天市场进行竞争，只不过用“李式语言”表达，意味意趣就大不一样了。“已经欠着一屁股账的中国专家当然拿不出这笔钱来，他们只有一个价值连城的传家宝，这就是：自力更生！”（《中国“长征号”》）“一屁股账”与“价值连城”对举，极简地实写了中国航天发展的境况，高度凝练了中国航天的伟大精神。

李鸣生幽默的语言可分为“麻辣幽默”和“冷幽默”。“这一年，‘反右斗争’刚刚过去，‘大跃进’的旋风又骤然卷起，中国人像被灌了一桶大剂量的兴奋剂。”（《千古一梦》）“据说，两年前一所中学考试时，发生过这样一个故事——试卷问：爱因斯坦是谁？学生答：美国当代著名歌星。”（《飞向太空港》）这种幽默让我们无法轻松说笑，其间的麻辣唤起读者对非常年代的反思与批判；是对过度娱乐化，忽视科学世相的揭露和讽刺。“美国人把这条山沟称为‘神秘的峡谷’，而当地彝族老人则说：‘什么神秘不神秘，这山沟就是我们过去放羊的地方！’故此，当地人称‘赶羊沟’。”（《飞向太空港》）这样的文字可谓冷幽默，读起来会忍俊不禁。报告文学拒绝虚构，但它同样需要作家具有丰富的想象力。想象之翼可以飞扬智慧的语言。“世界各国许多中学的少男少女们，每晚相聚在迷人的星空下，像谈论童话似的，长时间不知疲倦地谈论着卫星、卫星、卫星。仿佛苏联的这颗人造卫星，成了他们嘴里一块永远嚼不够的口香糖。”（《走出地球村》）以“口香糖”喻说人类第一颗人造卫星发射后对各国学生的影响力，新颖生动，可意会，也可言说，体现了李鸣生语言表达的一种智慧。

软语可人，是我阅读李鸣生作品时的一种直觉。我这里无法给出

“软语”的标准解释。所谓软语，是一种“闲语”，它不属于主干叙事，但与主干叙事有所关联；在表情表意方面偏于柔细，静安之中，可入情入心。“将军家的院门是双扇的大铁门，夕阳照在斑斑驳驳的门上，给人暖洋洋的感觉。每当这时，将军便坐在门外一张自制的小折椅上，像一位坐在长满颗粒饱满的庄稼地边的老农，静静地守候着儿孙们的归来。夕阳在他眼角的皱褶里绣着陈年旧事，时光在他花白的头上写着岁月沧桑。”（《发射将军》）将军从战场到发射场，军人形象刚硬，棱角分明。而此时进入晚景的将军没有了豪情、霸气，却有人间的亲情和慈祥。“夕阳在他眼角的皱褶里绣着陈年旧事，时光在他花白的头上写着岁月沧桑。”我们从诗一样的句子中，可以读出将军人生种种的况味。

李鸣生的报告文学有种种特点和优点，而我最为看重的是他的作品有思想，也很文学。有思想，也文学，这就是我所希望读到的报告文学。

2015年8月28日

目　录

序　幕

震中不在汶川

2008年5月12日下午3点50分，我正在北京家中写作，儿子突然从长春打来电话，急问，听说北京地震了？我慌忙打开凤凰卫视，果然地震了！但不是北京，而是四川！

四川，我的故乡！

我急忙抓起电话，给四川的亲人打电话，不通，再打，还是不通。直到晚上六点，我终于打通一位朋友的电话，没想到他的第一句话竟是：我正忙着扒人呢！那一刻，望着电视上到处倒塌的房屋，一片狼藉的废墟，遍地血淋淋的尸体，无数求救的孩子，我的心战栗了……

当晚，我守着电视，一夜不眠。第二天，我就想去灾区，但无数信息告诉我，故乡还在余震，还在死人，还会随时吞掉任何一个人的生命！于是，我有些顾虑，有些犹豫，甚至还有几分胆怯。

但我是四川人，故乡有难，岂能袖手旁观！我是军人，虽然没有上过战场，却亲历过危险，见证过死亡，中国的所有重大发射，我几乎都在发射现场采访：“长征号”火箭横空爆炸时，我在发射现场；“神舟”五号飞船发射那一刻，我在离火箭最近的地方。火箭爆炸，杀伤力巨大，那种瞬间灰飞烟灭的风险，没见过火箭爆炸的人如同没有见过原子弹爆炸，根本无法想象。于是我决定：必须扑回故乡！我不为写什么狗屁文章，而只想用自己的眼睛去看一看故乡滴血的伤口，用自己的鼻子去闻一闻故乡死亡的气息，用自己的良心去贴近故乡倒塌的废墟！

终于，我在煎熬中等来了5月19日——全国哀悼日。这天上午，我将随“中国作家抗震救灾采访团”赶赴灾区。在出征仪式上，我代表作家发言的观点是：“文学，首先是对社会的发言；作家，最宝贵的是良知。面对灾难，投身于大地震的现场，感受生命，感受死亡，感受废墟，感受苦难，义不容辞，理所当然。”仪式一结束，中国作家网主编胡殷红递上一张纸条，说，写一句话吧，我发在中国作家网上。我不知道要写的这句话是临别壮语，还是最后遗言。去灾区，像出征打仗，似生死别离。早上离家时，妻子泪水汪汪，叮嘱再三；儿子也打来电话，一定注意安全！尽管寥寥数语，我听到的却是怦怦心跳！然而一切都来不及多想了，我当即提笔写道：“面对灾难，作家不应缺席；面对死亡，文学不该沉默！”

中午1点，飞机起飞。我紧贴窗前，望着故乡，心情复杂而又悲凉。我生在四川，长在四川，在四川度过了我的童年和少年，是四川的土地养育了我的生命，是四川的山水浸润了我的心灵。三十五年前，我穿上军装，背井离乡，但故乡的山山水水一草一木，始终令我魂牵梦绕时时难忘。三十五年后，没想到我与故乡的重逢，竟会在一片血肉模糊、尸骨遍野的废墟上！

2点28分，全国人民为大地震中的遇难者默哀，我和采访团则在高空为遇难者默哀。默哀完毕，《文艺报》记者刘颋递过纸笔，说空中不便采访，就写两句感受吧。我写的是：“默哀，是一种仪式，也是一种选择。面对灾难，我们无可奈何。但面对死亡，我们却有多种选择。选择降旗，是对生命的尊重；选择低头，是对人性的敬礼！”的确，在这三分钟里，国家主席低下了头，国家总理低下了头，十三亿同胞低下了头；而共和国的国旗，也从空中缓缓降落。我身在万米高空，看不见国旗降落的情景，却能想象国旗降落的样子——是那样的真实，那样的亲切，那样的优美，那样的动人！她从空中缓缓落下，轻轻地，温柔地，覆盖在故乡满目疮痍的废墟上，抚慰着数万遇难者的魂，温暖着十三亿中国人的心！尽管只有短短三分钟，却足以胜过三千年！

3点30分，飞机降落成都。一踏上故乡的土地，我便感到了故乡的惊恐与战栗，尴尬与狼狈。成都，这座我熟悉的城市，尽是陌生的景象，陌生的人影；机场四周，到处是救援的军人，救援的武警，救援的志愿者；街口路旁，遍地是堆放的物品，耸立的灾棚，流浪的灾民；扛帐篷的，背纸箱的，抱矿泉水的，扶老携幼的，头缠纱布脚裹绷带的，缺胳膊断腿的，比比皆是；还有刺鼻的消毒水味，弥漫在城市的上空，散发出一种怪异的气味。一向风平浪静、悠闲安逸的芙蓉城，好像一下变成了收容所；而一千三百多万成都市民，仿佛时刻都在做着同一个姿势：准备逃命！

果然，刚一住下，有朋友就告诉我说，汶川大地震，摧毁了两万多公里的道路，二十七个隧道，近三千座桥梁；交通线路几乎全部瘫痪；数百万民众失去岗位。大地震发生后仅十五分钟，就发生了一次六级余震；三十个小时内，就发生了四十次三点五级以上的余震。从5月12日到5月19日，已发生余震近八千次！即是说，平均一分钟就有一次余震！所以一个星期以来，成都人民都是在余震的煎熬和折磨中度过的。这种煎熬与折磨，已让成都人民身心疲惫，不堪重负。过去成都人见面就问，吃了没有？现在逢人就问，晚上睡哪儿？过去打听别人离没离，现在关心别人死没死；过去住二十六层都嫌低，现在睡二楼都觉得高；过去下班就喝茶，现在进门就拿放大镜看墙上的裂缝有多大；过去有空就琢磨如何炒股，现在一有时间就计算从楼上到楼下要跑多少秒；过去下班就搓麻（打麻将），现在蹲厕所都看《地震自救小常识》；过去晚上搂着老婆或者老公睡，现在晚上搂着包包睡——包里不是方便面，就是矿泉水；过去总是很自信，现在每隔几分钟就要问，刚才是不是又晃了一下？尤其一些小女生，过去看见男人捅刀子都敢往上凑，现在看见谁抖一下腿都害怕，甚至手机都不敢开到振动上……

正说着，我的手机响了，是一位四川朋友发来的短信：

近期灾区人民的精神状况是：比地震可怕的是余震，比余震可怕的是预报余震，比预报余震更可怕的是预报了余震却又不震。

近期灾区人民的生活状况是：震不死人晃死人，晃不死人吓死人，吓不死人困死人，困不死人累死人，累不死人跑死人，跑出去没穿裤子笑死人！

一则短信，足见四川人的真实内心；而大悲面前不失幽默，则是四川人的性格，也是四川人的智慧。我当即回复短信一条：

旷世幽默，智胜千军！

下午，我走进市区，所见之处，都在忙着搭建灾棚，转移学生；都在运送伤员，安顿老人。这一天，是成都市民最难熬的一天。从上午大约九点起，大街小巷就开始疯传：晚上有余震！有人说六级，有人说七级，有人说八级，还有人说十级！到底是几级，谁也不知道。但当晚有余震，却是来自官方的正式消息——从中午开始，成都所有电视台都在滚动播放四川地震局的一条公告：今晚有余震，大约六七级！但震中在哪里，谁也说不清。有人说，震中在北川；有人说，震中在绵阳；有人说，震中在都江堰；有人说震中就在成都！于是全城沸沸扬扬，惊恐万状——越是说不清楚，越是忐忑难忍！下午 3 点不到，不少市民就背着水壶，带上食品，扶老携幼，逃离家门，或在街头支帐篷，或在路边搭地铺，忙得汗流浃背，晕头转向。

当我来到青羊区灾民点时，看见上千名老人、妇女、儿童等散落在一顶顶灾棚里，脸色凝重，神情惶惑，好像既不知道昨天是怎么过来的，也不知道明天该怎么活下去。随行的一位朋友告诉我说，这些灾民有的逃自汶川、彭州、江油、什邡，有的逃自北川、平武、都江堰和绵阳。据不完全统计，灾民总数高达四百八十多万，受灾面积十三万平方公里，直接受灾人口一千三百多万，伤残四十万，死亡七八万！此刻的我并不知道灾区到底倒塌了多少房屋，死了多少百姓，也不知道今晚和明天还会不会发生地震，更不清楚地震是几级，震中在哪里；但望着眼前一个个愁眉苦脸、狼狈不堪的灾民，我已明显感到了地震的残酷与无情！

当晚，成都注定不眠，我也难以入睡。深夜 12 点，我来到成都天府广场。来之前我就听说，这天从清晨到晚上，数万家乡人民一直聚集在天府广场，整整一天，偌大的广场始终持续不断地响彻着惊天动地、撼人心魄的哭诉与呐喊！而此刻，广场的四周，依然有人在祝福，有人在祈愿，白色的纸花，一朵一朵；血红的烛光，一束一束；广场的中央，则是数以万计的年轻人，手牵着手，肩并着肩，围着广场不停地转圈。

突然，我看见，成千上万双手臂同时高高擎起，旋即一起喊出一个山呼海啸般的声音：中国加油！四川雄起！中国加油！四川雄起！……在大悲大痛降临之际，居然还能发出如此激情澎湃、百折不挠的呼喊声，这就是四川人——诙谐幽默的四川人，桀骜不驯的四川人，我行我素的四川人，无所畏惧的四川人，压不垮、震不倒的四川人！这一刻，我仿佛听到了亿万家乡人民的心跳，感到了亿万家乡人民的分量。我被深深地感动了，也被深深地震撼了，于是禁不住连连仰天长叹：川人不死！川人不死！

此后十天时间里，我随中国作家抗震救灾采访团在灾区奔波采访。采访团结束后，我又独自留下，第二次进入灾区，奔走了十天十夜。两次行程近七千公里。其间，我曾强行冲进北川，我曾遭遇六点四级余震，我曾在四台推土机的夹缝中躲闪拍照，我曾两次进入成都军区陆航团，我曾四次进入成都市儿童医院，我曾五次进入成都市精神病医院，我曾走遍灾区倒塌严重的学校，我曾在弥漫着尸体腐烂气息的废墟中掏出一个个打满红钩和一百分的作业本，我曾与八百多名学生家长在废墟上度过了一个最悲惨的儿童节，我曾在雨中跪在数百个孩子的坟前以泪洗面，我录下了一百二十多个小时灾民的哭泣与诉说；我拍下了五千余张现场真实的照片。我还看见，成千上万的乡亲在逃亡，无数失学的孩子在流浪；九十岁的老人在废墟中寻找孙子，三岁的女儿在灾棚里哭喊着要妈妈；年轻的妻子跪在坟前叫着丈夫的名字，白发苍苍的母亲爬在房前哭喊儿子；双胞胎双双血溅教学大楼，五口之家同时葬身废墟；花朵般的少女被切除胸脯，七个月的婴儿双腿截肢……

尤其是当我置身于一所所倒塌的学校，面对废墟上血迹斑斑的书包与课本、钢筋与砖头、衣物与尸骨，以及无数号啕大哭、悲痛欲绝的学生家乡时，我才第一次真正懂得了什么叫凄惨，什么叫悲伤，什么叫撕心裂肺，什么叫悲痛欲绝，什么叫万念俱灰，什么叫生不如死！于是极少流泪的我，每天总是管不住自己的眼睛，甚至有一次竟陪着数百名学生家长在废墟上流了两个多小时的眼泪，以致回到北京，采访本上依然可见斑斑泪痕。可以肯定地说，在故乡的废墟上，我已流尽了一生的眼泪！

然而回到北京后，我还是感到怎么也不对劲。好像身体回来了，魂还在灾区，吃不下饭，睡不着觉，恍惚，难受，坐卧不安，心绪难宁。眼前一直晃动的，是一个个遇难的孩子，一群群逃亡的灾民；耳边始终回响的，是废墟上的哀乐，家长们的哭声；打开电脑就发呆，坐上饭桌就发愣，以至于妻子每天不得不反复提醒说：鸣生，这是在北京，不是在灾区！

于是 2008 年 7 月 16 日，我再次返回灾区。这次我住在什邡市最偏远的红白镇，住在黄继光生前所在团的帐篷里。我对红白镇一开始便情有独钟，五月中旬，曾冒险闯进那里。当时红白镇给我的感觉，就像一个受到重创的灾民，已经失去了哭诉自己的力气，所以一直沉默不语，而不像汶川、北川那么引人瞩目。据说，当初胡锦涛、温家宝两位国家领导人都有亲临红白镇的计划，却因山体滑坡道路中断，最终止步于离红白镇七公里之遥的蓥华镇。所以去过红白镇最大的官，就是乘直升机去的空军邓昌友政委。

但我没想到的是，七月的灾区，时值盛夏，帐篷中午的高温，高达四十摄氏度，连体温计都能爆炸；晚上倾盆暴雨，帐篷内潮湿无比，被子抓上一把，像要拧出水来；晚上通信班发报声通宵达旦，清晨 6 点起床号准时吹响；苍蝇挥之不去，蚊子赶也不走，我只能用左手驱赶苍蝇蚊子，右手敲击电脑；加上采访工作繁重，无法入眠，于是病魔乘虚而入，最后我不得不躺倒在酷热、潮湿的帐篷里，让一瓶又一瓶的液体输入我的血管……

坦白地说，这是我从军三十五年来最苦的一段日子，甚至有一天已到支撑不下去的时候了。但一想到山中那些至今飘摇在风雨中的灾民，那些永远长眠于撒满石灰的坟坑里的孩子，以及每天舍生忘死、挥汗如雨却只能一二十个人挤在一顶帐篷里的官兵，我感到我还活着，而且是一个人活在一顶帐篷里，简直就比活在天堂还要天堂了！

于是我选择了留下。半个月里，我以什邡红白镇和洛水镇为基地，深入灾区其他乡镇、山村和军营，走访了一百多个军人、医生、教师、护士、镇长、灾民，录音一百三十多个小时，笔记四十余万字，拍照近四千张。此次走访，尽管经历了十多次山洪暴发和上百次大小余震，还掉了十多斤肉，但当我踏上返回北京的飞机时，心里感到踏实多了。

是的，我承认，在故乡废墟上奔走的日子里，我看到了太多的柔情与悲壮，太多的慈悲与善良，太多的本真与凄美，太多的坚韧与刚强，太多的无私与无畏，太多的大爱与大量！然而，故乡废墟上太多的伤口与血迹，太多的悲伤与凄凉，太多的课桌与作业，太多的钢筋与危房，太多的书包与尸体，太多的断壁与残墙，犹如汶川大地震震出的漫天碎片，总是不断向着我的大脑和心脏袭来，令我伤心至极，难以自抑。于是，我躁动，我心酸，我呕吐，我失眠，甚至还做噩梦。有一次我梦见一条毒蛇，怎么打也打不死，后来很多人一起围上来，用铁锹打，用木棍打，毒蛇被打成了好几截，还是打不死。最后我大叫一声，从梦中惊醒……我感到我的心快碎了，我的精神快崩溃了！我痛苦，欲哭无泪；我悲伤，不知伤在何处；我愤怒，不知该向谁提起诉讼。

因此，我在离开灾区前，曾走进成都市精神病医院，找到该院副院长文荣康，向他求助心理医生。然后，我和一位叫施玮的年轻的女心理咨询师面对面地坐在了医院门前绿油油的草坪上。我们聊地震，聊灾民，聊创伤，聊人心，聊了足足一个多小时。末了，这位女心理咨询师对我说，凡到灾区来的人，心里或多或少都会感到难受，这在心理学上称为次级创伤。作家、记者、医生、护士、志愿者、救援者，都有这个现象，连我们这些从事心理工作的人也不例外。你难受，是因为你的心被创伤了！

那一刻，我恍然大悟：汶川大地震，震中其实不在汶川，而在人心

——在灾民的心里，在中国人的心里，在全人类的心里！地震摧毁了房屋，摧毁了家园，摧毁了生命，摧毁了财产，摧毁了村庄，摧毁了校园，摧残了健全的肢体，破坏了端庄的五官。但创伤最重的，是人的心灵，人的精神，人的情感！

直到这时，我才真正想写一部书。

其实，从我内心来说，一方面，我希望我在故乡废墟上看到的一切，都是假的，都是我的梦幻，我的错觉，甚至压根儿就不曾发生过，即便是真的发生过，我也恨不得彻底忘掉；但另一方面，我又渴望见证一切，渴望向有幸活下来的人们诉说一切，向永远不死的历史诉说一切！

也许有人会问，这究竟为什么？

我的回答是，不为什么，什么也不为。我只为真相，只为实情，只为血印，只为泪痕，只为记录，只为见证。我不想把废墟变成大厦，把悲剧变成喜剧；我不想把谎言变成真理，把哭泣变成歌声；我不想把反思变成庆典，把灾区变成秀场；我不想把鲜血变成酒水，把死尸变成活人！我必须记录汶川大地震灾难的真相，传递废墟的气息，留下亡灵的心声，定格人心的表情。写作此书，我只想证明，我的眼睛曾经流过泪，我的心灵曾经滴过血，在故乡那满目疮痍的废墟上，不仅留下了我匆忙的脚印，还留下了我诚实的反省。如果说地震是事件，废墟是法庭，我写下的文字便是陈词，我拍摄的照片便是证据。而最公正的法官，就是时间，就是历史，就是地球全体公民！

于是，我为本书的写作定下一个规矩：必须坚守纯粹的写作动机，捍卫一个作家起码的良知；必须以诚实的态度和实事求是的精神，面对故乡十三万平方公里的废墟、五百万苦难苍生、四十万伤残灾民、近十万个被毁灭的生命；必须对得起故乡的父老乡亲，对得起全国乃至全世界的救援大军，对得起永远埋葬在废墟下的孩子和所有的亡灵！

而面对汶川大地震，思考、反省，则是有幸活下来的我们共同的义务与责任，也是全地球人类共同的义务与责任！

第一幕

山崩地裂那一刻

汶川大地震，据有关专家测算，其摧毁程度，是当年唐山大地震的三倍；其经济损失，是唐山大地震的十九倍；其杀伤威力，相当于当年美国投放在日本广岛的数千颗原子弹！那一刻，人性像从地心蹦出的碎片，万般奇妙，色彩纷呈，先腾空而起，再沉入废墟。这些“碎片”有血迹，有泪痕，有伤痛，有悲愤，有情感，有体温。然而，人类天生患有失忆症，汶川大地震震出的这些“碎片”，最后能进入我们记忆的博物馆，成为中华民族永恒的“古玩”吗？

镜头一：汉旺镇的时间

2008年5月22日，我路经绵竹汉旺镇钟楼广场时，在奔跑的汽车上，抢拍下了两张关于时间的照片。

地震那一刻，汉旺镇钟楼广场的四周，不少房子都倒了，然而唯有钟楼上的这座大钟——掌控我们人类命运的时间，却昂首挺胸，巍然不倒！

我不知道这是一个奇迹还是一个谜。我只清楚地看见，钟楼上的这座大钟，为我们显示的时间是：2点28分！而且分分秒秒，永远定格！

而正是这个定格的时间——公元2008年5月12日2点28分，生我们养我们的地球，不知是因为她千年劳累不停运转出了毛病，还是人类胡乱动手动脚触碰到了她的某根神经，总之生气了，发怒了——不是稍稍瞪了瞪眼睛，就是轻轻舒展了一下筋骨，于是汶川大地震在我们的脚下爆发了，灾难从我们的头顶降临了！

灾难如同一头怪兽，常常出其不意，扑向人类，狠咬一口，而后转身离去，像一阵风，瞬间便消失得无声无息、无影无踪。

然而，灾难留给人类的泪水与伤痛、记忆与噩梦，犹如时间，反反复复，轮回循环，永世不灭，代代承传。

1945 年，美国在日本的广岛和长崎首次扔下两枚原子弹，摧毁了两座美丽的城市，毁灭了数十万人的生命，此后死亡的阴影一直在日本人心中生根发芽，挥之不去；三十二年前，唐山大地震，二十四万条生命葬身废墟！如今，这座曾被血水与泪水浸泡过的城市，依然血迹点点，泪痕斑斑！而 2008 年的汶川大地震，据有关专家预测，其摧毁程度，是当年唐山大地震的三倍；其杀伤威力，相当于当年美国投放在日本广岛和长崎的数千颗原子弹！

如此残酷的打击与摧残，脆弱的人类哟，你还能承受得了吗？

好在时间不倒。

时间不倒，就有希望；时间不倒，人类的生命就会延续！

然而时间既是美神，又是魔鬼，它可以让人类创造辉煌，也能让人类毁灭一切！

那么，汶川大地震究竟毁灭了什么，又留下了什么呢？

镜头二：映秀：一个不会拐弯的人

汶川大地震，震中在汶川，在汶川的映秀镇。

灾民陈全君，便是映秀镇人。我见到陈全君时，汶川大地震已经过去十天了。可我刚举起相机，就一眼看出，他依然神志恍惚，惊魂未定。

陈全君是映秀镇的一个村民。很多年前，土地退耕了，他家祖祖辈辈靠土地吃饭的日子从此结束了。为了生存，他去映秀镇一家拉丝厂打工，老婆也到这家工厂帮人做饭。两口子靠微薄的收入，供养着三个孩子上学。一家人的日子虽说贫困，倒也平安。但用陈全君自己的话说，平平安安的日子，还是被“狗日的地震”给搞乱了！

地震发生那一刻，陈全君正在睡觉。陈全君说，我头天晚上加夜班，中午在睡觉。本来，上午我割（买）了一斤新鲜猪肉，准备晚上炒一盘回锅肉来吃。当时我好像在做梦，梦见自己的家变成了一栋二十四层的高楼，我正往楼上爬，刚爬到十二层，突然感到床在晃，房子在晃，我的屁股和脑壳（脑袋）也在晃，我就从床上被晃到了地上，接着我家的房子也被晃倒了。我爬起来就往外跑，跑到外面，外面黑乎乎的，什么也看不清，只听见到处都在轰隆隆地响，不知道是天上还是地上，像是在打雷，又像有什么东西在爆炸。接着我就看见四周的房子哗啦哗啦全垮了！几个电站的铁塔，也哗啦哗啦全垮了。等我反应过来，房子、电站，所有的建筑全都垮了，电源、道路也全部中断了，可能还不到一分钟。我还看见石头到处乱飞，好大的石头，对面有一座山，一下就倒下来，把岷江给填了，河水冒出来，又劈出一条河来。山垮了，水也涨起来了。我一看事情不对，就想跑，可突然发现自己没穿裤子。我看见有一条裤子挂在木桩上，就跑过去抓下来，边跑边穿，边穿边跑。和我一起跑的还有好多人，大家都往后山跑，跑到半山腰上，我还差点死了。当时有一辆旅游车，好像被什么东西突然抬起来，飞起来十多米高，一下飞到我们面前，又一下落在地上，但汽车却没有倒。可能是冲击波，把整个汽车抬起来，又冲出去了。后来听说这辆车上的人死了七八个。

陈全君向我讲述时，开始思维还比较清晰，但讲着讲着，好像就有些零乱，有点意识流，不过意思还能听懂。

陈全君说，我们在后山，躲了两天两夜。这两天两夜，可惨了！主要是怕，太可怕了，山下到处是死人，山上到处都在晃，都有石头在飞。冷，有风，还打雷，好像是天上在打雷。不知道是不是打雷，反正风一吹，就响。我蹲在山坡上，心里害怕死了，还饿得不行。逃的时候我们都没带东西，只顾逃命，谁顾得上啊？后来口干（口渴），干得不行了，就找水，没水，山上去哪儿找水啊？我就用舌头去舔树叶，舔树叶干啥子？树叶上有剩下的水珠。后来大家都去舔，一片一片树叶地舔。树叶上的水珠本来就不多，很快就舔完了。还口干，怎么办？熬到天亮，下雨了，雨不大，雾很大。我从树上扯下一片树叶，那种比较大的树叶，我们那儿树多，经济来源主要是种树，沙树，杜仲，还有什么树，我也忘了。原来种的树，是可以赚钱的，国家让我们把树种好，一亩承诺补助二百斤粮食。我双手捧着树叶，对着老天，用树叶去接雨水。大家看我用树叶接雨水，也去扯下树叶，学着我的样子，双手捧着，望着老天，去接雨水。接雨水时，有的站着，有的蹲着，有的趴着，有的还跪着。有的女人一边接雨水，一边哭着说，我们太惨了，老天爷都哭了，可怜我们了，下雨了！但刚说完，雨停了，老天爷不哭了，雨不下了。这下大家急了，开始骂人了，骂老天爷了，骂老天爷不是东西，没有良心。后来嘴巴实在干得很，饿得受不了了，就去摘茶叶吃。茶叶好，我们那儿的花茶好，漩口茶叶，名牌，真的，我不骗你。我摘下茶叶就往嘴里塞，开始一片一片地塞，一片一片地嚼，后来一把一把地塞，一把一把地嚼。好，茶叶好，很管用。大家正嚼着茶叶，地震又来了，吓得大家赶紧趴在地上。后来我才听说，那不叫地震，叫什么震？对了，我想起来了，叫余震，狗日的余震，凶得很啦！山上好像到处都是余震，一会儿来一下，一会儿又来一下，像抽风似的。怎么办？还跑不跑？有人说不跑了，就在这儿等救援部队。我说不行，山上连飞机都落不下来，得赶快往外逃，不然只有等死。后来大家就一起往外逃。一路上，我的妈呀，全是从山上滚下来的大石头，大得不得了，我从来没见过。到处是坑坑洼洼的，又是风，又是雨，人掉下去，连脑壳尖尖都看不到一眼。刚刚走出映秀不远，我的一个老乡本来已经跑出去了，又跑回来了，他说跑不出去，外面到处都在地震，只有回家算了。正说着，一个石头突然从山上飞下来，把他压在下面，脑浆都溅出来了。死了，没法救了，我也差点吓死了。映秀政府上班的人全死了，没人组织，后来有几个人在那儿组织。我身上到处都是伤，我爱人的伤最重，盆腔骨折，是后来医生说的。但当时我们什么都不知道，只知道逃命，我扶着她，她攥住我，我们俩谁都丢不下谁。我们在路上坐了一晚上，走了两天两夜，身上的衣服全被汗水打湿透了，没有衣服换，只有穿着湿衣服跑，全身是汗，头发尖尖上都在冒热气，脑壳像个蒸笼似的，后来打湿了的衣服，又被身上冒出来的热气全烤干了！

直到第三天，陈全君他们才死里逃生，逃出了映秀镇。陈全君腿上、胳膊上、屁股上，到处是伤，两只脚板被沿途的石块、瓦片、树枝、荆条全扎烂了，一路走一路流血。陈全君说，映秀镇外来人口可能有一万多人，大概只逃出了一千多人。他那个厂虽然只死了几个，但百分之八十的人都震伤了，有缺胳膊的，有断腿的。另外一个锅炉厂，只跑出来两三个人，还是重伤，其余的全死了！

陈全君从映秀逃出后，被送进了成都第二人民医院。开始在外科，一周后伤情好转，转到中医科。但十天过去了，他说心里总有一种恐怖的感觉，总感到天在晃，地在晃，楼在晃，墙在晃，床在晃，有人站在他面前，人好像也在晃；总感到脑壳上被扣了一个什么东西，像顶着一个锅盖，一个铁桶，很不安逸。他还说，他的脑壳里总在响，像打雷一样，特别是到了晚上，只要一躺在床上，脑壳里就轰隆隆地响，像原子弹爆炸似的；眼里总看见房子在倒，电杆在倒，山在倒，水也在流。山倒下来的样子特别凶，像老虎下山吃人似的。水的颜色是红色的，像地下冒出的血。还有汽车在飞，石头在飞，像电影里看到的飞碟；耳朵里也总听见有人在拼命地喊，拼命地叫："救命呀！救命呀！"总感到自己还在映秀，还在映秀的山上，惊醒后爬起来一看，却在医院，在医院的床上。

和陈全君一起被送进成都第二人民医院的，还有陈全君的爱人。陈全君的爱人经医生诊断，盆腔严重骨折，伤势很重。陈全君说，爱人现在整天躺在床上，动不了，还得他伺候。爱人好像也跟他一样，心里总是怕。有一天晚上，他爱人正躺在病床上睡觉，突然风一吹，把门吹开了，门响了一下，爱人一下就从床上爬起来，冲到门口又喊又叫："还有一个！还有一个！"护士急忙跑过来，问她怎么了？她说地震了，他们都跑了，我还在屋里呢！千万别扔下我！之前爱人上厕所都起不来，床都下不了，必须要有两个人扶着才行。没想到门响了一下，她居然自己从床上爬起来，跑了好几米远。结果把腰给拧了，躺了一个星期，天天在床上直叫唤。

陈全君现在唯一的牵挂，就是他的三儿子。陈全君有三个孩子，三个孩子都在读书。老大在成都上大学；老二在读高二，成绩很好；老三中考考了个全校第一，考进了汶川中学，理想是进四川大学。但地震突然来了，三儿子所在的汶川中学垮了，一个班七十多人，死了好几十个。但三儿子至今还在映秀，出不来。

陈全君还有一个隐忧，就是现在无家可归，不知道今后该怎么办。陈全君说，我不知道我们山里人为什么会这么倒霉，1999年，我们那儿发生了一场火灾，不知是电引起的还是什么原因，十六户人家全烧光了，一个村子都烧成了光坝坝。我的家也烧了个精光。后来还是共产党好，重新给我们修了叉叉房，就是用树枝和水泥建起来的简易小平房。我们山里人要求不高，能遮遮风挡挡雨就行了。但没想到这几年日子刚刚好过一点，“狗日的地震”又来了，把房子全给震垮了。

而陈全君眼下最着急的，是他家的存折。我问他家有多少存折？他想了半天，也没想起来。陈全君说，他现在的记忆力很不好，反应也慢，早上去买一个烧饼，给了摊主十元钱，摊主却只找了他五元钱，其余的钱全找给另一个人了。他拿着就走，到晚上才想起来不对，忙去找卖烧饼的摊主，却已经关门走人了。他说，这事要是在地震前，马上就反应过来了。

陈全君的记忆的确不好，他的手机号我问了三遍，他想了三遍，说了三个手机号。我问他哪个号是对的？他说最后一个号是对的，肯定是对的。后来我一打，空号，还是错了。但他家的存折，后来他还是想起来了。他告诉我说，他家有一张两万元的，还有一张两千元的，都是他和爱人十年积攒下来的血汗钱，是他到陕西、广东、深圳去拉电线、挖地基打工挣来的血汗钱，是他准备给三个孩子上大学的血汗钱，现在全被“狗日的地震”给震丢了，找不着了，一分也没有了！所以在成都住院期间，他伤势刚好一点，就上街去找银行，找保险公司，打听存折的事到底怎么办，房子的事如何赔偿。

但陈全君做梦也没想到，“狗日的地震”不仅改变了他走路的姿势，还改变了他走路的走向。他在成都街上走路，只能直着走，不能拐弯，只要遇上拐弯的路，头就晕，脑子就乱，找不着北，不知该往哪儿走，甚至有一次差点还走丢了。后来他只要一出门，就在身上带着一张写有地址和电话的纸条。但路上还是不能拐弯，只能走直路，直着走路。

陈全君说，他问医生这是什么病？医生说，这是地震落下的后遗症！陈全君搞不清这地震怎么会闹出个“后遗症”，更不知道这“后遗症”会“症”到什么时候有个完。他为此很苦恼，反复对我说，完了，我这一辈子完了，再也不会拐弯了，只能直着走路了。

我安慰他说，不会拐弯也好，这个世界弯太多，走起来太累。直着走路，直来直去，省时间，省力气，还省心！

他听我这么一说，心里好像轻松了不少，忙说，对对对，成都的路要都是直端端的，没这么多弯，我找起银行和保险公司来，就没这么累了。

说完，陈全君走了。他头朝前方，脚贴地面，直端端地往前走去。看上去小心翼翼，诚惶诚恐，一点不像一个山里汉子的样子。

这位不会拐弯的映秀人，最终能走多远呢？

镜头三：北川：一只孤独的乳房

汶川大地震，最让人揪心的，是北川！

北川，这座深藏于川北大山中的南方小城，大地震前，世人极少知晓；大地震后，一夜间名声却覆盖全球！

北川从一块蛮荒之地，到一座具有现代化风情的小城，至少走过了八百年；而从一座具有现代化风情的小城，变成一片废墟，最多只用了八秒钟！

于是北川，成为全世界关注的最大悬念。

当我匆匆赶到北川时，进出北川的城门，已被封死了。

但是，我还是以一个军人的姿势，强行冲进了北川。

北川如同汶川，有太多的传说，也有太多的真实。

出现在我面前的这位羌族小伙子，叫郭志武，时任北川县委宣传部常务副部长。郭志武的老家在陈家坝，距离北川城约三十里，那是一个像仙境一样的地方。也许受家乡山水文化的熏陶，郭志武从小就喜好文学艺术，进县委宣传部工作后，业余时间写点小说，近几年又对羌族文化情有独钟。所以在朋友圈里，都叫他青年作家。

北川分老城、新城。地震发生那一刻，郭志武正在北川新城一家“干锅鱼”陪几个朋友喝酒。“干锅鱼”很爽，酒也不错。但就在郭志武刚刚端起第六杯或者第八杯时，桌子上的酒杯突然晃动起来了。郭志武并没有像我们想象的那样慌张，不但没有慌张，反而还给朋友开玩笑说：“地震了，地震了！”为什么？郭志武说，因为北川经常闹地震，大家都习以为常、见怪不怪了。每次闹地震的时候，我们都不跑。所以开始晃动的时候，我根本就没当回事儿，更没有跑。大概过了五六秒钟，凳子、桌子开始晃动了，房子开始晃动了，紧接着我们全都跟着一起晃动了！

直到这个时候，郭志武才恍然醒悟：不好，玩笑开大了！说时迟，那时快，郭志武扔下酒杯——准确地说是酒杯震掉了，然后向门外冲去。但晚了，房子开始倒塌了，人群开始混乱了。在混乱的人群中，郭志武摸索着往外跑，准确地说是往外爬。幸而他吃“干锅鱼”的地方是在一楼，趁房子还没有完全垮下来，郭志武稀里糊涂地就爬到了“干锅鱼”的门口。一抬头，他看到“世界末日”了！

郭志武说，我出来看到第一眼，就傻了！我不知道是怎么回事，不知道这个世界怎么了，当时我什么感觉都没有，就感到黑，整个北川全是黑！本来那天是个晴天，有太阳，肯定有太阳。但那个黑呀，简直无法形容，整个天，整个地，整个北川，全是一片昏天黑地！说实话，地震刚发生那一会儿，我并没有什么感觉，也不害怕。但当我面对眼前一片黑暗的时候，当我什么都看不见什么也看不清的时候，我心里就有了一种莫大的恐惧感，我真的害怕了！我以为这个地球就这么沉下去了，这个世界从此就这么结束了！因为我不仅什么都看不到，还什么都听不见，听不见房子倒塌的声音，也听不见有人呼救的声音，我只听见了山在垮的声音。这声音也不大，嗡嗡的，因为当时山是在整体移动，不是一下倒下来的。但这声音听起来非常恐怖，非常吓人！虽然这时我什么都看不见，但我感到我的右边相对安全一些，因为我知道右边是老百姓的房子，于是我就往右边跑。这个时候好像开始有一点光亮了，我一边跑还一边看，怕电线杆倒下来砸了我的头。大概过了两分钟，眼前的黑渐渐散去，灰尘渐渐散开，我才看见，二百米左右的高空，全是一片灰尘；两边的山都垮下来了，一个垮的是石方，一个垮的是土方，街上全是石头，几百吨重的石头都滚下来了！大约每隔几秒钟，就有石头掉下来。后来我计算了一下，山垮下来的石块和泥土，大概有五百多万立方米！我周围的房子全倒了，北川城的房子也全倒了！而我的身边，全是死人！好大一片，至少好几十个！我不知道该怎么走，连去老城的方向都找不着了。我下意识地一低头，看见一个女的，很丰满的一个女的，估计二十多岁，就在我的脚边，躺在那里，脑袋没有了，肩膀没有了，半个身子也没有了，就剩下了一只乳房，一只非常美的乳房，一只孤零零的乳房！乳房的四周，都是血迹斑斑的衣服，都是横七竖八的尸体，都是乱七八糟的脏物，所以这只乳房就显得特别干净，特别抢眼！当时我一眼看过去，一下就惊呆了！怎么会是这样？一个好端端的姑娘，怎么只剩下了一只乳房？如果不是我亲眼看见，打死我也不会相信现实会是这样！我长这么大，从来没见过这么惨的，过去在美国大片里看到的灾难画面，全都变成了现实。我想起我的妻子，想起我的母亲，她们都是女人啊！还有我的女儿，还有世界上那么多的女人！这简直太残酷了，太不可思议了！我脑子嗡的一声，顿时一片空白。当时我的感觉就是，我的家人已经全部死光了，北川城的人也已经全部死光了，这个世界现在就剩我一个了，人类的末日来临了！

郭志武是一个遇事冷静的人。他很快从惊恐中清醒过来，第一个反应就是赶紧打电话。可他一摸兜里的手机，没有了，不知丢到哪儿去了；再一看，脚上的鞋子、袜子也没有了，原来自己打着一双光脚板。他这才想起，自己刚才从废墟里爬出来时，腿发软，站不稳，刚站起来，又摔倒了，摔了好几跤，身上被摔了十几处，现在腰杆就痛得厉害。他后来才知道，他的肋骨当时就断了。郭志武说，我当时第一个念头就是，第一，赶快找到我的爱人，看她还在不在；第二，赶快找到我们宣传部的同事。因为我是常务副部长，我有责任。

于是，地震过后大概只有五分钟，郭志武就开始从新城往老城跑了。注意，郭志武是汶川大地震后，第一个从北川新城跑向老城的人。所以别人向我介绍郭志武时，都要说上一句，这是我们北川的刘翔！

郭志武说，我刚往前跑了几步，就看见死人堆里突然爬起来一个人，满脸是土，我再一看，居然是个熟人！我非常惊讶，怎么还有活人？我赶紧上去用手拍了他一下，果然真的是个活人。因为当时能活着是很不容易的，所以我看见死人很正常，见到活人反而很奇怪。接着我又碰见了第二个熟人，我又上去拍了一下，又往前跑。后来凡是见到活着的熟人，我第一个动作就是上去用手拍一下，一瞬间就成了一种习惯。接着，我听到有骂人的声音，一看，是两个男人，一个躺在地上，满身是血；一个正把他从石头缝里往外拖，一边拖，一边用手使劲拍打他的脸，一边还骂："狗日的，不准死，不准死！狗日的，不准吓我！不准吓我！"其实那个人早就死了。

我问郭志武，当时想没想过自己先逃出去？郭志武说，没有，这个想法一点都没有。我问，为什么呢？郭志武说，如果全家都死了，就剩我一个，逃出去还有什么用？活着还有什么意思？所以，我决定赶紧往老城跑，去找我爱人，找我同事！

郭志武因为是打着赤脚在跑，跑过几百米废墟后，发现自己脚底全被扎烂了，满脚都在流血，钻心地痛。嘴也痛，用手一摸，左边两颗门牙没有了。但他继续往前跑，很快跑到一条公路上。这条公路是从新城到老城的一条必经之路，大约有五百米，北川人平常从新城到老城上班，或者从老城下班返回新城，都要经过这条路。5 月 12 日下午地震那一刻，正是上班的高峰期，所以当时有很多车辆和市民，都匆匆穿行在这条谁也没料到的通向死亡的路上，而郭志武是地震后第一个冲上这条公路的人。他一跑上这条路，马上就发现，公路全拱起来了，一拨一拨的，像一块块跷跷板；路面好像被什么东西扯开，又合拢了，合拢了，又扯开了。由于公路紧贴着山，所以公路上全是滚下来的石头，直径都有四五米；而市民的死亡情况，远比他想象的要严重得多！

郭志武说，我一跑上这条公路，就看见公路上全是死人，至少有一百多个！路边上的死人和受伤的，还有几十个。有一辆出租车，趴在路边，被拧得像根麻花一样。我在这条大约五百米的公路上，一共就看到四个生还的人。这几个人能活下来，简直就是个奇迹。我看到的第一个人，是个女的，四五十岁，躺在地上。其实路上根本没有路，她躺在石头缝隙里，她的腿没有了，正用手在地上到处摸她的腿，不知是左腿还是右腿，反正我看见少了一条腿。她一见我，就喊："我的腿没有了，快帮我找找腿吧！快帮我找找腿吧！"我一看，地上除了石头，哪有什么腿？我实在顾不上帮她找腿，也没法把她转移到安全的地方，何况石头不停地在往下掉，随时都有可能砸在头上。我在她面前犹豫了一下，很歉意地给她摆了一下手，就又往前跑。接下来，我又见到两个人，一男一女，男的少了胳膊，女的缺了小腿，两人正在对话。女的说："完了，这一辈子完了，我的腿断了！你倒好，还有腿。"男的说："好个球，你比我强，还有手。我的手没有了，以后怎么干活？"这个男人满身是伤，是血，离我很近，大概就一米的样子。我犹豫了几秒钟，只看了看，并没有去救他们，也没法去救他们。我爱人不知是死是活，心里着急呀。但他们的对话我听得很清楚。事后想来，连我自己都感到奇怪，在那种情况下，两人怎么还会坐在那儿对话呢？是动不了，还是什么？再往前走，我又见到一个人，是个开车的司机，卡在车里面了，司机一见我，就叫我说："快救我一下吧，你只给我一点力气，我就出来了！"我迟疑了一下，还是把他的话听完了。可我没法救他，因为他和我隔着一条河沟。虽然我与他的直线距离只有二三十米，但我不能直接过去，必须绕过一条河沟，来回至少得走上二百米，才能到他跟前，而我根本没有这个时间。因为我心里只有一个念头，尽快跑到县委找到我的爱人，找到我的同事，他们这天下午都在县委礼堂参加青年表彰大会，好几百人呢，还有学生！

郭志武在五百米生死线上狂奔的途中，余震不断，石头从山上纷纷滚落而下，所以他一边跑，一边还要躲闪不时落下的石头。而且他根本不是在路上跑，而是在一个个的石头缝里钻，从一具具尸体上跳。因为路上根本没有路，全是石头。往常，他每天上班都走这条路，只需二十分钟就够了，可这天他却跑了大约三十五分钟——这是后来他自己估算的。他说事实上他不知道自己跑了多长时间，只感觉那天的路很长，像跑了整整一个世纪！他以为，越过这五百米生死线，就好了，没想到跑到老城边上后，发现通往老城的桥已经垮了！有二十多个人待在桥头，都要找亲人，急得团团转。郭志武后来毫不犹豫地从桥上跳下去，然后再爬上对岸。可等他爬上河岸，已经认不出去县委的路了，老城的房子全垮了，所有的路都被废墟堵塞了。他记得河边有一条小路能进县委，就寻着这条小路走去。走过一条窄窄的小巷子，他看见有一双毛皮鞋，想起自己还光着脚，而且还在流血，顾不得是谁的，抓起来就穿在自己的脚上。这时，一次比较大的余震发生了，他一下就被晃倒了，四周人群也惊恐万状，几个披头散发、泪流满面的妇女竟扑通跪在废墟上，跪在砖块瓦砾上，不停地磕头，不停地祷告："观音菩萨，求您老人家保佑，不要再震了嘛，不要再震了嘛！我们家的人都震死完了！"但他顾不了她们，爬起来继续往前跑。

郭志武说，等我跑到县委大楼，县委大楼已经全垮了，后面的大山垮下来，大概有五百立方米的泥石流一下覆盖了六层高的办公楼。我找我爱人，我爱人正在围着宣传部办公室哭着找我，见人就问，看见郭志武没有？看见郭志武没有？大家都摇头。因为我的办公室已经全压垮了，都以为我死在里面了。大概只有两分钟，我就找见我爱人了，我爱人见我突然出现，哭得一塌糊涂。但我没哭。在这次地震中，我家死了三个人，一个是我父亲，一个是我岳父，一个是我女儿的亲生母亲，也就是我的前妻。直到现在我都没哭，我没时间哭。我找到爱人后，赶紧去找单位的同事。我们宣传部有六个人在办公室，跑出来五个人，都是从里面爬出来的，头上、身上全是玻璃碴子。但有一个爬出来就死了，有一个是重伤，另一个脊椎压断了。组织部有一个姓齐的两条腿全断了，躺在草地上，一直在说话，居然不知道痛，直到晚上才送上救护车，后来听说死了。从县委机关跑出来的人这时候全都聚集在县委大院里，大概有五百多人，县长经大忠立即组织大家救人。我是和武装部一起参加抢救的，武装部有二百多人，当天在训练应急分队，本来应该有更多的人，由于有一百二十多个应急队员在午睡，结果许多应急队员全死在里面了。我第一个就抬了一个大胖子，我的腰不行了，根本抬不动。当时大家都没有工具，没有专业设备，只有站到楼上去喊：有没有人？有没有人？就听见废墟下有人在答应：我在这里，快来救我！快来救我！但很多人压在下面没办法救，只能救上面可以取出来的人。说实话，前几天本来不少人是可以救出来的，但没有设备，没有工具，当时只有武警战士，拿着铁锹，站在废墟上喊，有没有人？有没有人？第二天下午，部队拼着命赶来了。但部队来了，还是救不了人，为什么？没有专业设备，没有专业工具，有劲使不上，心有余而力不足。后来，重庆消防队赶来了，海南消防队赶来了，江苏消防队也赶来了。江苏消防队最敬业，设备最齐，他们有很先进的生命探测仪。重庆消防队的探测仪最厉害，只要在十五米之内有生命，就能探测出来，我亲眼看见他们救出来一个人。后来有一支部队也在救学生。县委大概一共就救出了三十多个人，还有五十多个全压在下面，根本救不出来。全县真正从废墟里救出的人，大概就一百多人。北川县公安局一百多人，只剩下二十七人；北川县医院一百多人，只剩下了三个人，其余的全死了。全县几乎没有一个完整的家庭。县委有百分之三十的人伤亡，有百分之三十的人在找亲人，有百分之三十在现场。当时，所有的水电、交通全中断了。前几天我们不知道外面的情况，外面的人也不知道我们的情况。后来来人了，不相信我们里面会震得这么厉害，因为绵阳的房子基本没垮。

就在北川城里忙着救人之际，北川城外有一个人也在奔忙之中。这个人就是北川县委书记宋明。地震那天下午，宋明去绵阳开会，刚走出北川县城三公里，就地震了！宋明立即掉头返回，在离北川县城两公里的北川中学成立了临时指挥部，然后展开救援。于是，北川城里城外，很快形成两条指挥线，一条以县长经大忠为首，在城里自救；一条以县委书记宋明带头，在城外援助。郭志武说，大概到晚上十点，北川到安县的路就通了。这时县委大院已经会聚了五六百人，大家茫然四顾，不知所措。怎么办？是在原地等待救援，还是撤出县城？如果撤出县城，怎么走？怎么才走得出去？

就在这时，站出一个小伙子，是民政局驾驶员，名叫王刚。王刚三十八岁，当过兵，羌族。地震那一刻，王刚一家死了十几个人！但他还在现场，还在和大家一起，还在参加救援。大家看着王刚，不说话。但王刚说话了。王刚说，我去找一条出城的路，我熟。经大忠县长说，好！王刚一转身，很快消失在黑暗中。很快，王刚回来了，报告说，顺着县城走，走不通，必须另外找路。说完，王刚又走了。不一会儿，也就十多分钟，王刚又回来了。王刚说，出城的路找到了，这条路，过去我走过，我熟，肯定能走出去！人群立即有了响应。县长说，那好，走，立即走！于是，逃亡的人群组成三路，一路是老人、学生；一路是武警，押着三十多个犯人；一路是剩下的群众，包括从废墟中救出的伤残人员。两千多人的逃亡队伍，在黑暗中摸索着，在余震中爬行着，小心翼翼，战战兢兢，经过一个多小时的挣扎，终于逃出了北川这个死亡之城，然后来到北川中学的操场和路边；而另一部分当晚走不动或者没走的人，第二天中午也基本逃了出来，全部聚集在了北川中学的废墟前。

郭志武说，第二天下午，六七千人的逃亡队伍，又开始往绵阳方向逃。这六七千人包括北川城里和城外的灾民。当时，不知道是不是死的人太多，打动了老天爷，反正天下起了雨。雨下得很大，哗哗的，我感觉直往下流，直往下倒。有的披着麻布口袋，有的披着蛇皮口袋，有的披着塑料布，有的披着床单被褥，四人一组，四人一排，你拉着我，我牵着他，相互搀着，扶着，搂着，抱着，一起往外走，一起往外逃。一路凄凄惨惨，悲悲切切，惨不忍睹……

在郭志武的整个讲述中，我注意到，在大地震降临那一刻，郭志武反复提到当时他内心的一个念头，就是先找到他的爱人，再找到他的同事。我在采访中，曾三次向他核实这个问题的真实性，他三次都确认，他当时的真实想法就是这样。我回到北京后，又反复听了采访录音，他确实是这么讲的。但我还不放心，我在撰写此文时，又专门打去长途电话，再一次向他求证。他在电话里依然坚持说，当时就是这么想的，先找爱人，再找同事。

那么，郭志武为什么要先找爱人，再找同事呢？当我打破砂锅问到底时，郭志武说，地震发生后，凡是有幸活下来的人，最先想见到的，都是自己的亲人。我想这是人之常情，无可厚非。我女儿在绵阳上学，十三岁了，我不可能去绵阳找她；第二，我父母的家住在老城，他们的家离我吃饭那个地方隔着一条河，大概就二百米远，我非常熟悉，所以我出来后就看了一眼，他们的房子全垮了，我心想肯定完了。那么，我身边唯一的亲人，就是我的爱人了。而且找到了她，马上就可以找到我的同事，因为他们都在一起开会。

第二点，郭志武第一个从新城跑向老城，在他穿越五百米生死线的过程中，他看到了四个幸存者，但他都只寄予了同情，并没有伸出救援之手。关于这个过程，他依然没有添油加醋，而是实话实说，再一次做了诚实的表述。

上述两个问题，在我看来非常重要。从某种意义上说，比郭志武讲的故事本身还要重要；也非常值得关注，甚至值得研究。郭志武作为唯一的当事者，他在向我讲述这段故事时，第一，完全可以把他内心的念头，颠倒一下顺序，即是说，把先找爱人，说成是先找同事（个人内心的念头谁知道啊。过去我们很多人不都是这么颠倒的吗？）第二，他完全可以把自己第一次穿越五百米生死线，说成是一次惊世骇俗的壮举，也顺便把自己说成是个舍己救人的英雄，或者是个无所不能的大侠，甚至干脆施展自己的文学才华，编造出一个个一路救人的感人故事。身为县委宣传部副部长，郭志武当然懂得“颠倒”一下的分量，编造一下的效应。如果这样，除了天知、地知、自知，谁也不知；如果这样，他肯定一下就会“高尚”起来，就会“英雄”起来，就会获得种种社会“荣誉”甚至提拔的绝佳机会。

但是，郭志武没有这样。他只是实话实说，说出了他的尴尬，他的挣扎，他的紧迫，他的无助，他的无奈，以及他一路的实实在在。作为一个在大山中长大的年轻人，他从小就懂得一个再简单不过的道理：红薯就是红薯，茄子就是茄子，既不能把茄子说成是红薯，也不能把红薯说成是茄子，而只能遵守一个山里人的诚实与本分——实事求是！在我看来，这就是一个在地震中留下的生命的真正价值，这就是一个在废墟上存活下来的生命的全部意义！

还有一点，郭志武在对我的讲述中，反复提到他看到的那只乳房——那只躺在废墟中的孤独的乳房！郭志武说，这么多天过去了，那只乳房始终在我眼前晃来晃去，无法让我从记忆中抹去。地震太可怕了，一个年轻的姑娘，也许还是一个非常美丽的姑娘，短短一瞬间，就只剩下了一只孤零零的乳房！地震太惨烈了，它能摧毁人间所有美好的东西！什么叫"世纪末日"，这次我是真正看到了！

可见，地震那一刻，除了震出了这位北川羌族小伙儿的诚实，还给这位小伙儿留下了无形的惊恐与噩梦！一场地震，让那位姑娘失去了脑袋，失去了胳膊，失去了半个血淋淋的身子，而只留下了一只孤独的乳房！这只乳房失去了美感，失去了性感，失去了生命，甚至失去了性别，却留下了记忆。这记忆，是汶川大地震留给郭志武最血腥的记忆，也是留给我们最伤感的记忆。倘若我们记住了这只乳房，便记住了汶川大地震的残酷与无情，也记住了人间的纯洁与永恒的美丽！

镜头四：一座城市与一个声音

汶川大地震那一刻，距离汶川只有九十二公里的成都，这座以聪慧与幽默、花茶与麻将组合的城市，第一次出现了集体主义式的摇晃！用成都人自己的话说，"全都吓瓜了！"而以幽默、诙谐著称于世的一千三百多万成都人，也第一次真正懂得了什么叫滑稽，什么叫惊慌！

那一刻，有人正在上班，有人正在睡觉，有人正在开会，有人正在闲聊，有人正在喝酒，有人正在洗澡，有人正在炒股，有人正在赌博，有人正在谈情说爱，有人正在喝茶打麻将……总之，在那一刻降临前夕，聪明透顶、反应极快的一千三百多万成都人可能想到了成千上万个复杂而又深奥的问题，比如如何把麻将变成钞票，怎样把星期七变成星期八？如何让房价不再上涨，怎样让股票不往下跌？如何让贪官不再想钱，怎样让“国足”马上解散？如何让希拉里当上总统，怎样让马英九管好台湾？如何让普金牵制美国，怎样让布什教训朝鲜？等等，但就是没有想到一个问题：地震——“狗日的地震”！

在这一千三百多万成都人中，有一个成都女孩，同样也没想到。但那一刻，也就是整个成都市惊慌失措、混乱不堪、所有广播电台都哑然失声的那一刻，这个成都女孩却冲进了自己的工作间——电台播音室，在汶川大地震后的第一时间，通过无线电波，把自己的声音传向成都市的上空，并将这个声音持续了整整一个半小时！

这个成都女孩叫孙静，成都市广播电台交通台播音主持。

我见到孙静，是在她单位的办公室，时间是 5 月 21 日下午六点三十分。我们的手刚握在一起，她第一句话就说，千万不要说我很勇敢，或者说怎么样怎么样。这是我的工作，我的职责。

孙静刚从灾区大山里采访归来，一副风风火火的样子，给我的第一印象是：率真坦诚，聪慧精明，干练泼辣，个性十足。

孙静忙乎了一天，还没顾得上吃饭，一位同事帮她拿来一个馒头，她拿起来就啃，连水都忘了喝一口。孙静啃了一口馒头，还没等咽下去，又嘟囔着说，哎呀，这几天睡不好觉，都是余震闹的，一有时间，我就往山里跑，今天又去了，看到的东西太惨了，接受的东西太多了，心都是慌的。

孙静一边啃着馒头，一边讲，滔滔不绝，语速极快。话讲了一长串，馒头却还剩一大半。尤其讲起地震那一刻，情绪似乎还沉浸在几天前的亢奋中。

孙静说，地震那一刻，我正在自己的车上。因为三点整有我的直播节目，所以我提前到了办公楼的后门。与我同在车上的，还有一位同事。

我开始感觉车在晃，以为是同事在开玩笑，便说，你老晃车干吗？同事说，我没晃啊！我一看，院里有一堵很矮的墙，晃得厉害，房子也在晃，而且能听见一种很响的声音，便急忙跳下车。我双脚刚一踩在地上，就感到地面像波浪一样，一跷一跷的，人像站在船上，船像在水上，不停地荡，不停地晃。那一刻，我知道地震是什么感觉了。地震的时候，地面不是一个坑一个坑地凹下去，你看到的不是一个一个的洞，而是呈直线的裂缝。这是我的观察，我的体会。我看到同事都纷纷下了楼，全聚在大楼门前，几个女孩见我后就说，地震了，地震了！我说知道了，就往楼上走。一个同事拦住我问，你干吗？我说上班啊！同事说地震了，你不知道啊？我说，知道啊。同事说，知道了你还往楼里走，有病啊？告诉你吧，台里所有人都出来了，楼上的墙都裂缝了！我说不行啊，还有半个小时我就该上节目了，我得上去准备准备。再说，也没有人通知我不上节目啊！说着我就上去了。我到二楼一看，办公室一个人都没有了，墙上果然裂了，门也没关。我一边关门，一边还自言自语，太慌张了太慌张了，门都没关就跑了。我一边关门，一边还掏出手机，给自己照了一张相。

到这个时候了，孙静居然还有心思拍照，而且还能潇洒拍照，这实在令人有些匪夷所思。我问孙静，你明知已经地震了，而且也看见单位的同事都下来了，为什么还要上楼，还要去直播间？

孙静说，因为当时我走到大门口的时候，看见所有的人都围在路口，所有的车也拥挤在那儿。我的第一个反应就是，交通堵了，应该马上做节目。我们频道的副总监石建蓉也说，我们应该做节目了。实事上，我当时并不知道是四川地震了，更不知道这场地震会改变我的生活，改变我们的生活。因为我们的生活经验告诉我们，我们生活的地方是四川，四川没有地震，也不会有地震，所以当时几乎所有的人都以为是外地地震了，比如唐山、北京啊什么的。但我在第一时间亲眼看到的，就是交通堵了。作为一个交通节目的新闻工作者，当然要在第一时间去做我的节目，何况三点整，就该是我做节目的时间，所以我就上楼了。我刚进直播间不久，石建蓉也第一个冲了上来，帮我接电话。接着有一个叫晶晶的导播妹妹也来到了直播间，帮我接电话。她先在人群中找我，找到我后就哭了，问我，没事吧？我说，没事，走，上节目去。她说，还上节目啊？我说，没人说不上节目啊！所以她也到了直播间，一边接电话一边哭。接着我们办公室的方芳姐也到了直播间。刚开始，我往我们办公室打电话，没想到她还在办公室，我问她台长呢？她说不清楚。我说地震了，你怎么还没走啊？她说，我手上的事情还没做完呢！我说大楼的人都下楼了，你快走吧！方芳姐就走了，但她没下楼，而是到了我们直播间。我感到方芳姐很奇怪，地震都过去八天了，她居然没说过一句话，那天的事，更是只字未提，不知道是什么原因。

就这样，在大难来临那一刻，在楼房的摇晃中，以孙静为首的四位女将先后冲进了直播间，坐在了属于自己的工作岗位上。

就在孙静准备开始直播的时候，强烈的余震发生了！但这个时候孙静的压力不是个人的安全问题，而是如何直播的问题。尽管这个时候的孙静已经明明知道并千真万确地感觉到是地震了，但作为播音员，她又不能说是地震了！为什么？她所在的单位是成都市广播电台——这可是国家电台啊！而国家电台在没有接到官方红头文件或者官方正式通知之前，是不能擅自对外播放“地震”这一事关广大民众生死问题的消息的。这是几十年沿袭下来的制度，是几十年沿袭下来的规矩，也是几十年沿袭下来的习惯。孙静不能改变，成都广播电台不能改变，四川广播电台不能改变，中央广播电台同样不能改变！

但是，孙静是国家公务员，是成都市广播电台的播音员，播音室是她的岗位，如同战士的战壕；对着话筒说话，是她唯一的权力。这权力是国家赋予她的，是人民赋予她的。

问题在于，她怎么说话？如何说话？

这是一个难题，无论对孙静还是副总监石建蓉，都是。这个时候的孙静在直播间，与外界完全隔离，成都市以及成都市外所有关于地震的情况和信息，她一概不知；而其他三位女将同样如此，她们一到直播间，首先就向政府有关部门打电话询问、核实情况，但通信完全不通，连网络也一度中断。所以石建蓉告诉我说，虽然当时直觉告诉我们这是地震，但没有得到官方证实之前，我们不能擅自宣布地震这一消息。我只能告诉孙静，为大家提供一些逃生和救护知识，以及交通道路信息，尽可能避免大家的恐慌。但具体怎么说，得靠孙静现场的临时发挥。

当然，这个时候的孙静，也可以选择放弃——放弃这次直播，放弃这次说话的权利。但这个时候的成都市民，当反应过来并切身感到是地震后，已经纷纷冲出办公楼，或逃出家门，拥挤在了所有的大街小巷。他们惊魂未定，不知所措，纷纷打开手机，联系亲人。但“中国通信”不通。他们继而转为相互打听，彼此询问，却谁都没有准确信息，更不知道这个世界到底发生了什么。于是，平时人们并不怎么关心甚至被忽略的广播电台，成了人们获得信息的唯一渠道，不少人想起了收音机，打开了收音机，围住了收音机。遗憾的是，成都所有的广播电台都停止了正常的播放，一律改为音乐。

而就在这时，孙静的声音出现了：

听众朋友们，刚才那个晃动，把大家都吓着了吧，我也感觉到了摇晃！不过，我想告诉大家的是，请千万不要害怕，更不要慌张。不管你现在在什么位置，请告诉我你那里的交通状况。另外，正在驾车的朋友，一定要把车停在安全的地方；没有驾车的朋友，请一定要小心，千万别站在一个不安全的地方……

这就是汶川大地震发生那一刻，拥有一千三百多万人口的成都市出现的第一个声音。这声音是我从电台查到的原始录音，可以保证绝对真实。这声音突兀而起，灵光一现，在第一时间通过电波传向成都市的上空，传向成都市的每一个角落，像漆黑的夜空突然有人点燃了第一道篝火；像迷失的航船突然有人送来第一个罗盘；像溺水的孩子突然有人发出第一声呼救；像雨中的人群突然有人撑开第一把雨伞。这声音没有说“地震”两个字，却传递了地震的信息，这是孙静的智慧；这声音没有渲染地震的恐怖，却预示了大难来临的危险，这是孙静的聪明；这声音听似自然亲切，温柔平和，却及时敏捷，沉稳有力，这是孙静的冷静。

于是，慌乱的成都市民少了一分慌乱，多了一分安全。尤其成都市八千多名“的哥”，听到孙静的声音后，渐渐平静下来；交通道路情况，也明显开始好转。而且当天不少出租车，都是一路闪着应急灯，听着孙静的声音前往都江堰接送一个个伤员的。

我曾采访过大约二十个成都“的哥”，除两个“的哥”没有明显感觉外，其余“的哥”一致认为，孙静的声音当时对他们起了很大的作用。一个“的哥”告诉我说，地震发生时，他正在青年路，突然觉得车子荡了起来，他以为自己的车胎爆了，下来一看，好的。一抬头，见很多人从屋里往街上跑，然后不停地打电话。由于中国移动通信不通，都不知道怎么回事。他回到驾驶座打开电台，成都所有电台都是音乐。但就在这时，他听到了孙静的声音，知道了事情的真相，很快将这一真相转告了其他人。于是很多人通过孙静的声音知道了当时的情况，稳定了情绪，得知了亲人的下落，让他非常感动！

还有阿坝州交通大队的十多个警官，地震后一直睡在随时可能滑坡的山体下面，手机一直没有信号，也听不到任何信息，全靠听孙静的声音度过那段恐怖的日子。后来孙静采访他们时，一个警官还对孙静说，我的老婆孩子到现在也没找到，不知道他们的生死。你能不能在电台里给我播一下？就给她们说，我很好，很安全，让她们知道一下。孙静听了这话后，受不了了，眼泪唰唰地流了出来。

实事上，孙静的节目开通仅五分钟，第一个“的哥”就打来电话，及时报告了他所处道路的交通情况。接着不少“的哥”也纷纷给孙静打来电话，或报告道路堵塞情况，或询问路况信息。还有不少听众，也纷纷把问题抛向孙静。比如有人问：“中国移动、联通怎么了？关键时候为什么电话不通?”还有人问：“请问绵阳现在到底是什么情况，那儿的电话怎么也打不通？……”

汶川大地震后的第一个信息平台，就这样迅速搭建起来了。

大约半小时后，孙静和三位女将通过直播间的网络，获悉国家地震局已正式发布了汶川大地震的消息。但节目接下来具体怎么做？直播的具体内容说什么？没有现成的文稿，信息也不畅通，而且该说什么，不该说什么，也没一个成文的规矩。

这对孙静又是一次考验。

历史常常很奇妙，在关键时刻，有人总会突然现身。就在孙静为难之际，一个神秘人物出现了。这个神秘人物通过短信平台，在第一时间不断向孙静发去各种有关地震的信息，让孙静及时掌握到了地震发生的情况。孙静说，这个人太厉害了，这个人太让我佩服了！我们的节目刚播出不久，这个人就不断向我发来信息，起码发了二十条！这个人告诉我的地震情况，全是官方消息，新华社的消息，中央台的消息，还有地震局的消息。我就是依赖他的信息，才知道外面发生了什么。我把这些信息及时播了出去，外面所有听我们节目的人在第一时间就知道了当时发生了什么。后来有人说我开始的状态不够紧张，不够严肃，甚至还说我不是人，我实在冤枉。因为当时我真的不清楚外面究竟发生了什么，也不知道这件事情对我的生活会有这么大的改变，一直以为是北京或者别的地方发生了地震，与四川没有什么关系。正是这个人告诉了我一切。这个人先说是东京，后来说是四川。我说你能不能告诉我具体点，后来他说是汶川发生了七点八级地震，还说全国不少城市都有震感。得知这个信息后，我才紧张了。因为我是做交通节目的，我知道汶川离成都有多近！所以我的第一个反应就是都江堰麻烦了，但没想到绵阳也有问题。

孙静把地震的信息播出之后，很快就收到各种反馈的信息。

有人开始求助：孙静，请帮我播一下：刘华、妈妈、姐姐，你们安全吗？崇州好吗？妈妈在崇州。我很安全。我是李敏。

有人不断发问：乐山的地震厉害吗？茂县的情况怎样？汶川派出所的情况怎样？都江堰青城桥地区的情况怎样？

…… ……

但节目刚播出三十分钟，频道的总监詹伟，突然闯进了孙静的直播间。詹伟长得年轻，帅气，属于那种一眼看上去就非常精明能干的年轻人。采访中，詹伟一边接电话，一边和我说话，显得非常忙碌。地震发生后，詹伟一直在楼下忙这忙那，比如组织搭建直播车，指派记者采访，等等。这期间他无数次感到了大地的摇晃与震颤，当他发现孙静和三位女同胞不在楼下时，作为主管领导，他首先想到的就是她们的安全。于是他很快冲上楼，冲进了孙静的直播间。

詹伟一进直播间，开口就喊，你们马上下楼，办公室很危险！

孙静说，没事，我完了就下去。

石建蓉也说，没关系，我们自己做。

詹伟说，不行，现在余震不断，楼房随时都有倒塌的可能，必须撤！

石建蓉、晶晶、方芳三人只好很不情愿地离开了座位。

但孙静不走。

詹伟再次催促孙静，快走啊！

孙静还是不走，说，没事，我不怕！

詹伟急了，说，不行，必须走！一旦出了问题，谁也负不起这个责任！

孙静也急了，倔脾气跟着就上来了，说，我不要谁替我负责，我死了，是我的事，与台里没有任何关系！我可以马上签字，立下字据！

孙静的任性，让詹伟愣了一下。但他必须对孙静的安全负责，于是坚持说，在楼上工作确实很危险，你下楼后，到直播车上去，节目照样可以进行嘛！

孙静一听有直播车，尽管很不情愿，还是离开了直播间。临走时，她将频道暂时切换成了音乐。

但孙静下楼后，发现直播车还没完全搭好，性急的孙静马上又下了直播车，要冲回办公楼。不过在她冲之前，她下意识地看了詹伟一眼。詹伟与孙静共事多年，从孙静的这个眼神中，当然知道孙静要干什么，更清楚此刻交通节目的重要性；但台里为确保每个工作人员的生命安全，已经正式通知，所有人员必须撤离大楼！于是身处两难中的詹伟不得不做了一个有违常规的动作：悄悄给孙静使了个眼神！

这是一个上级传递给下级的眼神，一个同事传递给另一个同事的眼神，一个男人传递给女人的眼神，一个只有在特殊的历史时刻才可能有的眼神。这个眼神既包含了对固有体制的尴尬与无奈，又包含了对事业的共同追求和同事关系的一种宽容与理解。有了这个眼神，孙静像吃了一颗定心丸，当即又冲回办公楼！

这时，余震再次发生了！孙静听见了有人发出的惊叫声，感到了窗户的摇晃声，甚至还感到了大楼的颤抖声。但她还是上楼了。她走到直播间，发现直播间的门打不开，便使劲敲门。

一个老师探出头来，见是孙静，问，你怎么又上来了？

直到这时，孙静才知道，台里冒着危险偷着工作的，原来不止她一个。孙静说，直播车还没有搭好，让我进去吧，我的节目还没做完呢！

这位老师开了门。

孙静刚进直播间，石建蓉、晶晶、方芳三位女将也跟着冲了进来。

四位女将，从离开到回来，八分钟！

八分钟后，四位女将再次投入直播，再次进入一种忘我状态。于是，灾区所有守候在收音机旁的“的哥”和不是“的哥”的听众，又听见了孙静那亲切熟悉的声音……

这期间，大小余震不断，大楼多次出现摇晃，甚至孙静和石建蓉都明显感到，自己的电脑桌在不停地剧烈抖动！但在持续不断的余震中，孙静的声音没有断过一分钟！

我问孙静，当时楼里那么危险，你为什么不肯出去？

孙静说，我的职业习惯已经这样了，我的工作已经到这个时候了。当时我已经收到有人从短信平台发来的信息，说他们那里现在晃动很厉害，人们都慌了，到处人心惶惶！这个时候我觉得我不能走，因为我是播音员，走了，声音就没了，信息就断了，大家就更慌了，还会产生疑问：刚刚听到你的声音，怎么又断了？我想这个时候他们肯定最需要我留下，留下为他们传递信息。我的责任，就是及时与他们沟通，消除他们的恐慌心理。我走了，灾区这些人怎么办？所以我不能走。说真的，那一刻，我真的感到了自己的责任。

我又问，听说当时你的电脑桌都抖动起来了，说实话，怕不怕？

孙静说，许多人都问我怕不怕，当时我真没感觉，只想到我的节目，只想到和我的听众说话，不知道怕不怕。后来我也问过石建蓉，我说你怕不怕？她也说，没想那么多。我认为，人感到害怕和慌乱，有一种特定的情况，就是自己当时不知道发生了什么。地震时为什么会有那么多人害怕，是因为他们不知道发生了什么。我很幸运的是，地震发生那一刻，虽然身处的地方很危险，但我知道发生了什么，知道是怎么回事，而且随时都清楚，所以我不怕。那一段时间我最大的收获，就是把我所知道的信息及时传递给了广大听众。而我能做到这一点，是因为我身后有一个无名无姓的人，一直在默默地支持着我，是这个人给了我信息的源泉，所以我要特别感谢这个人！

下午 4 点 10 分，成都公安部门为稳定民心，派出宣传车上街宣传。成都市人民政府随后也发布了公告，通告市委、市政府成立了市抗震救灾指挥部，成都市地震应急预案已全面启动，恳请广大市民支持配合全市抗震救灾工作。

在直播间的孙静当然不知道这一情况，但这一公告却通过那个神秘的人物及时传递给了孙静，孙静再通过交通广播台在第一时间发布给了广大市民。孙静说，成都市的公告出来后，我就开始播。但后来想起来也有些后怕，因为万一播错了怎么办？公告上说的，和我自己说的，是一样吗？幸好一样。但万一说错了呢？责任谁来承担？

的确，当时没有人给孙静下任务，更没有人给孙静下命令，她完全可以不管，可以不播，或者装傻——装着没有听见这个公告，装着不知道这个公告是什么东西。因为她身边没有公告的原件，也就没有根据。没有原件没有根据，怎么播？凭什么播？为什么要播？但孙静非常清楚的是，自己是一个新闻工作者，是一个交通台的播音员，而新闻工作者、交通台的播音员的责任，就是要在第一时间把真相告诉大家，把信息告诉大家。这样做的好处是，大家心里会踏实一些，可以稳定人心，避免引起市区不必要的慌乱。

接着，温家宝总理到了成都。孙静说，我在第一时间就知道温家宝来成都了，也是那个人给我发的信息，说温家宝到机场了，到都江堰了，都是他告诉我的。我从网上得到确认后，当即就把这个消息播了出去，四川的灾民马上就知道温家宝总理到灾区了，就知道党和政府在关心着这场大地震了，有希望了！这个信息对稳定当时大众的情绪，很重要，让灾区人民感到了活下去的希望。这个人肯定一直坐在电脑边上，一直守在收音机旁，一直在听我的节目。我中间还休息了一会儿呢，可这个人就没有离开过，没有休息过。这个人太让我感动了！

“5·12”大地震后，用捐钱捐物的方式援助灾区的，不乏其例；但用输送信息的方式支持灾区的，却极为罕见。孙静反复提到的“这个人”一直全身心地、源源不断地给孙静各种信息，直至节目结束，直到大局平稳。我问孙静，这个神秘人物到底是个什么人？他为何不顾个人安危如此敬业？为何不顾一切向你传递真相与信息？

孙静说，我只知道这个人是一个持小灵通的人，我太感谢这个小灵通了，我也太感谢这个人了！我一直在找他，可惜当时太乱，我忘了记下他的小灵通号码，后来查了一下，太忙，也没查着。现在一个多星期过去了，就是找不着他。好像“5·12”之后，他就消失了，我也感到奇怪。

下午4点32分，楼下的直播车终于准备完毕。詹伟再次上楼，再次让孙静下楼。这次孙静没有固执，三分钟后，出现在了楼下的直播车上。而这时，台里已果断决定，四套节目打破常规，并机播出。于是孙静的声音随着电波，再一次传遍成都市区大街小巷。此时，节目已播出一百分钟，其间虽有两次断点，电波却一刻也没中断。而成都其他电台，也恢复了播出。

13日凌晨1点，坚持了十多个小时的孙静这才想起应该给妈妈打个电话，报声平安。孙静的父母都在成都，军人，医生，但自地震前一个小时离开后，就再也没有见过女儿。

电话接通后，孙静第一句话就说，妈，担心我了吧？放心，我没事！

妈说，妈才不担心你呢！

孙静很奇怪，也有些失望，以为没有及时给妈打电话，妈生气了，便问，妈，你怎么就不担心我呢？

妈说，我知道你没事。

孙静说，妈，你怎么知道我没事？

妈说，傻丫头，我和你爸从昨天下午到现在，一直趴在收音机旁听你说话呢！

孙静恍然大悟，原来地震那一刻，自己是成都市最让人放心的人！

的确，大难来临之际，孙静镇静自如，表现的是一种生命的从容。而生命的从容常常在低处，在角落，在人们最不起眼的地方，因而也常常最容易被人忽略。

孙静的故事，让我想起法国小说家都德的小说《最后一课》，还让我想起灾区传说的“范跑跑”。孙静不是“范跑跑”，那一刻她没有跑。那么孙静在那一刻为什么没有跑？是性格使然，还是职业习惯？是天生造就，还是后天养成？是胆魄过人，还是本能反应？

要说清楚这个问题，可能有点难。但孙静这个普普通通的成都女孩的故事，却不得不引起我们的思考：

假如新闻工作者都能恪守职业道德，在人民最需要的时候，敢于站出来说出真相，现实的中国，会是怎样？

假如国家公务员只对工作负责，而不对某个领导“负责”，明天的中国，会是怎样？

假如五十六个民族、十三亿人都说真话，中国人在全世界人民的心里，又是什么形象？

镜头五：和尚、尼姑还在山上

汶川大地震从地理的角度说，最大的特点，不在城市，而在深山。深山有村庄，有寺庙，有尼姑，有和尚。

从古至今，和尚、尼姑都在山上。可现在，有的和尚、尼姑早就下山了。下山干什么？山下的世界很精彩，走走，看看，逛逛，瞧瞧。甚至有的假和尚、假尼姑，还下山坑蒙拐骗，骗人钱财。

但我在彭州龙门山见到的一位和尚和一位尼姑，是真正的和尚，真正的尼姑。地震发生前，两人没有下山；地震发生后，两人也没下山；直到我见到他俩，八天八夜，一直都在山上。

和尚法名宏永，是龙门寺的主持。龙门寺位于彭州龙门山。记得八年前的一个深秋，我曾到过龙门寺。这里海拔约三千米，山巅终年积雪，树木四季常青，行走其间，但见云雾环绕，野鸟空鸣，漫山遍野，尽是一片红叶绿林。可惜，昔日风光，如今面目全非。

龙门寺与映秀镇相距不过二十公里。龙门寺在龙门山的前胸，映秀镇在龙门山的后背。所以地震发生那一刻，无论“前胸”还是“后背”，都被震得天翻地覆，遍体鳞伤。

地震来临前，龙门寺的十五个和尚正在庙里打坐念经，没有任何预感。地震来临时，全吓坏了，纷纷冲出寺庙。但出门一看，周围的房子全垮了，两边的山也倒了，只有身后的寺庙，稳稳当当，原模原样。于是又折了回去，趴在庙里，听天由命。

和尚尚且如此，山民可想而知。地震发生后，成千上万的山民不知所措，纷纷扶老携幼，朝着山下夺路而逃。但这一刻，有一个人，却偏偏逆流而上。

这个人，就是宏永法师。

宏永法师乃阿坝州人，年方四十五岁，体格健壮，见多识广，学位不高，古书却看了不少。地震前，他对古书中描写的“山崩地裂”“飞沙走石”“地动山摇”等古代汉语，一直停留在字义上，具体是什么意思，儿时父母没说，出家后师父也没讲，所以从来就没搞明白过。但地震那一刻，他全明白了！

那一刻，宏永法师正在山下办事，一见情况不妙，便向山上冲去。宏永法师说，他刚一冲出门，只见几座大山都在同时抖动，同时崩裂，同时滑体，同时被强大的冲击波一手掀翻，然后裹着泥沙，裹着巨石，裹着那些乱七八糟的瓦砾和树枝，一起扑向村庄、扑向房屋、扑向山路、扑向桥梁、扑向成千上万个无辜的老百姓。当时整个山沟都是尘土，都是烟雾，都是轰隆隆的冲击波，都是哭天叫地的“救命”声……什么叫“天崩地裂”？什么叫山摇地动？什么叫“飞沙走石”？什么叫“遮天蔽日”？什么叫妻离子散？什么叫家破人亡？这些，过去他都不理解，只有在那一刻，才全看清了，全明白了；也只有在那一刻，这些词语才用得上。

宏永法师冲到小鱼洞，小鱼洞的桥已经垮了，他只好跳进河里，蹚水而过。当时，全世界的目光几乎都聚焦在了汶川，聚焦在了映秀。其实彭州县的许多村庄，和汶川都在一个山脉，同样震得非常厉害，甚至有的地方比汶川还要厉害！但震后三天了，无人进去，也进不去，所以山里的灾情没有及时报道出去，外界根本就不知道。宏永法师说，我从小鱼洞镇进山，看见一路上都在余震，一路上都在断裂，一路上都在流血，一路上都在死人，一路上都在赶着救灾，一路上都忙着埋人。我从来没见过这么惨的情况，一路上我的心好像都被震碎了！说实话，当时我也害怕，谁不怕呀？但我的弟子还困在山上，许多山民还困在山上，我必须回去！

宏永法师冲回龙门镇后，很快从山里逃出的人的口中得知，里面的房子全垮了，只有龙门寺没倒。有十五个僧众，以及一些水电站的电工、正在施工的木匠、上山采药的药农和游客等，全躲在龙门寺里，等待救援。于是，宏永法师和镇上的干部很快组织了一个“敢死队”，立即进山救人。但进山的路非常危险，沿途有十处路段，均因山崩阻绝，即便没有余震，随时都有飞石滚落，一旦碰上余震，石如雨下，纵然身怀绝技，也会躲之不及。沈阳军区的一位战友告诉我说，穿越这段路程，遇上飞石的几率是百分之八十。一旦遇上，肯定是九死一生。他们曾派出一支先遣小分队进山抢救，路经桂花树水电站第一个飞石区时，就有三名官兵被飞石击中，造成一人重伤，两人轻伤。

宏永法师说，龙门寺在半山腰上，当时余震非常厉害，一会儿来一下，一会儿又来一下，导致泥石流、塌方不断，许多路基也全垮了，他和敢死队只有绕着山路，一边躲着山体塌方，一边往山上爬。不到三公里的路，从早上 8 点走到中午 12 点，才赶到龙门寺。然后大家带着四十五名幸存者分成几批往外逃，他带着六个敢死队员殿后。但在返回的路上，通过一片飞石区时，还是碰上了大余震，一米多见方的石头纷纷滚下来，当场把一个叫陈武明的敢死队队员砸倒在地，导致重伤，众人不得不抬着这个队员走。而他自己当时也无路可逃，只好冒死跳进一条河里！大家都以为他再也不会起来了，谁知他很快又从河里冒了出来，可惜他从寺里带出的一万多元香客们敬献给寺里的香资和一些贵重物品，全被汹涌的河水冲走了。直到太阳落山，他们才逃到沟口，抱头痛哭，四个水电站的女工，还向他跪下磕头。望着山沟里的一片片废墟和一具具尸体，他灵魂受到极大震撼，心脏跳到了歇斯底里的程度。于是他再也无法抑制内心的悲痛，一屁股坐在地上，对着苍天，声嘶力竭般狂喊道："老天爷，你太无情了！你为何要灭我苍生啊?!"

救援部队抵达银厂沟后，宏永法师因为是本地人，熟悉山路，熟悉地形，熟悉每间房子倒塌的位置，所以又主动给救援部队带路，协助抢险救人。他每天身着橙黄色的僧袍，在山沟里跑进跑出，在废墟上跑来跑去，几天几夜都顾不上休息。他的十五个弟子都被他安排下山了，整个龙门寺就剩他一个人。他说，他不走，他要留下来参加救灾，协助灾民渡过难关。18日搜救工作告一段落后，他又忙着联系成都附近熟悉的信众居士，通过电话，化得一万四千余元善款，然后从彭州买回一万多斤大米，分给山里的灾民。他说，过段时间，他还要到深圳、香港等地，去寻求募捐，以供灾民重建家园。

我见到宏永法师时，地震已经过去八天了。他向我讲起这段经历时，依然情绪亢奋，十分激动，一看便是一个有勇气、有血性的男儿。但他说，我没什么，最了不起的是军人！这次让我震撼的，除了地震，就是军人！抢险救灾中，军人表现最好，军人是真正的英雄！为什么说是英雄？他们不怕死！不怕死的人就是英雄！特别是沈阳军区的一个副司令，还有那个唐营长，不得了啊！一个军区的副司令员，不顾自己的生命安危，带着人去救老百姓，这不是英雄是什么？他们的事迹太让我震撼了，太让我感动了！

而最让这位和尚感动的，是国家领导人。他说，温家宝总理在第一时间就赶到灾区，看望灾区的老百姓，让我非常感动。接着，国家主席胡锦涛也来了，也到我们这个山沟来啦！不得了呀！当时余震不断，一个国家主席不怕死，亲自来山沟看望老百姓，真是开天辟地，从来没有过的事呀！

地震那一刻，龙门山莲池寺的一位尼姑，也没下山。

莲池寺是一座很不起眼的尼庵，位于白水河通往银厂沟的一个路边，与龙门寺仅一箭之遥。

尼姑法名弘法，她的弟子都喜欢叫她弘法师父。弘法师父长得慈眉善目，一脸清秀，谁见了都说她有一副菩萨心肠。

弘法师父不愿拍照，但地震后的龙门山，还是留下了她的故事。弘法师父出家前是一位外科医生。她毕业于北京医科大学，却痴迷于佛，于是一边行医，一边研读佛学，后官至一家医院副院长。但最终她还是舍弃红尘，剃度出家，皈依佛门。

弘法师父修行莲池寺，已十年有余。十余年来，弘法师父一边悟佛，一边讲经，一边为银厂沟的山民治病，深得山民的喜爱与尊敬。山民们告诉我说，弘法师父人好，心善，是我们这儿的活菩萨。我们每次去看病，不管是白天还是半夜，她都很热情，还不收钱。有从山外来的病人，她还送给人家吃的和路费。弘法师父的一位弟子也对我说，弘法师父平时对我们要求很严，要我们一定要好好做人。师父常说，佛门子弟，要讲仁，讲爱，讲善。只有关爱百姓，普度众生，才会佛光高照；只有行善天下，善待苍生，才会功德无量。

地震发生那一刻，弘法师父正在莲池寺举行一个法式。弘法师父说，突如其来的震动，让莲池寺左右摇晃，就像大江里摇摆的船一样，根本站不稳脚跟。短短几十秒钟，她就看见银厂沟通往龙门山镇的公路被摧毁了；周围的山体都在迸裂，泥石流都在下滑；山沟里老百姓的房子也在纷纷倒塌。奇怪的是，莲池寺除了房顶掉了一片瓦，个别佛像部分垮塌外，整个结构和架构基本完好无损。而且莲池寺里面的三个尼姑，一个传经师，以及二十多个居士（有些居士的年龄已八十有余）也全都安然无恙。但望着眼前发生的一幕幕惨景，弘法师父的心像被刀割一般难受。

弘法师父的一位弟子告诉我说，强大的地震过后，我们看见师父泪流满面，痛苦不堪。当时，余震依然不断，山体滑坡也在持续。我们都劝师父赶快下山，逃命要紧，但师父却不顾危险返回莲池寺，把我们和附近的村民组织起来，先把一些老人、孩子背出来，再把一些妇女送出去。后来，从银厂沟逃出的村民越来越多，不少人头上、腰上、腿上、胳膊上，到处是伤，师父又指挥我们把药箱从废墟中刨出来，然后给老百姓包扎治疗。但村民受伤的很多，找出来的药有限，西药很快就用完了，师父就领着我们找出原来从山上挖的中草药，然后连夜赶制中药。由于有的治疗跌打损伤的中草药含有毒性，所以两天下来，师父的好几个指甲都溃烂了。但师父坚持给山民敷药，一边敷药，一边掉泪，一边还给我们念叨着说：慈悲为怀，普度众生。救人一命，胜造七级浮屠！两天后，抢修公路的施工队到了，弘法师父忙组织弟子给工人烧水煮饭，炒菜熬汤。接着，空军救灾部队也赶到了，师父又为部队送药，给抢险中负伤的战士疗伤；为防止疫情发生，还给部队送上一些自配的中药；同时，师父还把寺里的一些粮食和盐巴分送给饥饿的村民。

事情过去了八九天，弘法师父的脸上看起来波澜不惊，但谁能断定，她的内心早已风平浪静？弘法师父说，我行医多年，看到过不少的伤残疾病，但这一次，是我一生中看到的最悲惨的一幕，也是我的心灵受到最大震动的一次！地震那天，我呼天抢地，无可奈何。我不知道这一切为什么会发生？我只祈求上苍保佑灾区百姓，让他们好好过几天安稳的日子，中国的老百姓活得太不容易了！

当然，无情的地震并未影响弘法师父的正常修行，她每天带领着弟子，除了行善，照样晨钟暮鼓，照样打坐诵经。但与往常不同的是，她只要一敲钟，一诵经，总会想起山崩地裂那一刻，想起山下那一片片废墟，想起那些无家可归的村民。尤其是想起那些儿童、妇女和老人，她常常泣不成声，泪流不止……

采访中，我还得知，全国其他名山的不少僧人、尼姑、居士，也纷纷带着弟子，赶赴灾区参加救灾，并将随身带去的香资，一一分发到灾民的手中。少林寺的和尚，还带去了一个医疗队。而成都文殊院，在第一时间就安置了逃亡出来的灾民，有的“活菩萨”还甘当志愿者，赶赴灾区运送救灾物资。5 月 15 日，成都文殊院还向佛教界发出了“同发菩提心，践行菩萨道”的赈灾倡议。于是广大佛教界人士和佛教团体纷纷慷慨解囊，为灾区奉献爱心。随后，全国各地的佛教寺院和佛教团体，先后为灾区的众生举行了“祈福法会”。

在绵阳市区，我看见一辆基督教会的汽车，奔忙在各个灾民点，为灾民排忧解难；在绵竹汉旺镇，我看见被安置在灾棚里的僧人，在灾棚里打坐念经，祈祷上苍，保佑灾区百姓平安度日，不再遭受劫难；在什邡洛水镇，我专程拜访了大王庙的道长钟至兴。钟至兴道长告诉我说，“5・12”大地震那一刻，大王庙正举办放生会，当时她正在办公室收会费，忽然听见山上传来轰隆隆的声音，她以为是什么火车开进山里来了，愣了一下，接着地震就发生了！大王庙自然受到了一定的损坏，最可惜的是已有五百年历史的壁画遭到破坏，但所有的道士都没有离开。当日下午和晚上，就有十几个灾民跑进大王庙求救避难。尽管寺庙规定外人不得借宿，但钟至兴道长说，为了解救民众的苦难，我们也就破了道教的规矩，将十余个灾民留了下来，为他们敷药治病，腾出床位，吃住都在寺庙里。

此外，空降兵 133 团参谋长彭元军还告诉我一个惊人的信息：“5・12”地震发生后，有六七十个即将临盆的孕妇无处避难，跑进了什邡的罗汉寺，后来连当地医院也搬进了寺庙，对伤员就地展开救护。罗汉寺的主持不仅安排了这六七十个孕妇的住宿和医院的医治地点，而且还准许这六七十个孕妇在寺庙里生下了六七十个孩子！

一场大地震，竟破千年佛规，委实令人感叹不已！而在这场大地震中，出家人变得更真，佛心变得更善，这一真一善，让我们看到了人性的风景，佛性的光泽。在大灾大难面前，出家人虽然身在化外，却心系红尘；信仰不同，但爱心相同。无论是僧人、尼姑，还是道士，或施勇，或行善，或布道，虽皆为出家之人，但都是人——原原本本的真人。而人，不在于是入世还是出世，也不在于是在山下还是山上，更不在于穿戴什么衣衫、装扮什么外表，而全在于内心——在于内心的修行与历练。

这让我不由得想起一千五百年前，中国历史上那场“太武灭佛”的浩劫：太武帝称帝期间，曾两度下诏灭佛，撤除寺庙，捣毁佛像，强令僧人还俗，并捕杀不肯还俗的高僧。

而今，千年岁月转瞬即逝，下诏灭佛的帝王已然作古，灭佛的浩劫一去不返，普度众生的慈悲早已化石为佛！

而这佛，在我看来，就在芸芸众生的人间，就在我们每一个人的身边，只要人人心中充满爱与善，人就是佛，佛便是人！

镜头六：生命·纸片·炸药·雷管

位于成都西郊的凤凰山机场，是个军用机场。机场所在驻军，就是如今名扬天下的成都军区陆航团。

汶川大地震之前，陆航团的知名度和汶川一样，几乎没人知道；汶川大地震之后，陆航团的知名度和汶川一样，几乎没人不知道。

陆航团之所以如此闻名，是因该团的直升机曾两次将温家宝总理及时送到灾区，而且温家宝总理点名要坐陆航团的飞机，还留下这样一句话："陆航团是为抗震救灾立了战功的！"当然，最主要的原因还是2008年5月31日下午，陆航团飞行员邱光华驾驶的直升机不幸遇难，机组全体成员壮烈牺牲，陆航团由此成了全世界关注的热点。

两次将温家宝送往灾区的飞行员，叫余志荣，陆航团的团长。我与余志荣见面，正是邱光华机组遇难的这一天。四天前，即5月27日上午，我曾来过陆航团。陆航团留给我的表面印象是：默默无声胜有声，静中有动动有静。而当我采访了刘绍良、陈远康两位特级飞行员后，更感到了陆航团在抗震救灾中的分量。于是5月31日中午，我再次驱车来到陆航团。

这个中午的陆航二团和往常一样，机场秩序井然，一切按部就班。当时邱光华的驾机就停在机场，我先在机场拍了几张照，然后走向机场旁边的塔台，走向正在塔台指挥调度的余志荣。本来，我原打算随邱光华的飞机进入灾区，后决定第二天早上八点乘坐余志荣团长的飞机。这个决定并非事前有什么预感，而只想对余志荣团长进行跟踪采访。因为当时余志荣的名气最大，温家宝总理点名要坐的就是他的飞机。所以我想随机对他观察，得出属于我自己的结论。没想到这个不经意的决定，竟让我与死神擦肩而过。下午一点，邱光华驾驶的米－171运输直升机从机场起飞，我正采访团长余志荣，透过塔台上的落地玻窗，我亲眼看见邱光华的飞机从凤凰山机场腾空而起。事后得知，那一刻站在机场边上目送着邱光华起飞的，还有邱光华和其他飞行员的家属。而那一刻，余志荣团长的心情和我完全一样，是平静的，轻松的，绝无任何预感，更没想到邱光华的飞机会一去不再回来，惨剧会在一小时五十六分后发生！

然而，汶川大地震那一刻，余志荣的内心则完全不同，面对闪电般来临的地震，他像遭遇了一场突然爆发的战争！

汶川大地震那一刻，余志荣团长也在机场的塔台上。余志荣说，汶川大地震发生后，楼房在晃动，飞机场旁边的机库也在晃动，甚至能听见机库大门嘎嘎作响的声音，大家马上想到了停放在机库里的飞机，只用了五六分钟就把十几架飞机从机库里全部推出。因为陆航团已组建二十年了，机库已有二十一年了，担心机库倒塌毁坏飞机。接着在没有接到任何命令的情况下，团里启动应急方案，仅用了半小时就完成了飞行员、机务组和地面保障三大准备工作，进入待飞状态；地震后一个多小时，副团长姜广伟和参谋长杨磊两个机组就在能见度不到三百米的条件下奉命飞往都江堰，拍摄了大量图片影像资料，为抗震救灾指挥部的决策提供了依据；接着全团出动十八架直升机，满载食物、药品等飞往灾区，再将大量危重伤员运送出来。

而汶川，是陆航团实施空中救援的第一个目标。余志荣说，从12日到13日，我们曾六次派出二十四架直升机飞往汶川，都因气候条件实在太差，没能成功。汶川的地形我非常熟悉，它处在一个“V”字形的狭长山谷中，谷底与山顶悬殊有三千多米，地形非常复杂；加上下雨，云很低，雾很浓，能见度不到二百米，根本无法进入。当时从中央到团里，都很着急。5月14日早上，我们又派出三架直升机飞往汶川。当时机组人员只有一个想法，只要能救出老百姓，哪怕有一线希望，冒死也要降落汶川！但飞机飞临汶川上空后，无法降落，原因是汶川城原来只有一个体育场能降直升机，地震后灾民已在那儿支满了帐篷，根本没有降落的空间。飞机在峡谷中盘旋了大约一个小时，才发现一块四十多平方米的草滩。但上面有三层高压线，场地非常危险。机长杨磊靠着过硬的飞行技术，一米一米地向下降落，最后几乎是擦着高压线才着陆成功的。当时汶川已与外界隔绝了两天两夜，灾民看到直升机后，又喊又叫，疯了似的地从四面八方涌了上来，有的女同志抱住机组人员失声痛哭；有的孩子两眼发直，不停流泪；有的白发苍苍的老人竟跪在直升机跟前，连连磕头……

而余志荣本人的驾机，同样是冒着极大风险进入汶川的。我无法确认余志荣一定是第一个飞临汶川上空的飞行员，但我敢肯定余志荣是陆航团所有飞行员中内心最痛苦、最复杂、最微妙的一个飞行员。因为，余志荣是羌族，他的家乡就在汶川，就在离汶川十公里的一个叫龙溪乡的村寨。龙溪乡山清水秀，景色迷人，尤其是那风情万种、神圣古朴的羌族碉楼，从小就令他流连忘返。余志荣是家中的老大，家乡还有老妈、老爸以及六个弟妹，一共八个亲人。地震降临那一刻，他很想知道家中八个亲人的情况——是生，是死？是伤，是残？但通信不通，音信全无，一切还来不及容他多想，救灾的电话已经鸣响！

当我问及余志荣从空中第一眼看到汶川的心情时，余志荣说，说实话，我的心当时是虚的。我的第一反应是，怎么会是这样呢？怎么会是这样呢？我的家乡过去是满目青山，现在却是满目疮痍。我看见到处是垮掉的山寨，倒塌的房屋；到处是横竖的电杆，倾斜的碉楼；到处是摆放的尸体，哭叫的孩童。我的家乡自然环境很美，是羌族聚集的地方，很有民族文化的特点，我熟悉那儿的山山水水。我从小对家乡的感情就很深，常常下河去摸鱼、捉蟹、洗澡，童年、少年都很快乐。我在那儿长到十六岁，高中毕业就当兵了。那儿有的碉楼已经好几百年了，经过很多大地震的考验都没有垮，这次却垮了，几分钟就垮了，大概有三分之二都没有了；其他文物古迹，也受到了破坏；有的一个村子夷为平地，有的几十台客车找不着了，估计是被大山埋了。什么叫山崩地裂？这就是。这些惨景过去我从未见过，第一次从空中见了，怕都来不及，很伤心！

在此后一个星期的时间里，余志荣每天驾机低空飞过自己的家乡，不是送去物资，便是拉走伤员。特别是 5 月 17 日这天，已近晚上七点，上级下达命令，说安县茶坪乡有十二名灾民伤情危重，必须紧急转运！此时全团的飞行员已飞行整整一天了，余志荣自己也飞了差不多十个小时。但为了抢救百姓的生命，余志荣当即决定，自己驾机前行，等完成任务返回，已近十二点了。而在这七八天时间里，余志荣的父亲、母亲以及六个弟妹，一直杳无音信，他也顾不上联系。从内心来说，他每次低空飞过自己的家乡，都很想多看望一眼家乡的废墟，多看望一眼废墟上是否有自家倒塌的小房，多看望一眼废墟上是否埋着自己的亲人。他如果要这么做，就像一个司机路过自己的家门，稍稍一抬脚，轻轻一刹车，只需短短一分钟！但他是穿军装的飞行员，他是陆航团的团长，他知道此时此刻全世界都在盯着汶川，全中国都在盯着陆航团！所以他既没让自己的飞机在家乡的上空悬停一秒，也没让自己的眼睛往废墟上的家中多看一眼！他不是不想停，而是刻不容缓；他不是不想看，而是不能分心！汶川地形复杂，气候恶劣，尤其是映秀上空，两座大山间隔距离不足三百米。头上是滚滚气流，厚厚乌云；四周是高山峡谷，崇山峻岭；脚下是千里岷江，滔滔滚滚。稍有闪失，便会机毁人亡！加上直升机属于低空飞行器，其安全性在飞机家族中排名最低，即便一股气流，或者一根树枝，都可能给飞机致命一击！更何况，直升机上没有任何逃生设备，也就是说，驾驶直升机的飞行员是无伞可跳的，飞行员从驾机离开地面那一刻起，就注定与飞机共命运、同生死！因此那一刻余志荣心里涌起的，完全是当年项羽面对乌江似的豪迈与悲怆！

余志荣所在的陆航团，是全军级别最低的一个场站，却是第一时间到达灾区的空中部队。此前只要西南地区有灾情，他们的直升机也总是第一时间赶到现场。从 12 号下午起，余志荣的团队除有两天下大雨停飞外，天天都在飞，每天都要往返灾区六次以上。每次从起飞到降落，飞行一个多小时，是平时的好几倍，但他们能多飞一次，绝不少飞一次。

因为灾区不少地方成了孤岛，救援人员进不去，即便进去了，伤员也救不出来。这个时候，空中成了唯一的通道。而能在空中通行的，只有直升机。

余志荣说，每次飞到灾区，看到那些悲惨的现状，就会有一种力量。从映秀到汶川，两边都是山，下面是岷江，山都塌了，植被全没有了，百分之七八十的道路被损坏，桥梁几乎全部中断，有的直升机在下面救人，上面的直升机就下去了，飞行员都知道有危险，但有危险也得飞，因为被困的老百姓太需要我们了！汶川有个草坡乡，困了五千多人，在山上下不来，现在还下不来。特别是许多被困的学生，必须及时抢救出来。比如映秀的学生，埋了好几天了，就是我们用直升机救出来的。银杏小学也是，学生二百三十个，老师十六个，一共二百四十六个，被困七八天了，当时我们就两架飞机，不停地飞，从早上飞到晚上，全给拉出来了。我们有时运输货物，运到灾区后，却没人卸货，飞行员和机组人员就自己卸，一件一件地卸，卸完货，再拉伤员回来。抬伤员的人手不够，我们的飞行员和机务人员就上去帮着抬。有的伤员没有担架，就用门板抬，先抬重伤员，后上轻伤员，飞机上摆不下了，就想法挤，有的伤员腿都伸不直。但没办法，能多拉一个就多拉一个，全拉满了！把伤员抬上飞机后，飞行员再驾机飞行，而且用最快的速度。因为飞得快，就可以多跑几趟，多拉伤员，多送物资。每天晚上九十点钟才吃饭，吃完饭，等把第二天的任务分配了，差不多就 12 点了。我们全团有七名飞行员的老家都在重灾区，在执行各种任务时，他们数十次驾机低空飞过自己的家乡，却没有一个飞行员把飞机停在自家的门前，下去看一眼自己的亲人或者倒塌的房屋。当时全世界都盯着凤凰山机场，都盯着我们的飞机，可全团能飞的飞机就十多架。为什么？有的飞机坏了，不能起飞。比如从美国进口的“黑鹰”直升机，一些零配件早就没有了，但美国有关方面不给我们零配件，只有停飞。但 5 月 15 号这天，我们的飞机曾救出了十多个外国游客，其中有几个就是美国人。这些人有海事卫星电话，有 GPS，他们把电话打到美国，美国找中国外交部，外交部再通知我们。于是我们不顾自己的危险，把这些游客全部救了出来。他们非常感激我们，说中国好。但飞机配件，却要卡我们。没有办法，我们只有多飞快飞，弥补飞机的不足。

余志荣还告诉我说，他们每次飞灾区，都有详细记录，飞行员是谁，机组是谁，起飞时间多少，着落时间多少，到什么地方，什么任务，送了多少物资，拉了多少伤员，完成任务怎样，全都有个登记表记录在案。但实际完成的任务，常常比登记表上的多。比如，去的时候，登记表上写的是计划拉十个伤员，等回来的时候，实际拉回的伤员可能是十五个。为什么呢？因为灾区伤员太多，飞行员每次看见实际惨相，总是想方设法，能多拉几个就多拉几个。最紧张的一天，全团飞行了一百一十个架次！

余志容说着，还当场让工作人员为我打出一份飞行登记表，然后指着表格对我说，我们今天是第一次向你公布这些数据。你看，截至今天下午（即 5 月 31 日），全团已飞行一千七百九十一个架次，飞行时间为一千五百五十九小时零十七分，运送物资七百一十四点三吨，运送伤员一千一百一十九人，转移群众一千九百五十一人，送医疗人员、专家、救灾人员二千三百一十五人，光今天就飞了十个架次。这些，表上记录得一清二楚。

我举起相机，拍下了这份登记表。

最让余志荣难忘的，是第一次从汶川带出的写满各种字迹和电话号码的香烟盒与小纸片。

地震后最初几天，汶川信息不通，与外界完全失去联系，因此传出信息，成了每个汶川人生命的第一需求，如同空气、阳光，如同面包、药品。有人说，能从一个香烟盒上带出一个电话号码，抵过一百袋方便面！但飞机进入汶川的航线，不仅云层密布，高压线横七竖八，而且山上的石头不断往下掉，余志荣他们的飞机几次差点被山上的石头砸中。虽然陆航团地处四川，但过去的飞行训练都是在常态下进行，在如此恶劣气象条件下执行如此紧急任务，对每个飞行员来说都是第一次。所以每次飞行，都是一次生命的冒险，都是一次死亡的穿行。

余志荣说，记得第一次我们的飞机刚一落地，老百姓看到解放军来了，感动得不得了，觉得自己的命有救了。在没见到我们的飞机前，乡亲们很绝望，都以为自己这一辈子完了！看见飞机后，一下就有了安全感，有的抱着我们的腿就跪下磕头。还有一个老太太跪在地上，嘴里不停地念叨着说，活菩萨派飞机救我们来了！活菩萨派飞机救我们来了！我们说，不是活菩萨派飞机救你们来了，是解放军派飞机救你们来了，是共产党派飞机救你们来了。这些村民非常纯朴，过去他们只听说过"神鹰"，现在真的看见了"神鹰"，"神鹰"就在他们的面前，所以把一切希望都寄托在了我们的飞机上。特别是知道我们的飞机可以把信息带出去后，都围上来了，开始是一个人，后来是几个人，再后来是几十个上百个全上来了！这些人中有当地的村民，有读书的学生，还有外地的游客，跑长途的司机，有的还是从新疆过来的。他们随便从废墟上捡起一些香烟盒或者小纸片，在上面写上给亲人最想说的话，再写上自己的电话号码，一张接着一张，一堆接着一堆，后来我们装了好几麻袋。乡亲们求我们说，拜托解放军了，请一定帮我们把这些纸片带出去，无论如何，也要找到我们的亲人，就说我们还活着，我们还活着！有的说着说着就哭了，又跪下了……看着这些无助的乡亲，看着这些写满信息的香烟盒和小纸片，我们很感动，感到了一种责任。我们像接受了一项重大任务似的，把这些香烟盒和小纸片装上飞机，平安地带了出来，再通过电台、广播或者电话，与他们的亲人进行联系。

我在陆航团拍下了这些写满了各种话语和电话号码的小纸片。当我的镜头对准这些通过一架架飞机从"死亡地带"带出的一个个香烟盒和一张张小纸片时，我被深深震撼了，也被深深感动了！这些香烟盒和小纸片，在城里绝对都是垃圾，即便那些在街头拾破烂的人，我想也不会放在眼里。但这些香烟盒和小纸片，在大地震后的非常时期，对那些断绝了亲人联系的灾区百姓来说，却价值连城，胜过千金！因为它连着亲人的血脉，连着亲人的感情，连着亲人的心肝，甚至连着亲人的生命！这些香烟盒和小纸片把被大地震割断的亲情重新连接起来，让身处绝境中的灾民不仅获得了亲人的信息，还感到了军人的可靠与可信，从而增添了活下去的希望与勇气。这一看似微不足道的细节，体现的是中国军人伟大的善美壮举！看着这些香烟盒和小纸片，我想到了21世纪，想到了21世纪的信息社会。在美国，只需三秒钟，总统的指令便可通过天上的通信卫星传至连队；而在中国，在中国大地震后的汶川，却只能靠从废墟上捡起的香烟盒或小纸片来传递信息，并且这些涂抹在香烟盒或废纸片上的信息，是通过直升机的冒险飞行才传递出来的。二者尽管没有可比性，但当我们面对这些通过直升机从汶川废墟上带出的香烟盒与小纸片时，我们应该思考与反省的，又是什么呢？

余志荣和他的飞行团队，除了运送物资，接送伤员，转运灾民，传递信息，还担当了一个完全超乎人们想象的艰巨任务，这就是：用直升机运送炸药、运送雷管、运送汽油！

为什么？

为了排除悬挂在灾区百万人民头上随时可能引爆的“原子弹”——唐家山堰塞湖！

5月26日，即我采访余志荣的前五天，是堰塞湖危及绵阳最可怕的时期。而这天，我恰巧在绵阳采访。当时，整个绵阳市区气氛空前紧张，甚至可以说一片恐怖！能逃的、有地方可逃的市民，纷纷扶老携幼，逃离绵阳；不能逃的、无处可逃的市民，则在外面纷纷搭起临时帐篷，在诚惶诚恐、胆战心惊中熬度分分秒秒。而就在如此气氛下，我在绵阳市委宣传部副部长胡科的办公室，听他介绍情况。胡科说，汶川大地震，绵阳受灾乡镇二百七十四个，受灾人口四百一十万。截至5月26日中午12点，绵阳死亡人数两千零六十八人，失踪八千零四十四人，受伤十六万六千七百人。其中北川死亡一万五千三百八十五人，安县死亡两千八百人，平武死亡一千多人。这还不算失踪和伤残人数，光北川一个县的失踪人数就是三千三百九十七人！

胡科还说，绵阳城区人口现有八十多万，需要撤除的房子有一百万平方米，也就是说有十二三万人没房住。绵阳灾民安置点有八百多个，原计划转出伤病员一万人，现在才转出去三千人。所以到绵阳救援的部队最多，光北川就有六七万部队。还有日本、韩国、俄罗斯等国派出的救援队，以及无数的志愿者等，都到了绵阳。温家宝总理来过三次绵阳，胡锦涛总书记也来过一次绵阳。但绵阳的灾情还没搞清，水患又突兀而至，从天而降！

胡科讲的水患，就是堰塞湖。

5 月 16 日，陆航团大队长伍安国驾机飞临北川县城运送危重伤员时，发现唐家山堰塞湖。后经四川抗震救灾指挥部进一步查实，唐家山堰塞湖危险极大，必须尽快采取措施。于是全国七十多位专家纷纷聚首绵阳，人们关注的焦点又转向了唐家山堰塞湖。此前，由于堰塞湖的泛滥，北川的漩坪乡、禹里乡变成泽国，大禹纪念馆沉入水中，李白的故乡江油也有二十万人被迫转移。现在，唐家山堰塞湖又突然告急！由于唐家山一带一直下雨，堰塞湖每天上涨的水达到七百万立方米！唐家山堰塞湖可容纳三个亿立方米的水，现在已经有一点四亿立方米了，而且还在不断上涨！如果唐家山堰塞湖一旦溃堤，一百多米高——相当于三十多层楼房——的水浪将从六百多米的高处向绵阳方向倾泻而下，那么沿途一百三十多万老百姓的生命，很可能惨遭灭顶之灾！而堰塞湖水冲进绵阳的时间，只需五六个小时！

本已伤亡惨重的绵阳，气氛再度空前紧张！保卫绵阳，保卫绵阳地区一百三十多万人民的生命安全，成为整个四川抢险工作的重中之重！5 月 19 日上午，陆航团副团长姜广伟机组紧急起飞，在万般无奈的情况下，用直升机的单轮着地加悬停的高难飞行动作，将十二个水利专家安全降落唐家山；同时四川抗震救灾指挥部紧急会商，制定了多个抢救方案，其中一个方案，就是择机炸掉堰塞湖！

于是唐家山急需汽油，急需炸药，急需雷管！

于是 5 月 25 日晚，一千八百多名官兵，肩背炸药，以急行军的速度，徒步紧急送往唐家山！

然而通往唐家山的途中，根本无路可走，战士们在无路的“路”上爬行，每人最多只能背负十公斤炸药。也就是说，一千八百名官兵冒着生命危险背着炸药跑一趟，炸药总量加起来也不过一点八万公斤！而专家说，要炸掉唐家山堰塞湖，至少要十吨炸药！最后只好决定，用直升机运送炸药、运送汽油、运送雷管！

而稍有常识的人都知道，汽油、炸药、雷管等易燃易爆物品，是飞机的天敌，随机装载，等于引火烧身，自掘坟墓！

但灾情就是命令，军人就是牺牲！军人的职业就是冒险，军人的使命就是玩命！在如此危急情况下，军人不冒险，军人不玩命，就无法挽救绵阳一百三十多万百姓的生命！

于是陆航团再次出动，一架一架载着炸药、雷管和汽油的直升机，紧急飞往唐家山……

陆航团的这一举动，揪住了无数人的心，也揪住了飞行员家属们的心！

飞机的安全，是飞行员家属们唯一的牵挂。自“5·12”下午起，陆航团飞行员的家属们就天天守候在机场旁边，看着第一架飞机起飞，再望着最后一架飞机降落。尤其是飞行员们在运送炸药、雷管期间，她们一大早就站在机场边上，守着，望着，等着。从清晨守到中午，从中午望到傍晚，从傍晚等到晚上。从第一架飞机从机场起飞开始，她们就望着天空一架一架地等着，她们就掰着指头一架一架地数着，直到等到最后一架飞机返回，直到数完最后一架飞机降落，她们悬吊了一天的心，才暂时放了下来。

然而，5 月 31 日这天，她们从中午一直等到傍晚，从傍晚一直等到深夜，从深夜一直等到凌晨，也没等到邱光华的飞机回来。邱光华是我军第一代少数民族飞行员，五十一岁，羌族，有三十三年飞行历史，是陆航团资历最老、经验最丰富的特级飞行员，已安全飞行五千八百多小时，曾荣立二等功两次，三等功四次。这天上午，邱光华机组往灾区飞了两个架次，接到新任务时，正值午饭时间，邱光华和机组人员匆匆吃了两口饭，就驾机起飞了。谁知返回途中，突遇低云大雾和强气流，只短短一瞬间，大片的浓云密雾，一下便遮蔽了狭窄的通道……十四点五十六分，飞机不幸失事，机长邱光华、副驾驶李月、机械师王怀远、陈林、士官张鹏五人及十四名搭乘人员全部遇难！

余志荣说，这次救灾，团里本来安排邱光华负责地面指挥，但他主动请战，坚决要求参加飞行。他的家乡就在汶川与茂县之间，他八十岁的老母在地震中生死不明，但他依然每天坚持飞行。他率领机组先后执行了六十四次救灾任务，运送救灾物资七点三吨，抢运伤员五十四人。他一次次将空中“死亡航线”变成“生命通道”，即便在运送炸药和雷管期间，也化险为夷。本来还有半年，他就该停飞退休了，但最终还是没有躲过死神的追杀，把自己的生命献给了灾区人民！

这个晚上，邱光华的妻子和所有飞行员的妻子，全都哭了。她们从深夜哭到凌晨，哭了整整一个晚上。陪同她们一起哭泣的，还有儿子，还有女儿，以及公公和婆婆。她们哭得很伤心，很无助，很无奈，甚至很绝望。

但她们是军人的家属。军人的家属就意味着同甘共苦，意味着风雨同舟，意味着终身守寡，甚至同归于尽！这是军人家属的选择，也是军人家属的宿命。

6 月 1 日早上 7 点 30 分，当我第三次驱车来到陆航团时，得知了邱光华机组失事的消息。我站在机场旁边，望着突然平静、肃穆的凤凰山机场，望着机场上一架架纹丝不动的直升机，我的目光在寻找、探望，心却在落泪、滴血。邱光华的驾机昨天中午刚从这里轰然起飞，转瞬便悄无声息，默默悬停在了一个死亡的峡谷中，永远盘桓在了一个民族的记忆里！

我将头慢慢抬起，直视天空。此刻的我，对空中的每一片云彩，仿佛都充满了敌意甚至仇恨！我真不明白，一场大地震已经吞吃了数以万计百姓的生命，上苍为何还不肯放过像邱光华这样为了百姓生命可以舍弃自己生命的军人？

莫非，这就是命？

我忽然想起汶川大地震后，一位美国著名军事专家说过的一句话，他说，中国人一瞬间由一盘散沙凝聚成钢板一块，真是太可怕了！几十年来总弄不明白美国为什么会在朝鲜战争中失败，通过此次汶川大地震，这个答案我总算找到了。

是的，为了人民的安全，不顾自己的安全；为了人民的生命，不惜自己的生命，这就是中国军人！而军人，这个一向高大神圣而又常常一路唱着挽歌的名字，在这场大劫难中，又再一次变得更具体、更实在了！截至6月3日，全体解放军和武警在地形环境和气象条件极为复杂的条件下，累计出动直升机上百架，累计飞行三千八百七十九架次，向重灾区投送食品、医药品、帐篷等物资五千九百五十六点六吨，运送应急通信分队、医疗分队和各类救援专家四千七百二十四人，回运危重伤员两千一百八十九人。而其中成都军区陆航团，截至6月10日，紧急飞行一千九百五十架次，成功抢运伤员一千一百二十六人，运送急需物资六百三十八吨，转运被困群众两千一百七十一人，保障中央和军委首长视察灾区十六架次。其中，超常规、超气象条件飞行达一千三百四十一架次，创造了中国人民解放军陆航史上的最高纪录！

是的，过去，当我们跪着看待人生的时候，看到的往往是自己的膝盖；当我们抬头仰望世界的时候，看到的常常是洋人的美元；而今天，当中国军人从高空俯瞰大地废墟的时候，看到的却是生命——灾区千千万万个普通百姓的生命！

这，或许才是那位美国军事家要找的答案。

第二幕

面对亲人的“战争”

汶川大地震，像一场突然爆发的战争，一场大自然向人类发动的战争，一场不是战争的“战争”！这场“战争”与军事战争的根本区别，就是拼搏的地点不在沙场，而在废墟；面对的不是荷枪实弹的死敌，而是情同手足的亲人；军人既是勇士，也是“伤兵”！

镜头七：是红白，不是滚北

什么叫地震?

这个问题对历史悠久的地球人类来说，本该是一个常识；但对奔赴灾区的绝大多数军人来说，却是一个空洞的名词。因为和平年代的军人早已远离了战争，远离了鲜血，远离了死人，更远离了地震！虽说中国曾经发生过震撼世界的唐山大地震，但那已经是三十二年前的事了！三十二年前，现在中国军队中的团职以下干部和战士，一个都还没有出生！

更何况，四川汶川大地震百年不遇，前所未闻，绝大多数军人过去只听说过四川，却从来没去过四川，四川在他们的头脑中最多是一张军用地图，或者一册中学课本。因此，尽管不少部队在赴灾区之前就向战士们进行了抗震救灾的紧急动员，而实际上战士们并不清楚什么是地震，地震到底是怎么回事情，灾区究竟是个什么状况，“抗震救灾”具体又是一个什么概念；至于灾区的气象条件，道路情况，地理特征，人文风俗，就更是丈二和尚摸不着头脑了。但一切还来不及多想，也容不得让他多想，上级一声令下，战士们连衣服裤子都还来不及穿好，就被送上飞机或汽车，昼夜兼程，马不停蹄，轰隆隆地开赴灾区四川了！

黄继光生前所在团，即空降兵133团，是5月12号晚十一点正式接到赴灾区命令的。团长文东只用了五分钟，就向全团官兵传达了命令。黄继光是当年大名鼎鼎的战斗英雄，在朝鲜战场曾用自己的胸膛堵住美国人的枪眼；但今天，为了灾区人民的生命安全，黄继光的战友们却要用自己的血肉之躯，去顶住倒塌的房梁和水泥板。这不仅对黄继光团的战士是个考验，对团长文东也是一次挑战！

文东，四十岁，湖北人，一米八的个头，威风八面，虎气生生，走起路来，脚下能荡起一阵风。此人先在黄继光连当过排长、副连长，后在上甘岭八连当过指导员，再后来出任团副参谋长，又到俄罗斯受过军事指挥培训，可谓能文能武，智勇双全。我首次与文东见面，用不着说话，抬眼一看，就是一条汉子！黄继光生前所在团是一个非常特殊的团队，为叙述方便，以下我简称黄继光团。说黄继光团特殊，不在于它一直举着黄继光这杆英雄的大旗，把黄继光作为一种精神的象征，再注入士兵的血液，以此鼓舞全团官兵；而在于或者说更在于，凡国家重大战备及国防任务，一向都是由该团担当主角。换句话说，在中国九百六十万平方公里的版图上，黄继光团可以在任何时候从空中降落在任何地点。所以空降兵原来的计划，是由黄继光团挑选六百官兵，直接伞降灾区。后情况有变，改成机降。然而，即便像这样一支具有很高军事素养、经过长期实战考验、见过大场面大世面的特殊部队，面对大地震这场不是战争的“战争”，在进入灾区最初的那一刻，也不知所措，乱了阵脚！

13日凌晨6点，黄继光团一千六百七十二人全副武装，准时开进武汉阳逻机场。同时开往机场的，还有空降兵的两个师。但到了阳逻机场，文东带领的黄继光团等了两个小时才登上飞机，而且团队的编制在登机时就被打乱。原因是全团一千多人不能同坐一架飞机，只能拆开打散，分批登机。于是按照作战惯例，每架飞机上谁的官大，就听谁的指挥。10点40分，飞机降落成都国际双流机场，团长文东两眼一抹黑，部队去哪儿？不知道；怎么走？闹不清；至于灾区“敌情”，更是一概不知。作为军事指挥员，这是最忌讳也是最心虚的事情。好在文东身为黄继光团的团长，有着丰富的实战经验，所以他做的第一件事情，就是迅速将团队的编制重新收拢。

但蜀道难，进灾区更难！想想吧，陆、海、空，十三万大军，几乎同时扑向四川，天上、地上，飞机、轮船，火车、汽车，金戈铁马，滚滚人流，怎么飞？如何走？怎么指挥调度？如何分配协调？吃喝拉撒怎么解决？医疗卫生如何保证？此外，还有十四五万志愿者第一时间就赶到了灾区，紧接着又增至二十万，而随后全国报名要去灾区的志愿者竟多达一百万！以致四川省委有关部门不得不一边对志愿者深表感谢，一边恳请志愿者先别来了！意思是说四川这个小小的盆地实在装不下了！何况，交通中断，通信不通，一切又来得是那样的迅猛那样的惨烈那样的突然。因此，当全国飞往灾区的飞机一起扑向成都双流机场时，机场的混乱状况可想而知。黄继光团在机场又滞留了四个小时，才上了汽车。上车时，因载送部队去灾区的车是地方大巴车，军人无法按正规连队的编制乘坐，团队的编制被迫再次打乱。这一乱，让黄继光团更是乱中添乱！

文东说，离开成都双流机场时，我接到的信息是去绵竹，于是我安排副团长带着一个营在前，跟在师部后面，我带着一个营居中，政治部主任田新带着一个营殿后。当时路上非常乱，到处是车，到处是人，我一路折腾，好不容易赶到绵竹，空降兵的人却一个见不着。我下车问老乡，刚才有没有看见空降兵路过？老乡说，没见空降兵，只有消防兵。我想，坏了，部队找不着了，忙打电话问前面的副团长，你在哪儿？副团长说，我也不知道我在哪儿，好像是在什邡。我说不是说好了去绵竹吗，你怎么跑到什邡去了？副团长说，我也不知道咋回事，跟着前面的队伍就到什邡了。

文东后来才知道，绵竹和什邡，其实是一条路，走到半路上，前面的车拐了个弯，就拐到什邡去了。但文东当时什么也不知道，急忙给师长打电话，却怎么也打不通！他这下急了！当兵二十年了，还是黄继光英雄团的团长，走南闯北，上天入地，什么场面没见过，什么地方没去过，什么时候走丢过队伍？这次真要走丢了，岂不成了笑话！后来，师长的电话终于打通了，文东急忙问师长，师长你在哪儿？师长说我在什邡。文东说我在绵竹，我们去哪儿？师长说，你到红白！文东说什么红白啊？师长说就是红白镇，红色的红，白色的白，那儿灾情严重，你尽快赶到，立即展开抢救！文东问，师长，红白怎么走？师长说，到洛水，过蓥华，再往前……刚说到这儿，电话突然断了，文东再打，就怎么也打不通了，再也打不通了！

文东说，我挂了电话，忙问老乡，到洛水怎么走？老乡说，路都震坏了，没路可走了。我找到一个交警，让他给我带路，他不干。我立即打开地图，一看，知道了红白的大致方位，决定走大路，主要是怕堵车。然后我打电话通知前面的副团长，让他带着队伍去红白；又打电话通知后面的田新，让他带着队伍也去红白。可我刚给田新说了一句话，电话又断了！我救人心切，急急忙忙跳到第一台车上，带着队伍就往红白赶！

文东带着队伍走了，殿后的政治部主任田新却乱了方寸。

田新聪明、能干，脑子反应快，平常说话办事干净利落，非常认真，政治、文化素养也不错，而且近十年来还多次参加过全军各种军事大演习以及 1998 年的抗洪救灾等。尤其是他参加 1999 年国庆大阅兵训练时，高温六十多摄氏度，鸡蛋打开放在地上，立马都能熟了，他往武汉机场一站，裤腿下全是一片汗，即便一站就是一天，也给扛下来了。但这次，一进灾区，他的脑子就蒙了！

田新说，我们从成都机场上车后，一心想着救人，根本就不知道车往哪儿开，当时只知道个汶川，就以为肯定是去汶川，司机带我们去就行了。后来我打开车窗一看，怎么路牌上写的是德阳？我问司机，这儿离汶川还有多远？司机反而问我，你们去哪儿啊？我说不知道呀，你不知道吗？司机说，我哪儿知道啊，你们去哪儿，我就把你们拉到哪儿。我一听，坏了！赶紧报告团长，团长说可能情况有变。话还没说完，车队已进入德阳，五六十辆车的队伍马上就被切割开了。我跑到前面问营长，营长说我也不知道，一天一夜没睡觉了，累得实在不行，刚迷糊了一会儿，一睁眼，前面的车就没有了。我忙给团长打电话，不通，再打，还是不通。我又用对讲机呼团长，呼不着，对讲机的电却快完了。我这下傻了！队伍失去联系，怎么办？就在这时，我收到团长发来的短信，短信说，你现在在哪儿？一定要让部队跟上，不能掉队！我马上给团长回短信，可短信发不出去，发了好几次，还是发不出去！这时我的对讲机响了，我拿起来，听见里面哧哧地响，团长说，田主任，我不管你想什么办法，你必须无条件地把队伍给我带到滚北！我忙问团长，什么滚北？滚北在哪里？可话还没说完，信号突然断了，我急得又喊又叫，可除了哧哧的声响，再也听不见团长的声音。后来我才知道，团长说的是“红白”，不是“滚北”，但由于信号不清，刺刺啦啦，我听到的就是“滚北”。于是我马上下达命令，队伍向“滚北”开进！并让营长殿后，我到第一辆车上带路。这样，每到一个路口，我就问老乡，滚北怎么走？老乡就告诉我，滚北怎么怎么走。说来也奇了怪了，我用湖北话说的滚北，和四川老乡说的红白，谐音差不多，所以一路上我不断问“滚北”怎么走，老乡一路上告诉我“红白”怎么走，居然走到了洛水。这时候温家宝总理的车过来了，我们还让温总理的车先走。到了洛水，我看见一个警察，急忙跑过去，很严肃地对警察说，我们是从武汉赶来的空降兵部队，我们要去滚北救人，但不知道滚北怎么走，请他一定想法派一辆车把我们带到滚北！警察看着我，莫名其妙，问，什么滚北啊？我说就是……就是滚北啊，大概是个小镇什么的。警察说，这哪有什么滚北啊？我告诉你，是红白，不是滚北！我一听，我的妈呀，当时就吓出一身冷汗！为什么？到灾区，就是到前线，这是打仗啊！如果我没有按照团长的指示，在第一时间赶到目的地，错失或者延误战机，作为一名指挥员，就是严重失职，那是要杀头的呀！后来一辆警车开过来，带着我们往红白赶。刚走到蓥华镇，我就看见团长了！一看见团长，我眼泪都快掉下来了！我问团长，副团长他们呢？团长说，我也不知道他们跑到哪儿去了！

其实，文东与田新中断联系后，一路过来，同样不易。队伍路过洛水时，文东并不知道里面的灾情严重，一看外面没人可救，就带着队伍继续往红白走，更不知道副团长带的队伍其时就在洛水。到了蓥华，文东才开始感到了灾情的严重。文东说，在武汉时，都说四川地震厉害，受灾严重，但说实话，一路上我并没有这种感觉，好像没有传说的那么严重。可一到蓥华，我看见镇上所有的房子几乎都倒了，街道上，马路边，躺着不少死人。灾民们跑的跑，逃的逃，个个失魂落魄，惊慌失措，什么人都有，到处乱七八糟，一片乌烟瘴气，还有汽车、拖拉机、摩托车等，把蓥华镇全给堵了！直到这个时候，我才真正知道了地震的厉害。而我的战士们，也个个瞪着眼睛，眼里尽是诧异与惊恐，有的甚至呆在那儿一动不动。我问几个正往外逃的老乡，红白在哪里？老乡说不知道，一眨眼就跑得没影了。我又问另外几个老乡，红白怎么走？老乡说，到红白路不通，桥也断了，过不去，里边很危险，千万别进去！我心想，我就是要去过不去的地方，就是要去最危险的地方，不然要我黄继光团干什么！这时候，我看见一个交警，就赶紧跑过去让他给我带路，交警不干，说现在很忙，离不开。我想，不带拉倒，我自己找，我就不信找不着红白！我带着队伍继续往前找，刚走不远，就碰见一个干部模样的人，一打听，是什邡市武装部的部长，姓姚，叫姚远。我把部队的情况简单给他讲了一下，他说红白灾情非常严重，水、电全部中断，灾民没吃没喝，没有医生药品，急需部队救援！我说那你赶紧带我去啊！他说通往红白只有一条公路，全部中断了，现在进去非常危险！我一听就来劲了，就像打仗时在前线突然发现了敌情！我说我就要去灾情最严重的地方，就要去最危险的地方，只要有人带路就行。我现在有几百人的队伍，后面还有！他说好，我这里有一车救援物资，车上有药品、食品和水，红白非常急需，但车进不去！我说车进不去，我就用人扛进去！就在这个时候，也就是我正需要人扛东西的时候，就看见满头大汗的田新带着队伍匆匆赶来了！我马上向田新和炮兵营营长下达了命令，立即搬运救援物资，向红白徒步开进！

红白，是什邡市最偏远、最孤独的一个小镇。红白地处龙门山脉中心地段——蓥华山麓，东与绵竹隔河相望，西南与彭州相连，西北与茂县接壤，距汶川最近的地方仅十八公里。红白常住总人口三万余人，总面积三百三十二点九三平方公里，除有蓥华山、八卦顶、青牛沱、黑龙池、南天门、太子城、佛光寺等风景名胜和前朝遗迹外，还有煤炭、磷矿、水泥矿、花岗岩主要矿产，以及金河、通溪河、连山湾等水系资源。地震前，红白有三十六个村民小组的公路已经连通，镇内还设有三个火车站，照明、电话、光纤电视、移动通信等，也实现了无缝覆盖。但汶川大地震，红白死亡一千多人，伤二千三百九十七人，失踪三百五十八人，房屋倒塌一万五千多间，直接经济损失高达近一百亿！

当团长文东带着部队向红白挺进时，天空下起了小雨。自 12 日下午起，灾区就开始下雨，红白地区更是雷电交加，雨水不停。官兵们有的提方便面，有的抱矿泉水，有的背药物，有的扛食品，上至营长、团长，下至班长、士兵，每人至少背负十五公斤，不算自己的行囊。为防止包装药品和食品的纸箱被雨水淋湿，官兵们用随身携带的雨衣把纸箱包起来扛着走，而自己则全身湿透。刚走不远，一阵刺鼻的异味扑鼻而来！官兵们抬头一看，前方半个天空一片乌气沉沉。后来得知，这是地震时蓥峰实业公司的管道发生爆炸，引起液氧和氨气泄漏，在方圆形成一平方公里的死亡区。于是战士们立即掏出毛巾，将矿泉水浇一点点在上面，然后再用毛巾捂住鼻子，弯腰低头，快速跑过“死亡区”！

后来，雨越下越大，路越走越难，一路是残崖断壁，一路是裂缝深坑。而且，余震不断，山石不时滚落下来，发出轰隆隆的声响，像放鞭炮一样，一边走，一边还得随时躲避。其间经历了一处断桥，两处危桥，以及十几处山体滑坡和山石坍塌。田新说，他们开始扛着矿泉水还觉得没什么，可走到后来，越走越沉，肩上的矿泉水简直就像石头一样！特别是有的小战士，才十七八岁，两条腿几乎就是拖在地上走。由于一天一夜没吃东西了，又饥又渴，又困又累，有的战士实在走不动了，很想把矿泉水扔掉几瓶，哪怕扔掉一瓶，也会轻松一些。但一想到里面的老百姓缺水，一瓶也没舍得扔——有的战士刚一扔掉，又急忙捡起来，而且自己渴得嘴上冒泡，也没舍得喝上一口！

队伍走到一个叫烂柴湾的地方，由于山体滑坡，无路可走。一打听，山民说附近有一条铁路桥，估计能过。文东带着部队来到铁路桥，却大失所望。铁路桥长约六百米，宽约四米，桥下是四五十米深的河流和悬崖，十二个桥墩已经整体向下沉了约六十厘米，整个铁轨也被悬置起来，官兵们双脚刚一踩在上面，桥梁就直摇晃。而且余震随时发生，一旦坍塌，任何人绝无生还的可能！

怎么办？是进还是退？

田新找到当地几个灾民，问，这桥能不能过？

灾民说，一次过二百多人，这桥从来没有过。还说，红白非常危险，已经死了不少人，里面的人都在往外逃命，你们千万不要进去，进去等于送死！

田新听了，又是一头冷汗。他和战士们找来木板，盖住桥上的空隙和漏洞，以免战士们看见桥下陡峭的悬崖和湍急的河流，引起心理恐惧。

文东仔细查看了地形，询问了情况，经简短分析，果断决定：二百五十人的队伍，变成一路纵队，每人间隔七步，每五人中间，再插入一名干部，小步快速通过铁路桥！

接着，文东对身后的官兵说，你们别动，我先过去，等听到我的口令后再前进！说着自己扛起两箱矿泉水，第一个向大桥走去。

就在这时，炮营营长叶恒星一步冲了上去，横在文东的前面，说，团长，你不能先走，让我先过去！

紧接着，十几个连长、排长也站了出来，说，团长，你是团长，不能先走，让我们先过去！

文东望着身边的弟兄，眼睛一下便潮湿了，但他很快大声说道，不行，没有我的命令，谁也不准动！说罢，一把拨开营长叶恒星，疾步向大桥走去。

大雨中，二百五十名官兵的眼圈顿时全红了，他们望着团长的背影，迎着随风飘来的毒气与雨水，一起大声喊道：团长，小心！……

随后，二百五十名官兵扛着一箱一箱的物资药品，踏上了晃晃悠悠的铁路桥……

如果说，在此之前，地震对黄继光团的官兵们只是一个神秘的传说，那么此时此刻，当他们的命运与脚下晃晃悠悠的铁路桥紧紧连在一起时，才开始知道了地震的确切内容。后来不少战士告诉我说，刚踏上铁路桥时，双腿都在发抖，看都不敢往桥下看一眼。但一看见走在前面的团长，还有营长和连长，一想到要赶着进去救人，也就豁出去了，什么都不顾了！

下午 6 时许，黄继光团二百五十名官兵经过近两个小时的艰难跋涉，终于抵达红白镇！这是第一支成建制到达红白的部队，从武汉接到命令那一刻算起，只用了二十个小时！

然而，见多识广的二百五十名官兵刚一踏进红白，全都惊呆了！

此时的红白，到处是尸体，到处是伤员，到处是血迹，到处是泪水，到处是哭的叫的，到处是喊的跑的。从下午起，数以千计的灾民纷纷背井离乡，冒死踏上了逃亡之路。伤员能抬的抬出去了，能背的背出去了，剩下的，不是死的，就是残的；不是老的，就是少的；不是忙着救人的，就是哭着找人的；不是趴着求救的，就是躺着等死的……

红白镇办公室副主任文孝桂告诉我说，地震发生后，红白的交通、通信全部中断，与外界彻底隔绝，成了一个孤镇！大约十分钟后，我们就派出第一拨到什邡报信、求救的人，但一出去，就没有回音；半小时后，我们又派出第二拨人，还是有去无回；后来每隔半小时我们就派出一拨人，一连派了五拨人，都没有一个返回的！后来才知道，通往红白唯一的一条公路，因山体滑坡，全被堵塞；加上蓥峰实业公司的液氧和氨气泄漏后形成了“死亡区”，所以我们派出的五拨人冒死冲出去后，再也无法返回。而外面要来红白救援的队伍，又必经洛水，一到洛水，就被洛水拦腰截住，所以导致红白的救援出现空白！我们只好组织自救。当时，红白镇惨不忍睹，一片惊恐！镇政府机关垮了一栋半楼，镇上的干部死了四个，还有九个干部的亲人也死了。光是一个木瓜坪村，受困群众就是一千八百多人。镇上全是伤员，全是尸体！过一会儿就抬出一批尸体，过一会儿就抬出一批尸体。有的人刚抢救出来是活的，过一会就死了！两个小时大概救了三百人出来，不一会儿就死了三十多个！直到12号晚上十点钟，什邡市的副市长蒋明忠和武装部部长姚远，才冒着危险带着人员赶到了红白。

文东告诉我说，说实话，到了红白，我才看见了真正的灾情，也才真正知道了什么叫地震！我经历过很多残酷的大场面，但像这样惨烈的场面，是第一次！

田新告诉我说，尽管空降兵参加过国内许多重大的抢险活动，但参加抗震救灾的活动却是第一次，战士们亲眼见到那么多的死人，更是第一次！虽然在嘴上谁都不说什么，但每个人的心里，都是胆战心惊的！

炮兵营营长叶恒星告诉我说，走进红白镇时，我才知道，真正震撼我们的，不是一路上看到的倒塌的房屋，垮掉的大山，沉陷的路基，震断的桥梁，而是人——那些乱七八糟躺在路边的死人，以及一群群从山里拼命往外逃命的活人！他们两眼空空，面无表情，眼睛里除了绝望，就是绝望，除了恐惧，还是恐惧！尤其是那些一排排躺在学校操场的孩子，我一看见，就想哭！如果不是亲眼看见这些，我永远无法知道地震的确切含义。

文东很快找到红白镇指挥部，报告了部队前来救灾的情况，请求分配抢险任务。在文东报告的时候，二百五十名官兵就整整齐齐地站在指挥部的帐篷前，个个摩拳擦掌，心情激荡，恨不得马上奔赴救人现场！

遗憾的是，此时天色已晚，加之红白停水停电，通信中断，到处黑灯瞎火，混乱不堪，救援工作当晚很难展开。指挥部希望部队先把急需抢救的伤员连夜送出，明日一早再展开救援。这让黄继光团的官兵们大感意外！因为从武汉出发，千里迢迢，一路紧赶快赶，就是为了尽快赶到红白，扑向废墟，抢救亲人！没想到好不容易赶到现场，拳脚尚未施展，却要无功而返！就像打仗，刚刚冲到前线，敌人的影子还没见着，一枪未放，又让立即撤退！于是不少官兵们感到非常憋气，甚至有点窝火！

但是，当官兵们看见马路边、灾棚跟前、卫生院门口那些濒临生命危险、极度恐慌的伤员，尤其是看见学校门口那些躺在地上不停地呻吟的孩子和守在孩子身边孤立无助、哭哭啼啼的母亲时，心中的那点憋气顿时烟消云散，代之而起的是一种悲悯，一种责任。于是文东一边安排部分人员就地展开最急需的抢救，一边带着几个干部查看镇上重点灾情，同时安排部分人员准备转送伤员的工具。准备工具的官兵接到命令后，立即行动，就地取材，用木棒、门板、家具或衣服、床单、编织袋等，迅速绑扎起一个个简单的担架，然后把一个个伤员抬在上面。担架不够用，就安排部分战士把有的孩子抱在怀里，或者把老人背在肩上。

一切准备就绪，文东一声令下，带着运送伤员的队伍，又匆匆离开了红白！

此时，已是晚上10点，长长的山谷，死一般的漆黑，死一般的沉寂。队伍刚走出几百米，老天就下起了大雨。官兵们一天没进一粒粮，没喝一口水，体力早已严重透支；加上天黑路滑，道路不熟，余震不断，不时还得躲避山上滚落的石头——有一块石头从山上滚下来，砸在一个地方干部的腿上，粉碎性骨折，当时就倒地不起。来到金花镇大桥时，桥断了，过不去，而余震还在不断继续。战士们就背着伤员走，抬着伤员走，扛着伤员走。伤员在战士的背上喊，在担架上叫，战士们则默默地哭。汗水、泪水、血水纷纷滴落下来，流在战士们的脸上、身上以及身后长长的路上。为防止伤员感染，战士们取出雨衣，或者脱下衣服，盖在伤员的身上，然后咬着牙，一步步地往前挪。特别是路经铁路桥时，为防止伤员下滑，有的战士竟用单腿跪着抬担架！等队伍返回蓥华镇，已近深夜十二点了。当官兵们把伤员交给地方负责人时，有几位伤员竟从担架上挣扎着爬起来，扑通跪在了官兵们的面前……

这个夜晚，黄继光团的官兵们草草吃了点干粮，连衣服也没脱，就睡在了车上。谁都累得半死，可谁都睡不着。一个战士告诉我说，这个晚上他感到非常恐怖，非常害怕，但又很兴奋。刚刚经历的这一天，像一场噩梦，一闭上眼睛，那些路边上死去的灾民和躺在担架上的伤员，以及孩子们的遗体和抱着孩子遗体哭诉的母亲，就像电影镜头一样，不停地在脑海里闪来闪去，根本无法入睡。结果第二天起来，眼睛全是红肿的。田新告诉我说，战士们除了心理上的恐慌，还有一个原因，就是余震不断，一有余震，就能感觉到车轱辘又蹦又跳，像跳迪斯科似的。

我怕汽车的刹车刹不住，溜车，就叫战士们搬来石头，把所有汽车的轮胎，全给垫上了！

文东这个晚上也没睡觉，不是睡不着，而是压根儿就没睡。由于通信不通，已经深夜12点过了，他还没有和师长、副团长联系上。也就是说，他仍不知道师长带的队伍在哪儿，副团长带的队伍又在何处。作为一个指挥员，失去上级的联系，缺了团队的兵力，是绝对不可以的！文东连一口饭也没吃，便带上通信股长，又拉着什邡武装部的部长姚远，先到洛水，后到蓥华，到处找师长，找副团长！因为他必须要把红白镇的灾情向师长及时汇报。而他并不知道，师长和副团长也在到处找他。等他终于找到师长和副团长时，已是凌晨2点多了！

直到凌晨5点，文东才带着黄继光团的七百五十名官兵，以急行军的速度，浩浩荡荡，再次挺进红白！而黄继光团的另两支队伍，一支由政委孙传海带领六百四十五名官兵去洛水；一支由翁副团长带领三百名官兵奔湔氐。只是谁也没想到，抗震救灾这一仗，远远超出了他们的想象！

镜头八：踩着死人救活人

如果说在战场，军人最大的炫耀，就是打了多少胜仗，缴了多少武器，杀了多少敌人；那么在灾区，军人最大的炫耀，就是救了多少亲人，运了多少伤员，挖了多少尸体，刨了多少坟坑，埋了多少死人！

但救人没有那么简单。

首先是怕。以黄继光团为例，全团共有一千六百七十二人，均是“70后”生人。其中，“70后”的干部一百零三人，战士一百二十三人；“80后”的干部九十五人，战士一千二百三十六人；“90后”的干部为零，战士一百一十五人。“80后”“90后”干部战士加起来，一共一千四百四十六人。即是说，黄继光团有一千四百四十六人都是“80后”“90后”的“青年军”，而其中有一部分还是刚刚下连才八天的新兵——最小的只有十六岁！他们和那些躺在废墟下等着被救的娃娃——比如高中生

——年龄不相上下，有的甚至还要小！难怪灾区的老百姓见了他们，都叫“娃娃!”这些“娃娃”在唐山大地震发生时没有一个出生，自然没一个人见过地震，更没一个人见过地震中的死人！因此，当他们踏入灾区，冲进废墟，一旦面对一具具狰狞恐怖、惨不忍睹的尸体时，能不怕吗?

黄继光团三营长张同春告诉我说，我们路过洛水镇政府门口时，看见摆放着许多尸体，我怕战士们看了受刺激，受不了，马上下令，把车上所有的窗帘都放下来，不让战士们看。一个连长悄悄跟我说，营长，让我们看一眼嘛，我说不行。连长说，就看一眼，我就同意了。没想到，刚一打开窗帘，战士们一看见地上的尸体，所有的人都不说话了，连气都不敢出了，眼睛直直的。到了红白，我第一天带着战士去救人也是这样。有个老乡，说他爱人埋在下面了，还活着，因为他听见了他爱人的手机铃声。战士们一听就很兴奋，马上冲进废墟就开干，可刚刨了两下，就发现一块预制板中间卡住一个人，却是个男的，已经死了！战士们第一次看见自己亲手刨出来的死人，一下就愣在那儿，像根木头桩子似的，眼睛直愣愣地看着地上，一动不动。我叫他们的名字，没有反应，我再叫第二次，还是没有反应，直到第三次我大喊一声，他们才像做梦似的，一下惊醒过来。晚上吃饭时，也不像平常在连队，有说有笑，打打闹闹，而是非常安静，没有一个人说话，没有一点声音，大家端着饭碗，举着筷子，愣在那儿，半天不动一口。

黄继光团参谋长彭元军告诉我说，战士们最害怕的是晚上。13 号晚我们住在洛水镇，战士们到处找厕所，但洛水镇乱糟糟的，找不着。后来问老乡，老乡说走过前面一条街，再拐一个弯就是。战士们走到前面一看，是个院子，地上怎么睡了好几百个人？有大人，有小孩。再走近一看，原来全是死人！战士们顿时吓得哇哇乱叫，转身就跑。后来才知道，那是洛水镇镇政府的大院，12 号和 13 号从废墟上抬出来的尸体，全都摆放在那里。虽然战士们下午也看见了尸体，却是分开的，一具一具的，现在几百具尸体集中堆在一起，又是晚上，当然就非常恐怖了！所以战士们憋了整整一个晚上，也不敢去上厕所。还有一件事，就是地震后头两天，洛水镇的社会治安非常混乱，有人到处造谣，特别是到了晚上，有十来个人骑着摩托车到处喊叫：有人抢劫了！有人抢劫了！其实并没有抢劫，搞得整个洛水镇人心惶惶，一片恐慌！地方政府希望我们出面维持秩序，给了我们一辆小拖斗车，当天晚上我就派了几个战士开始巡逻。上半夜，他们集中精力巡逻，并没注意坐的什么车。后半夜，有人总觉得不对劲，总感到屁股下的车很熟悉，甚至连气味都很熟悉。突然，一个战士大叫一声，说，我想起来了，这辆车就是下午装运尸体的那辆车！大家细细一看，果然就是。这下麻烦了，不想都不行，越想越害怕，两个十七八岁的战士马上就哆嗦起来。第二天一早，他们连长就找到我，说参谋长求你一件事，我说什么事？连长说，巡逻的战士向我反映，说他们什么困难都不怕，就怕坐那辆车，因为那辆车起码装运过上百个死人，能不能换一辆？我听了后觉得应该换，就找地方负责人交涉。可当时车辆非常紧张，实在没车可换，战士们只好继续使用这辆车。特别是到了深夜，整个洛水镇死亡的气息非常恐怖，别说小战士坐在装过尸体的车上害怕，就是我们干部在街道走上几步，心里都瘆得慌。但没办法，为了老百姓的安全，几个战士就相互挤在一起，背靠着背，手拉着手，每晚坚持巡逻！

一个参加过洛水小学救人的战士告诉我说，我从来没见过地震后的场面。我第一天冲进废墟时，看见到处是鲜血，到处是尸体，脑子顿时嗡的一声，就额头冒汗，手忙脚乱，心跳加快，气都不敢出，当时就吓傻了！

一个参加过北川中学救人的战士告诉我说，去灾区之前，我以为地震最可怕，到了灾区救人的现场，我才知道，原来死人比地震还要可怕！12 号晚我们稀里糊涂就去救人，开始也许太紧张，太突然，救人的时候，只管往外抬人，好像没时间感觉怕不怕。到了后半夜，实在太累了，班长让我们轮换着休息一下，我们刚一坐在地上，头一歪，身子一倒，就全倒在地上睡着了。后来听见班长在喊，快起来！快起来！我睁眼一看，我的妈呀，我的身边全是死人！因为就在我们刚才迷糊的时候，废墟上的尸体不停地往下抬，所以我就和一堆死人睡在一起了！我当时就吓坏了，两腿发软，浑身哆嗦，心里像地震似的抖个不停。但没办法，一声令下，我们又冲进了废墟，真的，我们是踩着死人救活人！

其次是没有救人的经验。可以说，凡是奔赴灾区的军人，如同一群跃进战壕的勇士，个个都想建功立业，一战成名，心里想的第一件事就是救人！不少部队在去灾区之前就动员说，救人是关键，救人是第一，多争取一秒钟，就能多救一个活人；多扛一根房梁，就能为亲人减少一分痛苦；多搬一块砖头，就能多给孩子一次生存的机会！所以一定要争分夺秒，拼命救人！但愿望不等于现实，想救人是一回事，能不能救人又是另一回事。战士们个个求战心切，浑身是劲，却常常有劲使不上。灾区胜似战场，却不是战场。战场面对的是敌人，灾区面对的是亲人。战士们虽然演练过怎样打仗，如何杀敌，却从来没有演练过地震后如何救人；而历史留给他们的经验又是零。所以，当他们冲进废墟，面对那些废墟下呼救的亲人尤其是孩子时，常常束手无策，不知所措。参加过北川中学救人的一个战士告诉我说，他是练过武术的，功夫相当不错，可当他冲进废墟时，到处都是呼救声，这儿在喊“解放军叔叔，救救我吧！”那儿也在叫“解放军叔叔，快来救我吧！”他心里痛苦极了，恨不得一口气把他们全部救出来，却不知道用什么办法能救他们，更不知道到底应该先救谁，后救谁。他恨自己练了一身功夫，却无用武之地！参加过洛水中学救人的一个战士告诉我说，他入伍才三个月，下连才二十天，既没打过枪，也没扛过炮，更没学过如何救人。开始冲进废墟时，他信心百倍，一看见血淋淋的场面，就手忙脚乱，脑子一片空白！因为这种场面他从来没见过，甚至从来没听说过！

三是缺乏救人的工具。由于不少部队出发之前，并不清楚地震后救人是怎么救法；加上走得匆忙，没有什么准备，只带了一把铁锹，或者一把铁镐，有的干脆什么也没带。等到了现场，原来的预想与残酷的现实大相径庭，既没有生命探测仪，又缺少针对性的工具，手中的铁锹、铁镐几乎没有用武之地。比如，在红白镇救人时，三个抢救点，仅有一把钢筋钳，只能在废墟上传来传去，轮番使用。因此，当现场没有工具，或者不能使用铁锹、铁镐时，战士们就只有用手刨！

四是和遇难者亲属有冲突。在救人现场，开始什么人都有，秩序非常混乱。但救人，现场不能乱，必须有全局观念，统一组织，统一指挥，分先后次序，轻重缓急，既需要理性，还需要安静。如果各自为战，结果反而适得其反。所以为了确保救人的有效实施，军人一边充当救星，一边充当保安，维护现场秩序，不让遇难者的亲属随便冲进废墟。但部分遇难者的亲属，尤其是部分学生家长，眼睁睁地看着自己的孩子压在下面，并清清楚楚地听见自己孩子的呼救声，作为亲生父母，不去救自己的孩子，还算父母吗？还算人吗？所以情绪非常激动，硬是要往里冲！虽然他们也的确看见军人们满头大汗、冒着生命危险在抢救自己的孩子，甚至有的还受了伤；但同时也看见有的战士还是个孩子，当他们面对鲜血和尸体时，一双双稚嫩的眼里充满的是惊慌与恐惧，甚至有的愣在那儿不知道该怎么救人。有个别的家长就急了，甚至完全失去理智，拼命往里冲！于是，军人与百姓在废墟上的冲突便不可避免地发生了，和平年代的军人便有了前所未有的尴尬、无奈甚至委屈。而这种尴尬、无奈与委屈，又无法言说，只能让它和自己的泪水一并吞进肚子里。一位战士告诉我说，一个学生的妈妈要冲进去，被我拦住了，这位妈妈就使劲推我，还用手指抓我的脸，鲜血当时就从我的脸上流了下来。但我忍住了，想，自己的脸再痛，也没有失去孩子的妈妈的心痛。如果她抓我心里好受一些，就让她抓吧！

尽管如此，救人是无条件的。哪里有人求救，哪里就必须出现军人！

5 月 13 日下午 4 点 20 分，黄继光团二营刚到洛水，气还没来得及喘一口，就接到了救人的命令。二营是黄继光团的先遣营，每次重大任务，总是打头阵。营长叫肖亮，四川人，家就住在都江堰，地震时父亲在映秀旅游，地震后杳无音信。12 号晚，肖亮得知家乡地震和父亲的消息后，一夜没睡，第二天上了飞机，仍嫌飞机飞得太慢！但到了洛水，肖亮根本无暇顾及父亲的死活，甚至连问一句的时间都没有，便带着突击队赶到了洛城小学。一进校门，肖亮第一眼看到的，就是在倒塌的教学楼废墟上，到处是孩子们的书包、课本、鞋子和衣物；而守在废墟旁的，是上百个悲痛欲绝、号啕大哭的家长们，一见解放军来了，马上便围了过来。肖亮很快得知，下面还埋着几十个孩子，急需援救！但现场没有大型机械，只能靠人工作业，于是肖亮一边安排部分战士用铁锹小心轻挖，一边自己带头用手刨。天空这时下着雨，官兵们跪在废墟上，手上、脸上、身上全是稀泥。不到一个小时，手套刨破了，甚至有的战士的手指也抠烂了，血水刚一渗出，就被雨水冲走了。但为了抢救孩子，官兵们忍着伤痛，继续不停地抠，不停地刨。夜幕很快降临，没有灯光，他们就借助手电，在废墟中一点一点地探索，一处一处地寻找，一旦发现有生命迹象，再用手一点一点地抠，一点一点地刨。后来雨越下越大，官兵们的脸上，已分不清哪是雨水哪是泪水。但他们争分夺秒，一刻不停，很快救出了一个又一个的孩子。

但到了深夜12点，还有七个孩子埋在下面！官兵们着急，家长们更着急！由于没有现代化的探测仪器，肖亮只好带着机炮连的战士，趴在废墟的角落或者缝隙处，扯着嗓门，大声呼喊：下面有人吗？下面有人吗？孩子，你在哪里？孩子，你在哪里？……每隔五分钟，他们就趴在废墟上呼喊一遍，希望能得到孩子的回应。遗憾的是，洛水镇一片漆黑，一片死寂，除了天上哗哗滚落的雨水声，街上灾民偶尔仓皇逃过的脚步声，以及地上随风飘零的树叶声，听不见孩子们的一句回应声！虽然官兵们也知道，废墟下，有的地方可能确实没人了；有的地方可能还有人，但人已经死了，再也不会答应了；有的地方可能有人还活着，但时间长了，身体极度虚弱，即便有孩子的回应声，上面的人也听不见。但不管什么情况，官兵们不想放弃一线希望，依然坚持不停地呼喊着。由于天热，官兵们的嗓子很快就喊干了，喊哑了。没水，他们只好忍着干渴，用沙哑的嗓子继续呼喊：孩子，你在哪里？孩子，你在哪里？直至凌晨三点，他们终于发现了第一个孩子。凌晨六点，七个孩子全部刨出。这个晚上，官兵们一共抢救出三十多个孩子！遗憾的是，这三十多个孩子中，只有三人幸存下来。

第二天中午，肖亮又接到了去洛水新金河水泥厂救人的命令。新金河水泥厂面积几百平方米，毁坏严重，压在里面的人全都救出来了，唯独有一个机修工，怎么也找不着。肖亮带着六连官兵赶到现场时，机修工的妻子就死守在废墟边上，哭着告诉肖亮说，她丈夫肯定在里面，而且一定还活着！可肖亮领着六连的官兵们又挖又刨，搞了半天，也不见人影。当时，偌大的厂房摇摇欲坠，一有余震，就有水泥、砖块、房梁纷纷落下，随时面临坍塌的危险，所以里面一直没人敢进去。为了搞清厂房的内部结构，判断准确的挖掘位置，肖亮决定自己进去勘察情况。战士们纷纷上前劝阻，并要跟着进去，肖亮下令，任何人不准进！然后自己一个人钻了进去，一边观察，一边琢磨，一边反复不停地呼喊着那位机修工的名字。而就在肖亮在里面呼喊遇难者名字的同时，守在外面的几十个战士也一边抹着眼泪，一边不停地呼喊：营长，快出来！营长，快出来！战士们一直喊了整整二十分钟，尤其是肖亮的通讯员，趴在工厂歪歪斜斜的铁门前，盯住黑乎乎的厂房，泪流满面，嗓子都喊哑了。里面的肖亮听见了战士们的呼喊，感动得热泪滚滚。但他没有出来，而是继续呼喊着那位机修工的名字……

肖亮最终还是没有找到那位机修工。他出来后，又想了很多办法，挖了不少地方，依然不见机修工的身影。折腾了整整一天、一口饭菜未进的官兵们有些动摇了，甚至绝望了。就在这时，移动通信公司的一辆应急通信车开了过来，手机突然有了信号。肖亮灵机一动，让机修工的妻子给丈夫拨打手机，看看有没有反应。妻子恍然大悟，立即拨打，奇迹出现了——丈夫的手机居然是通的！妻子的眼泪一下便哗哗地流了出来，官兵们也振奋不已，立马来了精神。为了准确判断机修工在废墟下的位置，肖亮让战士们停止说话，保持安静，用耳朵去听手机的铃声。于是几十个战士分头趴在废墟上，让自己的耳朵紧紧贴着地面，然后屏住呼吸，反复倾听。片刻，战士们果然听见了手机的铃声，有的说听见的是振动声，有的说听见的是乐曲声，肖亮和两个战士听见的则是广播电台声。不管什么声，位置确定后，官兵们挥汗如雨，一直挖了两米多深。其间，妻子不停地拨打丈夫的手机，而丈夫的手机也一直不停地响着。

可惜的是，当战士们终于发现机修工的半截身体时，一股恶心的气味顿时扑鼻而来。战士们明知遇难者已气绝身亡，却只流泪，不说话，任由机修工的妻子继续一次次地拨打手机！当机修工的尸体被战士们用手全部刨出后，战士们这才惊奇地发现，机修工的头和双腿已经砸扁了，但他的手上，却依然紧紧攥着那个一直铃声不断的手机！

5 月 13 日下午四点四十分，黄继光团机炮连连长鲁旭带着一个排的兵力赶到宏达集团公司家属区救人。家属区是一栋六层高的楼房，楼房整体已经全部扭曲，随时面临坍塌的可能，但楼房里还压着十五个人！十五个遇难者的亲属一见鲁旭他们赶来，都一起哭喊着说：解放军，快点救人！快点救人！当时，天空下着雨，雨中的挖掘机正在作业，鲁旭立即指挥战士们协同挖掘机实施救援！不一会儿，一个三十岁左右的男子冲上废墟，又哭又喊：小英，你在哪里？小英，你在哪里？你快答应我一声啊！撕心裂肺的呼喊声伴着哗啦啦的雨水声，让战士们的心都快碎了，泪水连着雨水止不住地往下流。但一个多小时过去了，眼看天色渐暗，依然不见遇难者的身影。突然，那名男子跑到鲁旭面前，哀求说，解放军同志，今天你们可不能走啊，我老婆还在下面，又饿又冷，太可怜了，你们千万不要扔下她不管啊！鲁旭抓住他的手说，放心吧，老乡，今天不把你老婆救出来，我们绝不离开，就是用手刨，我们也要把她刨出来！

6 点 30 分，战士们终于发现了废墟中有一缕头发，接着又发现了一只白色的运动鞋和一只脚。等那位男子确认是自己老婆后，鲁旭立即让挖掘机停止作业，然后让战士们先用镐从两侧挖，再慢慢用手刨。不一会儿，遇难者露出了一半的身体，确实是位女性，但钢筋已穿破后背，头也变形，模样惨不忍睹，已无生还的可能。战士们刚看了一眼，便吓得目瞪口呆，愣在那儿，两手颤抖，再也不敢往下刨了。这时，四周围观的人群，眼睛全都盯在废墟上。鲁旭小声说了一句：弟兄们，你们回头看一看，四周的老百姓都在看着我们呢！战士们愣了一下神，又很快蹲了下去，继续用手刨……但由于遇难者脸朝下，一只手在背后，另一只手埋在下面，操作非常困难。为了保证遇难者不受到任何损伤，鲁旭对战士们说，我把她抱起来，让她身体悬空，他们再从侧面一点一点地挖，慢慢地刨。说着，鲁旭竟右腿跪在地上，双手捧起了尸体……等尸体完整地清理出来后，鲁旭才抱着尸体，一步步走出废墟。一位战士迅速脱下雨衣，盖在了死者的身上；四周围观的灾民则纷纷举起塑料布，挡在官兵们的头上；而那位在大雨中亲眼目睹了一切的男子，竟跪在地上，抱着鲁旭连长的双腿，久久不起。

5 月 14 日中午，黄继光团参谋长彭元军正在洛水中心小学组织救人，几个回民急匆匆跑来求救！当时所有连队都救人去了，彭元军身边就剩一个兵，背着两部电台，加上他自己拿着一部对讲机，就是司令部指挥所了。但彭元军立即通知军务股股长曾建中，哪怕找几个机关的新兵，也必须赶去救人。曾建中带着战士赶到现场后得知，遇难者祖孙三代都是回民，埋在下面的，一个是他们的父亲，一个是领头人的妻子，他们开始自己挖，后来看见了头发和血迹，就再也不敢往下挖了。曾建中立即组织战士实施抢救。两小时后，遇难者刨出来了，却没有了呼吸，而且尸体已经开始腐烂，很难往外挪动。而几个战士都是曾建中顺手“捡”来的小新兵，下连才一个星期，敢于动手刨人，已经相当了不起了，现在要挪动尸体，却害怕了！曾建中也怕，可他是干部。后来在他的鼓励下，一个十七岁的新兵终于鼓起勇气，帮他一起挪动尸体。但新兵没有一点经验，加上心里本来就怕，刚一触到尸体，一股尸水便从死者的肚子里喷了出来，溅到曾建中的脸上！在场的战士和围观的人群顿时发出一片惊叫！甚至连遇难者的亲属也吓得连连倒退几步。但曾建中一句话也没说，抬起胳膊，用衣袖轻轻擦了擦脸，捡起废墟上的一床被子，把尸体轻轻包裹好，然后再把尸体慢慢抬出废墟。曾建中万万没想到，当他放下尸体直起腰杆时，突然发现，遇难者祖孙三代几十个回族同胞——上至八十多岁的老爷爷，下到五六岁的小孙子，全部跪在了他和战士们的面前！

军人的善举感动着百姓，百姓的爱心同样震撼着军人。

5 月 14 日早晨，奋战了一夜的二营四连官兵正准备回撤，一位中年妇女突然跑过来说，旁边居民区有一个小女孩和她的爷爷、奶奶还埋在废墟里！四连连长立即带着人马赶到现场，脚跟尚未站稳，余震突然降临，只见已经塌陷的三层楼房上，瓦片、碎石、泥块纷纷下坠。后来通过喊话，他们听到了小女孩在楼房上很虚弱的哭泣声。经过好一番折腾，他们利用倒塌的缝隙，终于扒开了一个只能容一人进去的四米深的洞。排长殷果主动请缨，冒险爬进洞内，眼前的情景竟让他感动得心口阵阵发颤：一个小女孩蜷缩在墙角，瑟瑟发抖，她的头上是一块一米多长的斜压在墙角的预制板，身边是两位六七十岁的老人；两位老人双膝跪在地上，相互搂抱着双肩，年迈的身躯至死也死死扛着那块斜压过来的预制板！很快，余震再次袭来，殷果迅速将满头是血的小女孩紧紧护在自己怀里，然后爬出了洞口。但获救的小女孩却死活不肯离去，向着倒塌的楼房，大声哭喊着："我要爷爷！我要奶奶！"

5月15日上午8点，黄继光团机炮连指导员郑荣带着队伍刚刚来到宏达股份有限公司家属区，一个大约二十岁的小伙子就拉着他的手哭喊着说：解放军叔叔，我舅舅、舅妈、表弟一家三口，全埋在里面了，求你们救救我的亲人吧，我的表弟才八岁啊！郑荣带着几名骨干立即展开救援！10点30分，遇难者的脚刨出来了，身体其他部分却被一块水泥预制板压在下面。郑荣立即让挖掘机停止挖掘，然后组织战士用钢丝钳剪断预制板的钢筋，搬掉预制板，再刨去上面的碎石。当三位遇难者全部现身时，官兵们看见的是一个令人难以置信的画面：一家三口坐在地上，父母的双臂搭在一起，彼此头顶着头，垮塌下来的砖块、钢筋、混凝土全部砸在了他们的头上和身上；而被护在下面的孩子，则坐在两人的中间，手抱着爸爸的腰，头靠着妈妈的胸，全身上下干干净净。尽管孩子早已死去，却没留下一道伤痕，像静静地睡着了一样！如此不可思议的父爱母爱，让全连官兵感动得热泪盈眶！他们将遗体清理干净后，自觉地站在一排，面对三位遇难者，恭恭敬敬地敬了一个军礼！在场的百姓也被感动得泪流满面，跟在抬着尸体的官兵们身后，愿为这对伟大的父母送上最后一程。

5月15日下午2点，副参谋长杨勇琦带着队伍到洛水科化水泥厂搜救，看见一个男人蹲在废墟边，死死盯着倒塌的厂房，脸色苍白，目光呆滞。杨勇琦一打听，这是一个山西男人，妻子在科化水泥厂打工，地震后他从山西急忙赶来，却没有找到妻子。水泥厂的人不管是死是活，是伤是残，全都抢救出来了，唯独他的妻子却不见踪影。三天来，山西男人一直守在水泥厂门口，无论白天夜晚，不管刮风下雨，不吃不喝，一刻不离。他对杨勇琦说，他心里有感应，妻子肯定在里面，肯定还活着！现在，他什么都没有了，就剩一个老婆了，即便老婆死了，也该留下一具尸体。不管老婆是死是活，如果不找出来，他就一辈子守在这里，希望解放军一定帮他找到妻子！听了山西男人的哭诉，杨勇琦和在场的官兵们非常感动。一个外地打工者，无权，无势，无钱，除了对妻子的一片深情厚爱、绝对忠心，还有什么？这个时候军人不帮他，谁帮他？所以杨勇琦对战士们说，既然他的妻子没有找着，就完全可能在里面；再说了，老百姓有这个要求，无论有多大的困难，我们一定要想法满足！即使他妻子已经死了，我们也要挖出一具完整的尸体，给他一个交代！

但杨勇琦领着官兵们挖了一个多小时，还是没有找着。这时，有的老百姓见他们实在太苦了，便过来劝说道，算了，不要再找了，水泥厂下面是高温，可能掉到坑里被烧化了。但官兵们还是不甘心，找来纸和笔，询问工人厂房结构情况，然后画出草图，反复分析，看地震时她可能会往哪儿跑，是厕所？还是厨房？是客厅？还是过道？最后判定两个点，一是楼梯，二是窗户，然后集中这两个点再挖。结果，只用了一个多小时，便在楼梯口找到了山西男人的妻子。山西男人一见妻子，疯了一般冲上去，抱着妻子痛哭不止。为防止瘟疫，官兵们赶紧将他拉开，他却坚持要把尸体背回山西。后经官兵们反复劝说，并答应一定帮助他安葬好妻子，他才勉强同意。于是，按照山西男人的心愿，杨勇琦带着战士们选了一块好地，为他安葬了妻子。妻子刚刚掩埋完毕，山西男人就扑通跪在地上，向官兵们磕头致谢！而后趴在妻子坟前，放声大哭，直至第二天傍晚，才一路流着眼泪离开了洛水。

在洛水救人的同时，文东团长带领的队伍到达红白后的第一件事，也是救人！而救人中遇到的问题，和洛水几乎一样，不是缺乏救人经验，就是缺少救人工具，面对废墟中求救的孩子和百姓，官兵们感叹的同样是英雄无用武之地！

政治部主任田新说，由于我们既没有日本的生命探测仪，也没有韩国的搜救犬，其他有效的救人工具也很缺乏，所以战士们刚开始冲进废墟后，确实不知道该怎么救人。而且废墟上空间有限，除了几个人能作业外，其余的人只能站在那儿看。但为了尽可能在最佳时机多救人，后来大家动脑筋，想办法，比如，大致方位不知道的，就先问，问亲人，问街坊，问邻居，问路人；具体目标不明确的，就先想，想哪儿可能有人，哪儿可能没人，是在厨房、卧室、卫生间，还是通道、走廊、饭厅？难以下手的，就先看，看地形，看结构，看洞口，看缝隙，看有没有潜在的危险；再就是多听——用耳朵贴在废墟上听，多喊——用嘴巴对着洞口喊，或者捡个脸盆对着缝隙敲，拾根棍子反复拍打预制板。一旦发现有人，为防止灰土掉进遇难者的呼吸道，战士们就先用嘴把遇难者脸上的灰土吹掉，然后找块塑料布挡在遇难者的四周，接着用钢钎先撬开大的预制板，再用绳子拉出来，用肩扛走，最后再用铁镐挖，铁锹铲，双手刨。反正不管是几层高的楼房，都一层一层地往下扒，像扒洋葱一样——由于每救出一个人来，战士们都会流泪，所以战士们把这叫做“扒洋葱”！

为了多救人，多救活人，黄继光团采取的是二十四小时不间断、轮流作业的方式。并且战士们冲到哪里，就把印着“黄继光生前所在团”八个大字的红旗插在哪里。红旗插在废墟上，像一团熊熊燃烧的火，鲜艳，耀眼，给人以信心与力量。战争年代，红旗插上山头，是一种胜利的标志；今天，红旗插在废墟，却表示一种存在，一种象征，一种希望。它像蓝天下一双清澈的眼睛，看着废墟上的活人和废墟下的死者，看着每一个人的行动与每一个人的表情。而老百姓从这面旗帜上看见的，则是八个血写的大字——舍己为人，拯救苍生！

有个战士告诉我说，有一天接到救人的命令后，他扛着红旗跑在队伍的最前面，不知是余震，还是路滑，突然一下就摔倒了！他双膝跪在地上，但手中的红旗却没有倒。他爬起来扛着红旗继续往前走，直到把红旗稳稳地插在废墟上，才腾出手来揉了揉自己的膝盖。可等他晚上回到帐篷，却扒不下裤子了，因为膝盖上的血已经把裤腿完全粘住了。还有一个战士告诉我说，他们到灾区后，曾经扛着“黄继光生前所在团”的红旗去过英雄黄继光的家乡，并瞻仰了英雄的墓地。但英雄的家乡让他感到迷惑——他做梦也没想到，黄继光的家乡至今依然还很贫困！他看见一个大娘站在路边，望着他们，眼里充满了饥渴，充满了忧愁，甚至还有某种乞求。那一刻，他受不了了，不知道该说什么不该说什么，更不知道该做什么不该做什么。最后，他把自己兜里仅有的五十元钱放在了大娘的手上，然后望着黄继光家乡那片荒凉的大山，深深鞠了一躬。回到驻地后，每次一到现场救人，只要看见废墟上的红旗，他就会想起黄继光的家乡，想起那位站在路边的大妈，浑身上下好像真的就长出一股劲来！

的确，为了拯救灾区百姓的生命，每个战士都焕发出了一种超人的胆魄和超常的力量。虽然他们是第一次看见废墟，看见尸体，看见死亡，可当他们见证了废墟上一个个的活人如何变成了一个个的死人——从最初的拼命呼救，到声音逐渐变弱，直至最后完全没了气息，没了表情，没了心跳的全过程之后，渐渐从胆怯变成勇敢，从懦弱变成坚强。他们将所有的悲伤与哀痛全都憋在心里，整天脑子琢磨的，就是怎么救人，怎么多救人！

为了救人，有的战士指甲盖都刨掉了，仍然坚持，医生为他包扎伤口时，感动得直掉眼泪。炮兵营有个战士，大腿上长了一个疖子，开始不吭气，谁也不知道，后来发现他走路一瘸一拐的，强行把他从废墟上拉去救护所，医生扒开他的裤子一看，腿部四周都变黑了。医生生气了，说他怎么不早点来看，不要命啦！他说，我只顾救人，忘了！二连有个班长，叫王进，5 月 12 日七点接到哥哥在广州遭遇车祸的电话后，连队考虑到他哥哥是家中的顶梁柱，批准他去广州照料哥哥，并买好了次日十点的火车票。但当晚十一点三十分，连队就接到了赴四川抗震救灾的命令。于是王进找到连长，坚决要求到灾区，他说，我的哥哥现在已在医院抢救了，但灾区还有好多人在等着我们去抢救！来到灾区后，他每天第一个赶到救人现场，最后一个撤出废墟，还亲自救出了两个人。但由于过度劳累，他本来就有腰肌劳损的腰疼得直不起来了，排长说他腰疼，先休息一下，他却说，我的腰是疼，但看到那些缺胳膊腿砸断的乡亲，以及被教学楼板砸死的孩子，我的心更疼！炮兵营还有一个战士，叫张震，胳膊缝了九针，一缝完就冲进废墟，拦都拦不住，赶都赶不走。医生让他必须休息，他就趴在帐篷里写血书。

此外，还有不少战士的家就在四川灾区，光炮兵营和三营两个营，就有四十多个。有的找不到父母，有的找不见兄妹，有的失去任何联系，但他们不讲自家的情况，甚至有的领导问到了，还隐瞒。我曾经和这些家在灾区的四川小老乡举行过一次座谈，问他们担不担心家人，他们说看到灾区这么严重，说不担心，是假的。但这儿除了救活人，就是刨死人，每天要干十七八个小时，累得半死，根本就没有时间去担心。再说了，担心有什么用，与其分心，不如全力救人，谁让我们是军人呢！有个家在江油的战士，叫陈雪，家离红白镇只有八十公里，他到灾区后天天拼命救人，既不知家中受灾情况，也不晓得父母是死是活。指导员担心他的情绪，找他谈话，他却回答说，指导员你放心，没事的，我在灾区救别人，别人肯定也在救我家！

而炮兵营营长叶恒星，更是红白镇废墟上最抢眼的一个。叶恒星体格精瘦，脑子聪明，张嘴说话，举手投足，冲劲十足，血气逼人，是一个典型的亡命徒！他常挂在嘴边的一句话是，做人就要有血性！血性就是勇敢、善良、智慧、刚强！他说，我带这么多年兵，一靠人格去感染人，二靠能力去征服人，只要做到了这两点，战士们可以站出来为他挡子弹！还说，要做好一个军人，首先得做好一个人，一个有良心的人！所以，5 月 14 日 6 点，叶恒星带着官兵第一时间赶到金河磷矿家属区，往废墟前一站，几句话就让全营官兵血液沸腾！他说，我们是军人，到灾区来，不求功利，不求回报，但必须讲良心，必须干良心活！因为灾区的百姓，就是我们的亲人！说完，带着官兵，冲进废墟。

金河磷矿家属区是一栋六层高的楼房，楼房全部倒塌，有二十多个人被埋在下面，要救出下面的人，就要从上到下，把六层垮塌的楼板一层一层地翻开。而且每翻一层，必须小心翼翼，稍有闪失，便会殃及下一层的人。叶恒星们先用铁锤打穿混凝土，用氧焊切割钢筋，接着用肩扛走一块块预制板，用手搬走一块块混凝土，然后再一点一点地探寻生命的迹象和线索。从早上 6 点，干到晚上 12 点，连续干了十八个小时！十八个小时中，他们忘了害怕，忘了劳累，忘了吃饭，甚至忘了喝一口矿泉水，每个人都像疯了一样，心里唯有救人、救人！虽然不管是谁，都要承受巨大的心理压力，接受从未有过的心理考验，克服常人难以想象的恐惧，但面对遇难者亲属们一双双救助的眼睛，救人成了他们唯一的选择。他们先后搬走水泥板七八十块，扛走大小屋梁上百根，刮破迷彩服几十件，扒坏手套上百只，到后来，连号称黄继光团“第一猛男”的罗顺千都给累趴下了！

当天，叶恒星他们就刨出二十五个人，可惜只有两个活人。其中一个叫文健，三十二岁，父亲是个矿工，他本在什邡上班，10 号这天回到红白，12 号就地震了。文健被救出后，一直不相信自己真的还活着，在送往救助点的路上，脸色苍白，浑身发抖，不停地问，我是不是还活着？我是不是还活着？叶恒星问他，头疼不疼？他说疼。叶恒星说，既然知道头疼，证明还活着。然后又不断地安慰他，告诉他确实已经从废墟下救出来了，而且身体很好，现在正送他去检查治疗。文健的情绪这才渐渐好转起来，然后告诉叶恒星说，他在废墟下听见一拨一拨的人从他头顶走过，但没有一个人发现他。废墟下太可怕了，一片漆黑，什么也看不见，眼里只有黑暗，心里只有恐怖！他饿了，吃过地上的土；渴了，喝过自己的尿；后来实在忍受不了了，再也不想等死了，就下决心自杀！他用手到处摸，最后终于摸到一块玻璃碎片，如果今天解放军再不把他救出来，他就用这块玻璃碎片结束自己的生命了！文健说着，一块玻璃碎片从他的手心滑落下来，而他摊开的手心则是一片凝固的血迹！望着地上的玻璃碎片和文健手心上的血迹，叶恒星的心一阵战栗：原来把一个人的身体从废墟里抢救出来，并不等于这个人就得救了，只有这个人的心真正从死亡的地狱中挣脱出来，才算真正获救！人的生命真是太脆弱了，生与死的距离，没想到竟在一块小小的玻璃碎片之间！

等叶恒星带着队伍拖着沉重的步子走在回来的路上，已是翌日凌晨时分。叶恒星说，路上除了战士们走路的脚步声，和远山深处偶尔传来的几声狗叫声，方圆几里路听不见一点声音，整个红白镇就像死去了一样！战士们连续干了十八个小时，没吃一口饭，没喝一口水，等回到帐篷，浑身无力，两手发抖，拿起一块饼干想送进嘴里都送不进去了。

然而屁股还没坐热，金河磷矿一名老职工又急匆匆跑来。老职工六十多岁，头发花白，面色憔悴，他告诉叶恒星说，他家住在三楼，他在楼下的废墟里听见了老伴喊“救命”的声音。叶恒星带着战士立即赶到现场，抬眼一看，三楼与二楼的楼板已经完全重合，整栋楼房垮塌得一塌糊涂，估计遇难者存活的希望几近为零，很可能是这位老人思妻心切，产生幻觉，所以“听到了”老伴的“救命”声。但叶恒星还是决定：不管什么情况，一定要挖！即便真的死了，也要当成活人来救，才能给老人家一个交代！于是叶恒星投入一个连的兵力，全力搜救！可挖了三个小时，战士们的手套都磨破了几十双，也没见着人影！又经九个小时的苦战，终于在二楼楼道下找到了遇难者。可这位遇难者的身体已经被一块楼板压得只有十厘米厚了！跪在废墟上的叶恒星禁不住仰天大哭：老天啊，你为何要灭我无辜百姓啊！

从 5 月 13 日到 15 日，黄继光团在红白镇和洛水镇共救出幸存者三十九人，接着以空降兵侦察科科长戴志强和三营营长张同春为首的数十名官兵，又从深山老林解救出被困灾民和受伤人员四百五十七人！黄继光团最大的特点，就是当有人忙着接受记者采访时，他们却只顾忙着救人！团长文东告诉我说，如果说黄继光团在灾区唯一有一点作秀嫌疑的话，就是在我们的头盔上印了“空降”两个字。因为当时部队很多，一方面是为了便于辨认自己的队伍，另一方面也是为了让老百姓对我们有个监督。

老百姓监督的结果是，不光救活人要找戴着“空降”头盔的人，刨死人也要找戴着“空降”头盔的兵！

镜头九：用鼻子寻找尸体

当轰轰烈烈的救人工作结束后，黄继光团紧接着干的，就是挖尸体、找尸体、埋尸体！

从某种意义上说，和死人打交道，比与活人打交道还要难，还要苦！难在哪里？难在心里；苦在哪里？也苦在心里。

挖尸体，是个良心活。有的尸体的位置亲人清楚，一挖就挖出来了；有的位置外人知道，一刨就刨出来了；有的位置有线索，一找也找到了。但有的尸体只知道在废墟里，却不知道具体的位置；有的只听说在楼房下，却无法确定到底在不在；有的明知在下面，上面却是五六层高的危楼；而还有的则埋在深山里，谁也看不见，谁也不知道。也就是说，灾区没有明文规定，所有的尸体军人都必须要去找，要去挖，要去刨。尤其是后来大型挖掘机、大型推土机以及大型搅拌机都轰隆隆地开进灾区后，如果用这些现代化机械去清理、挖掘尸体，比用铁锹挖，用手刨，更省事、更省力、还省心。因此，在对待尸体这个问题上，挖不挖，刨不刨，怎么挖，怎么刨，用黄继光团炮兵营营长叶恒星的话来说，全凭良心了！而正是凭着军人的职责和良心，黄继光团提出了“让死者安心，让生者放心”这一极富人性、人情的口号，不管什么时间，什么情况，无论多忙多累，多苦多脏，一旦发现尸体，就加班加点，争分夺秒，拼命去挖，拼命去刨！

挖尸体，是个胆量活。地震中的遇难者，奇形怪状，千姿百态，尸首分离，残缺不齐，血迹斑斑，腥味浓烈，一般远远看上一眼，还能承受，一旦零距离接触，恐吓程度，不可想象！炮兵营营长叶恒星说，废墟上的尸体，场面太惨烈了！可以说，什么样的尸体我都见了，趴着的，躺着的，横着的，竖着的，吊着的，挂着的，缺胳膊断腿的，眼珠迸出来的，没有谁比我见过的尸体多了！面对这些尸体，确实让人感到恐惧，但我把他们看成是自己的亲人，就无所谓了。要是我能早来一步的话，我一定能把他救出来。这一点我非常自信，因为我有这个能力。可惜我来晚了，来了又缺乏工具，所以非常惭愧！炮兵营二连班长王进说，来灾区之前，我连亲人死都没有见过。但到灾区后，在金河磷矿家属区和红白中学，我看到了各种各样、惨不忍睹的尸体。有的刚跑到过道上，就被预制板拦腰斩断；有的头已经伸在了阳台外面，身体却还压在阳台里面；特别是有的孩子，只差一步甚至半步就可以跑出教学楼了，但还是被预制板砸在了头上，或者让钢筋穿破了胸膛；有的孩子等我们挖出之后，全身已经压扁了，放在担架上，连亲生父母都认不出来了，只有靠孩子的书包、脚上的鞋子或者衣服上的一个小饰物，才能确认到底是不是自己的孩子。看到这些惨状，心里确实害怕，泪水在眼里打转，都不敢哭出声来，因为我一哭的话，全班战士就会跟着我哭。但一想到那些失去孩子的父母，就什么都忘了，硬着头皮往上冲！二营营长肖亮带着战士在洛水新星河水泥厂挖第一具尸体时，遇难者眼球都没有了，脸上只剩下了两个洞，十分恐怖！战士们见了，谁都害怕！当时，还没有装尸袋，搬尸体时只能一个人抱，或者两个人抬。这事看似简单，实则非常复杂，用力不够，抱不起来；用力过猛，或用力不当，又会伤了尸体。所以肖亮只有自己干，自己给自己壮胆。他走过去，先用手扒去尸体上的土，然后把尸体从下面慢慢拖上来，搁平，用床单裹好，再把尸体抱出去。他心里当然也怕，但现场他的官最大，死者的亲属就在身边，尸体不刨出来，没法向亲属交代。

挖尸体，是个细心活。挖尸体，光有胆量不行，还必须心细。即是说，除了克服心理障碍，不怕尸毒感染，还要认真对待遗体，不能有丝毫的麻痹。因为在人没有挖出之前，不知是死是活，万一这个人还活着呢？所以，在挖尸过程中，必须小心谨慎，稍有一点疏忽，就会损坏尸体。比如，5 月 16 日这天，地方上有一个开大铲车的司机在清理废墟时，事前不清楚里面有没有尸体，一不留神，一铲下去，竟把一具尸体的脸铲去一小半！二营一个排长发现后，疯了样扑上去，一边冲着司机大喊停，一边用自己的身体奋不顾身挡住大铲车，然后跪在地上，双手捧起遇难者的头，放声大哭了一场。后来这位排长说，在废墟上挖尸体，我们一点不懂，每天只凭着对老百姓的感情在挖。尽管这件事不是出自我们当兵的手，但要是我们有点经验的话，是完全可以避免的。有的战士还说，早知道要地震的话，提前练练怎么挖尸体就好了。所以后来凡是发现可能有尸体的地方，战士们宁肯自己多干一点，多累一点，多苦一点，也要坚持用手刨，不让机械推。

挖尸体，是个危险活。二营五连班长李清梨，四川广元人，5 月 13 日来到什邡洛水后，便开始与死人打交道。每当发现尸体，他总是一马当先，冲在前面，在连续四天四夜挖掘尸体中，没吃过一顿热饭。5 月 18 日这天，挖尸的地点两边都是危楼，一有余震，便摇摇欲坠，既不能用机械施工，又不便用锹镐作业。他仔细观察了地形后，主动爬到废墟上，用手一块块地捡砖头，一根一根地拔房梁，一点点地刨泥土。由于天气炎热，尸体已经腐烂，尸水开始流出，尸味非常刺鼻。但在防护器材有限的情况下，李清梨强忍着刺鼻的尸味，坚持作业。尸体挖出后，他的手套和手指全被磨破了，死者的亲属捧着他的手哭，战士们则陪着死者的亲属哭。

挖尸体，还是个伤心活。挖尸体不只面对死人，还要面对活人——死者的亲人。官兵们既要让死者安心，还要让活人放心。而要做到这一点，不光要付出汗水，还要付出泪水。比如，战士们挖出尸体后，在有条件、有时间的情况下，一般都要将尸体一一摆放好，以便于死者亲属认领。但有的尸体，特别是孩子的尸体，刚一挖出来，未等放好，母亲们就要扑上去，抱着尸体号啕大哭。为了亲属们的安全和健康，防止瘟疫，战士们就胳膊挽着胳膊，用自己的身体挡住尸体，然后苦口婆心，劝导亲属们不要接近尸体。但有的孩子的母亲，拼死拼活，不顾一切地要扑向自己的孩子，怎么劝阻也不行。在这种情况下，有的战士就一边流泪，一边抱着孩子的母亲死死不撒手。

班长王进说，在废墟上挖尸体，开始，是孩子的母亲哭着求我们，求我们快点为她们挖出孩子；后来，是我们哭着求孩子的母亲，求她们千万不要靠近孩子的尸体。有一天，我们从红白中学的废墟上刚挖出一个孩子，孩子的母亲一下就扑了上去，抱着孩子不撒手，哭得死去活来，怎么劝也不行。后来，班里一个刚入伍才二十天的新兵一下就跪在了地上，抱着这位母亲，一边哭，一边喊着说：“妈妈，求求您了，快起来吧！妈妈，求求您了，快起来吧！”这位母亲一听有人叫“妈妈”，猛地转过身来，一看是个战士，却还是个孩子，慌忙放下自己的孩子，扶起身后的战士，说：“孩子，快起来，妈妈听你的，妈妈听你的！”

叶恒星营长对此也感受很深，他说，每次我看见废墟边上那一排一排望着、等着、渴望见到孩子的母亲，我心里就受不了！大概是 5 月 17 日这天，红白中心小学一个学生的母亲找到我，说她的儿子还埋在废墟下，怎么也挖不出来。我立即带着队伍赶了过去，可这位母亲只知道孩子埋在下面，却不知道孩子埋在什么地点。我问老师，老师说不清楚；又问老乡，老乡也说不知道。我只好领着战士自己找，自己挖。头天挖了整整一天，没挖着。第二天，我让这位母亲领着我们找，她说在哪儿，我们就挖哪儿。第一遍挖了个底朝天，没有；第二遍又挖了底朝天，还是没有。战士们累得满头大汗，有点泄气了。可这位母亲却一直守在废墟边上，一天一夜，不弃不离，而且还拿出儿子的照片给我看，并向我哭诉着说，她儿子怎么听话，成绩如何好。看见照片上那位天真可爱的孩子，我就想起我七岁的儿子，恨不得打个洞钻进去，也要为她找到儿子！我对战士们说，不管有多苦，我们必须找出这个孩子！不然对不起孩子的父母，也对不起死去的孩子。这些孩子本来就死得不明不白，父母要是最后一面都见不着，那就太残酷了！虽然我们不能把死人变成活人，但我们可以让活人见到死人！可以让死人死得体面一些，死得尊严一些，死得让亲人放心一些！于是，我们又挖了第三遍，终于在楼房的最下层找到了这个孩子！当我们慢慢刨开最后一层泥土时，看见孩子的手上，居然还紧紧抓着一支铅笔！在场的战士们都惊呆了，并流下了感动的泪水。

还有一次，即 5 月 18 日晚，叶恒星带着队伍路过红白镇松林村时，发现路边有一个瘦瘦的小女孩抱着一个布娃娃站在一片垮塌的房屋前发呆。叶恒星一打听，小女孩叫李琳媛，十二岁，父母都是湖南道县人，来红白镇打工多年，以弹棉花为生。地震那天，李琳媛的哥哥、弟弟在学校遇难，爸爸、妈妈在家遇难，原本一个圆满的五口之家，顷刻间便只剩下她一个了。小女孩天天守在这里，希望有人帮她找出爸爸妈妈，哪怕见上一面。了解情况后，叶恒星抚摸着小女孩的头说，孩子，放心，只要解放军叔叔在，就一定把你爸爸妈妈找出来！说完下令队伍立即行动。从晚上八点，到翌日凌晨一点，叶恒星领着官兵们连续苦战了五个小时，终于把小女孩的父母从废墟下刨了出来，可倒塌的房梁和预制板已将两人砸成了肉饼！为了不让小小年纪的女孩看到人间血淋淋的一幕，叶恒星让战士先把小女孩带到一边，等整理好她父母的遗体并用棉被包裹好之后，才让小女孩与她父母见面。之后，为了能让小女孩从悲痛中缓解过来，叶恒星一直把小女孩带在身边，不断地安慰她，鼓励她，然后又连夜把她送到政府指挥所，协调安排好她的吃住问题，并把自己身上仅有的一百元钱也留给了她。5 月 24 日，是小女孩的生日，地方某孤儿救助站为小女孩举行生日活动，邀请叶恒星参加。可在这个集会上，一个电视台的新闻主持人为了煽情，制造所谓的“现场气氛”，不断提起小女孩的爸爸和妈妈，致使刚刚平静下来的小女孩的情绪再次受到刺激，泪水止不住地往外流。叶恒星再也看不下去了，甚至是愤怒了，他冲上台去，几乎是从人群中一把抢走了小女孩，然后将她带到后台，用自己的身体护着，不让任何人采访，像一位父亲，保护着自己的女儿。两个多月后，叶恒星在帐篷接受我的采访时，他含着眼泪对我说，地震太残酷了，它撕碎了遮挡人世间的一切，把血淋淋的东西展现在了我们面前，也展现在了孩子们的面前。本来，地震已经伤害了小女孩的全家，伤害了她的心灵，我不愿让这小女孩再受到人为的伤害了！

其实，挖尸体最大的“敌人”，是尸味——尸体的气味！谁都知道，尸味是世界上最难闻的一种气味。地震后的灾区，开始是下雨，接着是太阳，于是随着时间的推移，气温的升高，尸体渐渐腐烂，尸味开始弥漫。特别是后期，废墟中尸味之臭，刺激之大，古今汉语，难以表述。在灾区采访的日子里，我每天奔走在废墟上，曾无数次闻到过尸体的气味，其中最强烈的，有三次：第一次是 5 月 20 日，在都江堰聚源中学，由于废墟上撒满了石灰和消毒药水，尸体味、石灰味和药水味三者搅混一起，相当浓烈，相当刺鼻！第二次是5月22日，在什邡蓥华镇蓥峰实业有限公司的废墟上——据说日本、韩国、新加坡等国的救援队，均先后来过此地——当时五六台挖掘机、推土机正在挖掘清理一塌糊涂的废墟，我冒着危险，冲进废墟，辗转穿行在几台挖掘机之间，不断抢拍照片。忽然，一辆大铲车掀起大铲，将一堆水泥、钢筋、衣物高高铲起，我看见其中竟有残尸遗骸搅混在一起！我顿时惊骇不已，迅速按下快门！就在这时，一股强烈的尸臭味钻进我的鼻孔，我顿时一阵恶心。后来有记者问我为什么要冒险冲进废墟呼吸尸体的气味，我说大地震后的废墟转瞬即逝，今天血迹斑斑，明天便干干净净，若不及时抓拍下来，不久的一天我们便会失去记忆；而废墟上的尸体气息，对和平年代的人们来说，也许是一剂最有效的清醒剂！第三次是5月23日，在北川中学的废墟上。那天时值中午，太阳很大，天气很热，刚一踏进曾经埋葬过一千三百多名学生的废墟，浓浓的药水加上自身的汗水和泪水，一下便熏得我睁不开眼睛。我以为眼睛会瞎，害怕极了，忙用纸巾不断擦洗。就在这时，一股强烈的尸体味扑鼻而来，熏得我头昏脑涨，差点呕吐。我慌忙捂住嘴脸，逃出废墟。

但黄继光团的官兵们面对尸体，面对尸味，却不能逃避，只能接受，只能呼吸！而且，不光被动接受被动呼吸，还要主动接受主动呼吸。即是说，随着时间的推移，废墟中剩下的尸体越来越少，那些表面的、容易发现的尸体基本都找到了，但还有一些埋在废墟深层的、楼房底下的、很不容易发现或者根本不为世人所知的尸体，依然存在。那么对这部分尸体如何处理呢？是继续寻找，还是干脆放弃？黄继光团决定，为了让死者真正做到入土为安，让生者不留最后遗憾，不管是在野地，还是在深山，无论是在废墟深处，还是在楼底下面，必须想方设法绞尽脑汁竭尽全力，找出最后一具尸体，给亲人一个交代，还生者一个心愿。

但军队毕竟不是挖尸队，既没专业工具，也无专业仪器；加之时间紧迫——再不及时找到尸体，就会完全腐烂！因此当“生命探测仪”“尸体探测器”之类的玩意儿只能是挂在军人嘴边的一个名词时，寻找尸体最实用、最有效的工具，便只能是鼻子！即是说，军人们在别无选择的情况下，只能用自己的鼻子在废墟上去闻，才能判断尸体是否存在，确定尸体的具体位置。如同应对一场非常规的战争，只能按非常规出牌，非常规出兵。

黄继光团三营机炮连三排长汪继敏，曾亲自参加了用鼻子在废墟上寻找尸体的全过程。汪继敏告诉我说，5 月 19 日上午，我们奉命到红白镇松林村六组去搜寻尸体。一到松林村，有个十三四岁的孩子就跑来找到我们，说他爸爸还埋在下面，怎么也找不着，让我们去帮他挖出来。我二话没说，带着九个人就去了。到那儿一看，只有两间小木房还在，其他都垮了。我们没有探测仪器，只有在废墟上到处挖，到处刨。挖了好长时间，就是挖不着。小男孩说可能是在下面，我们又到下面去找，还是没找着。后来有个战士叫牟方富，重庆人，他对我说，排长，尸体可能在这儿！我跑过去看了看，并没有发现尸体，就问他，你怎么知道尸体在这儿？他说，我趴在地上用鼻子闻出来的。我大吃一惊，半信半疑，但想了想，也没有别的办法，只好叫另一个战士也去闻一闻。这个战士蹲在地上，用鼻子闻了几下，起来说，对，是有味！我也蹲下去，贴近废墟，闻了闻，果然有味！于是我马上集中兵力，锁定这个地方挖。

很快，汪继敏他们就把尸体挖出来了。但小男孩一看，挖出的不是他爸，而是村里另一个孩子的妈。大妈约五十岁，被压在一块大石头下面，两只眼珠都挤没了。那天天气非常热，汪继敏他们只戴了两双胶手套，和只有一层纱布的口罩，所以气味非常大！有个战士后来说，他都熏得快吐了。但那个小男孩的爸最后还是没找到。小男孩哭着对汪继敏说，他在很小的时候，妈和爸就离婚了。他从小跟着爸长大，和爸的感情很深，求他们一定要想法帮他找到爸！

汪继敏说，看着小男孩可怜兮兮的样子，我们只好又用刚才的经验，用鼻子继续闻。很快，我从一个石头缝里闻到了一股异味。但我不敢确认，就叫有经验的牟方富来闻，他闻了后也不敢确认，我又叫另外八个战士过来，排成队，一个个趴在石头缝的边上，依次闻了一遍。结果，四个战士说有，两个战士说没有，三个战士说闻不出来。就在这时，我突然发现有不少苍蝇，围着我们刚才闻的地方飞来飞去，赶都赶不走。

我一下有了根据，于是决定挖。挖了两个多小时，累得汗流浃背，最后终于在一块大石头下面找到了小男孩的爸。但由于石头太大，我们用铁镐挖，挖不开，用木棍撬，撬不动，最后九个人全累趴下了，石头还是掀不开，尸体还是弄不出来。天眼看就要黑了，村里人和孩子只好让我们就地掩埋。但我们不能草率行事，必须认真对待，尽管这是一具在山里谁也看不见谁也不知道的尸体。于是我们到村里抬来一筐石灰，撒在上面，盖上一层土，再盖上一层土。孩子眼看着自己的父亲一点点完全消失，趴在地上哭了，我和战士们也跟着哭了。

王进也告诉我说，为了给亲人一个交代，我们到处找尸体，到处问哪儿有尸体，只要老乡说哪儿有，我们就去哪儿挖。有一天在松林村的废墟上，一个战士无意间闻到脚下有一股很大的味，说这儿可能有尸体。我们一挖，果然挖出一个老大爷，一根大梁压在他的背上，尸体已经开始腐烂，我们用手抓住他的两个肩膀，费了好大的劲，才把他拖出来。有了这次经验，每当找不着尸体的时候，战士们就趴在废墟上用鼻子到处闻，像一条警犬一样。这个办法很管用，后来不少尸体，我们都是用鼻子闻出来的。但也有失误的时候。有一次我趴在一堆废墟的缝隙里，闻到下面有一股强烈的异味，就说下面有尸体。为了打有把握之仗，我又把一个战士叫过来，让他也闻一闻，那个战士闻了闻也说，对，有好大一股味，肯定有尸体！于是我们就开挖，挖了一个多小时，个个累得满头大汗，气喘吁吁，最后扒开一看，下面不是人，而是一条狗，一条已经腐烂的狗！

此外，尸体挖出后，官兵们还要对尸体进行消毒。对尸体消毒，同样要近距离地接触尸体，呼吸尸体的气息。三营八连指导员崔新武告诉我说，为防止瘟疫，防止传染，对尸体必须进行消毒处理。他们连在 5 月 15 号早上就接到了团长文东的命令，负责整个红白镇的防疫消毒特别是尸体消毒工作。于是他将三十人的队伍分成十二个组，二排长谢展和四排长余飘带领两个组主要负责尸体和坟场，其余十个组分头行动。没有专业的消毒服，战士们就穿上部队的制式雨衣、跳伞鞋，戴上头盔和口罩，然后每个人的背上再背一个药水壶！药水壶重约五十斤，跳伞鞋本来五六斤，沾上泥土，就变成了十几斤，再加上雨衣、头盔等，一个战士身上负重近一百斤。如此武装，别说干活，只在太阳下站一刻钟，一动不动，也会全身湿透！何况 5 月的灾区，天气异常闷热，红白镇方圆十几公里，山高路远，坡陡路滑，遇上雨天，尽是泥泞。一壶药水还未喷完，已经淌出一身汗水。一天下来，不少战士肿了脚腕，起了水泡，伞鞋里尽是汗水和雨水。

但消毒工作的最大特点，就是哪儿苦，就去哪儿；哪儿脏，就去哪儿；哪儿臭，就去哪儿；哪儿有垃圾，就去哪儿；哪儿有苍蝇，就去哪儿；哪儿有尸体，就去哪儿！尤其是尸体，一旦发现或者有人报告，第一时间必须得赶到，及时进行处理。比如，刚从废墟里挖出的尸体，马上就得喷药、消毒。如果尸体是趴着的，喷了后面，还得把尸体翻过来，再喷前面；如果尸体是躺着的，喷了前面，还得把尸体翻过去，再喷后面。战士们把这叫做“为尸体翻身”。总之为了对生者负责，防止疫情，战士们不放过一个角落、一处废墟，更不放过任何一具尸体！每天行程约八十公里，喷洒敌敌畏六百瓶，消毒液一千二百桶！一周下来，处理废墟上百处，消毒杀虫面积近万平方米，消耗药水上万壶！

战士们的工作环境如此恶劣，加上天热，还喝不上水，更不可能洗澡，一天下来，汗水、泪水、药味、尸味，混合一起，让人浑身不是滋味。比如杀虫药水，毒性甚大，滞留身上，不仅难受，还易中毒。于是不少战士开始头晕，手上发痒，身上起疙瘩，常常一放下药水壶，就不停地搓手，挠大腿，或者抓屁股。排长刘彦龙、战士王晓仲以及刚下连队二十天的新兵谭超，都明显有头晕、恶心、湿疹等过敏反应。甚至有的战士还出现烧裆——即裆部溃烂！一走路，一出汗，裆部受到裤子的摩擦，又疼又痒，难受至极，还羞于启齿。实在受不了时，只有搞点痱子粉，偷偷擦一擦、抹一抹，第二天又背上药水壶，咬着牙继续坚持消毒！

崔新武指导员说，八连先后对三百具尸体进行了消毒处理，其中有三具已经严重腐烂，每处理一具，战士们就会恶心一天，既严重影响食欲，又严重影响睡眠！特别是处理一些腐烂尸体时，非常棘手，对战士们的心灵和精神都有很大影响。比较典型的一个例子，是5月17日这天下午，天下着小雨，但天气非常沉闷，红白镇一家水泥厂来人说，在家属楼的废墟下发现一具尸体，他急忙带着四排战士赶到现场。大概还有三十米远的样子，他们就闻到臭味了！原来，地方人员在用铲车清理废墟时，发现了这具尸体，吓得全跑了，然后让部队来处理。遇难者是个中年男人，身体大部分埋在废墟里，仅露出一个背部，头已经断裂，嘴里却还咬着一块小石头！而尸体的四周，则是一群乱飞乱转的绿苍蝇！战士们哪见过这么残酷的场面，一个个愣在那里，全吓傻了！他立即分工，组成四个小组：一是观察组，负责观察余震时房子会不会垮塌，山上石头会不会滚下来；二是挖掘组，负责把尸体挖出来；三是抬运组，负责对尸体进行消毒，然后装进尸袋，再负责送到山上；四是掩埋组，负责挖坑、掩埋。由于这具尸体的腐烂程度相当严重，而战士们又要尽量保证尸体的完整和干净，所以这个活干了两个多小时，干得非常累，心里也特别的苦。等处理结束后，脱下防护服，战士们的脸上、身上，尽是雨水、汗水和泪水，一屁股坐在地上，几乎都快脱水晕倒了！等回到帐篷，战士们一头栽倒在床铺上，炊事班长吆喝几次开饭了，却没有一个战士走进食堂。

镜头十：为生者下葬，替死人站岗

什么叫军人？

在敌人面前，军人就是长城，要为人民挡住疯狂射来的子弹；在冰雪面前，军人就是帐篷，要为人民挡住肆意刮起的风暴；在“非典”面前，军人就是抗体，要为人民挡住无孔不入的毒菌；在水灾面前，军人就是沙包，要为人民挡住奔泻而来的洪水；在地震面前，军人就是万能机器人，除了开路架桥、打通道路、抢救生命、护送伤员，还要挖尸体、掘坟坑、埋死人，还要在墓地为遇难者站岗放哨，护魂守灵！

因此，在全国十三万抗震救灾大军中，除了举国闻名、家喻户晓的军人，还有另一类鲜为人知的军人，这类军人在灾区做了一件非常隐秘而又功德无量的善事，这就是：挖坟坑、埋死人、守魂灵！

埋死人，是灾区最重大、最突出、最尖锐、最敏感、最棘手的一个问题。

以什邡市为例，什邡死亡大约五千余人，其中，洛水镇百姓死亡约四百人，学生死亡一百七十七人；红白镇百姓死亡约一千一百人，学生死亡一百六十六人。这数以千计的尸体如何处理，让乡镇的头头们十分头疼！其原因是，若是火化，洛水没有火葬场，红白没有火葬场，什邡市也没有火葬场，而只有广元才有一个火葬场。但广元离洛水三十多公里，离红白五十多公里，且道路中断，桥梁垮塌，人流拥挤，车辆堵塞，别说一路过不去，就算他神通广大纵有天大本事，把尸体拉到了广元，同样火化不了。为什么？广元成百上千的尸体都在昼夜排队等着呢！难怪灾区传说，“进火葬场都要开后门”！如果土葬，怎么葬法？是集体一起葬？还是各家自己葬？集体葬，有的坚决不同意，强烈要求自己葬；自己葬，有的不愿意，有的没能力，有的连亲属都没有，怎么葬？再说了，如果各自为政，自行其是，到处都是坟堆，遍地都是墓地，怎么管理，成何体统？

问题还在于，许多亲属——主要是学生家长——坚决不同意马上掩埋尸体！为什么？要借尸还魂，借尸理论，借尸讨个说法，借尸严惩腐败分子，借尸追查豆腐渣工程！比如洛水镇，不少家长在学校废墟前设置灵堂，挂出孩子遗像，再扯起一幅巨大的白色条幅，上书一行黑色的大字：“孩子们在天堂快乐吗？”还有的聚集在镇政府门前，或者在街道路口，呼喊口号，示威抗议。于是一时间群情激愤，好比涨潮的洛水，如滔如浪，大有淹没洛水镇之势。

洛水镇的书记尹太超后来向我谈起掩埋尸体问题时，痛哭流涕，声泪俱下。尹太超说，本来，原定于 5 月 15 号选镇长的，没想到 12 号就地震了，这下镇上全乱套了！我成了第一责任人。洛水中学死了九十四人，洛水中心小学死了八十三人，还有一两百个老百姓。12 号晚上，几百具尸体掏出来后，问我怎么办？是放在学校，还是放在政府？我想了想，觉得还是放在政府比较好，就同意说，放在政府吧！没想到这几百具尸体往政府一放，简直就像几百个汽油桶放在了我头上！本来，洛水镇损失这么大，死了这么多人，我心里已经非常难受了，没想到尸体放在政府门口后，学生家长坚决不让埋，要让镇上给个说法。你想想看，当时天气那么热，如果这几百具尸体一两天内不埋下去，全部都会腐烂！要真的腐烂了，你想想看，那是什么结果？什么影响？而且后面的工作根本无法开展。所以 13 号整整一个晚上，我眼睛都没闭一下，压力太大啦！后来实在走投无路，想到了亲人解放军，只好去找黄继光团的孙传海政委。

孙传海政委告诉我说，在灾区，最脏、最苦、难干的活，几乎都让军人干了。洛水掩埋尸体之前，矛盾很多，镇上的尹书记找到我，希望部队出面，给学生家长做工作，让他们尽快同意把遇难者的尸体埋下去。说这事只有部队出面好说话，老百姓谁都不相信，只相信军人；谁的话都不听，就听军人的。但问题是，洛水镇全镇一万一千多户口，三万六千人，遇难学生的家长一百多个，我们人生地不熟，两眼一抹黑，上哪儿去找这一百一十个家长啊？再说了，即便找到了，怎么张嘴说话？怎么给他们做工作？比如家长问楼房为什么会倒，我们怎么回答？家长问孩子怎么会死，我们如何解释？家长问经济损失怎么赔偿，我们怎么表态？家长说，一定要严惩豆腐渣工程的腐败分子，我们又怎么说？当时所有的政策都没有出台，这些问题我们根本无法回答。所以接到任务后，我感到非常头疼，非常棘手。但又一想，大地震刚刚过去，在这种混乱不堪、万分危急的情况下，地方有难，除了依靠军人，还能找谁？所以我们从镇上找来这一百多个学生家长的电话号码和家庭住址，然后硬着头皮，一家一家地去做思想动员工作，主要是做家长的工作。刚开始进村时，我们都是悄悄去的，不敢说是去做工作，而是以查看灾情为名，让村里人远远地给我们指一指学生家长的房子，再上门。上门后，我们也不敢直奔主题，而是先绕弯子，问问有什么困难，有什么事干，然后没事也要找点事干，比如打扫打扫卫生，清理清理废墟，收拾收拾垃圾，帮着搭搭灾棚；同时让医生上门就诊，免费送药看病，等等。总之脏活、苦活、累活，军人全包了。说白了，就是先套套近乎，融洽融洽感情，然后再做工作。等家长们的工作基本做通了，挖坟坑的事情又落到了军人头上。

军人挖战壕，天经地义，顺理成章；军人挖坟坑，似乎不可思议，有悖常理。何况挖坟坑不像挖树坑，很难，有讲究，黄继光团的官兵们根本不会。不仅不会，连见都没见过，自然更无经验可言；再者，无论是洛水还是红白，坟场均选在山上。而山上，表面看似泥土，下面净是石头，用战士们的话来说，每挖一厘米，都要付出吃奶的力气！黄继光团主要负责洛水、红白两个地方的挖坑。洛水挖坑的方法是，先用推土机推出几个大槽，战士们再在大槽里挖小坑，一个小坑，宽一米左右，合葬两人；而红白挖的是小坑，即一人一坑，主要由三营机炮连负责。

机炮连指导员杨志鹏告诉我说，5 月 14 号早上六点，他们连就接到了上山挖坑的命令。他们一共去了七十二个战士，都很年轻，除了几个“90 后”的，全是“80 后”。挖坑的标准是，每个坑长一点七米，宽六十厘米，深七十厘米。两人一组，一对一，7 点开工。战士们原以为挖坑没有啥，一挖吓一跳。因为刚开始看上去都是土，挖到大约五十厘米时候，石头便冒出来了。若是遇上小石头或者一般大小的石头，还没啥问题，一旦遇上大石头，麻烦可就大了。有的大石头一两米长，把两个坑的位置都占了，但不能用炸药炸，只能用铁镐挖、铁锹刨、铁锤砸，然后再用钢钎分解。大石头搞出来后，要用土把窟窿填平，再用手把窟窿抹好，前后对正，左右补齐，一个坑有时要挖两个小时。坑挖好了，战士们手上全是血泡，在时间允许的前提下，还要求战士们把坑挖得好看一些，纵成一路，横成一列，尽量在形式上有一种美感，好让遇难者的亲属们见了有所安慰。

排长汪继敏说，挖坑还不能慢，必须快，为什么？因为后面的尸体不断地往山上运，如果尸体运到了，坑还没挖好，就会影响后面遗体的掩埋。再说了，死者的亲人还等着呢！但在山上挖坑，确实太难挖了，开始我们费了九牛二虎之力，好不容易挖了几个坑，地方搞防疫工作的同志来看了后说不行，挖得浅了。他们二话不说，又加班加点，重新再挖。第一天，尸体多，我们确实只挖了七十厘米深；第二天，尸体少点了，我们就挖了一米二深，最浅的坑，也挖了一米深；第三天，尸体更少了，坑挖好后，见尸体还没运上来，我们就再挖深一点，好一点。

当然，不是所有战士都愿意挖坟坑的。有些战士一开始对挖坑并不理解，因为他们来灾区，一心想的就是救人！废墟上救人，多好啊，既轰轰烈烈，又惊心动魄，还名扬全国，一旦救出一个人来，就能上电视，上报纸，一不留神，一夜间还可能成为全国家喻户晓的英雄！而挖坟坑，既枯燥费力，还默默无闻。所以被安排去为死人挖坑的战士，一开始心里也是有些想法的。

但想法归想法，坟坑照样得挖。指导员杨志鹏说，第一天，七十二个战士挖了一百八十个坑。第二天，挖了大半天，又挖了五十个坑。当这二百三十个坑像队列方阵一样突然集体出现在战士们面前时，战士们都吓了一跳！为什么呢？因为既然要求挖这么多个坑，说明就要埋掉这么多个人，而且还要往下挖，可见红白镇死了多少人啊！于是战士们的心一下就变得难受起来，沉重起来，这才感到了挖坑的重要。排长赖学良也说，我们挖第一个坑的时候，觉得很平淡，没有什么，但当第一具尸体埋进去以后，这才恍然大悟，原来我们挖坑，是为死难者找一个归宿啊！

因此，后来战士们挖坑，感觉就大不一样了，他们把挖坟坑，看成为死难者建造一座住房。于是总是想方设法，挖得宽敞一点，踏实一点，完美一点。每挖完一个坑，都要仔细检查一遍，看是否符合标准，是否舒适得当。一旦发现不符标准，或者稍有瑕疵，再用手一点点地修补，直到满意为止。如果遇难者是个小学生，他们还会偏心一些，只要时间允许，再苦再累，也要为孩子找一个风景好的地方，比如有树、有花什么的。而且尽量把坑挖得宽一些，长一些，深一些，好看一些。甚至有的战士还特意为小学生挑选一块向阳的坡地，说这些学生死的那天晚上下大雨，在操场上淋了一晚上，现在安息了，让他们多见见太阳吧！

汪继敏告诉我说，有一个孩子的坑，他们挖了两米深，挖完后，一个战士还跳下去，用手在四周摸了摸，摸着一块小石头，就说，不行，这儿还有一块小石头，得抠掉，不然孩子躺在里面，会割痛他的。于是，这个战士又用手抠掉这块小石头，再用土抹平了。然后我们又去抬来水泥和预制板，为遇难者建了一个稍微像样一点的墓碑，才算完事。战士们说，这些孩子走得太早了！他们生前没有住上高楼大厦，豪华别墅，死后能让他们睡在一个比较宽敞、踏实的地方，我们就问心无愧了。

坟坑挖好后，接着是运送尸体。

实事上，第一天是一边挖坑，一边运尸，一边埋人，三者齐头并进，交叉进行。第二天，才是先挖坑，后运尸，再埋人。孙传海政委说，埋人的工作从 14 号早上七点就开始了。这天镇长找到我，要一个连去帮着埋人。我当即下令，让战士们带上铁锹、铁镐，穿上防护服，没有防护服的，就用绳子把袖口、裤腿扎好，把手套戴好。我刚安排好，地方政府又来人说，再派三十个人去运送尸体，于是我又让参谋长彭元军赶紧带人去。

参谋长彭元军说，转运尸体的任务主要由特务连执行。我带着队伍赶到洛水镇政府时，看见有好几百具尸体堆放在门口，有大人，有小孩，主要是小孩。当时现场很乱，哭的哭，叫的叫，喊的喊，气氛非常压抑，搞得我们的心情也很沉痛。运尸体，首先得把尸体抬上车，但怎么抬，如何放，干部不懂，战士更不懂，新兵到那儿一看，一大片全是死人，别说怎么抬，吓都吓傻了。于是干部带头，班长先上，四个人抬一具，其余人帮忙，一具一具地往车上抬，一具一具地往车上放，然后再一具具地调整位置，一具一具地统一方向。抬到第四具的时候，新兵开始上了，每次上一个，先伸一只手。可新兵刚一伸手，像触电似的，马上又缩回去了。怎么办？尸体多，人手少，时间紧，老兵根本不够用，新兵不干，找谁干？于是连长让新兵先抓住尸袋的一个角，跟在老兵的屁股后面，适应两次后，再帮着老兵抬。尸体抬上车后，还要将尸体护送到指定地点，就像护送一个危急病人，途中必须细心照料，不能碰了，磕了，更不能摔了！但车上有死人，还有活人，装了满满一车；加上是山路，曲曲弯弯，凸凹不平，时而上坡，时而下坡，一有颠簸，活人死人挤在一块，想躲都来不及。于是新的恐惧再度加剧，新兵吓得惊叫不止！由于部分战士穿的是笨重的防化服，全身上下，被包裹得严严实实，一点不透气，热得受不了；加上心里本来怕，出汗就特别多，于是很快全身湿透，里面的衣服都能拧出半盆水来。

与此同时，红白镇转运尸体的工作也在紧张进行。红白镇的尸体，是黄继光团的战士用肩膀和双手直接抬上山的。但凡抬过死人的人都知道，死人是最沉的，所谓死沉死沉，指的就是死人。负责转运尸体的，主要是炮兵营二连。二连班长王进，从救人、挖人到抬人，接触过无数尸体，自称是和尸体打交道的“老手”了。王进说，一具尸体一般都是四个人抬，这四个人当中，其中有一个一定是我。14 号这天，我往山上运了一二十具尸体，抬上去一具，赶忙放下，敬一个礼，转身就跑，再去抬第二具。由于尸体多，担架少，加上时间紧迫，没有担架，我们就用床板、木板或者草席，甚至我们在废墟上捡些电线穿起来，就变成了一副简易担架。因为前三天红白镇没有尸袋，尸体抬起来就往木板上放；加上我们的口罩不是特别好，戴着口罩也不起作用，所以气味非常大，直往鼻子里钻。为了压一压气味，我们把从废墟上捡来的一瓶“五粮液”打开，洒一点在尸体上，再抬，这样气味就要好一点。抬着尸体上山时，总感到尸体很沉，加上天气闷热，山路陡峭，所以一路上担架上的尸体在滴水，战士们的脖子在流汗，每往上爬一步，都非常艰难。由于四人两前两后，前高后低，稍微没有掌握好平衡，尸体便会下滑，甚至失手。所以我们必须把尸体放平，一旦出现险情，宁肯用一只手撑着地面，一只手扶着尸体，也要保证尸体不能下滑。我们当时一点常识也没有，后来才知道，尸体是不能用手去接触的。

用手接触过尸体的，还有另一个班长曾建中。曾建中说，14 号下午，我和另一个战士往山上抬尸体，由于没有经验，加上心里害怕，一不小心，脚底一滑，眼看就要摔倒，我慌忙一把抓住尸体的胳膊！抓住之后，我自己这才感到吃惊，心里怦怦跳个不停！但更让我吃惊的是，我看见身后那个战士竟然跪在地上，双臂撑住担架，用自己的头死死顶住尸体的双脚！要不然的话，尸体就滑下去了。

我曾经问过一个战士，他们对待死人，为什么还那么认真，那么负责？小战士说，我看见那么多遇难的小学生，就像我的小弟弟小妹妹一样，心里非常难过。这些孩子本来已经很不幸了，如果我在运送他们的过程中再不认真，再不负责，万一摔了，或者碰一下，他们肯定会很疼的！所以不管我有多怕、多热、多苦、多累，必须做好每个动作，保护好这些学生，保证他们不再受到一点伤害。否则我对不住这些孩子，对不住他们的父母。

尸体运到坟场后，接下来是埋葬尸体。

洛水镇的坟场，选在距离洛水镇大约五公里的一座山上。洛水镇尹太超书记告诉我说，这座山当地人叫青嘴山，是他和镇长兰勇亲自选定的。之所以选在这儿，一是这儿离镇上较远。二是这儿有个石灰窑，专门烧石灰的，埋尸体需用石灰可就地取材。三是这儿风景不错，山上有树，有草，山脚下还有一条小河。有山有水，死了埋在这里，算落个好地方了。

我曾两次走进青嘴山坟场。青嘴山不高，地势也算平坦，山上除了野草，便是芦苇；山中树林，好像没有看见；山下倒有一条小河，河上还有一座小桥；至于石灰窑，确实存在，一过小桥，漫山遍野，便是一大片白花花的石灰。我两次来到这里，最让我受不了的，就是那一大片白花花的石灰。看见这些石灰，我马上联想到坟场里那上百个遇难的孩子，当一筐一筐的石灰倾泼在他们身上时，该是怎样一种滋味？当龌龊的石灰和潮湿的泥土与他们洁白的身躯搅混一起并永远相伴左右时，又会是怎样一种挣扎怎样一种心酸怎样一种痛苦？一位专门负责埋葬尸体的武装部干事告诉我说，尸体掩埋时，必须要用生石灰和漂白粉进行四次消毒：一是尸体运来后消一次毒；二是坑里没放尸体时消一次毒；三是坑里放了尸体后消一次毒；四是尸体盖土后再消一次毒！——我的天啦，遇难者生前本来已经很不幸了，死后怎么依然难逃如此酷刑？人活着有受不完的苦，死了为何还要遭此鸟罪！聪明的人类可以把毒药变成牛奶，为什么就不能把狠毒的石灰变成温情的衣衫？难道除了让死者忍受石灰的浸泡，就再也想不出别的好招吗？

其实，在灾区，并不忌讳死人这个话题。人们谈论死人，好比城里人谈论歌星、影星；老百姓埋葬一具尸体，就像城里人处理一堆垃圾；甚至一部分专门埋尸体的志愿者，还以埋尸体自居，自称“埋一号”、“埋二号”。意思是说，谁埋的尸体最多，谁就牛逼，谁就是灾区老大！由于灾区每天都要死人，所以人们尤其是灾民谈论起死人来，就像说起辣椒、茄子一样，已经麻木不仁见怪不怪了。

但对军人而言，却没那么简单，即便是一些什么都干过的干部或者老兵油子，也没埋过尸体啊！

负责洛水镇尸体掩埋的，是黄继光团二营五连。连长叫李柯，小伙子是陕西人，人品好，军事素质好，长相也好，魁梧、威猛、帅气，酷！这是一个有头脑有武功的军人，曾参加过爱尔兰军事比武大赛，地震发生当晚，就开始看书了。他看的是一本叫做《非战争军事行动》的书，书里没有抗震救灾的常识，却有抗洪抢险的内容，他从凌晨两点，看到凌晨五点。连队 13 号下午到洛水，当晚 11 点便接到了掩埋尸体的任务。

李柯告诉我说，他们连队的战士们都很年轻，有四十七个都是下连才一个星期的新兵，所以接到任务后他就对战士们说，大家不要怕，我们要把遇难者当做自己的亲人，见到他们，就像见到自己睡着了的亲人一样！我们埋尸体，就是做善事，既然做的是善事，还有什么可怕的呢？接着他又作了几条口头规定，其中有三条是：一、必须尊重当地风俗，满足遇难者亲属的全部要求；二、必须尊重死者，走路时脚不准从尸体身上跨过；三、必须控制情绪，埋尸体时不准哭，因为一哭，会加重亲人的痛苦。

14 号凌晨六时，李柯带着队伍准时赶到青嘴山。是时，青嘴山脚下的公路上，已经拥挤着几百个遇难者的亲属。一位参加尸体转运的战士说，转运尸体的车刚从镇政府门口启动，亲属们的哭泣声立即惊天动地，喊的，叫的，哭的，闹的；晕倒在地上没人管的；口吐白沫正被医生急救的；一边哭一边追着汽车跑的……总之什么哭声什么惨相都有。李柯一到现场，一边做准备，一边布置警戒。转运尸体的车刚一停下，公路上的人群便开始骚动起来；尤其是当一具具的尸体从车上抬下来，接着运往山上时，几百名亲属便开始哭着、喊着要进坟场！但是，按照镇政府的规定，掩埋尸体时，亲属一个都不能进——主要怕亲属情绪冲动，引起现场混乱。于是负责现场的二营教导员雪龙立即让排长李武带上几个战士守住小桥，劝阻遇难者亲属。

小桥是通向坟场的唯一通道，宽约十米，长约十五米。小桥确实很小，但桥下风平浪静，桥上却波涛汹涌，数百名亲属说着、哭着、吵着、闹着要往里进，有的甚至硬要往里冲。李武当排长刚一年，哪见过如此阵势！不过李武知道，用兵之道不在崇武，而在攻心。他先让几个四川籍的战士，用家乡话向亲属们沟通，而后再作解释。很快，场面有所控制。但就在这时，一位十岁左右的小女孩突然冲上桥头，大声哭喊着要见哥哥！原来她的哥哥是个中学生，马上就要下葬了。李武急忙劝住小女孩，向她讲明道理。可小女孩性格天生倔强，根本听不进一句劝告，哭着喊着硬要拼命往里冲。李武急忙伸出胳膊，拦住了小女孩。没想到小女孩一下急了，抓住李武的胳膊就咬了一口；见李武还是寸步不让，又从头上拔下发卡，对着李武的胳膊狠狠扎了下去！这一扎，扎了足足两厘米深，一股鲜血顿时涌了出来，染红了李武的手臂，也染红了小女孩手中的发卡。面对情绪失控的小女孩，李武强忍着痛，含着眼泪望着小女孩，依然一动不动。小女孩反而被惊呆了，也被感动了，她再也控制不住自己的情绪，一下扑在李武的怀里，像个小妹妹样号啕大哭起来。李武后来说，一个军人，不光要有为人民吃苦的精神，还要有为人民受委屈的胸怀！

当第一具尸体入土合坟后，亲属们的情绪又波动起来，纷纷提出要进坟场与亲人见上最后一面。而李武的一个排既要镇守桥头，又要担任小河沿岸的警戒，还要协助其他工作，根本无法挡住数百个情绪激动的亲属，眼看着潮水般的人群就要冲过桥头！

就在这时，一个小个子军人带着十个战士急匆匆赶了过来，很快在桥头筑起一堵人墙，挡住了如潮水般的人群！

突然出现在桥头的小个子军人叫向东，黄继光团三营八连二排排长，年仅二十二岁，是全团最年轻、最瘦弱、最矮小的排长。向东是随黄继光团第二批部队14日凌晨赶到洛水的，一到洛水，脚跟还没站稳，方向还没搞清，就被一个人给叫住了。叫住他的这个人是政委孙传海。孙传海刚接到青嘴山急需支援的电话，正为身边没人犯愁呢，一转身，看见了正站在车上东张西望、一脸惊恐的向东。于是下令，让向东带着十个战士跟着一个地方干部立即去执行任务。

向东告诉我说，那天早上他刚到洛水，整个人都是晕的，根本不知道来到了什么地方，后来才知道叫洛水，更不知道政委让他去干什么。他带着十个战士赶到青嘴山后，才知道他的任务是把住桥头，不让老百姓进山。可当他看见桥头和马路上的老百姓和学生家长们像疯了一样，立刻就蒙了。本来刚坐了飞机又坐汽车，头就晕，一下把他们撒到人山人海中，心里就更是慌神了！而且一转身，他看见一辆辆大卡车正往山上运尸体呢！一车大约拉了十个，不停地拉；而山上的推土机则推出了一个个长方体的大坑，像梯田一样，里面摆放着一排排的尸体，有人正大把大把地往坑里撒着石灰！向东吓得额头冒汗，脑子全蒙了！因为他长这么大，从来没有见过死人！但他是排长，身后还站着十个兵，再怕也得扛着。于是他赶紧指挥战士互相挽住胳膊，站成一排。刚站住了，家长们就不停地向他们哭诉起来，还骂人，骂地方官员，什么豆腐渣工程啦，腐败分子啦，等等。向东没听明白，哪儿是豆腐渣工程；也没听清楚，谁是腐败分子。家长们说的是四川洛水话，好多听不懂。家长们说着说着就往里冲，向东他们当然不让。家长们就抓他们的衣服，推他们的肩膀，还用头撞他们的胸脯。他们还是不让，站在那里，手抓住手，胳膊挽着胳膊，挺着胸脯，任凭推，任凭抓，任凭撞。有个母亲死活往里冲，被向东拦住了，这位母亲就抓着他的衣领骂，骂他心太狠，不是东西！说她的孩子就要埋掉了，还不让她看最后一眼，缺德，没良心，不是人，不配穿黄军装，不配叫解放军！

向东说，我当时听了这话，感到非常委屈，非常难受，直想哭。但一想到一个母亲失去了孩子，该是多么痛苦啊，就一声不吭，随她骂去。我想也许她骂了，心里就好受一点了。但后来的情况越来越激烈，眼看就拦不住了，我赶忙跑到山上去汇报情况，地方政府这才同意一家人可以进去一个。于是，山上埋一个人，就喊一个家长的名字，我们就放一个家长从桥上过去。局势这才缓和了一些。但有的遇难者有好几个亲人，比如爸爸妈妈，爷爷奶奶，还有舅舅姑姑什么的，都想进去。有一个中学生，妈妈进去了，奶奶也要往里冲，一个战士赶紧抱着奶奶，但抱不住，奶奶拼命要进，说今天就是死在这里，也要见她孙子！我看见奶奶的头发全白了，一边哭，一边抓扯着自己的白发大声喊，天呀地的，白发一根根掉在地上，一下子就被地上的石灰掩埋了，奶奶很快也哭晕倒了。我们吓坏了，赶紧将奶奶搀扶到桥边，给她喂矿泉水，几个志愿者也过来帮着劝导，这才缓了过来。看着奶奶这个样子，我心里非常痛苦，也很矛盾。从内心来讲，我恨不得所有的家长都到坟地里去看看自己的孩子；但我是军人，我必须执行任务，我左右为难，好难受啊！

就这样，向东他们从早上 7 点，一直在桥头守到下午两点，桥头是守住了，但十一个人全累垮了！因为从 12 号晚上到 14 号凌晨，他们只吃过一小碗面条。而当天又有太阳，非常闷热，他们在桥头守了七个小时，体力、精力、心力，消耗极大，别说吃东西，连一口矿泉水也没喝过！到后来，战士们个个头晕眼花，站都站不稳了；有两个战士甚至还晕倒了！但十一个军人彼此胳膊挽着胳膊，肩膀靠着肩膀，相互支撑着，依赖着，继续站在桥头，一个也没趴下。向东说，当时他最担心的，是怕在人群的拥挤中，万一有战士被推到河沟里。河沟有四五米深呢！于是他不得不找到领导，如实相告，领导这才把他们从桥头替换下来。

然而，当又饥又渴的向东带着十个又饥又渴的战士走回洛水镇路口时，他们早上乘坐的汽车连影子也不见了。一打听，他所在的营和连队早就走了！走哪儿了？不知道。他急忙用电台寻呼，电台没有信号；打手机，不通；再呼再打，还是不通。而且，肚子饿，脑子晕，口又渴，身边却连一块饼干、一瓶矿泉水也没有！这一下，向东和十个战士全傻了！

就在向东带着十个战士离开桥头寻找部队的时候，李柯的队伍正挥汗如雨，掩埋着一具又一具的尸体。尽管他们已是筋疲力尽，汗水、泪水早就无法分清，而且有的家长由于过度悲伤情绪激动，还出现了一些过激的言辞和举动，但李柯依然要求战士们必须忍让，不管发生什么事情，必须要把遇难者的家属当亲人对待！

事实上，战士们无论是对待遇难者的亲属，还是遇难者本人，的确都像亲人一样，甚至比亲人还要亲！比如，尸体运到后，有的亲属要求打开尸袋看一眼，战士们就把尸体放平，然后小心翼翼地打开尸袋，等亲属看完最后一眼，再小心翼翼地把尸袋拉上；有的战士看见遇难者的脸上灰土太多，便掏出一块专门擦洗尸体的黄布，再倒上一点矿泉水，轻轻为遇难者把脸部擦洗干净——战士们把这叫做“为死人洗脸”；有的战士看见遇难者的头歪着，便先将脖子轻轻扶正，再把头轻轻放平，尽量保持遇难者头部的庄重与完美；有的战士看见遇难者已经压扁，就用手认真修整修整，尽量恢复遇难者身体的端庄与完整；有的家长提出要为孩子摆上一个书包，放上孩子最喜欢吃的水果、糖块和瓜子，再点燃一炷香，战士们不厌其烦，帮着一一办理；每当埋完一具尸体，以便亲属们今后辨认，战士们先捡上一块砖头当墓碑，编上一个号码，比如1号、2号，或者9号、10号，插在坟前，再从旁边采来一束野花，放在砖头——“墓碑”——的前面，然后自觉站成一排，给遇难者集体默哀一分钟——因为天气热，温度高，后面的尸体排着队还要等着埋，所以只能一分钟！

只是，李柯事前的几条规定——其中一条是“满足遇难者亲属的全部要求”，一条是“不准哭”，战士们根本无法执行。比如，亲属们拼命要往里进，战士们必须要挡，不但没有满足亲属们的愿望，还惹亲属们生气，甚至骂娘。比如，有个双胞胎姐妹俩，本来是同桌，姐妹俩从小学一起到初中，可姐姐死了，妹妹还活着，于是妹妹死活要往里冲，一边冲还一边大声哭喊着姐姐的名字说，姐姐，怎么死的不是我啊！怎么死的不是我啊！望着女孩痛苦不堪的样子，战士们想不流泪都不行！还有一位母亲，儿子已经上高三了，马上就要考大学了，母亲哭着对战士们说，她儿子成绩非常好，作文全班第一，全校第一，本来一心准备报考北大的，可学校垮了，儿子死了！所以儿子掩埋后，母亲趴在儿子坟前，一手抓扯着自己的头发，一手抓着坟前的泥土，哭得死去活来。后来母亲晕倒了，一个小战士急忙背着她下山。下山途中，母亲醒了，看见背她的战士竟比自己的儿子还小——战士只有十六岁，一下就想起自己的儿子，反而哭得更伤心了！于是，母亲在战士的背上撕心裂肺放声大哭，战士在母亲的身下压住声音偷偷流泪……目睹此情此景，不但周围的战士们哭了，连长李柯也哭了，而且哭得比谁都厉害，比谁都伤心！

从 14 号到 16 号，三天时间里，李柯带领一百多个战士，在没有任何后勤保障的情况下，仅靠少量的干粮和矿泉水，掩埋了一百零五具尸体！

与此同时，红白镇掩埋尸体的工作也在紧张进行。

红白镇掩埋尸体的坟场，选在红白镇西山的一块坡地上。镇上村民告诉我说，这地方叫梨园，是几十年来村里专门种梨子的地方。这儿的梨树长势很好，结出的梨子又大又圆，又香又甜，比如鸭梨、木瓜梨、苹果梨等，吃起来清脆可口，香气迷人，方圆几十里，无论大人还是小孩，都喜欢吃这儿的梨。可近二十年来，随着企业厂矿越建越密，外来人口越来越多，不知什么原因，这儿的气候越来越冷了，气味越来越难闻了，梨树的叶子越来越黄了，结出的果子越来越小越来越瘦了，长出的梨子竟出现了一个个的斑点，甚至后来干脆连梨都不长了！再后来梨园变成了荒坡，现在又变成了坟场！

我曾三次沿着山路爬上这个坟场。爬上坟场不易，一是山高路滑，坡陡路窄；二是山中多雨，雨天路滑。我三次去坟场，三次都下雨，三次都摔跤，三次都被身边的战士及时扶起。于是我想，我空手走路尚且如此，战士们抬着尸体爬山该是何等不易！

我还听说，距梨园几里开外，还有一个荒坡，叫周家坡，因这儿的人大多姓周，故此得名。周家坡曾被灾区传说为“万人坑”，其实据我了解，这儿不过埋了几百人，说“万人坑”显然是一种夸张的比喻。但周家坡与梨园确有不同，即死者下葬的规格有异。周家坡主要埋的是老百姓，死者的居所是一个大坑，用战士们的话来说，是“睡通铺”。即是说，下葬时，先埋一层人，盖上一层土，撒上一层石灰，再埋第二层人，再盖上一层土，再撒上一层石灰；而梨园埋的多是学生和老师——学生一百三十六人，老师七人，且一人一坑，用战士们的话来说，是“住单间”。

不知什么原因，我三次走进梨园，都有一种不寒而栗的感觉。说天冷，这儿似乎确实多了几分寒意；但真的是天冷吗？我又心生疑问。因为这寒冷并非来自身体，而是灵魂。每次面对那几百座坟茔，我想得最多的问题是，一旦进入冬季，这一百多个孩子稚嫩的生命，能经受得住这原始山中彻骨的冰风霜寒吗？在城里，一个贪官的子弟或者亲戚，一个煤炭老板或者一个大款，可以拥有几百平方米乃至几千平方米的豪宅；而在这里，在灾区，这些地震中不幸遇难的孩子，一生最终的归宿，却只有一个几十厘米宽的坟坑！我不知道这个几十厘米宽的坟坑能占地球多少面积，也不清楚是城里那些豪宅的几分之几，更不明白城里人与乡下人同是人，生命的价值为何竟有如此大的差异！比如，在城里，同样是人，同样是死人，可以到乡下买块墓地，可以进豪华的殡仪馆，可以有很多的人为他排队，为他默哀，为他献花，为他致敬；还有亲人、朋友关爱他，领导同事看望他，礼品、果篮送给他，长长的泪水陪伴他。但在这儿，在灾区，一个人死了就死了，往坑里一放，甚或往坑里一扔，便一了百了。从此阴阳两隔，谁管？谁问？谁爱？谁疼？

红白镇的尸体掩埋，和洛水几乎一样，也是从 14 号开始，16 号结束；不同的是，家属可以进入坟场，军人和百姓基本没有冲突。至于说每具尸体在掩埋之前，公安人员都进行了 DNA 抽样鉴定，根据我的调查，无论红白还是洛水，都是子虚乌有，纯属误传。但在这三天时间里，官兵们的意志、体力经历了一场从未有过的挑战和考验，精神、灵魂受到了一次从未有过的洗礼，却是事实。

埋尸体，能量消耗极大，这个能量既包括身体的能量，也包括精神的能量，故，战士们的普遍反应是：极度饥饿，极度疲劳，往往只干上一两个小时，便有一种身心憔悴、未老先衰甚至千古沧桑的感觉。

然而即便如此，却无法补充热能，即是说，吃饭是个大问题！因为战士们掩埋尸体是在山上，肚子饿了的时候，前后左右，不是一个个的坟坑，就是一排排的尸体，而且亲属们就守在尸体的边上，也守在战士们的身旁，不是哭诉孩子生前的种种优点，就是诉说孩子死后的种种悲伤；要不就是呼天抢地，悲痛欲绝。战士们坐在坟坑边上，或者蹲在尸体旁边，面对以泪洗面、长跪不起的众多家长，手上捏着干粮，你说是吃，还是不吃？吃吧，实在咽不下去；不吃吧，还要掩埋尸体，哪来力气？结果是，面对一座座坟坑、一排排尸体以及一个个亲人，战士们只有忍着，一口不吃，一口吃不下去。

再一方面，战士们从早到晚，都在近距离地接触尸体，而且每天至少上百具；加上尸体千奇百怪，表情狰狞，形态各异，无论对人的感官还是肠胃，肯定都是一个极大的刺激。因此，干完一天下来，深夜回到帐篷，不是累得半死，也会吓得半死——不光身体累，心更累，根本没有一点食欲。于是屁股一坐，身子一歪，倒下便睡，连做梦的时间都没有。所以战士们埋了三天三夜的尸体，除了喝点水，没吃过一顿热饭，一口热菜。

有个战士，告诉我这样一件事情：有一天，他从早上开始埋尸体，一直埋到下午五点，没吃一口饭，没喝一口水，后来实在饿极了，便悄悄拿出一块饼干，刚准备往嘴里塞，就被一个记者看见了，举起相机就要拍照。他发现后，慌忙又把饼干塞了回去，然后装着若无其事的样子，继续掩埋尸体。我问他为什么记者一拍照，他就不吃那块饼干，他说我是黄继光团的战士，要是记者把我埋死人时吃饼干的镜头拍下来传到网上去了，那就给黄继光团丢脸了，给军人丢脸了。所以再饿，我也得忍着！

至于洗澡，就更是做梦都别想的事情。地震后，水，成为整个红白镇一个突出的大问题。特别是前一周，不仅灾民缺水，军人同样缺水；

不是滴水如油，而是滴水如血，甚至滴水如命！如果有人说，一瓶矿泉水能救一条人命，这不是夸张，而是太不了解灾区的情况，准确的说法应该是：一瓶矿泉水，有时能救十条人命！但按当时的规定，每个战士每天只发两瓶矿泉水。而灾区每天烈日高照，地面温度高达 35～40 摄氏度，劳动强度极大，战士们个个壮如牛犊，两瓶矿泉水如何饮用，可想而知。不少战士由于缺水，嘴唇干裂，鼓起一个个小泡；甚至有的出现虚脱，晕倒在废墟上。因此从团长到战士，一个星期不洗脸，不刷牙，更不可能洗澡。每天回到帐篷，一身臭汗，连衣服裤子上都能清楚地看见一片片白色的汗渍。可衣服都不脱，倒下便睡。武汉军区总医院的一位军医告诉我说，由于没水洗澡，有的战士身上发痒，起疙瘩，长红点，烧裆，那个臭哟，别提了！肖亮营长告诉我说，有一天他路过一个地方，看见旁边有一条水沟，水沟的水很臭，但他还是把自己的脚伸进了臭水沟，痛痛快快地洗了一次脚，因为他的脚比水沟的水还要臭！

武汉军区总医院院长浦金辉，还告诉我这样一个故事：5 月 14 号这天下午，他上山找水源，看见两个战士正抬着一具尸体上山。他很敏感，仔细一看，发现尸水已经滴在了战士的小腿上！他一下惊呆了！作为职业医生，他当然知道尸水渗到身上意味着什么，于是他立即叫住两个战士，有些生气地说，你们怎么能这样干呢！知道吗？你们抬的是尸体，不是木头！说完，他赶快拧开随身带的一瓶矿泉水，蹲下去就要给战士冲洗。没想到两个战士一看，也惊呆了！非常生气地说，医生，你怎么能用矿泉水冲脚呢？你知道吗？我们一天才两瓶矿泉水，只有渴得不行了，才舍得喝一口啊！听了这话，浦金辉院长的眼泪一下就流出来了。他马上返回医疗队，让护士们立即准备几桶消毒水，凡接触过尸体的战士，回来后必须先浸泡双手！

在掩埋尸体的过程中，战士们最难受的其实是内心；而内心最难受的，是年纪最小的士兵！

这是因为，战士们掩埋的多是学生，多是孩子。这些学生的年龄，有的比他们小十来岁，或者一两岁，甚至有的和他们差不多。军人的双手本该是在战场握枪杀敌，但在灾区，却要用来埋葬学生的尸体——这是一件多么残酷、何等心寒的事情啊！一个战士告诉我说，站在坟坑旁，看着孩子的尸体，很自然地就联想到自己刚刚结束的学生生活，就有了一种大哥哥对小弟弟、小妹妹一样的责任。

因此，战士们在掩埋尸体的过程中，非常小心翼翼，尽心尽力，总是在心里反复提醒自己：一定要小心、小心、再小心，千万、千万不要惊醒了孩子！一个战士对我说，他们虽然不能保住孩子的生命，但却可以保证孩子死后平平安安地睡在这儿，决不让他们再受到丝毫的碰损！特别是到了掩埋的最后阶段，即给孩子们一锹一锹地垒土的时候，对战士们心灵的刺激与震撼就更大了！眼睁睁地看着一个个十三四岁漂漂亮亮的花季少女，或者一个个十六七岁活蹦乱跳的精干小伙，被一锹又一锹的黄土埋进坟墓时，战士们也跟着号啕大哭的家长们哭得一塌糊涂！甚至有的战士实在受不了，还跑到后山，对着峡谷大声喊叫，或者趴在地上偷偷痛哭一场！

走访中，我接触了黄继光团不少年轻的士兵，他们的年龄大约在十七八岁，其中有几个仅有十六岁，均是2008年脱下学生服、穿上新军装的小新兵，有的下连才二十天，有的下连才一星期。肯定地说，他们在家里，个个都还是爸爸妈妈怀里的孩子，爷爷奶奶膝下的宠儿；但一穿上军装，来到灾区，他们便从一个孩子一跃而成了一个军人！军人，什么叫军人？就是战争年代敢于迎着子弹炮火往前冲的人，和平时期敢于朝着天塌地陷方向闯的人！

但毕竟，他们还是孩子！

比如，金辛，十六岁，湖北襄樊人。小伙子一看，很可爱，很单纯。金辛原本叫金幸，幸福的幸，上户口时，不知是户警不小心还是缺文化，总之大笔一挥，把幸福的“幸”写成了辛苦的“辛”，从此“金幸”便成了“金辛”——辛苦的辛。刚上完高一，金辛就当兵了。我说，你是后门兵吧？他笑了，笑得很诚实。而且下连才八天，就踌躇满志，斗志昂扬，跑到灾区，跑到红白来了。我问他为什么当兵，他说爷爷是志愿军连长，在朝鲜的坑道里打过仗，舅舅也当兵，堂兄是武警。他从小喜欢军人，但学习成绩不好，爸爸说，部队是革命的大熔炉，干脆到部队锻炼锻炼吧，就到部队“锻炼”来了。当兵前留给他最深的记忆，就是学校每天晚自习后，爸爸用自行车把他驮着接回家，然后妈妈替他掖好被子，他就一觉睡到大天亮。可是，到了部队，再也睡不成懒觉了；到了灾区，别说懒觉，连觉都睡不成了。他告诉我说，第一天到红白，他就跟着老兵去金河磷矿救人，爬山路，他手脚并用；余震一来，飞沙走石，他吓得抱头鼠窜。回来时，他不敢背伤员，有血，就为山民背铁锅，背腊肉，背土豆。他第一天见到的尸体，肠子都挤出来了，吓得他浑身起鸡皮疙瘩；第二天见到的尸体，眼球都鼓出来了，吓得他的裤衩都湿透了；但第三天，他就跟着老兵上山开始埋死人了！

金辛埋的第一具尸体，是红白中心小学的一个孩子，只有八岁。孩子的妈妈哭着对他说，孩子从小就爱干净，现在脸上全是土，太脏了，太脏了！他懂这位妈妈的意思，便学着老兵的样子，拿起一瓶矿泉水，倒在一张手帕上，给孩子“洗脸”。开始，他怕，手在抖，心在跳，头上的汗也在流。他想起班长说的，要把遇难者当亲人。于是，他就把小孩当成自己的弟弟，心里果然好多了，手渐渐不抖了，心也不怎么跳了……后来，金辛说，我听见了很伤心的抽泣声，是孩子妈妈的声音；再后来，我发现孩子的脸上有泪水，吓了一跳，以为是孩子哭了，细一看，原来是我自己的眼泪滴在孩子的脸上了。上山前，班长问我怕吗？我说不怕；问我会不会哭？我说保证不哭。可现在，眼泪不打招呼，就流出来了，想不流都不行了。我为孩子“洗”完脸，又用一块木板垫在坑里，把孩子放在上面，再把头扶正，让他面向红白镇。我想，他一个人躺在这儿，每天能看见他的故乡红白镇，看见他的学校，看见他的爸爸妈妈，还有爷爷和奶奶，心里就不会那么孤独了。就在这时，我忽然听见孩子的妈妈在说，轻点，轻点！我的动作就更轻了，我轻轻放正孩子的头，轻轻搁平孩子的手，然后一锹土一锹土，轻轻地为孩子合上坟，再到旁边采来一把野花，轻轻放在孩子身边，这才为孩子鞠躬默哀。可我刚一转身，孩子的妈妈“哇”的一声，就跪在了我的面前。我吓坏了，赶紧把孩子的妈妈扶起来，一下就想起我自己的妈妈了。妈妈从小告诉我说，做人要善良。我不知道什么叫善良，有一天，有个老爷爷在我家楼下收破烂，我就把家里的报纸全给他了。妈妈知道后对我说，孩子，这就叫善良。

当晚，金辛躺在帐篷里，睡不着。他告诉我说，很想睡，但太累，反而睡不着。帐篷里，二十多个人挤在一起，他压住我的大腿，我枕着他的胳膊，头对着脚，脚对着头，像一堆大萝卜，烂红薯，横七竖八，堆在一起，汗水味，脚臭味，还有从山上带回的尸体味，各种味道搅混一起，恍惚中不知是在人间还是地狱。一闭上眼，不是躺在坑里的孩子，就是跪着流泪的母亲。后来，还是迷迷糊糊地睡着了，一睡着，就梦见了妈妈，还梦见了爷爷。可他梦见爷爷死了，他在山上流着汗流着泪为爷爷"洗脸"！第二天，他起来就给妈妈打电话，不说梦见爷爷的事，只问爷爷好吗？妈妈说爷爷很好，就是想你了！你在灾区好吗？这两天干什么了？我在电视上看见好多人都死了，儿子，你去救人了吗？开始，他支支吾吾，不敢告诉妈妈他在埋死人的事，怕妈妈担心、伤心；再说了，别的战士都在废墟上救活人，他却在山上埋死人，觉得很没面子。可是他长这么大，从来没在妈妈面前撒过谎，于是没说上几句，就把他埋死人的事说出来了；还安慰妈妈说，妈妈，没事，我不怕，我已经是个男子汉了！可他话还没说完，就听见妈妈的哭泣声了，而且妈妈哭得很伤心，很伤心。以后，他每次给妈妈打电话，就再也听不见妈妈的说话声了，听见的净是妈妈使劲压着嗓门的抽泣声。

再比如，孙冬，十八岁，重庆人。小伙子一看，能干，聪明，还比同龄人多了几分成熟。孙冬告诉我说，他第一次见到尸体是在洛水，当时刚到灾区，很好奇，就偷着跑去看，看到一具尸体，两条腿都没有了，还在滴血，吓死他了！5 月 15 号他参加埋尸体，开始尸体放在他们面前，他看都不敢看。但他和另外两个战士是专门负责为尸体洗脸的，不看怎么行？他只好硬着头皮看。孙冬说，我一看，有的脸肿了，有的脸烂了，有的只有半边脸。我从来没有见过尸体，更没有亲自接触过尸体，非常害怕！我刚拉开第一个尸袋拉链，就看见遇难者的眼睛直直地瞪着我，是个男孩，下面还有一摊淤血，吓得我慌忙倒退了两步。但孩子的父母却没有退，不但没有退，反而还把脸贴上去，用手合上孩子的眼睛，嘴里还轻声地说，你看你看，孩子很不甘心，死不瞑目啊！我就想，我是老兵了，两年了，不能怕，我就去扶孩子的头，想扶正，可孩子的脖子已经僵硬了，我一动，他的眼睛好像又在蹬着我。我确实很害怕，但我看见孩子的父母哭得很伤心，真的很伤心。这个时候，我才真正知道，天底下最爱孩子的是父母，只有父母的爱才是最无私最伟大的，地震无论把孩子压成了什么样子，父母都会把自己的脸贴上去，可以不顾一切。这个世界没有比亲情更可贵的了。于是我就想，我既然改变不了孩子的命运，又什么事也做不了，只能把孩子身上打整干净一点，为孩子洗上最后一次脸，让父母看到孩子干干净净地走了，心里会舒坦一些。自己只能做这点事情，不然到灾区来干什么呢？这么一想，我心里就没那么恐惧了。这天上午我们埋了四十具尸体，中午都没吃饭，没有时间吃饭，也没心情吃饭。下午和晚上又埋了几十具，一共埋了一百多具。下午，有一个尸袋里装了两个小孩，两个小孩死死抱在一起，我怎么掰也掰不开，可能是地震时两人都害怕，就互相抱在一起，才吓成了这个样子！而且，不知什么原因，两个孩子死了，却没一个亲人来认领。我为两个孩子洗完脸，把头扶正，照完相，就把两个孩子埋了。由于两个孩子最后也没掰开，就合葬在一个坑里了。

此外，还有一个年轻的排长，就是前面提到过的那位带着十个战士镇守桥头的小个子排长——向东。向东二十二岁，湖北巴东县人，四岁上小学，九岁学计算机，十六岁当兵。之所以要再次提起这个小个子排长，是因为他在黄继光团的军官中，虽然年纪最轻、个子最小、职务最低，但与尸体打交道却最多！最多是多少？从 5 月 14 号到 16 号，短短三天时间里，他亲眼见到和亲手接触的尸体，至少有五百具！刚到洛水，他第一眼见到的就是尸体；离开洛水来到红白，与他朝夕相伴的，还是尸体！不难想象，在这三天三夜里，他的分分秒秒是如何度过的，他的灵魂深处又是怎样一种心跳！

向东带着十个战士离开桥头后，找不到连队，但很快就在洛水镇找到了参谋长彭元军。彭元军参谋长告诉他说，他们连可能去北川了，不管想什么办法，总之一定要找到连队！向东说，战士们已经两天没吃一口饭了，实在走不动了，能不能先找点吃的再找连队？参谋长就让他们去六连炊事班找。六连炊事班这天熬了半锅稀饭，却只有一个碗，还是参谋长刚刚吃过的。炊事班长说，就这一个碗，没水洗，就凑合着吃吧！向东就让十个战士排成队，新兵在前老兵在后，然后用这个没洗过的碗盛上半碗稀饭，先给第一个战士喝；第一个战士喝了后，再用这个碗盛给第二个战士喝；第二个战士喝了后再盛给第三个、第四个战士喝；然后第五个、第六个战士接着喝……最后，等这个一直没洗的碗轮到向东手上时，碗里只剩一口稀饭了。向东喝下最后一口稀饭后开始找北川。向东从来没听说过北川，更不知道北川在哪儿，后来好不容易打听到了去北川的方向，参谋长又告诉他说，他们连去的不是北川，是红白。但参谋长不知道“红白”是哪两个字，连队也联系不上，让他自己去问，自己去找！向东就自己去问，自己去找，终于问到了去红白的路线，找到了一辆志愿者的中巴车。中巴车把向东们拉到一个叫烂柴湾的地方后，警察却拦住中巴不让过，因为前面已经堵得一塌糊涂。向东态度非常强硬，说部队有紧急任务，必须过！警察的态度更强硬，说他今天要过，就从我身上压过去！向东们只好徒步急行军。一个半小时后，向东们终于看见了空降兵的车，于是开始寻找连队，一辆车一辆车地扒着找，一共找了八十多辆，足有两公里地，终于找到了连队——准确地说，是找到了正在路边生火做饭的连队炊事班。向东一打听，他们连都进山了，明天才有可能回来。

此时，已近晚上九点，向东们累极了，也饿极了，就用矿泉水泡了一包粉丝，吃了，靠在路边，想睡一会儿。可睡不着，第一次失去组织，向东有了一种失落感，也有了一种从未有过的责任感。这责任感不是谁告诉他的，好像是从心里长出来的，让他心窝跳个不停，脑门一直冒汗；加上刺鼻的氨气味，直往人的肺里钻，呛得人合不上眼；还有，余震一来，只听山上的石头轰隆隆往下滚，于是坐起，躺下，再坐起，再躺下，搞得一夜坐卧不安。

第二天一大早，向东带着十个战士又跟着机炮连上山挖坟坑，从早上七点挖到中午十二点，没歇一口气，没喝一口水，一共挖了四十二个坑！刚想喘口气，一个志愿者跑来说，山下有人求救！向东赶紧带着十个战士赶到现场。求救者是位老大娘，说老伴埋在里面了，快帮她挖出来！向东没挖过人，不知道怎么挖，正琢磨怎么挖，一个中年男子匆匆跑来说，解放军，旁边还有三个人，请帮我们也挖一下！于是向东将十个人分成两组，分头挖。第一个挖出来的是老大爷，七十多岁了，满头白发，被一根横梁压在背上，身子几乎压扁了。向东让两个战士奋力抬起横梁，然后自己把老头儿抱着往外拖。老头儿拖出来后，老伴一看，两眼已经化脓了，吓得躲到一边再也不敢看。向东们把老头儿装进尸袋，发现老头儿的裤子鼓鼓囊囊的，伸手一掏，原来老头儿穿着一条防盗内裤，内裤里装着厚厚一沓人民币，大约有一千元。向东把人民币如数交到大娘手上，大娘一看，生气了，脱口就骂，这个死老头，死了还藏私房钱！刚一骂完，又抱着老头儿号啕大哭起来。

两小时后，向东们把中年男子家的三个人也挖出来了，这三个人分别是中年男子的女儿、老婆和岳父。两家人都提出，要解放军帮他们掩埋尸体，就埋在他们家的后山。但大娘家有现成的棺材，中年男子家只有一口棺材，向东们就和中年男子一起，拆下倒塌的门板，做了两口简易棺材。然后，向东带着战士爬到后山，按照遇难者家属的要求，挖了四个坑，每个坑长二米五，宽一米，深一米七。接下来，要把四口棺材抬上山。向东们只扛过钢枪，没抬过棺材，何况棺材本身就重，再躺上一个人，又是山路，怎么抬？向东就想，不会挖坟坑，坟坑不挖出来了吗？不会刨尸体，尸体不刨出来了吗？不会做棺材，棺材不也做出来了吗？十一个解放军，就不信抬不了四口棺材！于是向东决定，一口棺材八人抬，一个人在前引路，一个人在后守护，一个人在旁边指挥。第一口棺材抬的是老大爷，上路时，大娘在前面一边抹泪，一边烧纸，一边扔钱（纸钱），八个军人在后面抬着一口棺材，如同抬着一座宫殿！二百米的路程，走了四十分钟，等放下棺材，十一个军人的衣服全湿透了！向东后来对我说，不是棺材太沉，而是责任太重！万一不小心把棺材摔了，怎么向老百姓交代啊？

四口棺材平安抬上山后，已是下午四点多了，向东他们赶紧埋人。

但埋人的事他们更没干过，只好求教老大娘。老大娘满口四川红白方言，听起来很困难，他们只好按自己的理解，先将棺材移进坑里，然后再将四个角放平，接着就用铁锹往棺材上盖土。没想到就在这时，老大娘突然冲进坟坑，生气地用手把棺材上的土，全扒拉了下来，然后自己双手捧起一捧土，重新盖在棺材上。向东恍然大悟，原来按当地的风俗，第一捧土，应该由亲人自己盖。于是，他们接下来为中年男子掩埋的三具尸体，坟上的第一捧土，都由中年男子自己动手盖。四具尸体掩埋完毕后，老大娘和中年男子分别跪在各自亲人的坟前，又是烧香，又是磕头，又是流泪，又是哭诉。

此时天色已晚，向东本想带着战士尽快下山，可望着四座刚刚垒起的坟茔，却怎么也挪不动步子。突然，中年男子转过身来，扑通跪在向东面前，连连磕了三个响头，然后对向东说，好好一个家，现在房没有了，人没有了，什么都没有了，全家就剩我一个了！我要离开红白，这儿再也没有我留恋的了！说着，中年男子向山下走去，一步一回首，一步一叩头，最后爬上一辆货车，向着三位亲人墓地的方向，又深深鞠了一躬，这才含泪而去……望着眼前这一幕，七个小时没掉过一滴眼泪的向东，突然忍不住大声哭了起来，其余十个战士也跟着哭了起来。

这时，山路上迎面飘来一面红旗，向东定睛一看，“黄继光生前所在团三营八连”几个大字赫然在目。两天了，终于见到了自己的连队！向东带着十个战士飞跑过去，与指导员和战友们紧紧拥抱在一起，再次流下了滚滚热泪。

第二天，向东又接到命令，带十个战士到梨园掩埋尸体。这十个人，其中便有金辛和孙冬。向东告诉我说，16 号从早上七点，到晚上十二点，他们十一个人大概埋了三百具尸体！有的三具尸体挤压在一起，分不开了，没办法，只好用两个坑，将三个人埋在一起。每具尸体一抬上来，他们就打开尸袋，先为遇难者消毒，然后跪在地上，一手托着遇难者的头部，一手为遇难者擦洗脸部。最恐怖的是晚上，整个红白镇一片漆黑，整个大山也是一片漆黑，但运上来的尸体必须连夜埋掉！特别是遇上没有家属认领的尸体，他们也同样要打开尸袋，露出遇难者的脸部和半个身体，然后打着手电，为遇难者清洗。清洗完后，再把尸体扶起来，右手托住头，左手扶着背，让遇难者有一定的倾斜角度，以方便地方民政人员照相。而最惨的是学生，是孩子，每个孩子的表情都很复杂，脸上留下的好像是一个个的问号。看样子好像在问，谁能告诉我，这是怎么回事？所以面对这些孩子，他很想做点什么，弥补点什么，孩子的遗体一到，他就对家长说，你们自己选一个墓地吧，想把孩子埋在什么地方，我们就埋在什么地方。如果家长选好了墓地还不满意，他们就跳到坑里，按照家长的意思，把墓地重新修整一遍，甚至再挖一次，直到家长满意为止。孩子掩埋完后，他们还到山上采来野花，放在孩子坟前，然后十一个人站成一排，为孩子们集体默哀。

最让向东后悔的，是掩埋一位高中生。向东说，那天，天已经黑了，几个战士抬上来一个高个子男生，大概有一米八多，而且手臂特别长，后来听说已上高三了，是红白中学的篮球中锋。我们当时挖的坑，只有一米七长，因为考虑遇难者多数都是孩子，一米七长就够了。没想到突然来了这么一个大个子男孩，把他往坑里放的时候，头放下去了，脚却搁不进去；脚搁下去了，头又放不下去。我就让孙冬和金辛赶紧把坑加长，可坑加长后还是不行，男孩的右手臂直直地伸在外面，像是在指挥着什么，又像是在呼喊着什么，总之把尸袋顶起来好高好高，怎么也放不平。我就让孙冬把男孩的手臂往下掰，可孙冬掰了好几下，怎么也掰不下去；我上去掰，还是掰不下去。这时，山下的尸体不断运上来，我的身后已经堆了十几具尸体了。我一看，再不抓紧埋完这个男孩，就来不及了。于是我就对男孩说，兄弟，对不起了！说完，我就让孙冬和我一起，抓住男孩的手臂，同时用力往下掰！只听“喀嚓”一声响，你猜怎么着？男孩的手臂是掰下去了，可我明显感到男孩的手臂被我们掰断了！那一刻，我的眼泪哗的一声就流出来了，双膝忍不住一下就跪在了地上，心里难受极了，也后悔死了！我跪在地上，一边流泪，一边不停地用拳头捶打着自己的脑袋，捶打着地上的泥土，心好像在吧嗒吧嗒地滴着血！我想，要是能再给我十分钟，我哪怕再挖一个坑，也要把这个男孩好好安葬下去，绝不会损伤他一根汗毛！可是，我没有办法，当时不停地有人在催促着我，我的身后还有好多尸体等着要埋。后来，等把那天晚上所有尸体全部埋完后，我又回到这个男孩的坟前，跪在他面前，放声痛哭了一场！我一边哭，一边以一个大哥哥的名义，对他说，兄弟，对不起了！我这一辈子从来没做过一件亏心事，既然做了这么一件对不起你的亏心事，以后我就多为人民做好事、做善事，来弥补我的过错！请兄弟原谅我，好吗？说完，我又站起来，以一个军人的名义，恭恭敬敬地给他敬了一个军礼！

我采访向东，是在晚上，我住的帐篷里。当时，已近十二点，四周极静，连一点风声也没有，整个红白镇除了帐篷里战士们的呼噜声，便只有我和向东的谈话声。向东讲到这里时，我已泪流满面，难以自抑。但我万万没想到，向东接下来讲到的一个遇难者，更让我心跳加快，震惊万分！

向东说，在大概三百具尸体的掩埋中，最让我震撼的，其实是一位女老师。当时，尸体运上来后，后面跟着好几个亲属，有遇难者的父母，还有几个不知道什么人。从他们的谈话中，我知道了这是一位女老师。我问遇难者的妈妈希望埋在什么地方？阿姨说，埋得高一点吧，女儿才看得见我们！我就去给工作人员讲了一下，因为当时按规定只能一层一层地埋。工作人员同意了，我们就把女老师抬到最高的一层。叔叔阿姨一看，说这个坑不好，太浅了，坑坑洼洼的。我和金辛就跳下去，重新把坑挖了挖，修整了修整。之后，叔叔阿姨自己还进到坑里，亲自用手把坑的四周抹了一遍，又抹了一遍，这才说可以了。我把尸袋的拉链拉开后，这才看见，女老师的胳膊没有了，腿断裂了，身体压扁了，半个脑袋也压得完全变了形，头发和血肉搅在一起，盖住了剩下的半张脸，样子非常惨！但女老师很年轻，大约只有二十五六岁。看着这个样子，我的心受不了了！阿姨看了一眼，就蹲在地上哭了起来，哭得很伤心，很想再看一眼，却又不敢看，不忍心看。当时为女老师“洗脸”的，是三个人，一个是孙冬，另一个是九班班长温前前，还有一个就是金辛。他们一边为女老师“洗脸”，一边也在哭。大概过了两分钟，温前前和孙冬突然神色慌张地站起来，结结巴巴地对我说，排长，这个人，好、好像还有呼吸！我一听，吓了一大跳！埋了几百具尸体，从没见过还活着的，怎么可能！我慌忙跑过去，蹲下一看，女老师的胸脯确实有轻微的起伏，看样子，心脏还在作最后的挣扎！我简直惊呆了，也吓坏了，两手发抖，额头冒汗！我急忙过去告诉叔叔阿姨。叔叔阿姨过来一看，立即嘴唇发抖，两手发颤，特别是阿姨，哭得都快晕厥过去了！我一边安慰叔叔阿姨，一边说，叔叔，我去找医生来看看吧！叔叔再次伏下身去，细细看了又看，并拿起一瓶矿泉水，为女儿喂了点水，然后站起来，向我摆了摆手，说，不用了，任何人来，都没一点希望了！阿姨也哭着说，与其让女儿没手没脚地活着，还不如让她赶紧痛痛快快地走吧！我急忙拿起一瓶矿泉水，伏下身去，想为女老师喂上一口水，哪怕一小口。这时，我发现，女老师的胸脯已经看不见一点起伏了，刚刚还在挣扎的心脏，完全平息了，再也没有一点动静了。可我还是想为她送上最后一口水。可水刚一喂进去，又流出来了，不管怎么喂，都喂不进去。我仔细一看，原来女老师早就没有一张完整的嘴了！这时，我听阿姨在说，解放军同志，你们赶紧把我女儿埋了吧，她太痛苦了，让她快点解脱吧，求求你们了！我站在那里，呆若木鸡，除了流泪，不知该怎么办才好。虽然我和三个战士都看见女老师确实没有一点呼吸了，也认为确实没救了，可当时没有法医在场，也不可能有法医在场，我们无法从医学的角度对女老师的生死，作出科学的准确的判断。尽管从 12 号到 16 号，四天过去了，女老师已四肢残缺，面目全非，但生命却如此顽强，万一还活着呢？万一还有最后一丝气息呢？这时候，我听见下面传来家长的喊叫声，回头一看，下面两层的坟坑前面，已经摆放着十多具尸体了，而且尸体还在源源不断地往上运。叔叔一看，也着急了，拉着我的手说，小解放军同志，不要再犹豫了，赶紧动手吧，我已经看过了，我女儿确实已经停止呼吸了！你们看，后面还有那么多人排队等着呢，大家都是不幸之人，不要因为我的女儿影响了别人！可我还是有些犹豫。而就在我犹豫的时候，叔叔突然一狠心，抹了一把眼泪，走过去，自己把装女儿的尸袋的拉链拉上去，然后和阿姨一起，把女儿抬进了坟坑；等把女儿搁好、摆平、放正后，又为女儿盖上一件衣服，放上一束鲜花。然后，叔叔这才转身对我说，请解放军同志帮帮忙，让我女儿入土为安吧！说着，叔叔双手捧起一捧土，轻轻盖在女儿的身上；阿姨随后也双手捧起一捧土，轻轻盖在女儿的身上……直到这个时候，我们才慢慢扬起手中的铁锹，一边流着眼泪，一边把泪水打湿的土一锹一锹地盖在女老师的坟上。我们的动作很慢，很细，想快一点糙一点都不行。我们把女老师安葬完后，又为她采来几束野花，然后站在她的坟前，一边为她敬礼默哀，一边为她流泪……

后来我采访到，这位女教师叫郑海鹰，二十七岁，是红白中学的一位老师。红白中学的钟副校长告诉我说，郑老师的专业是数学，但她英语很好，学校缺英语老师，就让她教英语课。她很尽责，对学生要求非常严，也很关心人。李碧老师也告诉我说，郑老师戴个眼镜，长得很文静，很瘦小，说话很幽默，许多学生都喜欢听她的课。她喜欢爬山，喜欢唱歌，特别喜欢小孩。她有一个女儿，五岁了，她非常爱她的女儿……

7 月 26 日傍晚，我来到郑海鹰老师的坟前，以一个军人和作家的名义，为这位年轻的女教师烧了一炷香……

短短几天时间里，黄继光团在洛水镇和红白镇共挖出遇难者二百三十七人，挖掘坟坑七百个，埋葬尸体六百九十具，坚持做完了一件从未做过的善事！

但还有一部分战士，却依然还要坚守在墓地旁。干什么？为死者站岗！因为，尸体埋葬后，必须保证每座坟墓、每具尸体的完整性，真正彻底做到让死者安息，让生者放心！由于地震刚过，方方面面都很混乱，坟场的情况同样也很复杂。比如，有的遇难者家属自己上山埋葬尸体，或把别的地方的尸体移迁过来，挖坑下葬时，只考虑自己，容易损伤旁边的墓地，负责坟场站岗的战士就要提醒或制止，帮助解决处理；有的野狗因饥饿至极，有可能跑到坟场偷吃尸体，一旦发现，战士就必须把狗撵走；有些亲属要到坟场看望孩子，由于过于伤心悲痛，当场晕倒，战士们就要及时负责送往医院；有的人据说为了讨个说法，要挖出学生的尸体，抬到当地政府门口游行，甚至还有人不怀好意，企图破坏坟墓，制造混乱，战士们就必须守好墓地，看好尸体；此外，地震后山上只有一个水源，为防止有人破坏，投放毒品，战士们必须保证水源的绝对安全。

因此，从 5 月 13 日晚到 5 月 27 日，黄继光团的部分军人一直坚守在坟场，从一个扛枪的战士，变成了一个为遇难者站岗的守灵人；而陪伴他们的，除了孤独与寂寞，凄凉与清冷，便是悲伤与泪水，墓地与死魂。尤其是夜半三更，坟场一片死静，偶尔有风掀动草丛，或从远山传来一声狗叫，都会让人心里瘆得慌!

2008 年 5 月的一个傍晚，我走进红白镇西山梨园坟场，亲眼见到并走访了这些为死者站岗守魂的战士。我问一个战士，怕吗？战士说，怕!尤其是第一天晚上，怕得尿都尿不出来。我在家的时候，晚上从来都不敢走夜路。可到了灾区，看到这么多人在受苦，在遭难，我觉得帮不了他们什么，很惭愧。现在，他们家的孩子遇难了，我能在这儿帮他们守着，心里也就好受一些。我说，在坟地里站岗，谁都不知道，值吗？战士说，这个，不好说。不过我们团长说了，在灾区，老百姓的要求，就是军人的追求!

老百姓的要求，就是军人的追求——说得多好啊！望着眼前的战士，我想起一位叫希波克拉底的外国医生说过的一句话——他说，医生的岗位，就在病人的床边。

那么军人的岗位呢？是不是至死也该在老百姓的身边？

第三幕

祖国的“花朵”

汶川大地震，几千所学校变成废墟，上万个孩子坠入地狱！祖国的“花朵”瞬间变成白色的纸花，爹妈一生的希望从此变成半生的绝望！当一个个活生生的生命化作一串长长的数字，我们还能说什么呢？有人说，汶川大地震和唐山大地震的最大区别，就是唐山大地震留下了一大批失去父母的孤儿，而汶川大地震留下了一大批失去孩子的父母！这个世界，受伤的为什么总是孩子？

镜头十一：地震震出的问号

在灾区走访的日子里，我去得最多的是学校。比如，聚源中学、北川中学、向峨中学、汉旺中学、东汽中学、蓥华中学、平通中学、金花中学、漩口中学、南坝中学、洛水中学、红白中学，还有新建小学、汉旺小学、南坝小学、漩口小学、金花小学、仁和小学、龙居小学、洛水小学、红白小学，等等。

这些学校，有的我去过一次，有的去过两次，有的去过三次甚至四次。结论是：汶川大地震，倒塌最多的是学校；伤亡最惨的是学生；创伤最重的是家长！

特写一：奇怪的教学楼

在我的镜头中，最令人震撼的，是废墟上的教学楼。

教学楼本是孩子们学习的圣地，但灾区的教学楼，几乎都倒了，都垮了！而且每一所倒塌的学校，最先倒的，是教学楼；垮得最厉害的，也是教学楼！

有资料显示，汶川大地震中，灾区的学校——包括中学、小学和幼儿园，一共倒塌了大约六千所！我很难确认这个数字是否准确，但，凡是我去过的学校，教学楼几乎全部倒塌，却是千真万确！

由于教学楼的突然垮塌，刚刚还书声琅琅的校园，瞬间变成了废墟；一分钟前还活蹦乱跳的孩子，眨眼变成了一个个血淋淋的肉饼，数以万计的学生惨遭埋葬！有的学校死了几十个，有的学校死了几百个，有的学校甚至死了上千个！一瞬间，学校变成了废墟，课堂变成了地狱，教室变成了太平间，操场变成了停尸场！

汶川大地震中，到底死了多少学生？我不知道。整个灾区的死亡人数天天都在电台滚动播出，唯独学生的死亡人数却至今不明。不知为什么，有点像个谜。当然我也知道，几千所学校的学生死亡人数，要在短时间内做出确切统计，是困难的。比如，找到尸体的，就列为死亡；没见尸体的，就归为“失踪”，这种简单的归类法，就很难给出准确答案，也无法让遇难孩子的家长信服。

我在走访中，曾调查了部分学校学生死亡情况。我的调查主要源自三个方面：一是找到某些学校的学生家长负责人，从他们那里了解情况。因为这些负责人手中掌握着学生总的死亡数字，而他们的数字是从每个学生家长那里统计出来的，假如某个家长的孩子还活着，绝不会说自己的孩子死了；二是查看某些乡镇政府的档案，这些档案里有每个学校学生的原始记录，如姓名、性别、家庭住址、父母姓氏、甚至手机号码等。地震前后情况一比较，一核对，便知大概；三是查看某些部队的救援日记。这些由干部或战士写的救援日记，很有意思，也很真实，他们每天救出多少活着的学生，挖出多少学生的尸体，日记里都有详细记载。因此，我调查的数字虽然同样有限，同样不一定准确；但相对而言，可能比较接近真实。现将部分数字公示于下：

北川中学，死亡约一千三百人；

聚源中学，死亡约三百二十人；

向峨中学，死亡约三百四十人；

洛水中学，死亡约一百七十人；

洛水小学，死亡约一百一十人；

红白中学，死亡约一百六十人；

红白小学，死亡约四十人；

石坎中学，死亡约三百人；

石坎小学，死亡约二百人；

蓥华中学，死亡约七十人；

平通镇中学，死亡约一百二十人；

平通镇小学，死亡约一百五十人；

新建小学，死亡约三百三十人；

仁和小学，死亡约一百一十人；

金花小学，死亡约二百五十人；

…………

上述数字，有待进一步核实。但汶川大地震中所有学生累计死亡总数大约两万左右，应该是没什么问题的。其中，北川中学死亡人数最多，最惨！不光学生死亡约一千三百人，还有老师死亡四十人，老师子女死亡十八人；此外还有三百多个学生伤残，三百多学生失踪。其中，高一年级伤亡最重，且多为佼佼者；高二（8）班最惨，全班五十三人，除去一个叫张壤的学生当天不在学校外，其余五十二人全部遇难，一个不剩，以致高二（8）班在北川中学的花名册上，从此一笔勾销！

由于大量学生遇难，废墟上到处可见的，除了一具具的尸体，就是血迹斑斑的衣服、球鞋、书包、课本、铅笔盒、作业本，以及水泥、砖头、钢筋、朽木等；而废墟上每天都能听见的，便是学生家长们悲痛欲绝的哭泣声、生不如死的悲叹声、怒不可遏的责骂声！面对这一惨绝人寰的悲剧，我最直接、最真实的感受是：上帝面对自己打造的人类，好像已经别无选择忍无可忍，于是思来想去，只有用一场大地震来毁灭这些稚嫩的孩子，以此唤醒人类最原始的良知！对此，作为一介书生，我欲哭无泪，回天无力，既无权追究什么“责任”，也无权查证谁的“过错”，更无权惩罚某些“罪人”；站在弥漫死亡气息和洒满鲜血泪水的废墟上，我唯一能做的，就是诚实地举起我手中的相机，拍下一幅幅渗透泪水与血迹的画面。

不过，凡是到过灾区废墟学校的人们——即便是个三岁的小孩，恐怕也会提出这样一个问题：导致如此惨烈悲剧的原因，究竟是什么？魔鬼的利剑，为何总是对准孩子的胸膛？

也许有人会说，因为汶川大地震，所以造成学校大面积的倒塌；因为学校大面积的倒塌，所以导致学生大量死亡！

这听起来好像符合常理，也符合逻辑。但我的问题是，同是汶川大地震，为什么距离震中近的房子没有倒，距离震中远的学校却倒塌了？同在灾区的大地上，为什么多数房子没有垮，偏偏绝大多数学校会垮？而且，同在一块地盘，同在一所学校，为什么这栋楼倒了，那栋楼没倒？为什么这间房垮了，那间房没垮？为什么中间的楼倒了，左右两边的楼却完好？甚至有的相隔仅几米远，为何此楼不垮彼楼垮，此楼不倒彼楼倒？

面对一栋栋倒塌的教学楼，我在被震惊的同时，曾用心注意到，这些教学楼垮得很特别，垮得很微妙，倒得很奇怪，倒得很蹊跷。例如：

——新建小学，左边的都江堰幼儿园完好无损，右边的都江堰宾馆昂首挺立，唯独中间的教学楼全部垮塌；

——聚源中学，同样都是楼房，而且几乎同在一条水平线上，靠西边的一栋四层试验室楼房没有倒，靠东边的一栋学生宿舍楼没有倒，靠前边初中一年级的一栋教学楼没有倒，背后还有一栋五层的楼房也没倒，唯独中间那栋三层高的教学楼说趴下就趴下了；

——洛水中学，教学楼面目全非，学生宿舍楼却没倒下；

——红白中学，教学楼全部倒塌，学生公寓却依然存在；

——北川中学，学校四周不少的房子没倒，甚至连相隔一二百米的老百姓的小破房子也没倒，可建了五年才刚刚建起的教学楼，却只用了大概五秒钟，便全部垮塌！不，其实不叫垮塌，据北川一位现场目击的老师说，是粉碎性地变成了一团尘烟！而另一栋五层高的新教学楼，也一屁股坐下去，从五层变成了三层！北川中学建楼时，现任校长刘亚春还未调入学校，他说，当初两栋楼的造价大概只用了三四百万，而要建一个结实的楼房，估计得一个亿，谁建得起啊！他承认，当初建教学楼，确实不该省钱！而北川中学不少老师则直截了当地埋怨说，那是“豆腐渣工程”！

我不知道灾区倒塌的教学楼到底是不是“豆腐渣工程”，这需要国家出面调查，而后公示天下。但许多孩子死了，是人证；教学楼周围不少房子没倒，是旁证；而面对这一排排倒塌的教学楼，我脑子里冒出的则是一个个的问号！于是我拍下了这些照片——面对这些照片，我们究竟该说什么呢？

特写二：穿透孩子胸膛的钢筋

在我的镜头中，最令人刺眼的，是废墟上的钢筋！

这些戳立在废墟上的钢筋，有粗、有细，有短、有长，有弯、有曲，有直、有绕。它们或插在石缝，或挂在房梁，或戳在墙壁，或钉在地上。但不管什么形状，无论在什么地方，仿佛都像一个个曲曲弯弯的问号，在拷问着世人，也拷问着我自己，令我心惊肉跳，不寒而栗！

这些钢筋，曾支撑过学校的“荣耀”，也扛起过学校的“辉煌”，但在地震来临那一刻，在楼房倒下那一刹，却不能支撑垮塌的墙壁，扛起倒下的房梁，而是刺破孩子的眼球，插入孩子的肚子，穿透孩子的胸膛！

一个参加过洛水中学救人的战士告诉我说，他看见一根钢筋穿破一个孩子的肚子，肠子都流出来了，肠子缠绕在钢筋上，钢筋上渗透了尸水，实在触目惊心，惨不忍睹。

一位参加过金花小学救人的战士告诉我说，他看见一根钢筋刺破了孩子的眼睛，孩子的眼球被挤出来了，血凝固在钢筋上，只剩下一个看上去空洞洞的眼眶。

一个参加过北川中学救人的战士告诉我说，他看见一根钢筋插在一个孩子的胸口上，孩子的双手紧紧攥住钢筋，像要拼命拔出的样子。当他们挖出孩子后，孩子早已气绝身亡，流出的血已经把钢筋凝固了。他们四个人用钢筋钳小心翼翼地剪了二十多分钟，才剪断插进孩子胸口的钢筋，但插进孩子胸口的那截钢筋，却只能永远留在孩子的胸膛！

难怪，不少战士都说，废墟上最可恨的就是钢筋，别看它细，别看它小，它对人的伤害最大，往往比预制板还要厉害。它就像一把魔鬼手中的利剑，凶残狠毒，孩子们一旦碰上，剑剑都是致命伤！

而无数的学生家长们，说起废墟上的钢筋，则是咬牙切齿，恨之入骨！在聚源中学的废墟上，我见到了一个叫张春的中年男人，他女儿叫张勤，十五岁了，活不见人死不见尸，有人给他报了“失踪”，他非常气愤，说，我的女儿十年来每天放学后就回家，从“5·12”那天就再也没有回来，她肯定就埋在这废墟里，怎么是“失踪”呢？还说，聚源中学有十七个孩子都没找着，很可能就埋在这废墟里。这个聚源中学，就是“豆腐渣工程”！说着，他捡起地上的一块砖头，大声问道，他们看，这砖头上的水泥，哪儿去了？然后又指着地上的一排钢筋，怒斥道，这哪儿像钢筋，简直就是铁丝！甚至有的比铁丝还细！用这样的钢筋来建学校，能支撑得住上千斤重的预制板吗？能不垮吗？干这种事的人，都他妈的是王八蛋，我看应该枪毙！立即枪毙！

还有一位母亲，叫薛昌群，家住崇义镇，女儿叫张晴，十五岁，已经上初三了。“5·12”后，她再也没见着女儿，天天守在这儿，见人就流泪，见人就哭诉，说她的女儿如何如何的乖，如何如何的听话，期末考试时，语文还考了都江堰市第一名！她把女儿的照片加洗了几十张，每天骑着摩托到聚源中学废墟上，见人就拿出来，请求人家一定帮她找找女儿！有人问她女儿是不是遇难了，她死活不承认；有人问她女儿是不是失踪了，她又坚决否认。她为女儿买来一个花圈，悄悄放在废墟上，天天守在旁边；但一旦有人过去，她又装着与花圈无关似的——她实在不愿承认女儿已经离开她了！提起钢筋，她同样敏感，同样气愤，她指着地上的几根钢筋说，这些钢筋哪儿是钢筋，简直就像一根灯草嘛！这些人的良心到哪儿去了，我看都被狗吃了！

在蓥华中学的废墟上，我见到一位名叫颜永富的瘦个子家长，这位男子一见有人到来，就气急败坏，怒不可遏，大声斥责说，蓥华中学死了八十多个初中生，但为什么老师一个没伤没死？这层楼是后来新加上去的，我们学生家长是出了不少钱的，为什么会垮，必须要给我们一个说法！原来，他女儿也是十五岁，被这垮塌的楼房压死了！他领着我看了楼房，看了墙壁，看了砖头，又看了预制板，然后指着地上的钢筋说，你看看，这些钢筋比筷子还细，能拿来建学校吗？用这样的钢筋建学校，能不垮吗？别说八级地震，就是八级大风一吹，也得垮啊！

2008年7月28日上午，我第二次走进洛水中学。第一次到洛水中学是5月中旬，由于当时只注意了血迹，并未留意钢筋。这次一进洛水中学校门，我便看见十几个民工正在废墟上挖掘、搜捡、搬运钢筋。两个月过去了，钢筋上血迹依旧。更没想到的是，当勤劳的灾区民工们把这些钢筋从废墟上一根根挖掘出来，再一根根集中起来的时候，居然装了满满好几大卡车！而且勤劳的灾区民工们还在继续挥汗如雨地挖掘着这些废钢筋，就像丰收季节农民兄弟在地里忙乎着收割自己的庄稼。我禁不住走过去，与一个正在往车上装钢筋的民工攀谈起来。

我说，这些钢筋捡来干什么呢？

民工说，卖呀！

我说，这样的钢筋能卖出去吗？

民工看了我一眼，意思是，我这人好像有点不食人间烟火。他说，怎么卖不出去？矿泉水瓶子都有人买，死人的衣服都有人要，这钢筋哪有卖不出去的！

我说，能卖多少钱一斤？

民工说，这可说不好，反正能卖钱，卖一分是一分，卖一元是一元呗！要不怎么办？地震没震死，还要活啊！

我说，这些钢筋卖出去还有什么用呢？

民工说，钢筋还能干什么用，拿去建房子啊！

我说，这不都是废钢筋吗，怎么还能拿去建房子？

民工说，那就管不着了，用不用是别人的事，我们只管卖！

民工管不着，谁管得着呢？望着眼前大卡车上堆积如山的钢筋，我内心突然有一种惊恐的战栗！仅在一个学校的废墟上，就能挖掘出这么多的废钢筋，那么在灾区几千个学校的废墟上，又会挖掘出多少这样的废钢筋呢？这一卡车一卡车的废钢筋，难道真的会像民工说的——也许是他自己想象的那样，再拿去建房子吗？假若真是这样，明天地震一旦来临，将是什么结果?!

然而面对眼前一卡车一卡车的废钢筋，我除了震惊，除了痛恨，除了惊恐，除了不安，除了叹息，还能干什么呢？又能干什么呢？

我承认，我不知道这些钢筋是否符合国家的建材标准，不明白这些钢筋与学校的垮塌有无直接关系，搞不清这些钢筋的背后到底还有什么真相，也无法追查这些钢筋卖出去后是否一定用于再建房子；但我在灾区许许多多学校的废墟上，的确亲眼看到了一个事实，这就是：学校垮塌后，那些暴露在废墟上的不少钢筋，确实很细很小；几乎所有的家长和有良知的路人，都曾在这些钢筋上反反复复停留过质疑的目光。

当然，我最关心的，还是谁来擦掉这些钢筋上的血迹？谁来抹去这些钢筋上的泪痕？

特写三：总理捡过的球鞋

在我的镜头中，最令人伤感的，是废墟上的鞋。

古人类学家早就证明，迄今为止，人类最古老的鞋存在于一万年前。但根据近期对古人类化石标本的调查分析显示，生活在四万年前的人类脚趾骨突然变小，而腿骨却与从前一样。这一发现表明，人类在四万年前，很可能就穿上了鞋！

是的，鞋不仅是人类起步的象征，也是孩子上路的标志。一个孩子穿上了鞋，就意味着人生的路已经铺开。

然而穿行在学校的废墟上，你会发现，许多孩子的鞋，都被地震震丢了。这些丢失在废墟里的鞋，据我的观察有两个特点，一是都不是名牌——山里的孩子们哪儿买得起啊，价格约在五元至五十元之间不等，有的还是母亲做的布鞋；二是都不成双成对，全是单的——一只遗留在了废墟里，另一只还套在孩子们的脚上。

于是我们不难想象，地震那一刻，孩子们是多么的恐怖、多么的害怕、多么的惊慌啊！他们什么也不顾了，什么也顾不上了，只管往外跑，只顾往外逃，只顾往外跳！有的冲出教室，拼命往外跑；有的砸烂窗户，破窗而逃；有的甚至眼睛一闭，从五层高的楼房往下纵身一跳……而在跑、在跳之前，由于过度慌乱，他们连系一下鞋带都来不及——也顾不上啊！

结果，人走了，鞋留下了；或者说，鞋留下了，人走了。

5 月 19 日下午，我来到聚源中学。一进“校”门，就听说，“5·12”这天下午，温家宝总理在第一时间就赶到聚源中学的救援现场，然后蹲在废墟上，满含热泪，用一双掌控国家大印的手，亲自捡起一只白色的球鞋！

谁都知道，聚源中学的废墟上，曾经掩埋过几百具孩子的尸体，曾经流过几百个孩子的鲜血，直到一周后我来到这里，废墟上尸体的味道依然十分刺鼻，死亡的气息依然十分浓烈；许多路过的行人根本不敢靠近，更不敢踏进废墟，甚至偶然发现脚下一件学生的衣服，或者看见一只学生的鞋子，也会惊慌失措，发出尖叫，唯恐避之不及！

然而，我们的温家宝总理，人民的总理，却蹲在地上，弯着腰，伸出手，坦然地捡起了一只孩子的球鞋！甚至，我注意到，记者在那一瞬间拍下的照片，温家宝总理居然、居然没有戴口罩！那一刻，我虽然不在现场，但我不难想象，废墟上的家长们该是怎样一种表情，废墟下的孩子们又是怎样一种心跳！

是的，捡起一只鞋，就意味着断了一条腿；捡起一只鞋，就意味着走了一个孩子；捡起一只鞋，就意味着一个家庭从此失去幸福与快乐，打破了重心与平衡。所以我们的总理捡起球鞋的手，才会微微发抖；我们的总理面对手中的鞋，才会心绪难平潸然泪下……

我在聚源中学的废墟上，也捡起一只鞋。我不知道我捡起的这只鞋与温家宝总理捡起的那只鞋是不是同一双鞋，也不知道这只鞋是不是出自同一个孩子。但可以肯定的是，在聚源中学及其他学校的废墟上，的确留下了孩子们一只又一只的鞋！

在南坝中学的废墟上，我看见，一个母亲双手捧着一双白色的新球鞋，跪在地上，一边烧着纸钱，一边喃喃自语。这位母亲告诉我说，她的儿子本来已经跑到一楼的楼梯口了，早一步，就跑出来了，但就差那一步，孩子被掉下来的楼板压死了。她见到儿子的尸体时，儿子的脚上只有一只鞋，另一只却怎么也找不着了。她是“5·12”当天早上，亲自送儿子出门上学的，儿子当时走得急，鞋带没系好，她就蹲下去，亲手帮儿子系好了鞋带，才看着儿子蹦蹦跳跳离开了家门。儿子每天都穿着这双鞋上学，已经穿了四年了，每天来回要走十几里山路。儿子的脚越长越长，鞋子越穿越紧，儿子早就提出想换一双鞋了。可家里没钱，几次想换，都没舍得。后来看见儿子每天放学回家，脚后跟都磨出了血泡，就答应下学期一定给儿子换双新鞋！没想到，儿子这么快就走了，再也不回来了，再也穿不上新鞋了。她现在后悔死了，说儿子死，就是因为脚上穿的鞋太小、太紧了，影响了儿子跑步；如果早点给儿子换一双新鞋，儿子就早一步跑出来了，也就不会死了！母亲说着，眼泪哗哗地流了出来，然后就趴在地上，使劲地磕头，一边磕头，一边还哭喊着说，儿子，对不起！要是妈妈早点给你换双新鞋，你就不会死了！都怪妈妈害了你，都怪妈妈害了你，妈妈对不起你啊，妈妈对不起你啊！

是啊，这个世界上谁不穿鞋？是人就得穿鞋，穿鞋是为了更好地走路。要是穷人家的孩子一年四季都能穿上一双新鞋走在上学的路上，那该多好啊！但不少孩子穿不上新鞋，更不可能穿上名牌鞋。脚长鞋不长，一双鞋穿得脚已经磨出了血泡，每天还得坚持背着沉重的书包走在坡坡坎坎的山路上。而多年来，正是这些鞋——或者妈妈亲手缝制的，或者几块钱买来的——陪伴着孩子们风里雨里，走出家门，跨进学校，坐在课堂，翻开书本，走过了一年、五年、八年乃至十年的求学之路！可没想到，地震来临那一刻，孩子们把鞋都跑丢了，丢在了满是血水的废墟里。

没有鞋，怎么走路？人生的路，本来就难走，大人们走在这条道上，每天都在喊累，一辈子都在叫苦；而孩子们的人生之路，才刚刚起步，刚一起步，便跑丢了鞋，打着赤脚走在地狱的路上，一旦被铁钉或玻璃划破脚底，又该是怎样一种心痛，怎样一种酸苦！

特写四：失去肩膀的书包

在我的镜头中，最令人心寒的，是废墟上的书包。

书包，是山里孩子的第二生命。在四川山区，或者说在中国的农村，孩子最大的希望，就是背上书包，上学读书。因为书包里有前程，有金钱，有粮食，有住房，还有媳妇——古人早就说了，书中自有颜如玉，书中自有千钟粟！背上了书包，就等于背上了自己的梦想；背上了书包，就等于背上了家人乃至家族的全部希望。哪家孩子的书包背出了成绩，背出了分数，背出了大学，背出了钞票，哪家的孩子就最有出息，哪家爹妈的脸上就最有荣光！

然而，一场大地震，孩子们在几秒钟便失去了书包，书包在几秒钟也失去了肩膀，在灾区每一所学校的废墟上，到处都是丢弃的书包，红的，黑的，黄的，蓝的，粉的，花的，五颜六色，各式各样。有的压在砖头下，有的被踩在泥土里，有的挤在石缝中，有的挂在墙壁上，有的扯断了背带，有的撕破了口子，随处可见，比比皆是。

这些被抛弃在废墟上的书包，曾经塞满了语文、数学、英语、地理、生物、化学、音乐、体育，还有搞不懂的政治和沉甸甸的历史，以及孩子一生的梦想和家长全部的希望！可如今，一场大地震，震掉了书包所有的压力和全部的分量！这些书包随便散落在废墟里，一下变轻了，变空了，像一个泄气的皮球，孩子们再也用不着背它了，肩膀上的重量从此消失了，永远消失了！

然而，这些变轻了、变空了、孩子们再也用不着背的书包，从今以后，却"背"在了家长们的身上，装满了伤痛与牵挂，泪水与悲伤，远远超过了书包原有的重量！

在红白中学，我看见，一个书包被预制板压在下面，书包里掉出一张光碟，光碟上四个汉字清晰可见："暴风骤雨"。说来凑巧，这天我去红白中学，正好是个雨天，满天的乌云，满天的雷雨，好像在呼喊着什么，暗示着什么。一位母亲对我说，我的孩子那天要是不去学校就好了。本来，那天是孩子的生日，头天我们都给孩子说好了，就请一天假，好好玩一天，太累了！孩子说，那好，如果明天早上下雨，我就不去学校了。可第二天早上孩子起床一看，没有下雨，又背起书包，说，不行，马上就要期末考试了，一天也不能耽搁，这个学期，我一定得再多考十分！结果，为了这十分，把命给搭上了！都是老天太无情，那天早上要是下雨就好了！

在洛水中学，我看见，十几个家长守着一大堆刚刚刨出来的书包，默默无语。一位父亲对我说，一个孩子，从落地的婴儿，到上学的孩童，父母要辛辛苦苦抚养六年；从走入小学的校门到跨进大学的课堂，书包要背十二年！这十二年的书包把孩子的背都压驼了，腿都压短了，个子都压矮了！我的孩子从小学到高三，背了十一年的书包，那个累呀，苦呀，别提了！没想到最后把命都背丢了！早知道学校要垮，我宁肯一辈子卖血，也不让孩子背这书包了！

在金花中学，我看见，一位母亲抱着一个书包，守在废墟上，泪流满面。这位母亲对我说，我的孩子还在里面，肯定还在里面，晚上我都能听见孩子的说话声。孩子为了考个大学，每天晚上都要熬夜拼命做作业。5 月 11 号那天晚上，我听孩子在屋里唉声叹气，说，唉，要是明天得一场病就好了！我说傻孩子，你胡说什么呢，谁都怕得病，你怎么盼得病啊？孩子说，我要是得了病，明天就可以在床上躺一天，不去学校啦！但第二天孩子没有病，精神好得很，照样去了学校。没想到，一去就再也没有回来！唉，早知道那天有地震，教室要垮，孩子真的得一场病就好了，哪怕得一场大病也好啊！

在北川中学的废墟上，我看见，一位母亲在废墟里扒来扒去，反复寻找孩子的书包。这位母亲对我说，孩子走了，什么也没留下。别的家长都找到了孩子的鞋子，找到了孩子的衣服，找到了孩子的书包，有的还找到了孩子的铅笔盒。可我，什么也没找到，心里空荡荡的，有一种失落感。哪怕能把孩子的书包找回来，每天看上一眼，我这心里也好受一点啊！

但是，有些家长对书包的反应，却完全不同。在东汽中学的废墟上，一位母亲对我说，孩子走了，我在废墟堆里扒了三天三夜，终于扒到了孩子的一个书包。孩子的书包我太熟悉了，从小学到初中，背了七八年，刚一扒出来，我一眼就认出来了。可书包拿回家后，每次一看见孩子的书包，我就控制不住自己的情绪，就想哭，一哭就是一个晚上。

在南坝中学的废墟上，一位母亲对我说，十多年来，女儿每天上学前，我都要做一件事，就是给女儿检查、整理书包，看女儿书包里的课本是否带齐，作业是否装好，尺子、圆规、铅笔是否忘了，然后帮儿女把书包背在肩上，再给她拉好书包的拉链，系好带子，这才送女儿上路。可现在，我不敢看书包，一看见书包，就会想起每天早上为女儿检查书包的情景；一看见书包，就好像见到女儿背着书包回家了，甚至有时还能听见女儿放下书包就叫妈妈的声音。每当这时，我就会搂着书包，放声大哭一场。

而有的幸存下来的孩子，对书包同样非常敏感，甚至有的还有严重的恐惧感。金花中学一个被截肢的女孩告诉我说，她不能看见书包，也不愿意再看到书包。她过去背的是个黄色书包，现在每次只要一看到黄书包，就像看到了一包炸药一样，好像随时都会把她炸掉！

是的，孩子走了，留下了一大堆书包，和守着一大堆书包的父母。于是每次面对这些书包，我总是在想，这些失去孩子肩膀的书包，今后谁来背起？那些有幸从废墟下刨出的孩子，还能像过去一样活蹦乱跳、无忧无虑地背着书包走在上学的路上吗？还能无牵无挂、心如止水地坐在教室听老师讲语文讲数学讲历史讲政治吗？而那些已经遭受过 8 级地震的父母们，他们的肩膀还能“背”起孩子们留下的“书包”，继续走完自己的后半生吗？

特写五：留在断壁上的作业

在我的镜头中，最令人反省的，是废墟上的作业本。

废墟上的作业本随处可见。不管哪个科目，哪个年级，无论是高中学生的，还是初中孩子的，应有尽有。有的一看就是男孩的字体，有的一看便知是女生的笔迹，有的只用了一半，有的只用了几页，有的刚刚打开，有的甚至是崭新的，可能是当天才放进书包，连名字都还来不及填写。此外，课本也俯拾皆是。如《语文》《数学》《政治》《英语》《化学》《生物学》《中国历史》《思想品德》，以及《新华字典》《英汉辞典》等。但你绝对见不到一本有关地震知识方面的书——哪怕是一本有关地震常识的小册子！

这些作业本和课本抛撒在废墟中，有的戳在钢筋上已被扯碎，有的压在房梁下已被撕破，有的挤在墙角边已没有了封面，有的卡在断壁上已缺少了页码，有的甚至已被拦腰斩成两半，然后再被无数只脚踩进尘土，变成了一片片的纸屑！它们躺在废墟上，如同深秋峡谷中的残花落叶，除了偶尔有风掀起其中某一页或者某一角，再也没人翻看没人阅读没人填写，甚至连乡间拾破烂为生的人路经废墟时，也懒得弯腰捡起。

每当面对这些作业本和课本，我心里总有一种说不出的酸楚与困惑。因为一个现象令我非常吃惊，这就是：在汶川大地震中，死亡的学生多数都是平时课本抱得最紧、作业完成最好、最听老师的话、最遵守课堂纪律、从不逃课的好学生！这些好学生一年四季春夏秋冬，从不迟到早退，天天背着书包按时到达校门，上课下课准时进出教室，家中有事不请假，生病发烧不耽误。为了学“知识”，为了得高分，为了考大学，他们不仅星期天舍不得玩，下课舍不得耍，甚至宁肯少喝一口水，少上一趟厕所，也要钉在教室抓紧时间多做几道作业，多背几篇课文。但谁能想到，就是这些好学生，几乎都死在了教室里，死在了课桌下，死在了座位上。因为地震来临那一刻，他们正在用功啃课本，埋头做作业！

例如，洛水中学高三有个学生，地震时正在教室埋头复习政治。那天本来他拉肚子，可以请假在家里休息，但高考在即，他还是坚持去了。他的教室在三楼，一听有人喊地震了，他打开窗户就往外爬，结果他被倒塌下的房梁压在腰上，悬挂在半空中——双腿在窗户里面，脑袋在窗户外边，手上还紧紧抓着一本《政治复习提纲》！几天后，不少家长都在废墟上扒拉自己孩子的课本或作业本，这个学生的家长却坚决不要，一本不要，甚至有家长帮他找到了写有他孩子名字的课本，他也一把撕得粉碎，说，这些课本都是擦屁股的废纸！我的孩子哪怕临死前知道一点地震小常识，就不会爬窗户了，也就不会死了！

例如，北川中学高一有个学生，地震时正在教室背诵一篇文言文。他的教室在最高的五层，地震来临那一刻，他极度恐慌，根本搞不清是怎么回事，于是慌乱中选择了跳楼——从五楼跳下去！结果死了，死得很惨！如果他原地不动，也许不会有事——至少不会危及生命，因为教学楼垮塌时，是自上而下坐下去的，而其他孩子几乎全部幸存。后来这个学生的家长说，他的孩子一心就是考大学，心里只有分数，没有别的，这么多年来，他除了从早到晚背课本，从来不看一本课外书！

而有个别孩子，他们既不玩命死啃课本，也不死心塌地做作业，还不遵守学校纪律，常常迟到早退、来去随便的学生，甚至包括一些调皮捣蛋、贪玩好耍、讨厌课本、讨厌作业、不喜欢进学校而喜欢进网吧、不喜欢在课堂静坐而喜欢在游戏厅搏杀的学生，却成了汶川大地震中的幸运儿！为什么？因为地震来临那一刻，他们有的根本就不在学校；有的在学校却不在教室里——不是在操场打球，就是在草地聊天，不是在小食点喝可乐，就是在路边打游戏；有的虽然人在教室里，却不是规规矩矩守在黑板前，老老实实坐在座位上，而是趴在窗前观望风景，或在走廊玩耍打闹，所以地震发生时，比谁都知道得早，比谁都跑得快……如此这般，反而逃过一劫。

例如，汉旺中学有个学生，父亲早年去世，家庭非常贫寒，只能靠母亲摆个水果摊维持生计。“5・12”这天中午，他吃过饭后，没有像别的同学那样到教室用功，而是去了农贸市场，帮母亲采购一点便宜水果，赚点钱好为他交纳下学期的学费。本来他是可以按时回校上课的，但他买好水果走出店门大约一里地后，恍然发现对方多收了他五毛钱！这时如果他继续往前走，完全可以准时赶回学校上课；如果返回去要回五毛钱，肯定耽误一节课，还不一定要得回来。但在“五毛”和一节课之间，他选择了“五毛钱”，结果如愿以偿。就在他返回学校的路上，地震了！教学楼垮了！同学死了！而他，却毫发无损，安然无恙。

例如，红白中学有个学生，“5・12”头天下午放学前，他没有完成老师布置的作业，老师专门把他叫到跟前，一脸严肃地吓唬他说，如果明天他再不完成作业，就别进学校的门槛了！结果，第二天，即“5·12”这天，他还是没有完成作业，从来不好好听老师话的他，这天偏偏第一次听了老师的话——他没进学校的门槛，而进了一家游戏厅！他从早上7点开始打游戏，一直打到下午2点20分。这时，肚子告诉他，饿了。于是他起身出门，去买烧饼。一个烧饼刚拿在手里，一下就被震落在地上！这时，他的同学都在教室里，唯独他在房子外，跑都不用跑。他突然想起吓唬他的那位老师，慌忙跑到学校，可学校已经垮了，不少同学已经死了，吓唬他的那位老师也被埋在了预制板下。他急忙冲上去救老师，可扒开预制板一看，老师的脑袋已经碎了，眼镜躺在一边，身后是一摊血！

例如，北川中学初三（5）班有个学生，叫张圣，十四岁。我在绵阳长虹培训中心见到他的时候，已是地震后第十天了。张圣不是一个成天趴在课桌上死啃书本、埋头做作业的孩子，他的最大特点就是喜欢看课外书籍，喜欢上网溜达，什么都有点好奇。地震时他正坐在教室听课，教室刚一开始摇晃，他就知道是地震了。当不少人惊慌失措不知所措时，他却不慌不忙，从容地贴着墙边从五楼平安地跑到了操场；当不少同学还惊魂未定时，他想起有十元钱还在楼上的一个小箱里，于是第一次余震刚过，他又冲到摇摇欲坠的楼上，找到那个小箱子，然后掏出系在腰带上的钥匙，打开箱子，拿出里面的钱包和四包方便面，再随手抓起一件衣服，平安地跑回了操场。本来往下跑的时候，他还看见了一床被子，想抱着跑下来，可拖了一下拖不动，就赶快放弃了。我问张圣当时心里到底怕不怕？他说开始有点怕，后来就不怕了。我说为什么好多同学都怕，他不怕？他说，大概是上初一的时候，有一天他听两个同学在唱自己瞎编的一首儿歌，叫《唐山大地震》，歌词大意是：唐山大地震，震死很多人，有男人，有女人，还有儿童和老人……他听了后觉得奇怪：地上震动一下，怎么就会死人？而且还会死那么多人？当天晚上他就到网吧去查看，这一查看，他不仅知道了什么叫地震，什么叫唐山大地震，还知道了唐山大地震死了二十四万人；同时也知道了许多有关地震的小常识。比如大地震过后会有余震，但余震不会连续发生，上次余震与下次余震之间会有一定的间隔时间，等等。所以他不怕，敢第二次冲上楼去，拿回了他的十元钱！张圣说着，还掏出一个钱包递到我的手上。我一看，钱包里面果然躺着一张十元的人民币！

同为学生，同在一个学校，同样遭遇一场地震，为何却是生死两种命运？

5月22日中午，我来到平通中学。这天太阳很毒，毒得我全身冒汗。刚一走进废墟，一股强烈的异味便扑鼻而来，我急忙戴上口罩。我很快发现，这所学校废墟上的作业本比其他学校更多，有的地方甚至成堆成片。这是为什么呢？我先从废墟堆表层捡起一些作业本，而后找来一根树棍，扒开废墟的表层，再掏里面的作业本。越往下掏，作业本越多，气味也越难闻。面对掏出来的作业本，是打开，还是不打开，我有些犹豫。因为这些作业本十天来天天和尸体躺在一起，上面不仅有泪水，有血迹，还有尸味！但我却分明看见，每一本作业本的封面上，都清晰地留着孩子们一个个鲜活的名字！于是我捡起作业本，一页一页地翻开，这一翻不要紧，我看见作业本的每一页上，几乎都打满了一道道的红钩和一个个的一百分！而每一篇作业的旁边，还有老师特批的一个红色大字——优！

那一刻，望着作业本上一道道的红钩，一个个的一百分，一个个的“优”字，我的眼泪再也无法控制了……因为这些作业本足以证明，他们都是最优秀的孩子啊！他们完成了最“优”的作业，却结束了最宝贵的生命——一向高呼正义博爱的人间啊，怎么还有这种逻辑？望着这些写着稚嫩名字以及打满一百分的作业本，我实在舍不得让它们抛之废墟弃之荒野，便从包里掏出消毒药水，将其消毒，再用纸袋装好，悄悄放进了包里。（后来我又悄悄带上飞机，带回北京，悄悄放在了我的书架里。）

我很快找到一个学生，问他这儿为什么会有这么多的作业本，这个学生告诉我说，“5·12”地震前十分钟，他不在教室，而在操场上打篮球。地震降临时，篮球首先从他手中滚落，他看见篮球滚落的样子与往常不同，往常是贴着地面往前滚动，那天却是蹦跳着往前滚动；接着他发现篮球架在摇晃；再接着他感到自己的身体也像跳舞似的晃动起来。

地震了！他很快就意识到。于是他坚持摇摇晃晃地跑到教学楼跟前，对着教室的方向大声呼喊：地震啦，快出来！地震啦，快出来！可他的同学们当时一个个正坐在教室里，聚精会神、专心致志、埋头做作业，根本没人在意他的呼喊，没人理会他的存在。接着他又喊了第二遍，这才看见有三四个同学摇摇晃晃地走出了教室。就在他准备喊第三遍的时候，他看见教学楼突然剧烈抖动起来，接着听见轰隆一声，便眼睁睁地看见整个教学楼全部倒塌在了他的面前！前后大概不过十几秒钟，几百个学生和十几个老师全被埋在了里面。等他们被挖出来后，有六个老师和一百二十个学生已全部遇难！那一刻，骤然而起的滚滚尘烟，遮挡了一切，他对着天空狼一般狂叫一声，便什么也看不见什么也不知道了……

听完这个故事，我脑子嗡嗡作响，好似天方夜谭。转而一想，又觉有些合情合理。想想吧，山里的孩子自从跨进校门的第一天起，无论走进教室还是走出教室，听从的就是墙上的铃声、校长的校训、老师的声音，也习惯了墙上的铃声、校长的校训、老师的声音。因为墙上的铃声、校长的校训、老师的声音，代表的就是某种权力，甚至就是某种命令！何况地震来临那一刻，上课的铃声已经鸣响，老师已经走上讲台，学校的大门已经关上；而这个大声呼喊的学生既不是铃声，也不是老师，更不是校长，甚至连一个班长也不是，同学们凭什么听他的？于是早就习惯了服从铃声、服从校长、服从老师的“乖孩子”们，即便在生死关头，在大难降临之际，也许他们下意识的深处，依然是宁肯顺从权力，也不服从真理！

接着，我去了蓥华中学。蓥华中学位于什邡的一座古镇——蓥华镇。因竹溪河、湔氐河、石亭江均汇合于此，故蓥华镇又称三河场。蓥华镇是一座“佛镇”，自明朝起，这儿便有了信佛的历史。数百年来，跪拜的人们络绎不绝，祭佛的香火萦绕不断。然而，如此一个参透佛法的“佛镇”，依然厄运难逃，难逃厄运！而且，承受苦难最重的，居然是众多两小无猜的娃娃和纯洁无瑕的学生！因此，刚一走进蓥华中学，脚跟还没站稳，一位学生家长就说，这些学生娃娃太惨了，楼房垮了，要压在他们身上，娃娃们压死后，蓥峰公司泄漏的八十吨液氨，到处扩散，还要灌进他们的鼻孔！实在太惨啰，太惨啰！

随后见到一位女老师，女老师姓陈，是蓥华中学初二一班班主任。陈老师说，她的班是全校有名的落后班，班上不少孩子都比较调皮，成绩不好，还不遵守学校纪律。“5·12”那天上午，她不在学校，班上有五六个学生便趁机溜进了网吧和游戏厅，直到下午听说她回校了，才不慌不忙地往学校走，刚走到学校门口，就地震了！而埋在教学楼里的学生，都是平时最听老师话、最遵守学校纪律、成绩最好的学生！学校那天是两点三十分上课，两点二十前，这些学生就提前走进教室，坐在自己座位上了。全校遇难的学生初步统计是八十个，她的班有八个。而这八个学生全是平时最乖、最听话、成绩最好的学生，也是那天最早坐在教室的学生。唯独那几个进了网吧、游戏厅的学生，躲过一劫，一点事也没有。

我来到垮塌的教学楼跟前，四层教学楼已经垮得一塌糊涂！想起陈老师的话，心头难免一阵心酸。我一抬头，突然发现，在垮塌的断壁残墙上，像是悬挂着一样东西。我急忙举起相机，拉动长焦，果然看见摇摇欲坠的断壁残墙上，高高悬挂着一本作业本！风一吹，发出呼呼的响声，听起来像是有人在哭喊，有人在呼救，又像是有人用手在不停地拍打着教室的门窗。

我忽然有一种心跳加快的感觉。此前我看到的作业本，都是在废墟上，这个作业本，怎么会高高悬挂在断壁残墙上？莫非在地震那一刻，有学生抓住作业本破窗一跃？或是上苍故意要把这个作业本高挂空中，让活着的人们投以关注的目光？

我重新举起相机，变换角度，试图看清作业本主人的姓名。可作业本悬挂太高，加上连日雨水冲刷，太阳暴晒，无论我怎么调整焦距，依然无法看清这个学生究竟是谁。但我敢肯定，这个匆匆离去的学生，一定是个最爱学习、最听老师的话、最遵守课堂纪律、每天准时坐在课堂、每次认真完成作业的好学生！因为他或她即便在离开这个世界的一刹那，也没忘记拿起自己的作业；我不知道这个作业本是政治还是语文，是数学还是英语。但我敢肯定，这个作业本里一定留下了当天还没来得及做完的作业。因为汶川大地震发生的时间是下午 2 点 28 分，学生上交作业的时间是下午 5 点 30 分，否则这个作业本就应在老师的抽屉里，而不该高高悬挂在这堵断壁残墙上！

总之，可以肯定的是，这是一个学生留下的作业本，也是一个死者留给活人的作业本；这个作业本里不光有老师留给学生的作业，还有一个学生留给我们的作业——其中至少有一道题是留给我们的，不然，这个死去的孩子，为何要将作业本高挂空中，告示天下活着的人们？

那么这个学生留下的这道作业题是什么呢？

我想，这道作业题应该就是："5·12"那一刻，为什么垮塌最多的是学校？死亡最多的是学生？

镜头十二：守望红领巾的狗

一到成都，我便听说，都江堰聚源中学埋了七百多个学生。这些学生挖出来后，活下来的不多，大概死了四五百个！

这个数字让我非常吃惊。于是我第一个赶去的学校，便是聚源中学。

聚源中学位于鼎鼎大名的都江堰。在三进灾区的日子里，我曾三次走进都江堰，三次走进聚源中学。第一次走进聚源中学，是 5 月 20 日下午。一踏上废墟，便看见一片白茫茫的石灰、一个个花花绿绿的花圈、一炷炷袅袅萦绕的香火以及几十个泪流满面的学生家长，接着便闻到了一股浓浓的尸味与消毒水味混杂一起的气味，然后便听到了一声紧似一声的凄婉的哀乐声。哀乐声发自废墟，听起来却像是来自地狱，撕心裂肺，如泣如诉。这是我一生中听到的最哀婉凄凉、最动人心的音乐，听着听着，眼泪便流出来了。

离废墟几十米外的一个地方，是学校的操场。此时的操场显得格外的孤独，有点像血腥厮杀后的一种沉静，一种一去不归的安宁。一个家长告诉我说，十天前，四五百个孩子挖出来后，就摆放在这里；还有十几个老师，也摆放在这里，整个操场都摆满了！每天傍晚，上百个家长都会聚在废墟和操场上，点燃一炷香，打开录音机，放上一曲哀乐，然后守着废墟，没完没了地哭诉，没完没了地流泪。

…………

离开聚源中学，已是傍晚时分。走出校门不远，我忽然觉得身边像有什么动静，或者一种暗示，一扭头，发现在一间垮塌的民房前，趴着一只小黄狗。小黄狗瘦骨嶙峋，有气无力，过往行人脚步匆匆，它却蜷缩在那里，一声不吭，一动不动。狗的面前，放着一个脸盆，脸盆空空如也，没有一点食物。看样子，小黄狗已经饿极了，大概好长时间没吃东西了！

突然，我发现小黄狗的眼睛一直看着脸盆上面的方向，目不转睛，一动不动，像一个哨兵，在守望着什么。

我顺着狗眼的方向看去，一个情景令我大吃一惊：小黄狗的前面，居然悬挂着一条红领巾，一条非常鲜艳的红领巾！尽管四周都是废墟，都是黑乎乎的煤炭，脏兮兮的垃圾，但红领巾独自飘挂空中，看上去竟像一面小小的旗！

红领巾是国旗的一角。这一“角”，曾是中国千千万万个孩子童年的第一个梦想，也是我童年的第一个梦想。这个梦想是红色的，它像血液一样鲜红，似花朵一般灿烂。我至今还清楚地记得，当红领巾第一次挂在我的脖子、飘在我的胸前时，我眼前的天空突然像改变了颜色，周围的同学像改变了模样。在我的心中，红领巾就是一面飘扬的国旗，就是一束最美的花朵！然而，此时此刻，我心中的“国旗”不是飘扬在天安门城楼上，而是静静地挂在废墟上；我心中最美的“花朵”不是绽放在春风里，而是摇摆在充满血腥气息的狗窝里。

这是怎么回事呢？

走访附近几个灾民后，我终于得知事情的真相。原来，地震前这儿住着一家三口打工族，狗的小主人是个小女孩，今年十三岁，前不久刚到聚源中学上学。地震这天，小女孩的爸爸妈妈死了，小女孩也埋在了学校，全家就剩下了这条狗。一个姓罗的灾民告诉我说，他和这家人的关系不错，时常有些来往。这家人为了让孩子好好念书，专门在聚源中学附近租了这间小房子。小女孩念书很用功，成绩不错，但家里很穷，为了给家里省点电费，有时候晚上还在路灯下看书。地震的头一天，是这个小女孩的生日，小女孩长到十三岁，从来没有吃过蛋糕，她爸爸妈妈就给她买了一块小蛋糕。小女孩见了蛋糕，非常高兴，刚用手指头挖了一小块放进嘴里，就对她妈妈说，妈妈，蛋糕真好吃，这是我十三年来吃的第一块蛋糕，等我长大后，上了大学，参加了工作，我第一件事，就是给你和爸爸买一块大蛋糕！可第二天下午，就地震了！小女孩被一张课桌压在腰上，救出来时，开始还有点动静，后来就不行了，听说死的时候，还在不停地叫着爸爸妈妈和她的小黄狗呢！但她爸爸妈妈全死了，没有一个亲人在身边，只有这条小黄狗。小黄狗后来跑到了聚源中学门前，但聚源中学当时人很多，很乱，都在忙着救人，废墟四周，都有警卫，都有解放军，见了狗，就往外赶。小黄狗过不去，只有躲在学校的操场边上，远远地望着躺在地上的小主人悄悄流泪。后来，小女孩的尸体被汽车拉走了，小黄狗就一直跟在汽车后面追……

儿时，我曾养过一条狗，也是像这样的一条小黄狗。有一天，父亲说，杀了吧，炖来吃！我问父亲，怎么杀？父亲说，用绳子拴住它的脖子，然后把它吊起来，不松手，一会儿就完了。我照父亲的意思，先将绳子套在狗的脖子上，再把狗吊上房梁，然后死死抓住绳子，不松手。很快，我就看见悬吊在半空中的狗，伸出舌头，满含泪水，乞求似的望着我。那一刻，我忘了父亲的话，不知不觉，一松手，狗便落在了地上，然后一撒腿，跑了！但我万万没想到，一周后，狗居然又回来了！至今我还清楚地记得，当我第一眼看见战战兢兢地站在我家门口的小黄狗时，我哭了。这一年，我七岁。十年后，我当兵了。离家那天，小黄狗一直跟在我的身后，把我送了很远很远，而且我第一次看到了狗的眼泪。从此，我爱上了狗，不管在什么地方，只要见到狗，总会驻足停步，聊上一会儿，然后便想，狗对主人，为何如此死心塌地，绝对忠诚？

在灾区走访的日子里，我也听说过不少关于狗的故事。平武县有一只狗，地震前夕，突然咬主人的小腿，主人开始不理它，狗又咬，主人生气了，就打狗，狗往外跑，主人便追，刚一追出门，就地震了！结果，人狗两全，有惊无险；彭州县有两只被和尚收养的狗，地震时寺庙倒塌，主人遇难，但狗不下山。后见一村妇被压在废墟里，两只狗就守在村妇的身边，左右不离。村妇口渴了，没水喝，就仰起脖子用嘴去接雨水喝。后来老天不下雨了，村妇干渴难忍，两只狗就用自己的舌头去舔村妇的脸和嘴。村妇靠着两只守在身边的狗，坚持了一百九十六个小时，后来获救。

当然，狗类如同人类，地球大了，什么样的狗都有。我在灾区便见到过另外一些狗：有的四处流浪，一路乞求，有奶便是娘，见人便跟着走；有的神志恍惚，到处游荡，不知道主人在哪里，也不知道家在何方；有的从早到晚，呼呼大睡，对主人的死活不管不问。甚至我还听说过这样一个故事：青川有一村民，爱狗如命。他养了一条狗，平时手头只要有钱，第一件事就是给狗买好吃的。有时没钱了，借钱也要买；好东西自己都舍不得吃，也要留给狗吃。地震那天，他在床上呼呼大睡，狗也在沙发上呼呼大睡。地震时，狗抢先跑了一步，他却跑晚了一步。结果，狗毫发无损，他却被砸破了头。第二天，因为心里惦记着狗，他头上还缠着纱布，便从医院匆匆赶回垮塌的家，第一件事就是找狗！可他围着垮塌的家找了好几遍，也不见狗的影子。后来，他在离家很远的地方终于找见了他的狗——正躲在一棵树下，一边乘凉，一边捧着一瓶矿泉水细细慢饮呢！他一看，气急败坏，捡起一根棍子就扑了过去，狗见主人突然翻脸，拔腿便跑。他一边追，一边骂：狗日的狗东西，太不负责任了，太不负责任了！

然而，聚源中学门前的这条小黄狗，姓罗的灾民告诉我说，主人死了后，它从早到晚就趴在那里，一直没走。而且每天都趴在那儿，守着那条红领巾，眼泪汪汪的。如果有人走到跟前，它马上就会站起来，用眼睛盯着他；要是有人碰一下红领巾，它就会大声狂叫，急了，还会扑过来咬人！地震后，大家都很忙，人都顾不上，哪还顾得上狗！所以这条狗没吃没喝，没人管。地震已经第九天了，它还一直待在这里，守着那条红领巾，哪儿也不去……

听了这位灾民的话，我想起红领巾的主人——聚源中学那位小女生。小女孩的红领巾为什么会遗失在这里？是当天上学过于匆忙，忘记戴了，还是刚刚洗净，准备迎接“六一”儿童节的到来？小黄狗为什么不走？

是怕有人弄丢了红领巾，还是在等着小主人的归来？我蹲下去，恭恭敬敬地举起手中的相机，久久望着镜头中守望着红领巾的小黄狗，和小黄狗守望着的红领巾——那一刻，我的眼睛潮湿了……

十天后，即6月1日下午，我第二次来到聚源中学。一到学校门口，我就开始寻找那条小黄狗。可小黄狗不见了。我找遍四周，依然不见踪影。后来，一位村民告诉我说，小黄狗已经被打狗队打死了！

我大吃一惊，问，为什么要打死这只狗啊？

村民说，听说狗可能会传染什么瘟疫。

我非常吃惊，说，可能传染？可能传染并不等于一定传染，更不等于已经传染！如果防范措施得当，怎么可能传染呢？狗可能传染就要打死，人可能传染难道也要枪毙？灾区的人可以消毒，灾区的狗为什么就不能隔离？难道除了宰杀，就没有其他更好的办法了吗？

村民说，我也不知道，反正说得很凶。但我看见好几只逃脱的狗，一点没事。

后来，我在采访中了解到，灾区打狗的事的确存在。一是有的地方组织“打狗队”，用棍打，用刀杀；二是有的地方让军人去打狗，用95式自动步枪打，而且专门挑选枪法好的战士即所谓“神枪手”去打，主要怕子弹打飞了，伤了人。一个参加过打狗的“神枪手”告诉我说，我在灾区干了一件最不愿干、最对不起自己良心的事，就是打狗！有一次我们接到任务，说某地发现了一只狗，我去后一看，是一只母狗，我举枪瞄准时，手都在发抖。结果第一枪没打中，又打了第二枪，这是我第一次打枪脱靶。不仅打狗，还打藏獒，在欢乐谷，还打死了动物园的一只老虎。当然这是经过当地有关部门正式批准的，因为地震震坏了老虎笼子，担心老虎饿了跑出来吃人。

再后来，我在电视和报纸上还看到一个故事：成都柑梓乡一个小镇上，有一村民自筹资金，在一块刚刚被地震震过的田坝上，为流浪狗专门搭建了一个小动物救助中心，取名为“爱之家”，收养了一千多只无人看管的流浪狗。其中，有一百多只狗，就是想法躲过枪杀的子弹后，从灾区的废墟上捡来的。但没有一只狗发生过瘟疫。

此刻，望着眼前空空荡荡的狗窝，望着依然飘荡在狗窝上的红领巾，我的心有一种说不出来的痛。汶川大地震没有震死这只狗，但这只狗最终却死在了人的手里，这是为什么？大地震导致的灾难，凭什么要让狗来承担？如果狗的小主人——聚源中学那位小女生——知道有人宰杀了她的狗，九泉之下的她，能闭目吗？

镜头十三：不再鸣叫的公鸡

位于绵竹遵道镇的棚花村，又叫“年画村”。这里盛产的年画，与天津杨柳青、河北武强、山东潍坊并列为中国四大年画；也因这里盛产年画，村里的百姓都较富裕，不少村民住上了小楼房，有的还是小别墅。

然而，一场大地震，“年画村”一夜间变成了“废墟村”。于是，当5月22日上午我来到“年画村”时，看到的就不是一张一张的年画而是一片一片的废墟了。

一个村民告诉我说，“年画村”的房子基本都垮了，年画也毁了。村里大概有一千七百人，地震震死了三四十个，伤了二百多个，有八九十个还是重伤。地震那天惨得很啊，村里人开始用手刨人，接着再用手刨坑，后来又用手埋人，跪在荒坡上，哭啊，喊啊，叫啊，把老天爷都感动了，下起了大雨，哗哗的！雨水，还有泪水，把村里人全都打湿了！

我来到一片废墟前，见一小女孩守在旁边哭，是那种看不见眼泪的哭。一打听，小女孩十三岁，年画村的，家垮了，学校也垮了，找不到地方上学了，便天天守着废墟哭。

我在废墟中拍照，忽然发现一只红色的公鸡。公鸡正在废墟堆里一边溜达，一边觅食，有点像城里人在公园一边散步，一边观景，模样可爱，且很潇洒。

我很奇怪，地震震垮了“年画村”，震死、震伤几百人，这只不堪一击的小公鸡，怎么还活着？

我问小女孩，废墟里怎么还有公鸡？

小女孩告诉我说，公鸡小，很灵敏，躲得快，村里不少鸡、猫、狗都没死。但村里不少人却死了，她的家和学校也垮了，她什么都没有了，书包没有了，课本没有了，连一个铅笔盒也没有了，家里就剩下了这只公鸡。公鸡天天都在废墟上，哪儿也不去，晚上就躲在一个角落里，白天起来自己找吃，很可怜的！

我再细细一问，原来小女孩从小就最喜欢鸡，尤其喜欢这只红公鸡。小女孩说，一听到公鸡的叫声，她就有一种莫名其妙的兴奋。她从来没有出过远门，不知道村外的世界到底有多少声音，但公鸡的叫声，是她听到的最好听的声音。她上学时，家里并不富裕，买不起小闹钟，妈妈就对她说，家里这只公鸡不就是小闹钟吗？你每天早上只要听到鸡叫，就赶紧起床，保证误不了上学。于是从上学的第一天起，公鸡一叫，她就起床，然后穿衣、洗脸、吃饭、上学堂；走在上学的路上，望着刚刚升起的太阳，她还常常傻傻地想，村头每天升起的太阳，会不会就是被公鸡叫醒的呢？

可现在，学校倒塌了，课桌压烂了，村里人纷纷逃走了，公鸡也无家可归了，所以小女孩非常难过。但最让小女孩伤心的，是她听不见公鸡的叫声了！小女孩说，她不知道是怎么回事，反正地震过后，她就再也没听见过公鸡的叫声，好像公鸡的喉咙被什么东西一下卡住了似的。地震后头几天，村里的人都没有吃的，她家也没吃的，大家都在挨饿。有一天，她听见爸爸对妈妈说，太饿了，把家里这只鸡杀了吧！她就一下跑过去，抱着公鸡哭了起来，哭得很伤心。结果，她的眼泪挽救了这只公鸡。而活下来的公鸡也不走了，天天围着她家的废墟转来转去，自己找吃的。实在找不着吃的，便蹲在那儿不动，好像是用一种不动的姿势在储存力量。但公鸡却再也不像从前那样，每天叫她起床上学了。

小女孩还告诉我说，地震后，村里一下变得清冷了，像死人一样。村里除了哭声，她听不见其他任何声音，甚至连猪、狗、鹅、鸭的声音她都听不见了！村里失去了声音，就像她失去了学校，失去了老师，失去了同学，失去了许多叔叔阿姨和爷爷奶奶，她感到很孤单，很害怕。尤其是每天早上从灾棚里醒来，她听不到公鸡的叫声，不仅不习惯，还感到很恐怖。她说地震那天，她听见了一种从来没有听过的声音，那种声音非常怪，像是有一千个魔鬼在疯狂地怪叫，有一千辆火车“轰隆隆”地碾过村庄，简直恐怖极了！现在想都不敢去想，一想就害怕！她再也不希望听见那种声音了，只想听见公鸡的鸣叫声！

望着眼前的小女孩和一片废墟的“年画村”，我忽然想到一个问题：在未来的日子里，灾区的孩子们还能听见村庄千百年来那古朴自由的鸡鸣狗吠声吗？

镜头十四：北川中学的小花猫

踏上北川中学的地盘，立即便感到一种强烈的悲愤气息。

北川中学不在北川城里，而在北川城外，具体点说，在北川城南大约两公里的一个山嘴上。北川中学的废墟，与其他学校的废墟一样，随处可见课本、作业、鞋子、书包、瓦砾、钢筋等，不同的是，这儿可能因为存放的尸体太多，药水也就洒得特别的多，多得严重失去比例；加上这天中午格外的热，所以一走进废墟，刺鼻钻心的消毒药味和难以言述的尸臭味，差点让我窒息。只片刻工夫，我就被熏得睁不开眼了！我一下紧张起来，担心眼睛会瞎。幸亏与我同行的一位作家曾是医院的护士，马上掏出消毒纸巾，为我做了处理。大约十分钟后，我的眼睛才重新慢慢睁开。那一刻，我感到北川的天空真美！

再一看，尚未垮塌的校门上方，悬挂着一条字幅，上写“热烈欢迎各级领导来我校视察工作”十五个大字！显然，这是地震前的书法作品。而此刻的北川中学，除了一片废墟，一辆纹丝不动的推土机，两棵高耸云端的参天大树，以及十几个破纸箱，到处空空如也，冷冷清清。好像十多天前还赫赫有名的北川中学，现在已从地球消失。

但我在废墟前的一个操场上，还是发现蹲着一个人。出于好奇，我走过去，一看，是位大妈。再看，大妈的膝下还有一只小猫，一只可怜而又可爱的小花猫。

我似乎感到了一点什么，停下脚步，与大妈攀谈起来。大妈姓吴，吴德英。吴大妈告诉我说，这儿叫曲山镇，再往那边走就是擂鼓镇了，大概有七八里地，她家就住在附近的山上。地震时，她家的三间房子全倒了！当时镇上的人都跑了，只剩下两个没人理睬的小孩，和两条见人就咬的狗。现在都还有人在山上，不愿下来，说反正都是死，死在山下，不如死在家里。

我问吴大妈，为什么把小猫带到学校来？

吴大妈说，这只猫不是她家的，是北川中学一个小女娃的。接着又说，不不不，不是这个小女娃的，是这个小女娃不知从哪儿捡来的。这个小女娃长得很乖，笑眯眯的，头发也好，黑黝黝的。地震前，她经常路过北川中学，经常看见这个小女娃抱着这只猫。地震前两天的一个中午，她还看见这个小女娃抱着猫在操场上，一边走，一边给小花猫喂火腿肠，身边的几个女同学还不停地逗着猫，学猫叫，猫叫一声，几个小女娃也跟着叫一声，然后就笑，哈哈地笑，笑得作业本都掉在了地上。她们就让猫用嘴去叼作业本，一本一本地叼，叼起来就笑，叼不起来也笑，笑得都蹲在了地上。但地震后，她再也没见到那个抱着小花猫的小女娃了，也没见到那几个爱笑的小女娃了，只见到了这只猫。

我问吴大妈，是啥时候见到这只猫的？吴大妈说是地震后的第二天。那天学校的人很多，操场上学生娃娃的尸体也很多，听说死了一千多个。她看见小猫躲在路边一个纸箱里，眼睛直直地望着操场，操场上到处都是血，像被红药水染过一样，哭的喊的叫的，什么人都有。小猫躲在那里，像个小娃儿看见大人正在街上打架，想过去帮忙，又害怕，不敢过去，只有偷偷地哭，一副很可怜的样子。她走过去，小猫就跟着她，她要把小猫抱走，小猫又不肯，好不容易把小猫抱了几十米远，小猫又从她怀里挣脱下来，跑回去了。两天前，她第二次路过这里，又见到了小猫，小猫爬在废墟上，正用两只爪子不停地抓着什么，一边抓一边叫，爪子都抓出了血，还在抓，像疯了似的，就像前几天解放军用手刨人一样。她见小花猫可怜，要带小花猫走，但小花猫还是不走。她见小花猫饿了，比前几天瘦了一圈，就给小花猫喂方便面，可小花猫不吃。她想起那个女学生娃曾经喂过小花猫火腿肠，所以今天又从一个解放军那里给小猫要来一根火腿肠。

吴大妈说着，从身上摸出一根火腿肠，然后开始撕裹在火腿肠外面的塑料皮。可怎么也撕不开，火腿肠的口子上紧缠着一根细细的铁丝。吴大妈就用嘴咬，反复咬了好几次，终于咬开了火腿肠。

但当吴大妈掰下一截火腿肠放在小花猫面前时，小花猫用鼻子闻了闻，却不吃。

吴大妈拿起火腿肠，重新给小花猫一点一点地掰细，然后再放在小花猫的面前。可小花猫还是不吃，无论大妈怎么喂，就是不吃。

我感到很奇怪，问，小花猫已经饿得不行了，为什么不吃呢？

吴大妈恍然大悟，说，哦，我知道咋回事了，小猫在忌食。

忌食？什么叫忌食？我问。

吴大妈说，忌食是我们山里人的风俗，就是不管谁家死了人，尤其是老人，活着的亲人一个星期都不能吃肉，有的甚至一个月都不能吃肉。我家里一直养猫，养了几十年了。猫生下来又小又瘦，除了不怕老鼠，谁都怕，可谁都不怕它。所以谁都可以欺负它，现在连老鼠都要欺负它了！地震后我们那儿的老鼠可多了，前几天我就看见十几只老鼠围着一只小猫，不知道小猫是被地震吓着了，还是被老鼠吓着了，反正一直往后退。所以猫是最可怜的了！就像我们乡里的小妹子，到你们城里打工，谁见了都可以欺负。但猫和人一样，除了不说话，心里什么都知道。如果家里有了发愁的事，它就躲在墙角边，比人还发愁；要是家里死了人，它几天都不吃东西，尤其是带荤的东西。

吴大妈说着，叹了口气，说，唉！北川都没有了，人都跑了，都乱成这个样子了，猫还这么守规矩，真是太难得了！

我的心突然像被电触了一下。是啊，北川都没有了，人都跑了，灾区都乱成这个样子了，猫还不肯离开学校，还这么守规矩，还念念不忘那个女中学生；而一位普通的山区大妈，已经十多天没好好吃过一顿饭了，自己忍着饥饿，居然还能如此地疼爱这只小猫！倘若猫与人、人与猫、人与人都是这样，这个世界该有多好。

镜头十五：儿童医院的眼睛

汶川大地震后，无数山区的孩子第一次来到西南大都市成都。可惜的是，这些好不容易第一次到成都的孩子，不是去逛公园，而是躺在了医院。

成都儿童医院是地震后最忙的医院之一，医生、护士自然成了最忙的人。他们废寝忘食，昼夜加班，为孩子麻醉、手术、缝合、输液、打针、送药。余震来临时，有的孩子刚刚推进手术室，有的孩子已经实施了全麻，有的孩子刀口等着缝合，有的孩子则正在手术。于是手术室里，氧气瓶在抖动，设备在摇晃，墙壁在裂缝，漆皮在剥离。但麻醉师一手打着麻药，一手抓着孩子；护士们一手拿着输血瓶，一手递着止血夹；主刀医生则用右腿顶住手术台，左脚蹬着地面，使出全身力气，保持手术台的平稳。那一刻，尽管所有人都害怕，所有人都想跑，都想逃，但所有的人没一个离开孩子！

忙，那段时间成都所有医院的医生护士都忙，甚至连已经退休的老专家也在忙。比如川大华西医院的教授张泮林，已经七十四岁高龄，退休十六年，却连续两天一夜做了七台手术，长达十六个多小时，以致手术结束后倒在手术台边，心脏停止跳动近一分钟！

我曾四次进入儿童医院，亲眼见到了无数躺在病床上的儿童。这些躺在病床上的孩子，无疑是汶川大地震中的幸运儿。但他们有幸逃离了死亡，并不等于获得了新生；有幸逃脱了灾区，并不等于走出了噩梦；有幸住进了医院，并不意味着离开了惊恐。地震就像一条不死的毒蛇，依然盘踞在他们的心中，缠绕着他们的灵魂。

只是，他们各自的表现不同。

特写六：没有眼泪的小菲菲

她叫苏菲菲，来到人间才十九个月。

十九个月的小菲菲本该躺在妈妈的怀里，但十九个月的小菲菲却躺在了儿童医院的重病监护室里。

重病监护室绝对不准外人进入，更不接受记者、作家的采访。但我还是想法进去了。理由只有一个，我想看一看一个只有十九个月的孩子截肢后躺在床上的姿势，再用我的心感受一下她的心。

接待我的是一位女医生，叫廖霓，重病监护室的主治医生。廖医生面善，心好，通情达理，善解人意。她让我换上隔离服，穿上轻便拖鞋，然后随她轻轻走进重病监护室。

监护室极静。没有人来人往的喧哗声，没有匆匆过客的脚步声，也没有斤斤计较的争吵声，只有小菲菲一个人静静地躺在病床上，一动不动，像个刚刚喝足了妈妈奶水的孩子，正在睡梦中。

但小菲菲已经没有妈妈了。

小菲菲本来是有妈妈的。小菲菲的妈妈叫吕娇莲。小菲菲不光有妈妈，还有爸爸和姐姐。但小菲菲的妈妈和姐姐都在“5·12”那个中午，从她身边突然消失了，只剩下了一个爸爸。小菲菲的爸爸叫苏文图，二十七岁。二十七岁的苏文图本是福建安溪人，因有一姑妈在成都做生意，故四年前带着妻子和大女儿来到成都，后在绵竹大南街租了一个小店，做起了五金生意。几年后，家里不仅添了很多人民币，还添了一个活泼可爱的小生命——小菲菲！一家四口本来幸福美满其乐融融，可汶川大地震却偏偏降临！苏文图是在地震前一个小时离开家的，一小时后他再回到家里，家就全变样了：隔壁一堵厚厚的大墙倒在他家店铺前，妻子和大女儿都被压在了下面。墙倒塌时妻子推了小女儿一把，小菲菲才幸免于难。当他用手刨出妻子和大女儿时，妻子和大女儿已经遇难了。但遇难的妻子左手抱着遇难的大女儿，右手还保持着推开小菲菲的姿势。

廖医生告诉我说，小菲菲是5月13日凌晨3点送到医院的。当时小菲菲满身是血，下肢血肉模糊，处于深度昏迷状态。经检查，小菲菲左下肢粉碎性骨折，并伴随失血性休克、缺氧缺血性脑病，血色素只有四克，生命危在旦夕！医院立即组织抢救，先是紧急输血，紧接着又为小菲菲做了截肢手术，然后转入重病监护室，上呼吸机，并进行静脉营养支持，以及止惊、恢复脑功能等治疗。但十多天来，小菲菲一直昏迷不醒。

廖医生说着，为我撩开了盖在小菲菲身上的被单。我看见，躺在床上的小菲菲纹丝不动，处于沉沉的昏迷中；细嫩的身体到处伤痕累累，额头还有一道长长的伤口；头发全被刮掉了，只剩下一个光光的脑门；鼻子上戴着呼吸面罩，双眼蒙着纱布；左小腿已被截肢。我伏下身去，听不见小菲菲一声呼吸，一句呻吟，甚至见不到哪怕一滴眼泪！因为大地震把小菲菲哭泣的权力都给剥夺了，简直就像一个活着的死人！

那一刻，我的神经都快崩溃了。

更残酷的是，小菲菲身边一直没有亲人。医生说，像这样年幼的孩子，如果有母亲陪伴在她身边，对她脑功能的恢复是大有好处的。但小菲菲没有母亲的陪伴，没有姐姐的陪伴，甚至连唯一的一个亲人——幸存下来的父亲，也不能陪伴在她的身边。因为医院有严格规定，重病监护室的病人，亲人也不能陪在身边。

于是伴随着小菲菲一起痛苦的，还有她的父亲。

小菲菲的父亲失去妻子、大女儿和全部家底后，对人生失去了任何希望，甚至想死的念头都有了。然而，面对躺在病床上一直昏迷不醒的小女儿，他不想活都不行。为了小菲菲，为了那么多关爱小菲菲的人们（不少人为小菲菲捐款治病），他必须活下去！但最让他痛苦的，是当他把小菲菲送到医院后，就再也见不着小菲菲了；他不仅不能为小菲菲喂上一口开水，甚至到床头看一眼都不行。直到第五天，小菲菲的病情稍稍稳定后，儿童医院的张国英主任才让他站在病房外，透过玻窗，看望一下小菲菲。为了让他看得清楚一些，张国英主任和护士们还将小菲菲的头轻轻抬起——这是多么令人心碎的一刻啊！这一刻，小菲菲的爸爸趴在窗外，透过玻璃默默地望着可怜的女儿，泪流满面，泣不成声。他多么希望小女儿能够苏醒过来，叫他一声爸爸啊！可他反复轻声叫着小菲菲的名字，小菲菲却没有任何反应，甚至连一滴眼泪都没有！女儿近在咫尺，却只能隔窗相望，身为人父，这该是怎样一种痛苦，怎样一种揪心！而十九个月的小菲菲对人间的这场大灾难以及这场大灾难带给父亲的痛苦，却全然不知。

我问廖医生，小菲菲为什么不哭？为什么没有眼泪？

廖医生说，不是不哭，是哭不出来；不是没有眼泪，是有泪流不出来。因为地震已经震坏了她的泪腺。

我问廖医生，小菲菲还有希望活过来吗？

廖医生说，小菲菲前后已经经历了七次生命的危机。她的生命很顽强，现在她的生命体征基本平稳。活过来，当然是有希望的，但也不排除另一种可能。如果小菲菲活过来就是一个生命的奇迹！

我多么希望这个奇迹快点发生啊！

然而，对人间这场灾难全然不知的小菲菲，到底是活过来好呢，还是就这样睡下去，永远都不要知道更好？

特写七：不敢吃奶的孩子

这个孩子只有六个月。

用他妈妈的话说，还没断奶呢！

孩子的额头包着一块纱布，头顶上鼓着好大一个包，身上其他地方好像也有伤。

六个月的孩子自然不会说话，但他的眼神却告诉我，他不知道这个世界怎么了，哭哭啼啼、吵吵闹闹、乱七八糟的；他也不知道自己怎么会从那个谁都不知道的小山区——湔氐镇，一下就跑到了这个谁都知道的大都市——成都市。他只知道，在此前的六个月里，他看到的世界不是这样的，他出生的地方也不是这样的，肯定不是这样的，那儿周围都是花香，都是鸟语，都是满山的土豆，遍地的玉米，怎么突然一下就变样了？就变成这样了？昨天，他的眼里还是废墟，还是伤员，还是鲜血，还是泪水；今天，周围怎么都是拿着针头的白衣阿姨？都是晃来晃去的陌生人？还有那些缺胳膊断腿躺在床上哭哭啼啼的小伙伴？总之这个世界乱套了，和原来大不一样了，不知道究竟发生什么了。所以直至他被妈妈抱在怀里，穿过无数大街小巷，挤进乱哄哄的儿童医院，再被安排到一片白色的病房，然后碰上一个戴着口罩、举着相机的解放军，依然惊魂未定，不知所云。

这个戴着口罩、举着相机的解放军，就是我。

是的，我第一眼见到这孩子，便举起了我的相机；孩子见我举起相机，像是举起一枚炸弹，立即显得很恐慌的样子。

孩子的妈妈告诉我，孩子就是怕，见了谁都怕，见了什么都怕。比如，一辆汽车突然从路上开过，一只小鸟突然从天上飞过，一根电线杆突然从他眼前晃过，一个人突然从他身边走过，甚至远处突然传来一声叹息，响起一片哭泣，他都会紧张，都会害怕。孩子生下来后，就在家里走走，镇上逛逛，哪儿都没去过。要不是地震，别说六个月，可能长到六岁，也不可能来成都。从湔氐一出来，孩子就开始哭，一路上都在哭。哭不动了，就睡一会儿，醒来后接着再哭。不知道为啥子，就是怕，就是哭。

正说着，医生来了。

医生看着孩子，孩子却不敢看医生。

医生问，多大了？

妈妈说，六个月，还没断奶呢！

医生问，叫什么名字？

妈妈说，陈佳欣。

医生问，哪个家？是大家的家吗？

妈妈说，不是大家的家，是最佳的佳，欣喜的欣。

医生问，什么新？再说一遍。

妈妈说，欣喜的欣，就是很高兴那个意思。这是孩子他爸起的名，说要让孩子长大后成为最好的，好让我们两口子高兴高兴。没想到，狗日的地震来了，搞得孩子一天到晚都在闹，都在哭，什么都怕，不睡床，一天到晚都要人抱着他，心里像有个鬼似的。

医生说，好，我先看看。

果然，医生刚一挨着孩子，孩子就又哭起来了。

医生看完孩子，走了。我问孩子妈妈，地震时，你和孩子在什么地方？

妈妈说，就在我家门口。我家离湔氐中学不远，当时我坐在一个凳子上，正喂孩子奶，突然听见孩子一声惊叫，我抬头一看，中学的楼房哗啦啦就垮了！

我问妈妈，孩子的脸当时是对着学校的楼房吗？

妈妈说，我和孩子的脸当时都朝着学校的楼房，但开始我在看孩子，没有看见楼房，等孩子叫起来后，我才看到楼房倒了。

我问妈妈，学校死了多少人，你知道吗？

妈妈说，听说了死了一百多人。初三班最惨，只活了几个孩子。

正聊着，护士来了。

护士刚一举起针头，孩子又哭起来了。这次哭得比刚才还厉害，一边哭，一边还发出求救似的呼叫声。

但护士就是护士，未等孩子从惊恐中反应过来，长长的针头，已经深深扎进了孩子的屁股。只听孩子一声惨叫，病房所有的孩子都跟着一起哭了起来。哭声像突然而至的潮水，很快淹没了病房。接着，不少家长也跟着哭了起来。

护士一狠心，拔掉针头，看也不看，走了，一副铁石心肠的样子。但就在护士转身的一瞬间，我看见，护士的眼角挂着泪水。

孩子还在哭，妈妈怎么哄也哄不住。妈妈把手指放进他的嘴里，还是哭。妈妈只好当众撩起衣服，把奶头塞进孩子嘴里。但孩子看了看四周的人群，忙把奶头吐了出来，一副战战兢兢、非常紧张的样子。妈妈再次把奶头送进他的嘴里，他刚用小嘴衔住奶头的一半，慌忙又用余光扫视着四周，眼里充满了惊悸、恐慌和不安！显然，当着那么多人吃奶，孩子是第一次。他很想吃，却不敢吃，不是不习惯，而是很害怕！

怕什么呢？怕城市，怕生人？怕医生，怕护士？怕针头，还是怕地震？

后来，孩子似乎累了，他把头靠在妈妈的怀里，慢慢闭上了眼睛，不再哭泣。妈妈再次把奶头送进他的嘴里，他慢慢衔住了奶头。可刚吸了一口，又急忙竖起耳朵，睁开了眼睛……

作为军人，我看得出，孩子的眼里，充满了警惕！

可怜的孩子，他才六个月哟！

特写八：再也不想上学了

我不知道这孩子叫什么名字，家住哪里，在什么学校上学。

但我听护士说，这孩子以前最喜欢上学，最喜欢读书。

于是，我打算和他好好聊聊有关上学、有关读书的事。

谁知，我和这孩子前后只用了一分钟，便结束了谈话。谈话内容，只有三句话。

第一句，我问，你的学校怎么样?

孩子不说话。

第二句，我问，你的同学和老师还好吗?

孩子也不说话。

第三句，我问，你想没想过，今后打算去哪儿上学?

孩子还是不说话。

最后，孩子的妈妈说话了。

孩子的妈妈说，记者同志，请你别问了，孩子已经说过好多遍了，他再也不想上学了!

特写九：还有一条腿

截肢，对孩子们来说，是最残忍的一件事情。

躺在床上的这个小男孩九岁，长得虎头虎脑，一副非常可爱的样子。但孩子的右腿从膝盖以下，全被截掉了!

孩子躺在床上，已经整整十天了。

关于孩子的爸爸、妈妈，我不想问；关于他的学校、同学，我也不想问；关于他截肢的前后过程，我更不忍心提起。

我关心的是他的现在，以及现在过后的将来。

我走近孩子的病床时，孩子仰面躺在床上，眼睛正看着楼顶上的天花板，像在想着什么，又像什么也没想。听护士说，住进医院的孩子，一般都不敢看窗户和楼顶，一看他们就躲，或者闭上眼睛，有些小一点的孩子，还会闹，哭!

但这个孩子不。他一直看着楼顶，不动，不哭，不语。乍一看去，看不出有怕的意思。于是我想，难道是用外表的坚强，在掩盖内心的痛苦？

现在，还疼吗？我问得小心翼翼，怕触碰了他的伤口，更怕触碰了他的心灵。

孩子很平静，说，没事，还有一条腿呢！

我一下愣了！

我想起另外几个孩子：一个是两岁的小男孩，他的左腿截肢后，生殖器都水肿了，但他就是不哭，勇敢得令人心碎！一个是九岁的小女孩，她从映秀抢救出来后，做了高位截肢，醒来后第一句话就问，爸，我的腿呢？我的腿到哪里去了？她爸强忍着泪告诉她说，孩子，别怕，你的腿医生拿去修整去了，等医生修好后，再给你装上。说完，她爸跑到厕所里，死死捂住自己的嘴号啕大哭！还有一个是八岁的小男孩，一心想当刘翔。他双腿截肢后，已经十天了，可他天天喊他的腿疼！心理医生说，孩子的双腿已经截肢十天了，其实已经不疼了。孩子喊疼，完全是一种幻觉。因为他一心想当刘翔，所以不愿意失去他的腿，他希望他的腿永远在，并认为他的腿还在，所以总是喊疼！他是想通过不停地喊“疼”，来顽强地证明自己的双腿还在！

那么眼前的这个孩子又是什么情况呢？我愣在那里，有点反应不过来。

我刚想问点什么，孩子突然说话了，孩子说，不信，他看！

孩子说着，竟把左腿向上高高一举！像举起一个巨大的问号，又像举起一面反抗的旗帜！

我目瞪口呆，无言以对。

特写十：雄起的小鸡鸡

这个小孩刚满一岁。

他当众满不在乎地露着自己的小鸡鸡，看上去，一副小男人的样子。这个小男人和天下所有小男人一样，生下来就知道拉屎、撒尿，就知道吃奶、哭闹！就是不知道什么叫地震，更不知道什么时候地震。

但地震主动找上了他，并让他双腿骨折！

双腿骨折！孩子今后的路怎么走？何况孩子要走的路，还很长很长。

医生说，孩子的腿有两种可能，一是重新站起，一是从此残废！

妈妈说，要是真残废了，怎么办啊？

妈妈说的怎么办，有两层意思：一是孩子自己怎么办？二是父母天天守着一个残废的孩子，又怎么办？

妈妈还说了一句，现在都是独生子女啊！

但从孩子的表情看，他显然不知道医生说这话的分量，也不知道妈妈天天守着他流泪的原因，他只知道自己的双腿在抖动的一瞬间，好像突然失去了平衡。

但有一点，他应该是清楚的，这就是，他的小鸡鸡还健在。

作为一个小男人，他天生就知道这一点很关键。说不定，还为此感到很骄傲——至少，他知道每天要用小鸡鸡尿尿，不尿，就憋得难受，憋得想哭。于是面对天天哭哭啼啼的人群，面对大人们都难以承受的灾难，他作出了一个惊世骇俗的选择：让小鸡鸡高高雄起！

这个不屈不倒、高高雄起的小鸡鸡，可是人类生命延续的火种啊！

特写十一：婴儿也作秀？

这个孩子不到一岁。

我一进病房，就见他趴在床上，一副很听话、很安静的样子。但当我走到他的床前，刚一举起相机，他一下子就变得兴奋起来。

在汶川大地震中，涌现了无数舍生取义、奋不顾身、大义凛然的抗震救灾英雄，涌现了无数真心实意、不讲功利、默默无闻的“救世菩萨”，他们的精神和事迹，惊天地泣鬼神，实在令人感动不已！但另一方面，今日之四川，绝不等同于当年的唐山。在灾区走访的日子里，我亲眼看见，有些单位和个人借抗震为名，趁救灾之机，频频“露脸”，把废墟当秀场，逮住机会便作秀。其中，有官员，有专家，有商人，有百姓，有学生，有志愿者，甚至还有军人。于是作秀，成了某些单位、某些个人在汶川大地震中的一大“创新”与“发明”。这是三十二年前唐山大地震中绝对看不到的事情。

但我万万没想到，我眼前这个不满周岁的、还趴在病床上的孩子，似乎也有作秀的嫌疑。我越是逗他，他就越是高兴；我越是给他拍照，他就越是兴奋。于是我嚓、嚓、嚓，不停地拍，我想用手中的相机，拍出他真实的灵魂。

我一边拍，一边问孩子妈妈，这孩子生下来就这么活泼吗？

妈妈说，不是，不是。这孩子不知道怎么了，自从地震后，就变得不老实了，一见人，就想露个小脸什么的，我们农村叫“人来疯”，就是见了人就高兴，就兴奋。

我咔嚓拍下一张，问，这孩子经常到城里吗？

妈妈说，哪里啊，孩子从小生在山里，从来没见过世面，更没见过这么多人。因为过去我们那儿很少有人去，别说孩子见不着人，就是我们大人，一天到晚埋着脑壳挑粪桶，也见不着什么人。可地震过后，不得了了，山里来了好多的人，北京的，广东的，上海的，深圳的，还有台湾、香港的，连外国的都进山了。（这位妈妈很可能把台湾、香港当外国了。）而且天天都有，越来越多，什么记者、志愿者、解放军、演员、歌星，哎哟哟，多得不得了，简直是人山人海，连厕所都挤满了。听说省长、军长，还有中央的温家宝、胡锦涛都去了！

我咔嚓再拍一张，问，这个孩子过去睡觉时间多吗？

妈妈说，多，过去这个孩子瞌睡多得很，一天要睡十多个小时呢！但自从地震后，山里来人后，连瞌睡都不睡了，怎么哄都不睡，哪儿热闹往哪儿凑。尤其见了人，像打了兴奋剂，又蹦又跳的，还会做各种表情。过去逗他，除了哭，什么都不会；现在可好了，除了不会哭，什么都会。一天到晚，高兴得像个小明星似的。记者同志，你说这是咋回事嘛。

谁知道，这是咋回事啊？

镜头十六：逃亡路上的逃亡儿

汶川大地震后，由于人们惊慌失措，混乱不堪，在灾区的路边、田野或者灾棚，到处散落、流浪着不少无人认领、看管的孩子。地震的恐惧，逃亡的辛酸，让这些孩子第一次品尝到了做人的艰难，让他们稚嫩的心灵留下了深深的阴影。尤其有的孩子，爸爸妈妈没有了，爷爷奶奶却留下了；家中健全的人死了，不健全的人（盲人、聋哑人或腿有残疾者）却还活着。于是，背着爷爷、奶奶或者盲人、聋哑人，踏上逃亡之路，便成了他们唯一的选择。在逃亡的途中，他们不光要顾及自己，还要照看好老人和残疾人。

据说，地震后，在灾区百万逃亡大军的逃亡路上，孩子大概有数万之多。

特写十二：长大我要自己盖房子

但凡刚去灾区的人都很好奇，逮住谁都想问几句，好像不问，就没有爱心，就没有人情，就缺少道义与怜悯。一句话，就不是人！

我也一样。

5 月 19 日下午，我走进成都青羊区灾民点。在一顶帐篷前，我见到一个小男孩，正踮着脚尖，系着帐篷上的一根麻绳；小男孩的身后，是几百个刚刚安置的灾民，稀稀拉拉，吵吵嚷嚷，各自张罗着日子怎么过的事情。

小男孩很专心，一直踮着脚尖，认认真真地系着帐篷的绳子，对身后那个混乱的世界，好像有些漠然，甚至全然不顾，以致我走到他的身后，拍下他系帐篷的镜头，也毫无察觉。

我用四川话问，你老家在啥子地方？

孩子用普通话答，江油。

江油是三百年前大诗人李白的故乡，三百年后却成了重灾区。地震刚过，堰塞湖又成炸弹，最先危及江油百姓。所以在百万逃亡大军中，江油人居多。

孩子告诉我说，他今年九岁，刚从江油逃出来。江油地震后，又涨水了，水把好多房子都淹了，村里好多人都逃出来了。听大人说，江油一下跑了二十多万人出来。他跑了一百多里路，没喝一口水，没吃一口饭，就跑到这儿来了，这儿叫成都！

我问孩子，爸爸呢？

孩子不说话。

我又问孩子，妈妈呢？

孩子用手指了指帐篷。

帐篷里，妈妈坐在地上，不言不语，眼睛望着帐篷发呆。开始，我和妈妈说话，妈妈不太说话，有点木然的样子。后来我提起孩子，妈妈才说，孩子很乖，要不是想到孩子，她就不想活了。妈妈还说，孩子一路上都在照顾她，一路上都牵着她。但孩子一路上不说话，翻来覆去，就说一句话，他长大要自己盖房子！

我走出帐篷，孩子还在系着绳子。

我问孩子，听你妈妈说，你长大后想自己盖房子？

孩子点了点头。

我说，为啥子要自己盖房子呢？

孩子说，我们家的房子垮了，我们的学校垮了，我们的教室也垮了！真的，我不骗你，是我亲眼看见的。所以长大后，我要当老板！

你不是要盖房子吗？怎么又要当老板？我说。

孩子见我听不懂，又说，我只有自己当了老板，才能自己盖房子啊！但我不当黑心肺的老板，我要当不赚钱的老板。

我说，不赚钱的老板是什么意思？

孩子说，就是只盖那种地震震不垮的房子，不赚钱。这样的话，我的家和学校就不会垮了，家里、村里的人就不会死了，我的同学和老师也不会离开我了！

孩子说着，把刚刚系好的绳子，又死死系了一遍。

特写十三：小鹏鹏和他的小瓦罐

5月20日，我走进绵阳九洲体育馆。

绵阳九洲体育馆是灾区最大的一个灾民点。据说，灾民最多的时候，多达四五万人，还不算从各地搜罗而来的四五百个孩子。难怪一进大门，我的眼前除了灾民，还是灾民：头上裹着纱布的，腿上打着绷带的，手上拄着拐杖的，胳膊吊在胸前的，男男女女，老老少少，林林总总，形形色色，黑压压一大片！

最先引我注目的，是排队领取食品的灾民。因为灾民多，队伍排得长，也排得乱。我很快就看见，有人在拥挤，有人在加塞儿，甚至有个别人还在哄抢！此前我曾听说，有个地方因为灾民哄抢食品，把人踩伤了，有的还说把人踩死了！不知是真是假。我急忙上前拦住几个正在拥挤的灾民，问，怎么回事？几个灾民抢着说，不挤不行啊，好东西都被有关系、有后门的拿走了，我们这些平头老百姓，没关系，没熟人，就只有领方便面。有时候发到后面，连方便面都没有了。万一再来一下（指地震），没有东西吃，咋办？我地震都没震死，总不能饿死嘛！还说，人不为己，天诛地灭，大难临头，还是一个球样，都往自己包里塞！

忽然，我发现队伍的旁边有个孩子，正望着长长而又拥挤的队伍，似乎很想过来，又不敢过来。他的身后，坐着他妈妈。孩子长得相当俊俏，一看就很聪明，如果不是蹲在路边，而是站在天安门广场，肯定是个人见人爱的小宝贝。我急忙向孩子走过去。

孩子叫吴玲鹏，三岁，来自北川，妈妈管他叫小鹏鹏。小鹏鹏的爸爸是个矿工，地震时正在矿下上班，矿垮塌后，就再也没有出来。第一天，妈妈不告诉他，说爸爸还在井下工作，过几天就回来了。他不相信，但不说出口，只对妈妈说，妈妈，我不哭，我保证不哭！可第二天就不行了，一提起爸爸，他的泪水就在眼里打转。

小鹏鹏的妈妈说，地震第二天，小鹏鹏就天天哭，晚上也哭，睡着了都能看见流泪。不管是谁，谁都不能在他面前提起爸爸两个字，一提起爸爸，他就哭。现在，小鹏鹏的眼泪都哭干了，哭不出来了，就是哭，也是干哭，没有一滴眼泪，就像我们山里小河沟里的水，已经流干了！

还有一个原因，就是小鹏鹏自己有个存钱的小瓦罐，被地震给震破了！这个存钱的小瓦罐，是他爸爸送给他的。小鹏鹏的爸爸生前最大的愿望，就是要让孩子读书，上大学，不要像他一样，一辈子在矿下爬，没出息！小鹏鹏的爸爸从小就喜欢读书，理想就是上大学。可家里太穷，交不起学费，只能靠他妈妈背着红薯下山卖点钱，才能交学费。后来他妈妈病了，没钱看病，他上到初二就去当了矿工。所以小鹏鹏还没生下来，就给孩子取名叫鹏鹏。小鹏鹏两岁时，他就对小鹏鹏说，小鹏鹏，你长大后一定要读书，上大学，上了大学，就可以鹏程万里，展翅高飞啦！小鹏鹏很乖，很懂事，有一天问爸爸，爸爸、爸爸，我什么时候能上大学啊？爸爸就送给他一个小瓦罐，说，等你存了满满一罐子钱，就可以上大学了！从那以后，小鹏鹏见了家里一分、五分的硬币，就放在自己的小瓦罐里；过年时亲戚朋友给他的压岁钱，他也放在小瓦罐里；在外面玩耍发现地上掉了一分硬币，他也要捡回来放在瓦罐里，谁也不让动。有时我们问他，小鹏鹏，你存钱干什么呀？他就抱着罐子摇晃着说，我存钱到北京上大学！没想到地震来了，家里的房子全垮了，我们娘儿俩算运气，从屋里逃出来了。可逃出来后小鹏鹏不走，哭着要回屋里去。我问他回去干啥子？他说回去找他的小瓦罐！我说还要地震，进去很危险。后来他就在房子边上用手刨，刨了好久，什么也没刨着，就坐在地上哭，哭得很伤心，不走。

我蹲下去，抱起小鹏鹏，把身上仅有的几百块钱全掏出来，悄悄塞在小鹏鹏的兜里。然后，我和小鹏鹏聊天。可不管我说什么，问什么，小鹏鹏始终看着我，或点头，或摇头，就是不说话，也不哭。看得出，小鹏鹏是个非常自尊的孩子。

我问小鹏鹏的妈妈，现在最大的困难是什么？

小鹏鹏的妈妈说，小鹏鹏天天想的，是他爸爸和他的小瓦罐；我天天发愁的，是孩子他爸的保险怎么赔偿？现在到处乱糟糟的，我找谁谁都不管，我非常着急！你想啊，要是拿不到赔偿，孩子的生活怎么办？上学的学费怎么办？我们娘儿俩今后的日子怎么过？

我掏出我的名片，递到小鹏鹏妈妈的手上，说，以后有什么困难，就给我打电话。

其实，我并不担心小鹏鹏爸爸的赔偿，也不担心娘儿俩今后的日子怎么过，我相信国家的政策和当地政府的良心，也相信北川人生命的坚韧与顽强。我是四川人，我知道，即便娘儿俩上山摘野果，挖野菜，也能活下去！我最担心的，是地震震碎了小鹏鹏存钱的小瓦罐，会不会也震碎了小鹏鹏上大学的梦？

特写十四：七岁女孩与一千架纸飞机

5月21日，在去彭州的途中，我见路边支着一顶帐篷，里面拥挤着十几个孩子，有的坐在小塑料凳子上，有的坐在砖头上，有的坐在地上，每个人手中都拿着一本课本，正认认真真地听老师讲课！

一打听，原来这是地震后，孩子们开学的第一课！

我悄悄走进帐篷，很快发现，孩子们手上捧着的课本，既不是语文，也不是数学，更不是政治，而是四川文艺出版社紧急出版的《地震防护手册》！

老师站在前面讲得很认真，孩子们坐在下面听得很专心，一副兴致勃勃、非常痴迷的样子。

大地震刚过去，从死人堆里爬出来的孩子们就上学了，这非常令人感动，也是一个了不起的奇迹！虽然孩子们的课堂不是在桌椅板凳齐全的学校，而是在摇摇晃晃、四面透风的帐篷，但孩子们却没有了惊吓，没有了恐慌，没有了哭泣，没有了悲伤，有的只是对地震防护知识的强烈渴望！

下课了，有的孩子跑出“课堂”，或打闹，或玩球，或听老师讲谜语；有的孩子坐在原地，或看书，或画画。但我发现唯独有两个孩子与众不同。

一个小女孩，大约八岁，坐在帐篷的一个角落里，目光呆滞，一声不吭，眼睛始终望着帐篷外面的方向。

我走过去，蹲在她身边，问，小朋友，怎么不去玩儿呢？

小女孩说，我想回山里去。

我说，现在山里每天还在余震，你不能回去。

不！我要回去！小女孩的态度很坚决。

我说，你好不容易才逃出来，为什么还要回去？

小女孩说，我要回去找妈妈、爸爸，还有妹妹……

而另外一个小女孩，则和一个小男孩趴在课桌上，拿着一张纸，反反复复地叠着什么。我轻轻走过去，一连为她拍了好几张照片，她都浑然不知，始终埋头叠着，神情非常专注。

我问，小朋友，几岁了？

小女孩这才抬起头，看了看我说，七岁。

我问，叠的什么呀？

小女孩说，飞机。

飞机？为什么要叠飞机呢？我问。

小女孩说，我们那儿全是山路，汽车开不进去，人也爬不进去，地震了，好多人都跑不出来。要是有了飞机，地震来了，他们就不会埋在地下了。

你爸爸、妈妈好吗？我问得很轻。

小女孩点了点头。

那你为啥还要叠飞机呢？我问。

小女孩的眼里突然涌出泪水，说，我还有好多同学埋在山里呢！

我说，那你要叠多少架飞机啊？

小女孩说，我要叠一千架飞机！把我的同学、叔叔阿姨、爷爷奶奶，还有好多好多的人，全都拉出来！

特写十五：十三岁了，第一次听说地震

5 月 22 日，我路经绵竹，无意中看到一个孩子，静静地坐在路边一个临时搭起的灾棚前，像在守望着什么。孩子身后的灾棚，歪斜在一块荒芜的庄稼地里。说是灾棚，其实就是用几根树枝，一块破塑料布，临时支起来的一个窝，破破烂烂，四面开放，既不可能挡风，也不可能避雨，可能是村里好心人帮忙凑合的。

孩子不说话，不吭声，不看天，不看地，只望着右前方的一个小山坡，看上去一副心神不定、忐忑不安的样子。最引人注目的，是孩子的膝盖前，放着一条长长的木凳。木凳像是孩子故意摆在那里，等着有人一旦回“家”，方便坐下。

我似乎明白了什么，不问孩子家里其他人的情况，只问孩子多大了，上几年级，地震那天学校是怎么回事。孩子告诉我说，他家去年才盖了一间新瓦房，这次全垮了！他今年十三岁，上小学六年级。地震那天，他正在上课，突然就看见教室摇晃起来了，他不知道怎么回事，只听见老师说快跑，他就跑了，就跑出教室了；有的同学没跑出来，就砸死了。后来他听见有老师在那儿说“地震、地震”什么的，他这才第一次听说什么叫地震——老师说，刚才房子乱摇乱晃，就叫地震。

听了孩子的讲述，我不知道该对孩子说点什么，更不知道该对中国农村的基础教育包括整个中国的基础教育说点什么。眼前这个孩子已经十三岁了，居然还是第一次听说地震！如果不是我亲自听见从他嘴里说出来，我很难相信这是真的。我想起在成都采访的一个“的哥”，“的哥”1976 年生人，地震那年已经三十二岁了，却从来不知道什么叫地震。他说地震那天，他开车路过盐市口，车突然跑不动了，他以为是自己的轮胎跑丢了；他看见许多人从商店里往外跑，以为是“藏独”分子闹事了！他什么都想到了，就没想到是地震。而在国外，别说十三岁，三十二岁，连几岁的孩子遇到地震或别的突发事件，都懂得如何自救，并能够自救。记得印尼海啸后有一篇报道，说有一个在印尼旅游的十岁的英国小女孩，印尼海啸发生前正在海边玩耍，突然发现海浪有异常现象，她想起老师教过的地理知识，便告诉妈妈说，可能马上会有海啸发生，我们应该离开这里！她的妈妈和其他游客相信了这个小女孩的话，于是迅速撤离了海滩。结果，震惊全球的海啸转眼发生了！这个十岁英国小女孩的一句话，竟挽救了一百三十多条生命！

在彭州采访时，我还听一村民讲过这样一个故事，说彭州有一个山村，地震发生后全村的人都不知道是怎么回事，大家拼命往山下跑。当时山崩地裂，漫山遍野的石头像放鞭炮一样，到处横飞乱滚，不少人没跑多远，就被当场砸死了！就在这个时候，村里有个八十多岁的老太婆突然站出来，大声喊叫说，大家不要跑，不要动，不要怕，原地蹲下，过一会儿就好了，这是地震！于是村里的人都不再乱跑了，他们或者原地蹲下，或者趴在地上，或者躲在树后。结果，老奶奶的一句话，救了村里好几百人！后来有人问老太婆，您怎么知道是地震呢？老太婆说，嗨，三十多年前我就碰到过唐山大地震啰，那个时候你们这些娃儿还在娘肚子里转筋（四川话，还没出生的意思）呢！

用三十二年时间，换来老奶奶一句话——“这叫地震”，我不知道这是可喜，可悲，还是可恨？唐山大地震过去三十二年了，这三十二年里我们都在忙什么干什么呢？三十二年前的唐山大地震后，我们想没想过已经出生和还将出生的孩子？想没想过仍然活在这个世上以及还将继续活在这个世上的人们？想没想过早在五千五百年前四川的茂县就发生过大地震？想没想过 1933 年四川茂县又发生过七点二级大地震？想没想过 1976 年四川的松潘、平武也发生过六点五级大地震？此外，还想没想过四川的龙门山——这条全地球的人都知道的地震带——有一天带给四川人民的到底是灾难还是惊喜？

等等这些，我都不想告诉这个孩子，我只问孩子，你想没想过，长大后想干什么？

孩子说，我原来想长大后在我们村当个老师，教小孩子们读书，让他们学文化，学知识，将来考大学，找个好工作。

现在呢？现在还想当老师吗？我问。

孩子说，我现在还是想当老师。但是，如果我真的当了老师的话，我就不教孩子学文化学知识了，也不让他们去考大学了。

我说，为什么呢？

孩子说，因为学了文化，地震来了还是死！考上了大学，地震来了，也是死！我们班长的成绩最好，这次就被地震给震死了；还有我们村有个画画的，是个大学生，文化最高，画得也最好，也给震死了！所以我要当老师的话，我就只教他们地震知识，让他们从小就知道什么叫地震，地震来了咋个躲，咋个跑，咋个逃，长大后让他们都去研究地震。有地震了，就提前告诉村里的人，告诉学校的老师和学生，这样的话，我们村里的人就不会死了，我的老师和同学也不会死了。

孩子还告诉我说，他现在天天晚上都做梦，梦见好多蛇，还有癞蛤蟆，全都爬出来了，爬得到处都是，他很害怕，晚上睡不着，常常在半夜被惊醒。但他最怕的，还是地震！他说，如果再来一次地震的话，那就什么都完了，就当不成老师了。

特写十六：孩子的青川孩子的爸

我见到这个孩子的时候，是灾后的第十天，地点在一个不知名的灾棚前。不少灾民都聚集在灾棚里，自己垒灶支锅，拾柴捡菜，生火做饭。但他们说，领到的米太少，不够吃，没人管。

孩子不满三岁，家在青川。也许是因为他的模样实在过于瘦小，以至于采访中我竟忽略了他的名字。

地震那一刻，整个青川，几乎全部倒塌。倒塌的楼房，埋葬了孩子的家，也埋葬了孩子的爸。从此，爸爸离开了儿子，儿子失去了爸爸；爸爸永远躺倒在了废墟底下，儿子则加入了逃亡的队伍。幸而，和孩子一起逃亡的，还有孩子的妈妈。

爸爸走了，从此可以不再需要儿子；但儿子还活着，活着的儿子不能没有爸爸。孩子的母亲告诉我说，孩子特别喜欢他爸，他爸就是他的小玩具；孩子也特别喜欢青川，尤其喜欢青川的小马驹，才一岁多一点，就常常跟着他爸和小马驹一起玩耍。虽然孩子在青川才住了两年多，但逃出青川那天，大家都拼命往外逃命，他却怎么也不肯走，大哭大叫，要和爸爸一起走，要和小马驹一起走。后来我捡了一块石头塞在他的手里，他才不哭不叫，我才背着他逃了出来。可刚到这里，他就吵着要回去找爸爸，找小马驹！不管怎么哄他，骗他，都不听，总是不停地喊叫，要爸爸！要小马驹！

这天我见到孩子时，正好看见孩子挣脱出帐篷，自己要往山里跑。瞧，孩子挣脱母亲怀抱的那份坚决，奋力爬坡的那份模样，十分令人感动，令人敬佩，也令人心疼。

孩子从帐篷走到路边，从坡底爬到坡上。这时，一辆大卡车迎面开来，车轮滚滚，轰轰隆隆，周围的人都替孩子捏了一把汗。孩子的妈妈见了，更是怕得要死，急忙将孩子拦住。

但孩子不怕。滚滚车轮，他好像视而不见；隆隆声响，也充耳不闻。他迈动萝卜似的细腿，跟着巨大的车轮，继续往前走去。

从孩子的脸上，我看不出一丝畏惧；从孩子的背影，我感觉不到一分胆怯。从头到脚，从里至外，我看到的完全是一副地震震不死、大山压不垮的模样！说来有点离奇，望着孩子那两条萝卜似的细腿，我竟然想到了我们这个民族。

也许，在这个孩子的眼里，车轮不是障碍，石头不是障碍，高山不是障碍，河流不是障碍，甚至连八级汶川大地震也不是障碍。为了找到他的爸爸，找到他的“小玩具”，找到他的小马驹，在他眼里，一切都无所畏惧！因为在他心中，只有他的青川，只有他的爸爸，只有他的“小玩具”，只有他的小马驹！

我愿以一个军人的名义，向这个大山的儿子敬礼，致敬！

特写十七：我想有个家

5 月 21 日，途径彭州白水河，我见到一个孩子躺在路边的一个纸箱里。纸箱不大，刚好放下孩子瘦瘦的屁股。

孩子十岁，家在彭州的杏仁村（孩子的土话我有些听不懂，大概是这个村名）。孩子说救他的人是一个穿着蓝军装的小哥哥。（孩子说的“蓝军装”，很可能是绿军装）救他的小哥哥叫什么名字，孩子说不知道，反正是个解放军；长得什么样？也没看清，只看见就比他高一点点。孩子说着，还用指头在他的额头给我比画了一下。孩子说小哥哥把他从地下刨出来后，他的裤裆全湿了，是自己的尿打湿的。他看见大人们都在跑，也就跟着大人们稀里糊涂从山里跑出来了。

孩子说，那天下着雨，好大的雨，好像还在打雷，我什么也不顾，只管跟着大人的屁股后面拼命地跑。一路上，我听见大人们不停地在喊“地震了！地震了！”我也跟着不停地叫“地震了！地震了！”其实我不知道什么叫“地震”，但我感到地下在抖，一直在抖，像有几十辆大卡车一起开到山里来了似的。我也跟着跑，不知跑了多久，也不知跑了多远，跑到这儿，就再也跑不动了。我不知道来这儿几天了，我没有手表，没有手机，我们学校才有闹钟，我们老师才有手机。可我们学校肯定也垮了，老师不知道跑出来没有。我到这儿的第一天特别怕，一个人，谁都不认识。我从来没有离开过家，长这么大，这是第一次离开家。要不是地震，我肯定还在家里。家里好，家里有吃的，红薯，玉米，米饭，还有睡的，不用怕，也不冷。

孩子说，第二天，又下雨了，雨下得很大，比头天还大，我身上全湿透了，冷，冷得浑身发抖！可我没有衣服穿，冷得受不了了，只有自己抱着自己，但还是冷。特别是到了后半夜，特别冷，非常怕！我听见有人在哭，有人在喊，不知道在哭什么，也不知道在喊什么，只听见到处都在又叫又哭。但我没有哭，我咬着牙，一声不哭。我从小就不哭，妈妈不准我哭，每次我一哭就挨打，后来我就再也不哭了。

孩子说，第三天，我好像不怕了，但我口干，干得不得了。我到处找水，没有水。大河里有水，但水流得很凶，把桥都冲垮了，我不敢过去。后来我看见有个水龙头，一拧，没有，使劲拧，还是没有，一滴水也没有。回来的路上，我看到路边上有一瓶矿泉水，我看没有人，就偷偷捡起来了。回来我就打开喝，刚喝了两口，我就不敢喝了，怕一下喝完了，以后再没水喝了。后来我就每天只喝两口，两小口，嘴巴干得实在不行了，才喝。后来我肚子又饿了，饿得受不了，没有吃的，我就到处去找。吃的没找着，我在一堆垮了的房子里，看到了一个小纸箱，我就捡回来，钻进去，当床睡了。后来睡着了，就什么都不知道了。但有时我刚睡着，突然一下又被什么惊醒了，总感到好像地在抖，山在晃，有时还看见有石头从山上滚下来，滚到路边，就不动了，像个鬼一样，躺在那儿直喘气。这时候我就怕，特别怕，怕地震又来了！

我问孩子，跑出来几天了？

孩子说不知道，开始知道，后来脑壳（头）饿晕了，就什么也记不得了。

我问孩子，知道爸爸妈妈在哪里吗？

孩子说不知道。他是跑出来的那天早上见到爸爸妈妈的，后来就再也没见着了。他不知道现在爸爸妈妈在哪里，也不知道爸爸妈妈是不是在找他。他说他找过爸爸妈妈，但没找着；也问过路边的人，都说不知道。有一天他碰见一个大妈，便问，大妈，看没看见我妈？大妈横了他一眼，说，我的妈还没找着呢，谁知道你的妈！他听了后，一下就哭了。他说这几天他从来没哭过，但那天他哭了，哭了一个晚上，哭得很伤心，后来眼泪都哭干了。

我问，想去城里吗？

孩子说，不想。

我问，还想上学吗？

孩子说，不想。原来想，原来想出去读书，还想去城里，长大了给妈妈挣钱，给妈妈盖一栋大瓦房。现在不想。

我问，那现在最想什么呢？

孩子说，现在我什么都不想了，就想有个家，和妈妈爸爸在一起，有饭吃，有床睡，就什么都好了。可我不知道家在哪里，我看见大人们天天都在往外跑，没人回去。我自己又找不到回家的路，路都垮了，桥也断了，我不知道怎么走。

…………

离开孩子后，我很快见到一个人，听说是村长，看样子也像村长。我很郑重地向村长讲了这个孩子的情况，希望他帮着找找孩子的父母，并问他像这些逃亡在外的孩子怎么办。

村长很忙，我的话还没听完，就笑了。他说，哎呀知识分子同志，这算什么事嘛！像这种情况我们灾区太多了，哪个县逃出来的不是几十万啊！现在死人都顾不过来，哪顾得上活人嘛！就说我们这个村吧，有几十个人，家没了，房没了，全死光了！这个孩子不缺胳膊不缺腿，白捡了一条命，还能睡在一个纸箱里，那就等于住进天堂啦！

望着一脸饱经风霜的村长，我自己也笑了，笑自己浅薄无知，对灾区的情况太不了解了。

镜头十七：废墟上的儿童节

6 月 1 日，本是快乐的儿童节，但我没想到，儿童节的由来，竟与历史上一场血腥的屠杀有关。

1942 年 6 月 1 日，德国法西斯枪杀了捷克利迪策村的全部婴儿以及一百四十个十六岁以上的男性公民，并将全村妇女和九十名儿童关进了集中营。七年后，为悼念利迪策村和全世界所有在法西斯侵略战争中死难的儿童，国际民主妇女联合会在莫斯科举行理事会议，将每年的 6 月 1 日定为国际儿童节。此后，世界各国纷纷废除了自己原有的儿童节，统一将儿童节定为 6 月 1 日。中国也不例外。1949 年新中国成立后，很快也废除了原有的“四四”儿童节，而将 6 月 1 日正式定为儿童节。

由此可见，人类是多么的珍爱儿童啊!

然而，2008 年的儿童节这一天，当全国乃至全世界的孩子都和自己的爸爸妈妈高高兴兴地欢聚在一起时，在四川灾区的都江堰新建小学，却有三百二十六名在地震中遇难的小学生，是在阴阳两隔的废墟下听着爸爸妈妈、爷爷奶奶那撕心裂肺、悲痛欲绝的哭泣声中度过的。

这一天，我也在新建小学的废墟上。本来，在这个属于孩子们欢快节日里，我有很多话要对新建小学的孩子们说，但我却连最想说的一句话——“祝孩子们节日快乐!”——也说不出来。

这天上午 9 点，当我匆匆赶到都江堰新建小学门口时，近千名学生家长和无数善良的人们已将学校围了个水泄不通。所有学生家长的身上，统一穿着一件白色短袖汗衫，汗衫的胸前统一印着一句话：“坚决为遇难学生讨回公道!”而汗衫的后背则赫然印着一行醒目的大字：“严惩‘豆腐渣’工程的腐败分子!”

新建小学是一所公立学校，校门很窄——准确地说不是校门，而是一个门洞!

门洞宽二米九，高三点一二米，由于门洞太矮太窄，地震发生后，消防车根本无法驶进校门，急得消防官兵团团转，气得学生家长捶胸顿足。后来只好调来大型挖掘机，先在门洞的下方挖下去十多厘米，再在门洞上方撤掉一块水泥板，折腾了一两个小时，一辆消防车才勉强挤了进去！不少家长都说，如果消防车当时能顺利开进学校，肯定会少死很多小孩！

新建小学的校园很小，左侧是都江堰市机关幼儿园，右侧是都江堰宾馆，三者相距不过百十来米。我不知道新建小学的教学楼到底是不是“豆腐渣”工程；但我曾先后两次走进这所小学，亲眼看到并用照片固定的事实是：机关幼儿园和都江堰宾馆不仅没有垮塌，且几乎完好无损；而新建小学的四层教学楼不仅全部垮塌，且垮得一塌糊涂！

新建小学教学楼为四层，每层三个班，共十二个班六百八十七名学生。地震那天，在校学生六百八十人。灾难降临时，四层教学楼房瞬间轰然倒塌，五百八十多名师生全被压在下面，于是十几秒钟前还书声琅琅的校园顿时化为一片废墟，十几秒钟前还活蹦乱跳的生命瞬间变成一团肉饼！抢救结束，二百多个孩子伤残，三百二十六个孩子丧生！

于是遇难孩子的家长们选择了“六一”儿童节这天，相约来到这片洒满血水与泪水的废墟上，向孩子表示哀悼与歉疚；向公众宣泄他们的悲伤与痛苦；向社会表达他们的愤怒与诉求；同时以哭诉与跪拜的方式和三百二十六个不该离去却偏偏离去的孩子们一起度过一个“快乐”的儿童节，并将用一个悲壮的祭奠仪式，告慰三百二十六个孩子孤独的亡灵！

9时30分，近千名学生家长陆续走进校门。他们中，有年轻的爸爸妈妈，有老迈的爷爷奶奶，还有外公外婆或者哥姐弟妹。校门的左边，挂着一块醒目的白布，每位家长进门后，都在白布上写下自家遇难孩子的名字；校门的右边，拉着一根长长的铁丝，铁丝上挂着一幅幅凄美的挽联，挽联上写满了家长们对孩子祝福的留言。

这近千名学生家长，都是都江堰最底层的百姓。他们中，除了下岗工人，便是打工仔；不是家庭妇女，就是“三无”人员（无职业、无单位、无工资）。他们一无钱，二无权，甚至其中连一个小小的科级小官员都没有。他们唯一的权力，就是哀悼，就是诉说，就是哭泣。

本来，他们很想把孩子们的这个节日办得隆重一点，体面一点，但汶川大地震埋葬了他们的一切，让原本就穷困的他们变得更加穷困，从一个穿着体面外衣的穷光蛋变成了一个赤裸裸的穷光蛋！甚至他们双手捧着的装着孩子遗像的镜框，都是用东拼西凑起来的钱做的。

这近千名学生家长，可以说是中国最好的公民。即便他们的孩子已经变成肉饼，化作尘土，埋进废墟，但他们仍讲良心，讲公德，死死压住自己心底那大火般的怒气和岩浆样的悲愤；依然秉持“顾大局，不添乱”的原则，小心翼翼地履行着他们要做也必须做的一切：不仅向都江堰市委报告了他们要为孩子过一个儿童节的愿望，也向都江堰市委请示了要为全体遇难师生举行哀悼祭奠仪式的计划，还向都江堰市公安局提交了他们致都江堰市委的一封公开信；甚至家长们用泪水和血水写给在天堂的孩子们的悼词，也要交到公安局审查，直至获得批准，他们才能走进这往日的校园今天的废墟。

临近10点，废墟前的一块空地上很快便挤满了上千个学生家长以及数十名记者。数百名围观者，则被保安人员一律隔挡在了校门之外。

一位母亲指着女儿的遗像对我说，我女儿地震前一个月就盼着过儿童节了，可惜没过上，就走了。所以这个儿童节，我无论如何，也要给女儿补上！

一位母亲捧着儿子的遗像，一直痛哭不止。她儿子刚满八岁，地震前两天，全家才给儿子过了生日。谁知生日后两天，灾难就发生了。这位母亲由于神志恍惚，渐渐站立不稳，装有儿子遗像的镜框突然从她手中滑落下去，摔在了废墟上，镜框上的玻璃被摔出一道裂痕！母亲惊恐万分，慌忙跪到地上，喃喃自语：儿子，对不起，妈妈摔痛你了！儿子，对不起，妈妈摔痛你了！说着，就用手去擦拭沾在玻璃上的泥土，谁知一不小心，手指又被玻璃划破了！于是一滴一滴的鲜血沿着镜框的边缘流下来，滴在了废墟上。

一位父亲躬着腰，一直默默地在地上摆放着儿子的各种奖状以及儿子创作的美术作品。儿子叫黄宇智，九岁，三年级学生。这位父亲对我说，我没有文化，只读了六年书，但喜欢摄影，所以儿子才三岁，我就教他学摄影了。我就是希望儿子长大后有文化，成为一个对社会有贡献的人。儿子从小学画画，从小就想当画家。五岁时我送他一个电脑，他就在电脑里给我画了一幅画，画得相当好。儿子很有画画天赋，他的漫画作品七岁就得了全国少年儿童漫画大赛优秀奖。“5·12”那天下午，我是在尸体堆里找到儿子的。我给他擦洗身体的时候，没有看到任何伤痕，身上只有二点五厘米长的一个小口子，嘴巴里都是干干净净的。儿子完全是在里面给憋死的。这个学校其实早就打过报告，是危房；但没人管，消防工作也没人管。我们现在唯一的要求，就是要追查“豆腐渣工程”的责任，为这几百个孩子讨回一个公道！

一位父亲拉着我，希望我给他和镜框中的儿子照个合影相。这位父亲对我说，他儿子叫刘星宇，是五年级一班的学生，今年十一岁，但个子已经长到了一米五。儿子最喜欢的是打篮球，最喜欢的明星是乔丹，前不久还参加过成都市的篮球比赛。本来，儿子已经接到通知，一放暑假，就去成都参加篮球比赛。没想到，儿子就这样走了，留给他的，只有他从废墟堆里捡到的一只球鞋！

还有两对年轻的父母，双手搂着孩子遗像的镜框，在操场的边上哭得死去活来。其中一对父母的孩子是双胞胎，都是男孩，一个叫李灏宸，一个叫李懿宸，好不容易养到十二岁，谁料一场灾难，骨肉兄弟，双双夭折！而另一对年轻的父母，则是一对龙凤胎。儿子叫唐博宇，女儿叫唐欣宇，也是十二岁，同在五年级一班。儿子从小喜欢画画，女儿从小喜欢弹琴；儿子数学挺好，女儿英语特棒。兄妹俩天天一起上学，天天坐一张课桌，天天一起玩耍，天天一起回家。但5月12日这天早上，兄妹俩手牵着手走进学校后，便再也没有回家。

一位家长哭着对我说，有的孩子死了，爸爸妈妈有幸见到了尸体，孩子埋掉前，还为孩子化了妆，并对着孩子的遗体说了话。但有的父母连孩子的尸体都没看到一眼，至今都不知道孩子到底在哪。所以地震后，新建小学的废墟上，每天都有家长寻找孩子的尸体，寻找孩子的课本，寻找孩子的衣物，寻找孩子的鞋袜。甚至，哪怕是一支铅笔，一本作业，一本相册，一个发夹，他们也会细心寻找。结果，每天都有急救车从这里拉走晕倒的家长。

一位家长还告诉我说，地震第二天，温家宝总理就来过新建小学。那天下午，天上下着小雨，路很滑，但温家宝总理来了，一脸焦虑不安的样子，说话声音很小。他见两个孩子压在下面，就蹲下去，流着眼泪，对孩子说，孩子，听爷爷的话，一定要挺住，我们一定会想法救你们出来的！这两个孩子，一个叫赵其松，一个叫王佳淇。后来，温总理又到医院看望了这两个孩子。后来又听说，温总理还问王佳淇，孩子，你想和爷爷说什么话吗？王佳淇说，我代表新建小学的小朋友，感谢温家宝爷爷！温总理就说，等你好了以后，也代我向还活着的新建小学的小朋友们问好！所以，在这段时间里，我们非常想念温家宝总理。可惜，温总理太忙，灾区还有好多遇难的孩子，还有好多遇难的老百姓。但我们会等的，我们会一直等下去的，我们相信温家宝总理一定会再回来的！

10时许，仪式开始。

低沉的哀乐缓缓响起，凄惨的旋律如泣如诉。阳光下，近千名学生家长个个臂缠黑纱，手捧遗像，按班级顺序，依次列队站在废墟前的一块空地上。

仪式第一项，一位年轻老师，代表全体学生家长，在哀乐声中向废墟下的三百二十六个孩子哭诉衷肠：

> 亲爱的孩子，我们来了！多少年来，你们总是期盼，期盼着爷爷奶奶、爸爸妈妈陪伴你们过一个快乐的“六一”儿童节。然而我们总是说自己太忙，未能让你们如愿以偿。今天，我们终于来了，都来陪伴你们过一个儿童节。但我们再也看不到你们活泼的身影，听不见你们欢快的歌声。在这满目疮痍的废墟上，留给我们的是无尽的伤痛与悲吟！
>
> 亲爱的孩子，我们怎能忘记，教室里那勤奋学习的你，一双明亮的眼睛装满了对知识的渴求，对世界的好奇。你用稚嫩的小手，

描绘出一个个彩色的梦，梦里有蔚蓝的天空，有飞翔的小鸟，有快乐的孩子。你说："妈妈，我真希望自己是一只小鸟，等我长大了，就可以飞到很远很远的地方，带回好多好多漂亮的礼物送给你；我还要给爸爸做一顶结实的帽子，在上班的路上，你就再也不怕火热的太阳，调皮的小雨；对了，我还要为爷爷奶奶准备一双温暖的手套，在寒冷的冬天，搀扶我上学时，就再也不会冻坏双手了。"

亲爱的孩子，我的小宝贝，我们怎能忘记，那天清晨，你背着最心爱的书包，蹦蹦跳跳地走到我们面前说："爸爸，妈妈，我上学去了，再见！"没想这声"再见"，却成了永远的别离，永远的伤痛，我们永远再也见不到你了！但我们发誓，来世我们一定做你的好爸爸、好妈妈。亲爱的孩子，请一定记住永远想着你的爸爸和妈妈！

亲爱的孩子，昔日书声琅琅的校园，如今成为一片废墟，让人震撼，让人触目惊心！你说过，要一辈子和爸爸妈妈在一起，可你的人生才刚刚开了一个头，为何就这么匆忙地离开了呢？你是否看见了爷爷奶奶哭红的双眼，爸爸妈妈过早斑白的双鬓，还有哥哥紧握的愤怒的拳头？

是的，我们不能原谅，那使你们顷刻间葬身废墟的罪魁祸首！地震不可抗拒，人祸无法容忍！孩子，因为有了你，爷爷奶奶的白发少了；因为有了你，爸爸妈妈变得年轻了。但今天，站在这片废墟上，我们痛苦，我们失望！

孩子，你们放心走吧，相信你们的爸爸妈妈一定会坚强地活下去的；孩子，你们一路走好，爸爸妈妈一定会陪伴你们的；孩子，你们一路走好，让你们去一个没有纷争，没有烦恼的地方，爸爸妈妈会永远、永远牵挂你们、记住你们的！

仪式第二项，一位满头白发的老奶奶，代表全体家长宣读致都江堰市委、市政府的一封公开信：

中共都江堰市委、市政府：

"5·12"地震那一刻，新建小学四层教学楼在顷刻间整体坍塌，十个班五百三十多名师生被埋在一片瓦砾中，造成重大师生伤亡，给无数家庭带来巨大的伤痛和震惊，给社会带来重大损失。

事发后，党中央、国务院，省委、省政府高度重视，成都市委、市政府、都江堰市委、市政府在整个抗震抢险中，做了大量积极的工作，我们为之感动和欣慰，中国人民解放军、武警官兵、武装警察战斗在抗震抢险的第一线，用生命捍卫人民群众的生命财产安全，表现了听党指挥、作风优良、军事过硬、保障有力的崇高气节。在此，我们新建小学遇难学生全体家长向参加抗震抢险的解放军、武警官兵、武装警察说一声辛苦了，并致以崇高的敬意！向关心支持灾区的社会团体，社会各界人士表示衷心的感谢！

新建小学是一所平民学校，其就读的孩子绝大部分都来自下岗工人，"三无"农民，打工族家庭。孩子是无辜的，在同一座城市接受一种不平等的教育，我们为孩子难过！孩子是被动的，在指定的豆腐渣教学楼内接受教育，我们为孩子而伤心。满目疮痍的废墟和新建小学尚未垮塌的办公楼仍在佐证，吞噬孩子们生命的罪魁祸首是谁？孩子们是可爱的，这片废墟留给我们的记忆却是血腥的！

天灾人力无可抗拒，人祸难以容忍。因此，我们新建小学遇难学生全体家长秉持"顾大局不添乱，不讨回公道不罢休"的原则，恳请都江堰市委、市政府以鲜明的态度，为我们这个特殊的弱势群体主持公道，请省级以上的专家组，公开透明地对新建小学的整体坍塌的教学楼楼房做出公正的鉴定，并依照党纪、国法从严查处有关责任人员，还孩子一个公道，平息遇难学生家长心中的"余震"，维护党纪、国法的严肃性，维护社会的和谐与稳定。

新建小学遇难学生全体家长

2008年6月1日

仪式第三项，家长们面对废墟，向全体遇难的师生默哀三分钟。

仪式第四项，各班派出代表，为遇难的师生敬献花圈。

仪式结束后，哀乐声骤然响起，废墟似乎也开始颤抖起来。悲痛欲绝的近千名学生家长再也无法抑制自己的感情，他们抬着孩子的遗像和花圈，哭着，喊着，一起涌到早被泪水打湿的废墟上，或跪在废墟前，或匍匐于水泥地上，一边给孩子磕头，一边为孩子烧纸，一边为孩子点香，一边还叫着孩子的名字，而后抓扯着自己的头发，呼天抢地，号啕大哭！

一位父亲跪在废墟上，用头不停地磕着砖头，反复不停地说，孩子，我对不起你，对不起你啊！

一位母亲跪在废墟上，哭叫着说，我的儿子哟，你死得好惨啊！

一位奶奶跪在废墟上，哭喊着说，我的孙女哟，你死得冤枉哟！

很快，一位母亲晕倒在了废墟上；接着，一位老奶奶躺倒在了废墟上；再接着，一位父亲也倒地不起……

所有在场的人们，无不为之心酸动容；我的泪水，也忍不住夺眶而出。

医生们一个个赶来，志愿者一个个迎上。一时间，校园变成了悲伤的祭坛，废墟变成了泪水的海洋。

在这哭泣的人群中，我从镜头中发现了一个孩子。孩子是个男孩，他蹲在地上，一双稚嫩的小手不停地在废墟堆里扒来扒去。孩子的妈妈叫杜兰兰。她告诉我说，孩子叫文伟，文化的文，伟大的伟，刚满四岁。他的姐姐叫文青，十二岁，已经走了。他姐姐非常善良，从小就喜欢画画，还在北京的一次画画比赛中获得过二等奖！他姐姐平常在上学的路上，只要见了穷人，比如一些要饭的，收破烂的，还有街头一些卖艺的瞎子老人，她就把自己中午的饭钱省下来，给他们，自己却饿着肚子回来。12号以后，儿子再也没有见着他姐姐，再也听不见他说话了，十九天了，他只反复说着一个字：怕！他最怕的是声音，只要听见有声音，就大声喊妈妈，我怕我怕！过去，他是非常活泼的，常常和姐姐打闹，有时姐姐在做作业，不跟他耍，他就咬姐姐的屁股。他姐姐脾气好，一点不生气，还吻着他的脸说，弟弟，别闹，等姐姐做完了作业，再陪你玩，好吗？但自姐姐离开他后，他好像就变了，只要一想姐姐，就发脾气，很狂躁；或者不说话，谁也不理；晚上还做梦，梦中常常惊叫，醒来后就叫姐姐，然后就满头大汗，浑身发抖！我每天都到学校来找女儿的作业、衣物，他也要跟着来，不让他来，他就哭，就发脾气。今天是儿童节，本来不想让他来的，但他一定要来，就来了。

这个叫文伟的孩子一直蹲在废墟里，我的镜头一直跟着他。他的眼睛这儿看一看，那儿瞧一瞧；手这儿抠一抠，那儿刨一刨。孩子手中没有钢钎，没有铁镐，也没有解放军叔叔的力气和消防队员的水平，但当他妈妈伸手去拉他起来的时候，孩子说出的一句话却力压千军——他说：妈妈，我要自己扒出姐姐！

下午 4 点，废墟上数百名学生家长依然长跪不起。

越来越弱的哭泣声，反复回荡在废墟的上空，声声悲凉，久久不息。不少遇难孩子的家长痛哭着对我说，我们一定要陪孩子过完这个儿童节！

我望着相框里一个个活泼可爱的孩子，和废墟上一个个生不如死的父母，泪如泉涌，心在滴血……成千上万个本不该死去的孩子，为何偏偏死去？成千上万个本不该破碎的家庭，为何偏偏破碎？废墟下这三百二十六个花朵般孩子哟，你们为何走得如此匆忙？如此凄惨？如此决绝？

有人说，汶川大地震和唐山大地震的最大区别，就是唐山大地震留下了一大批失去父母的孤儿，汶川大地震留下了一大批失去孩子的父母。

是的，这些永远失去了孩子的父母们，这些在废墟上长跪不起的学生家长们，他们都还年轻，人生的路才刚刚开始。那么在今后痛苦而漫长的日子里，他们将如何抚平心中的悲伤与怨恨呢？怎样度过自己的劫后余生呢？他们除了悲伤，除了哭诉，除了哀悼，除了流泪，还有别的选择吗？

温家宝总理，这废墟上泣血的哭泣声，您一定听见了，对吗？

镜头十八：北川的悲伤北川的希望

一走进绵阳长虹培训中心大院，一幅巨大的横幅令人心头为之一振：天降大任于中国！

这个大院，是北川中学的师生们的临时驻地，也是临时学校。凡是从死亡线上逃出来的北川中学的师生，除了遇难的、住院的、失踪的，全都临时栖居在这里，大约共有一千三百余人。但走进这个大院，除了一排排深绿色的帐篷，表面上你几乎看不到灾难留下的任何痕迹。

我曾两次来到这个大院。第一次到这里，正是中午开饭时间，孩子们一个个端着饭菜，笑得很甜，吃得很香，好像汶川大地震像一只捉迷藏的小猫，一不留神，转眼间就跑得无影无踪了；我第二次到这里，美国南加州先锋大学合唱团正在此慰问演出，于是一千三百多个北川中学孩子的笑脸，像一千三百多束盛开的花朵，一扫灾区连日来死气沉沉的悲痛气氛，让整个大院一下变得热闹非凡、喜气洋洋，给人一种寒冬过后花又开的感觉。

然而，汶川大地震后，北川中学的孩子包括灾区所有的孩子，心灵的花朵真的一下就完全“开放”了吗？

有关资料显示，唐山大地震后，有专家通过对两千名幸存者进行心理测试，测试结果，百分之八十七以上的人都有心理创伤。具体表现为：有的害怕下雨，有的害怕打雷，有的害怕住楼房，有的害怕开窗户，有的不能听火车的声音，有的不能看刺眼的灯光，有的感觉有人掐他的脖子，有的常常从噩梦中惊醒，等等。越南战争结束后，国外有专家也做过统计，有心理创伤的人数高达百分之三十至四十！

那么汶川大地震中的心理创伤者，又是多少呢？有专家也做过粗略统计，大约有五六十万人！事实上，何止五六十万！由于现代新闻传播媒体的高度发达，汶川大地震后一个星期里，中国有多少人每天拿着报纸或者守在电视机旁以泪洗面啊！“5·19”全国哀悼日这天，中国至少有几亿人在失声痛哭或者默默流泪！谁能准确统计，他们中有多少人的心理受到了或轻或重的创伤？尤其是全中国的中小学生，他们稚嫩的心灵，经受了多么沉重的一击？在灾区，有人曾告诉我一个真实的小故事：有天晚上，一个只有两岁的小女孩，她妈妈刚一打开电视，她无意中看见了一个楼房垮塌的镜头，便突然发出一声惊叫：妈妈，快跑！由此可见，汶川大地震对人心尤其是对童心的震撼，该是何等的强烈啊！

在灾区走访的日子里，我曾采访过几位国内有名的心理专家，其中有武汉市心理医院的童俊教授、上海复旦大学的申荷永教授、北京大学心理学院的杨甫德教授等。他们不远千里，赶到灾区，就是为了抚平孩子们心灵的创伤，诊治孩子们心灵的疾病，重建孩子们心灵的家园。特别是申荷永教授，他与夫人带着一帮研究生以志愿者的身份出现在灾区，出现在北川中学孩子们的身边，为不少悲伤和绝望的孩子，重新点燃人生希望的火苗。他的研究生表示，即便不要学位，也要去灾区；其中一个研究生还把命留在了灾区！

童俊教授告诉我说，创伤的研究其实从二战后就开始了。一场战争或地震过后，创伤在所难免。直接受伤的人，心理学上称为初级创伤；救援者、老师、医生、作家、记者等称为次级创伤——美国有过统计，百分之十至二十的人都有次级创伤；初级创伤者和次级创伤者的亲朋好友，叫三级创伤；而凡是接触过有关地震信息的一般大众，比如看了报纸、看了电视等，也会被创伤，叫四级创伤。甚至有人还认为，人的出生就是一种创伤。分离是一切创伤的来源。因为分离就意味着与过去告别，意味着丧失。正常的丧失就是生老病死。但灾难是一种不正常的分离，不正常的丧失，所以会有创伤。创伤的记忆会像一个深藏在体内和灵魂深处的发炎的肿瘤，不断影响着肌体，也不断影响着心灵。

的确，尤其那些曾经埋在废墟下被救出的孩子，百分之百都有心理创伤；有的孩子即便身体没有受伤，心理上也有创伤。因为地震是一场噩梦，它让成千上万的中国孩子经历了这场噩梦——尤其北川中学的孩子！这些孩子从小有父母的宠爱，有爷爷奶奶的呵护，有社会的关照，心灵充满了阳光，从未经历过挫折与失败，悲伤与痛苦，更未经历过大灾大难，生死别离。于是便会有一个错觉，认为世界永远是美好的，生活永远是美好的，人生没有曲折，更不会有灾难。但一场大地震，痛苦、悲伤、眼泪突然改变了他们的价值观、世界观、人生观乃至爱情观。他们这才想到，原来居住的地球是危险的！人是会死的！爸爸妈妈还有爷爷奶奶，随时都会离开的！于是他们的心理便和地震中倒塌的房子一样，一碰即碎。比如一个双腿被锯掉的孩子，原来自己是个活蹦乱跳的人，一个不需要照顾的人，现在一夜间就变成了一个残废人，一个什么都需要别人照顾的人，一个离开了别人就不能走路不能出门不能穿衣不能吃饭甚至连上厕所拉屎撒尿都必须有人搀扶的人。一句话，一个什么都不行的废人！于是他就会想，既然如此，活着还有什么意义？人生还有什么意思？

而且，童俊教授说，孩子们普遍都有一种负罪感。童教授曾做过一个调查，百分之七十的中学生都认为自己有错。比如，有的学生说，我当时要是跑快一点就好了，就没事了；有的学生说，我看过有关地震的书，书上说了，地震百分之百都是人类引起的。甚至老师也是如此。有的老师说，我有罪，我当时没有带好学生，要是早点让学生跑，也许这几个孩子就不会死了。总之，一场大灾难后，产生群体性的创伤是一种必然。心理的创伤如同脓肿，如果没有挤出来，该过去的没有过去，一旦碰上新的事件，心灵的记忆就会被再次激活，甚至可以一代一代地传下去，带到明天，直至永远。

于是几位心理专家——包括灾区所有的心理专家——都在大声疾呼：做好孩子的心理干预工作，是汶川大地震后中国的一件大事，应该引起各界政府和社会的高度重视！就像一个伤口，如果能在第一时间止血，就不至于恶化。

因此，当我一旦深入到北川中学孩子们的帐篷，一旦深入到帐篷里孩子们的内心，便感到孩子们的惧怕与伤痛其实依然存在，大地震的阴魂还深深潜藏在孩子们的内心。比如，有的孩子虽然身体已经离开了北川，但心还埋在废墟中，每当夜幕降临，或人去楼空，便会想起那一幕，闪回那一幕，于是睡不着觉，失眠，头晕，甚至恶心；有的孩子失去了父母，由老师来填充，但面对替代的父母，孩子的反应是，不愿提起过去，不愿提起父母，用外表的坚强，来掩盖内在的伤痛。当然，有的孩子也很高兴，因为从来没有过这么多人来关心他，帮助他——不是今天发牛奶，就是明天发可乐，这种对物资从未有过的享受，让他们无法不高兴。但当这种“关心”一旦消失，或者暂时消失，或者得不到完全满足时，他们又会产生一种失落感，甚至有的还莫名其妙地发脾气。有的同学没有安全感，不能听见声音，一有响动，就惊吓。特别是刚住进长虹培训中心的前几天，由于距离铁路很近，一听见火车轰隆隆驶过的声音，全身都在抖；有的同学没有确定感，一见水龙头的水流得小了，马上条件反射，立即跑回去拿个大桶来，接上满满一桶放在帐篷里。别人问他你接那么多水干吗？他说不多接一点，到时地震来了没水喝咋办？不少学生告诉我说，现在睡觉不踏实，容易惊醒，甚至失眠，记忆力明显衰退，许多课文看了N遍，就是记不住；好不容易记住了，却记得不准；有的刚才还背得滚瓜烂熟，转眼就忘得一干二净，像换了个脑袋似的。一个老师还告诉我一件不该发生却偏偏发生的事情：北川中学一个高三的学生，有一天听见火车从院外驶过，他以为又是地震了，吓坏了，竟然从二楼纵身跳了下去！结果，8级汶川大地震没有损伤他的皮肉，一列火车从旁边驶过，却吓断了他的一条腿！

是的，地震摧毁了家园，摧毁了生命，伤残了身体，固然令人悲痛，令人惋惜，但地震对人的心灵和精神的摧残，却远大于对物资和身体的摧残。近一百年来，我们民族经历的创伤实在太多太重！鸦片战争，甲午战争，八年抗日战争，三年解放战争，还有上世纪60年代的三年天灾人祸以及世人皆知的“文化大革命”，都在中国人的心上留下了一道又一道的创伤，一道一道的阴影！过去我们对灾难，对悲剧，对伤疤，总是采取回避或者掩盖的态度。有了创伤，总是说，忘了算了，忘了过去，放眼未来。然而心理的创伤，说忘就能忘吗？

毫无疑问，汶川大地震创伤最重的是人，人群中创伤最重的是孩子，而孩子创伤最重的是心灵！因此，重建生活的家园固然重要，但如何为孩子的心灵疗伤，如何在废墟上重建心灵的家园，重构民族精神的大厦，同样重要，甚至更重要！

在灾区，我曾听说，有的学校的废墟原来是不准备清除的，想留住它，以警示后人。我认为这个创意很好。可不知为什么，后来又听说不让留了，让推土机给推掉了，让大铲车给铲平了——干干净净，不留痕迹。而在我看来，我们应该留住这些废墟学校，只有留住了这些废墟学校，才能留住血迹，留住泪水，留住伤痛，留住记忆。甚至我还想建议，灾区所有新建的学校，都应该与废墟学校相依为伴，相邻而居。唯有如此，方能警醒劫后余生的人们，以及不曾遭遇劫难的同类。倘若这些废墟学校能换回全国学校的安全可靠，那么在汶川大地震中遇难的两万多个孩子，死也值了！

令人欣喜的是，我在长虹培训中心看到了北川中学孩子们脸上的笑。以至于我也情不自禁地跑过去和孩子们凑在一起，一起合影，一起笑——这是我在灾区第一次也是唯一的一次笑。虽然我不能断言孩子们心里的创伤已经愈合，但从孩子们的笑脸上，至少让我看到了明天的希望。他们把哭泣变成了歌声，把痛苦变成了欢乐，把哀叹变成了笑容。尽管这笑可能是短暂的，但再短暂的笑，总比长时间的哭好。

然而，我不得不惦记的，是孩子们的记忆。人类最珍贵的，是记忆；最可怕的，是遗忘！中华民族不应该是一个患有失忆症的民族。我不希望失忆的病根再继续遗传到这些孩子的身上。我祈愿十年或者二十年之后，当我再见到这些孩子时，他们会调皮地搂着我的脖子说，李鸣生伯伯，我们已经不是当年您在地震棚里见到的那些孩子啦！

第四幕

死去的与活着的

死去的已经埋进废墟，
活着的还要继续活着。

镜头十九： 精神病人

汶川大地震中，无数灾民因失去家园而捶胸顿足痛心疾首；无数灾民因失去亲人而悲痛欲绝生不如死。面对如此沉重的打击，多数人咬着牙抹着泪扛过来了，挺过来了，虽痛苦依旧，却还能正常地生活，正常地工作，正常地活着；然而另有一部分灾民，却实在承受不了如此沉重的打击，因此他们失去家园失去亲人后，又失去了一个正常人原有的正常精神！

这部分灾民，被称为“精神病人”。

精神病人，不等于神经病人，二者有着本质的区别。（中国老百姓常常把二者混为一谈）所谓精神病人，通俗地说，就是脑功能受到损伤，或者说脑子受到刺激的人；因脑子受到刺激而导致的精神疾病，就是精神病。这种疾病在中国较为普遍。北京大学心理学专家杨甫德告诉我说，中国的精神病患者大约有八千三百多万人！严重患者，就有一千六百多万人！

中国人最多，精神病人也最多。其患病诱因，复杂多样，历史的，现实的都有。据我调查，其中一部分人，是被人为地整出来的，比如政治运动整的，单位掌权者整的，冤假错案整的，职称级别整的，恋爱婚姻整的，升学考试整的，金钱名利整的，等等。而汶川大地震，又将无数原本精神正常的人，震成了精神不正常的精神病人！

那么在四百八十多万灾民中，又有多少被汶川大地震震出的精神病人呢？

成都精神病医院副院长文荣康告诉我说，四川共有二十余家精神病医院，其中有五家是综合医院里设置的精神科，比如华西医院的精神病中心，是全世界最大的精神病中心，其余十几家都是专门的精神病医院。另外还有四家精神病医院，比如民政系统的德康医院、公安系统的安康医院等。这些医院在地震后到底收了多少精神病人，根本无法统计。而且随着时间的推移，一旦遇有外在的刺激，新的成员还会不断增添。

我几经努力，试图将这二十余家精神病医院的精神病人作一准确的统计，最终却失败了。但是，仅成都精神病医院，即成都精神卫生中心，便收治了一百一十多位精神病人，却是我亲眼目睹的事实。

在灾区走访的日子里，我曾先后五次进入成都精神病医院，每次见到那些被大地震催生的精神病人，恍惚中我感到自己好像也成了一个精神病人。他们中，有的地震前在都江堰住院；有的地震后被送进医院；有的地震前病情已经好转，地震后又加重了病情；有的地震前已经准备出院，地震后又旧病复发，不得不继续留在医院；有的地震前精神稍有问题，但还不算精神病人，地震后便成了一个名副其实的精神病人；而有的地震前完全是一个健康的正常人，地震后一下就变成了一个不正常的精神病人！

文荣康副院长告诉我说，地震发生后，在毛文君院长的亲自指挥组织下，全体医务人员紧急出动，在第一时间将医院六百名精神病人进行了紧急转移，而后又于5月13号凌晨将都江堰精神病院的八十多个精神病人转至医院，此外还从灾区收治了三十多个精神病人。由于医院对病人安排及时妥当，使惊恐万状的病人有效地得到了控制和稳定。文荣康是个典型的羌族汉子，家乡就在汶川。他对家乡有着很深的感情，非常热爱他的民族。家乡地震后，他心里非常难受，戴了三天的黑纱。有人问他，你家人是否去世了？他说，我的家人平安，但我家乡的同胞受难，这是国殇，我悼念我的同胞！尤其看见那些地震后患病的精神病人，他心里更难受，精神更受刺激。于是他用拼命工作的方式，来排解心中的悲痛与精神的焦虑。

精神科病区的谭樨医生告诉我说，这些病人从灾区刚来到成都时，心里都很恐慌。开始，医院把他们安排在三楼，稍有风吹草动，他们就很紧张；如果有余震，就更是恐慌。于是又把他们调换到一楼大厅，睡在地铺上，医务人员则坐在边上，不睡觉，陪着他们，守着他们，安慰他们，还给他们洗脸、梳头、泡脚、洗澡，帮着联系亲属，等等。这些病人，病情有轻有重，时好时坏，有的情绪狂躁，充满敌意；有的对地震非常敏感，一有余震，便跑出病房，不愿回来；有的稍有一点动静，就神色慌张，到处打听情况；有的不与任何人说话，不和任何人沟通，整天坐在病房，望着窗外，独自发呆，默默流泪……但不管他们病情轻重，表现如何，都有一个共同的特点，就是心里始终想着自己的家乡，想着自己的亲人！

遗憾的是，截至我进入医院，这些病人与他们的亲属几乎没有什么联系，有十三个病人根本无人认领，其中有一个还是痴呆；甚至有的人到底姓甚名谁，医院根本搞不清楚，他说他叫张三，事实上他并不知道他是不是叫张三，说不定他叫李四。有什么办法？他是精神病人。而之所以如此，原因在于，地震刚过，灾区情况非常特殊，非常复杂，到处乱得一团糟，单位与单位、个人与个人，信息几乎中断；而这些病人大多数家在山区，家里一无固定电话，二无手机；加上他们的亲属死的死，伤的伤，即便没死没伤，天天余震不断，自己都泥菩萨过河自身难保，又怎么可能顾及他们？尽管医院也想过不少办法，却收效甚微。因此，这些病人虽然每天思念家乡思念亲人，但地震当前，依然无家可归！

当然，有一部分精神病人见不着亲人，或者说亲人不来见他们，也确有隐情。

谭医生告诉我说，精神病患者的治疗，每月住院费在三千元左右，生活费在三百元左右，还有其他一些小的费用，一月下来，将近四千元。

这笔费用对绝大多数农村家庭来说，是根本无法承受的。北京人学心理学专家杨甫德也告诉我说，精神病患者承担的医疗费用是非常重的，在全国所有疾病中，排在前十名，而在这前十名中，精神病患者就占了五个，其中抑郁症患者，列第二位。而问题还在于，对于精神病的治疗，与别的疾病不同，有一个长期的、反复的过程。不像长个肿瘤，或者盲肠，一刀切除，万事大吉，永不复发。比如，有的本来病情渐好，一旦遇上什么刺激，当即加重；有的甚至好不容易已经痊愈，这次遇上地震，马上再次复发。如此周而复始，循环往复，除了当官的，或者大款，谁承担得起啊！更何况，这些来自灾区的病人，哪家哪户，不是穷人！因此，一些“老病号”，家里本已负债累累，汶川大地震后，突然被国家收治，亲属自然就顺水推舟，不愿露面了；而被地震震出的“新病号”们，国家全是无条件收治，他们的亲属更是因祸得福，心安理得，不愿或者说不敢到医院认领自己的亲人，担心到了医院，万一医院要让付医药费，岂不自找麻烦？所以，能避就避，能躲就躲，决不主动上门，自己往里钻。

幸而，有医院白衣天使们的真诚呵护，细心关照，这些从灾区逃出的精神病人总算有了一个落脚的窝，一张治病的床。因此，当我走进病房，与他们真诚地交谈时，几乎没有遇到什么障碍，我感到多数人和正常人并无太大的区别，同样跳动着一颗肉长的心！尤其他们对家乡、对亲人那份无法割舍的眷恋与感情，如同大山里的溪水，无时无刻不在他们心中涌动流淌。

一位病人告诉我说，他逃出来已经十来天了，家里什么消息都没有，家里还有老婆和女儿，他非常想念她们。

一位病人告诉我说，他的妈妈七十九岁了，多年瘫痪在床上，地震的时候，不知道跑出来没有。他的爸爸在 1960 年就饿死了，就剩下他和妈妈两个人，从那以后，他最怕的就是饿肚子。地震后，他每天都觉得饿，刚吃完上一顿，就担心下一顿。每天都在想，妈妈今天吃了没有？妈妈今天吃了没有？

一位病人告诉我说，地震那天他看见雷神爷了，黑脸，黑头发，样子凶得很，还大声吼，大声叫，发脾气，他的儿子就是被雷神爷给劈死了。后来解放军又把儿子救活了，不知道儿子现在在哪里，问我能不能帮他找到儿子。

还有一位病人告诉我说，他家养了三头牛，有一头母牛马上就要生小牛了，没想到突然地震了！地震那天他正在山上放牛，一个大石头滚下把他的母牛砸死了！他吓得抱着头跑了，还有两头牛也不知道跑到哪儿去了。他每年就是靠这几头牛给孩子交学费，现在牛没了，孩子也没了，但还有一个学期的学费没交，咋办？……

一天上午，我正在精神科病区与几位病人聊天，一位中年男子突然来到我的身边，很有礼貌地对我说，同志，能不能借用一下你的手机，我想给家里打个电话。中年男子个子较高，一米八左右，大眼睛，高鼻梁，若不是一身病号服套在身上，你很难判断他是一位精神病人。我说当然可以，便把手机递给了他。他接过手机，一转身，发现他身边一位胖胖的病友正用比他还着急的眼睛望着他。他好像一下就看穿了对方的心思，忙把手机递给这位病友，让他先打。这位病友拨通电话后，他又贴过去，专心听着电话的回音，好像这个电话不是打到病友的家，而是打到他的家——一个精神病人，居然对病友表现出如此的关心，这是怎样一种情怀啊！

可惜，手机里传回来的是忙音。病友又打了一次，还是不通。中年男子这才接过电话，开始给自己的家打电话。我见他拨号码时很紧张，手指都在哆嗦。也许他怕遭到同样的命运，不愿让同伴承受他的痛苦，拨完号码后，他就拿着手机躲到墙角边上，独自倾听去了。可惜，我一看就没拨通。他有些不好意思地看了我一眼，又拨了一次，还是不通。他的手臂慢慢垂了下来，却没有转身。我走过去，这才发现，他的眼角挂着泪痕。

我想安慰他几句，他却突然转过身来，把手机递到我的手上，然后一个立正，向我敬了一个礼——一个军礼！我很奇怪，也很感动，想不到当今中国社会少有的人间真情，居然会在一个精神病人的身上得到如此完美的体现！这个世界，到底是正常人不正常，还是“不正常人”正常？也许，“不正常”的人永远不知道正常人的内心秘密，而正常的人也永远不清楚“不正常”的人的情感世界。

还有一位女病人，叫何凤英，三十三岁，都江堰向阁乡人。精神科病区主任段明君告诉我说，何凤英送到他们医院后，被诊断为急性应激反应，病情比较严重，其主要表现特征是，发呆，发愣，神志恍惚，眼神麻木；时而笑，时而哭；不吃饭，不睡觉，不与人说话，不与人交流，甚至有时半夜三更爬起来，冲出病房，大声喊着女儿的名字，要回家找女儿！何凤英有两个女儿，小女儿三岁，大女儿十五岁。地震那天，大女儿在学校，小女儿在家。结果，大女儿死了，她的公公也死了。她每天就坐在废墟上，望着天空发呆，不停地叫着女儿的名字。像这种病人，她不知道时间，不知道睡觉，不知道自己身在何处，不去想过去，也不去想将来，只知道坐在那儿望着倒塌的楼房等，幻想着女儿突然活过来，走出来。但女儿没有活过来，走出来，她自己却被送进了医院。

段明君还说，地震后，大部分人都会出现急性应激反应，但大部分人几天就会消失；有的要两周，有的要四周，有的更长。像何凤英这种病人，除了药物治疗，心理治疗很重要，就是要让她多回忆，多谈，当时听见了什么，看见了什么，有什么想法，有什么感受，尽量让她把事情回忆出来，然后再纠正她一些想法，补充一些信息，她的心里就会好得多。

在段主任的安排下，我与何凤英见面了。

见到何凤英的第一眼，直觉告诉我，这是一个善良、聪明的年轻母亲，而且有想说话的愿望。但一开始我便注意到，她说的话，不是四川话，而是非常糟糕的普通话。这种普通话被四川人幽默地称之为“椒盐普通话”，即四川话与普通话混杂一起的“川普话”。我提醒她我是四川人，能听懂四川话，但她还是坚持要说普通话。她说，你是北京来的客人，我就应该说普通话，不然就不礼貌了，对不对嘛？其实她并不知道我来自北京，更不知道我是干什么的，但她就是坚持要说普通话。后来我才知道，除了穿白大褂的医生和护士，不管是谁和她谈话，她都认为是北京来的，一定要说普通话。她说北京是首都，首都来的人，就要尊敬嘛！

我问她，家住什么地方？家里人怎么样？有没有联系？

她说，我的家在都江堰向峨乡。家里妈妈对我好，妹妹、侄儿、大姐、二姐对我好，老公对我好，我的心情好。老公对朋友好，朋友对他也好。我的老公要去打工，我说好。有一次我骂他，他心情不好，但他不骂我，我的心情好。我现在就担心我的婆婆，妈妈，还有老公，他们活得怎么样了？只要他们好，我就好，帮我打听一下，好不好嘛？我没有给老公通电话，我记不得老公的电话了。他在外面打工挣钱，很辛苦，从外面赶回来了，走路回来的，舍不得花钱，我见他很伤心。他要在家里把玉米、谷子晒一晒，要不然明年吃啥子嘛？老公姓罗，我到罗家去看他，我就看上他了，只要人好，对我好，就行，对不对嘛？

我问她，什么时候结的婚？

她说，十八岁，但没有办结婚证，我们去办过，没办成，后来大家一起吃了顿饭，就结婚了，谁也不知道。我还受过伤，被火烧了，在我妈妈家，我在洗碗，才十二岁，点火，不懂事。当时谁也不知道，只有我妈知道。过去的人要老实些，对不对？火烧了，都不知道，现在地震了，全国都知道，全国都跑来了，是不是嘛？哎呀，你问那么多干啥子嘛，问这些又起不了作用，你又不去都江堰，不去向峨乡。

我问她，家里这几年生活好不好？

她说，这几年生活好一些，我们是农村人，要劳动，才有吃的，对不对嘛？我们家住在山上，山上很困难，条件不好，交通不方便。我家在向峨乡……（她开始使劲回忆）我们家以前是木头做的房子，木头房子你说好不好嘛？木头房子很好，金窝银窝，不如狗窝，对不对嘛？但现在都垮了！我们那儿过去有很多木头，我们砍树去卖，维持生活，还砍竹子，卖了，再买肥料，买种子。现在木头很少了。我们那儿的山很高，但空气好，山上不冷不热，有花，有草，有树，成都很热。我们种的菜，很新鲜，很好吃。我没说你们城里的菜不好啊，我是说我们那儿的菜好，新鲜。因为好多外地人，都来我们山上避暑，都说山上好，都说山上的菜好吃，都说山上很凉快。是热天，不是冬天啊！但我不喜欢，我喜欢我们家里人团团圆圆，只要团团圆圆就好，对不对嘛？

何凤英在与我的谈话中，应该说思维基本还算正常，尽管表述有些混乱，语句也不连贯，时而普通话，时而四川话，而且说话像快板，每说一句，好像都在故意讲究押韵；每遇到一个问题，总要反问一句“对不对嘛?”或者“是不是嘛?”但意思我都能听懂。我注意到，每当谈到她的家人和家乡，她便一脸喜色，心里像有一只小兔子。看得出，这是一个非常爱家、恋家的女人。

我问她，地震的情况还能想起来吗？

她说，我不知道，想不起来了，我从来没有见过地震，好怕呀！我从来没有听说过地震，我才读了四年书，我大女儿也不知道地震，要知道，就跑出来了。我和小女儿跑出来了，小女儿才三岁，但大女儿没有跑出来，被学校的楼房给砸死了！学校三层楼，三层楼全垮了！地震的时候，我去了，但我没有见到我大女儿，我看见好多孩子都死了，死了几百个，很悲惨。我不说假话，都是真的。我很伤心，没有回家，带着我的小女儿坐在那里，坐了一晚上。第二天回家了，下雨了，我又去看大女儿，我看见大女儿被人抬上山了，雨把大女儿全身都淋湿了，头发也淋湿了，我很伤心。我大女儿在都江堰向峨乡中学上学，叫罗丽，就是美丽的丽，知道吗？她很乖，已经上初二了，学习成绩好，平时还帮我做事。她很关心同学，同学也很关心她。女儿对我很好，说妈妈你不要干重活，要做轻巧的活。女儿还说，一家人只要团团圆圆，坐在一起吃稀饭也好。可为什么要地震呢？我的女儿还没满十五岁啊，为什么就地震了呢？

我问她，你女儿平时最喜欢什么？

她说，我女儿最喜欢花。我们那儿的山上有好多好多的花，桂花，兰草花，玫瑰花，鸡冠花，还有什么花，我也记不得了。反正桂花很香，9 月份的时候，山上到处都是，好香好香，很漂亮，比你们城里的塑料花好看。我是说你们城里的花只能看，不能吃，我们那儿的花可以吃，吃起来香得很！女儿什么花都喜欢，做了作业，星期天，就跑到山上，摘一大把桂花回来，放在我们家的院子里，坐在凳子上画，画一天。我女儿最喜欢画画，没找老师学过，她看见同学画，就会了。但她不让我看，我偷偷翻她的书包，就看见了，画得很好，真的画得很好，跟山上长的花一模一样。昨天下午看见医院的花了，我就想起我的女儿了，她什么都会，还会用剪刀剪纸，贴在窗户上，特别好看。我没有钱给女儿买纸，买笔，买不起，都怪我，都是我的错。女儿每天背着书包去上学，到很远的地方去上学，十二里路，每天坐车，去一元钱，回来一元钱，要两元钱。有时没坐上车，就走路，全是山路，下雨，路滑，女儿没有鞋，鞋子穿烂了，就打着光脚板走。我们那儿的路稀巴烂，没人帮着修一下。女儿很苦，但她说，她要读书，她要读大学。我对女儿说，妈妈没有钱，女娃娃读个高中就可以了，不要读大学了。我女儿就跑到山坡上哭了，哭了好久好久，不回来吃饭。都怪我，都是我的错啊！地震那天我要去叫老天爷就好了，老天爷来了，女儿就救出来了，就不会死了！

何凤英说到这里，突然哽咽了。随后，我便听到了她非常伤心、非常压抑的哭泣声。她用手捂住脸，不想让我看见她的眼泪，像面对一桌客人吃饭，突然被一根鱼刺卡住了喉咙，很想吐出来，却又不愿让人看见。我忍住泪，小声开导她。渐渐的，她的情绪有所好转，又止不住地说开了，并不停地忏悔。

她说，我的女儿天天向上，从来没有逃过学。女儿说，她不做活路，农村做活路很累，要读书，多读书才好，读书才有文化，打工也要有文化，有文化，打工都要好一些。女儿说，读了书，她想当个老师，教孩子画画。但我们家条件很差，交不起学费。我在家种点菜，赶场（赶集）要十多里，不方便。种菜，种玉米，自己吃，还要在家带小女儿。她爸爸去打工，挣点钱，交学费。老师说，我女儿成绩好，从来没有逃过学，下雨也上学，打雷也上学，要让她好好读书。老师说我们家很困难，就给女儿免了学费，还让她住校，说家太远，住校可以好好读书。可今年刚刚住校，学校就垮了，女儿就没有回来了！都怪我，都是我的错！

说着说着，何凤英又哭起来了。这一次，我怎么劝也劝不住了。段主任说，让她哭吧，她哭出来，心里就好受一点了。

后来，我对她说，你现在有什么想法，有什么要求，都说出来好吗？

她说，我小女儿在我婆婆家里，我们娘家还有四个人。我担心他们活得怎么样？请帮我打听一下，好不好嘛？我没有老公的电话，我很担心家里的人，我希望他们活下来，还有大女儿的同学，都活起来。只要家里团团圆圆，我就好。现在大女儿没有了，走了，但我希望大女儿还是读书。她说过，她要读大学。还有，她画了好多画，画了好多花，我想给她送去。女儿说过，她要当一个老师，教孩子画画。可我不知道女儿在哪儿？我找不着女儿了……

说着，何凤英又放声痛哭起来，趴在桌子上，哭得很伤心很伤心，再也说不下去了。

临别时，我掏出六百元钱，想塞进何凤英的衣兜里，可她非常敏感，双手捂住衣兜，坚决不要！她说，我不要你的钱，我们那儿的人从来不要别人的东西，不要别人的钱。你帮我家里联系一下，我就谢谢你了，我现在不知道他们的情况，我很着急，你一定帮我找找，都江堰，向峨乡！都江堰，向峨乡！还有女儿的画，怎么送给她？她现在哪里？在哪里？

本来，我什么也不想说了，但我还是说了一句欺骗她的话，我说，你女儿在天堂，你一定要好好保重身体，你身体好，你女儿在天堂看见你，就高兴了。

她眼睛突然一亮，说，真的？真的有天堂吗？

我继续欺骗她说，真的，真的有天堂。

真的有天堂吗？

上述两位精神病人，只是汶川大地震中的个案。

事实上，在地震中精神受到损伤的，远不止成都精神病医院这些。据说，灾区还有不少这样的精神病人，他们流落荒郊野外，或者街头路边，生活很难自理。而在灾区走访的日子里，我也亲眼见过不少这样的灾民：有的坐在灾棚前，发愣，发呆，一坐就是一天，第二天接着再坐；有的反复向你表述地震时的恐怖情景，反复向你哭诉遇难孩子生前的乖巧与聪明，反复向你忏悔各种过错；有的对身边的一切不再关心，不再有任何兴趣，谁也不愿搭理，整天不吃不睡，围着废墟反复转悠，唉声叹气……每当望着这些灾民，我心里便有一种说不出来的难受。地震已经让他们失去了家园失去了亲人，失去了作为一个人最基本的一切，上苍为何还要让他们失去一个人最起码的正常的精神？这个世界，到底还有没有天地良心？有，在何方？在哪里？一个精神正常的人生活在这个世上都如此艰难，这些精神不正常的人要继续生存下去，又该是何等的不易！而且，昂贵的医疗费用，谁来承担？漫长的日常生活，谁来护理？心灵的创伤，谁来医治？虽有志愿者，但志愿者不是亲人；虽有心理专家，但心理专家不能包治百病；虽有医院的人道主义关怀，但长此下去，哪个医院又能关怀得起？精神病患者的治疗是持久战，不仅需要物资、金钱、实力、条件，还需要社会的支持，大众的理解，亲情的关怀，人心的温暖。那么亲情的关怀人心的温暖，又从何而来？这些人原本平静的日子，何日才能恢复平静？他们原本正常的精神，何时才能重新正常？

我想起发生在欧洲的一个典型病例：一场灾难后，有一个病人一直尿不出来尿，医生问他为什么不尿尿？病人说我不敢尿尿。医生问他为什么不敢尿尿？病人说我一尿尿，怕把城市给淹没了！医生说，那你赶紧尿吧，我们的城市有大火正在熊熊燃烧，你只要尿了，熊熊燃烧的大火马上就会灭了！

病人一下就尿出来了。

那么，面对汶川大地震中的精神病人，我们是不是也要对他们大声说一声：灾区的大火正在熊熊燃烧，你尿吧，只要你尿了，熊熊燃烧的大火马上就会灭了！

镜头二十：天使没有时间流泪

一百多年前，一位名叫南丁格尔的英国护士与世长辞。两年后，即1912年，为纪念这位对人类护理事业作出了杰出贡献的伟大女性，国际护士会将5月12日定为国际护士节！

然而，2008年的5月12日，突如其来的汶川大地震却把这个节日变成了中国白衣天使们的灾难日！最典型的一个例子就是，北川医院地震前原有医生护士一百五十七人，地震后，只剩下了三个人！而灾区其他医院的一些天使们，虽然自己幸免于难，家人却难逃厄运：或母亲遇难；或父亲伤残；或孩子去世；或姐妹离散。据说有亲人遇难的白衣天使，灾区不下三百人！但在大灾大难面前，有两种人必须冲在前面：一是穿绿军装的人；二是穿白大褂的人。因此，那一刻，天使们为了抓紧分分秒秒拼命抢救伤员，面对自己遇难的亲人，根本无暇顾及，甚至连哭的时间都没有。比如，德阳医院有一个护士，地震时丈夫不幸遇难，父母、孩子生死不明；而医院楼房危在旦夕，几百名伤员急需转移。于是在电梯不能运行的情况下，身高不足一米五五、体重不足一百斤的她，竟把三十多个人高马大的病人，从九层楼一层一层地背到了一层！

我在什邡红白镇卫生院，也遇到一位护士，她叫陈传英。

5 月 12 日这天，陈传英和往常一样，把女儿准时送进校门后，自己再准时走进卫生院上班。不同的是，这天是护士节，所以她一进门便与几位姑娘说好了，晚上一定要好好庆祝一下，不能忘了那个叫南丁格尔的老前辈！

陈传英第一次听到南丁格尔这个名字，是在护校。陈传英进护校那年十六岁。十六岁前，她一直生活在四川一个叫师古镇的地方。那是什邡马祖一个令人心醉的典雅小镇，镇上民风古朴，花香迷人。尤其是杜鹃花，漫山遍野，开放自如，四季如春。陈传英从小就喜欢杜鹃花，自记事起，杜鹃花便与她时时相伴，形影不离。妈妈也常常带她上山，上山后妈妈在地里劳动，她便在花丛中嬉戏玩耍，每次收工下山回家，她的小背篓里总是插满各种各样的野花，其中最突出的花，便是杜鹃花了。直至十六岁那年，她第一次离开家乡走进护校，杜鹃花的花香才从她长长的小辫上随风飘去。陈传英就是在护校的第一节课上，听老师讲到南丁格尔的。南丁格尔的故事像一粒杜鹃花的种子，一下便种在了她的心上。在护校的日子里，她常常躲在被窝里对自己说，要是自己也能做一个像南丁格尔那样的天使，该有多好啊！1996 年，她毕业后来到红白镇。红白镇和她家乡一样，同样是一个开满杜鹃花的好地方。她很快便爱上了这个小镇，也很快爱上了护士这份职业。后来，她结婚了，安家了；再后来，有了一个可爱的女儿；又后来，妈妈也从老家师古镇，来到了红白镇。

然而陈传英怎么也没想到，5 月 12 日的下午，妈妈却出事了！

陈传英说，我当时正在医院上班，地震时，我们都吓坏了，等跑出医院，红白镇所有的房子几乎全震垮了，满街都是惊慌失措四处逃命的人。我很快就听说，学校垮了，我一下就慌了，因为我的女儿在红白中心小学上学，七岁了，我赶紧就往学校跑。可一路上我双腿发软，怎么也跑不动，怎么也跑不快，第一次感到自己的力量太微弱了，太渺小了！真的，我是连滚带爬才跑到学校的。跑到学校后，女儿已被救出来了，我看女儿好像没什么事，心里一块石头才落了地。我让别人帮我看着女儿，然后马上又往回跑。就在返回医院的路上，有人跑过来对我说，陈护士，快去，你妈妈从楼上摔下来了！我一听，又着急了！我家离医院很近，相隔大约就四五百米，就在我去医院的路上。我赶紧跑过去一看，妈妈躺在楼下街边的路上，样子非常痛苦。原来，地震时，妈妈正在家里的阳台上晒衣服，楼房倒了后，顺着楼房滚下来，摔在了楼下。本来，我妈妈摔一跤算不得什么，妈妈从小走山路，爬山坡，几十年不知摔过多少跤，每次摔倒后，爬起来就是了。但这一次，妈妈怎么也爬不起来，刚一爬起来，又摔倒了。所以从来不求人的妈妈，才让别人跑来找我。我急急忙忙地给妈妈看了一下，估计是大腿摔断了，但脑子还很清醒。我简单给妈妈处理了一下，刚要走，妈妈就叫我别走，说有话要跟我说。我说妈妈，没时间说话了，你先躺在这儿，坚持一下，我还要到医院去，一会儿就回来。说着我就赶紧跑回了卫生院。

陈传英跑回卫生院时，卫生院已成一片废墟，但门口已经摆放着几十个伤员了！而且，越来越多的伤员还在从不同的方向源源不断地送来！镇上的，学校的，村里的，矿山的，从山里逃出来的，哪儿都有。有的是中学的学生，有的是幼儿园的孩子，还有镇上的老头儿，村里的妇女。有的头破血流，腰折腿断；有的骨碎筋连，血流如注；有的昏迷不醒，不省人事；有的气息奄奄，命若游丝………总之，不到一个小时，卫生院的门口就变成了一个露天大病房，男的女的，老的少的，呼天抢地，哭爹叫娘，轻伤重伤，奇形怪状，横七竖八，躺了一大片，足足有三百多人！

惊魂未定的陈传英在院长陈建的带领下，和全体同事一起，迅速把药品、器械搬上街头，对伤员展开抢救。消毒、输液、清创、缝合、包扎、固定。一个接着一个地抢救，一个接着一个地包扎，一个接着一个地输液，一个接着一个地搬运。忙得昏天黑地，一塌糊涂。就在这时，有人跑过来告诉陈传英，说她妈妈叫她赶紧过去！身为女儿，妈妈身负重伤，孤身一人躺在街边上，陈传英当然着急，当然惦记，恨不得马上就赶到妈妈身边。但这时她正在抢救一个危急灾民，根本无法离开。而且她非常清楚，医院现在最需要的，一是人，二是药。卫生院医生护士一共二十来个人，有两个已经遇难，有三个在外开会，所有的人包括私人医生都用尽了，还是远远不够，有好几个护士都是一人举着两个输液瓶！三百多个伤员和一个妈妈，孰重孰轻，陈传英自然心中有数。

直到危急病人处理结束，陈传英才再次来到妈妈的身边。这时，妈妈已被两位好心的人抬到了医院的废墟边上。陈传英刚一过去，妈妈就说，英英，我冷我冷，快给我找一床被子！可这时的陈传英根本不可能找到被子，便把自己身上的工作服脱下来，盖在妈妈身上，然后给妈妈作了检查，发现妈妈的伤势严重，而且还有内伤。但药品已经用完，啥也没有，她只好给妈妈输了一瓶盐水，却找不到地方挂输液瓶。她见有人路过，便请那人帮她妈妈举着一下输液瓶。那人就从她手上接过输液瓶，双手高高举在空中，一直站在她妈妈的身边，而她连对方姓什么都不知道。她转身正要离去，妈妈却叫住了她，有气无力地对她说，英英，我可能不行了，有几句话要给你说，交代一下后事……听了妈妈的话，陈传英心如刀绞。一边是几百个躺在地上的素不相识的灾民，一边是同样躺在地上的生她养她的妈妈，怎么办？作为医生，面对伤重病危的妈妈，她束手无策，回天无力；但作为女儿，她可以选择守在妈妈的身边。问题是，医院的门口还躺着几百个伤员，她能见死不救吗？能撒手不管吗？她忙止住妈妈说，妈妈，你别想那么多了，没事的。我是医生，你要理解我，我实在没有时间，也没有办法，那边还有好几百个伤员等着抢救呢！妈妈您要听话，再坚持一下！啊，说完，陈传英再次离开了妈妈，返回了医院。

这时的医院，随着伤员的越来越多，药品、绷带、输液器等，几乎全部用光，可还有上百个伤员，等着急需处理！而卫生院的药品库已经垮塌，药品全被压在下面，要想把药品拿出来，只有从变形的窗户爬进去！但当时余震不断，药品库随时有进一步垮塌的危险！陈传英决定和另一位护士冒险爬进库房，取出药品！陈传英身材单薄，力气很小，但她爬进药品库后，硬是用她柔弱的双手把一箱箱的药品从垮塌的库房里一件件地搬了出来，然后再和同事们一起搬运到卫生院的门口。有了这些药品，不少已经绝望的伤员得救了，陈传英却累得趴在了地上。事后有人说她很勇敢，她说不是我勇敢，而是我无法面对那几百个伤员，一看见那么多人躺在地上，那一双双求救、哀哭甚至绝望的眼睛，我心里就受不了，就想哭，但又没时间哭！

就在陈传英刚刚爬出药品库不久，一位邻居又急匆匆跑来，叫陈传英赶紧过去，说她妈妈快不行了，有话要给她说！陈传英急忙跑过去一看，妈妈呼吸急促，病情非常严重！怎么办？一个小镇的卫生院，就这么个条件，何况又是地震期间，根本无法实施救治；如果自己马上把妈妈送往什邡医院，别说道路不通，自己无能为力，这几百个躺在地上的伤员怎么办？陈传英只好对妈妈说，妈妈，您再坚持一会儿，等救援的人来了，就好了！妈妈却拉住她的手说，英英，妈妈不等了，妈妈等不了了，妈妈要给你交代一下后事，我有一条裤子……妈妈刚说到这里，有几个伤员的家属突然跑了过来，让陈传英快点过去，说有好几个伤员不行了！陈传英心如刀绞，进退两难。作为医生、作为女儿，眼看着自己的妈妈就要撒手人寰，而自己不但无力抢救妈妈的生命，甚至连守在妈妈身边的机会都没有，趴在妈妈的怀里痛哭一场的时间都没有！虽然妈妈也是病人，但医院门口的地上，还躺着几百个病人！她只好一狠心，对妈妈说，妈妈对不起，我没有时间听你说话了，伤员太多了，要救的人太多了，我是医生，我没有办法，你要挺住！也许一会儿救援的人就来了……说着，陈传英松开妈妈的手，再次匆匆离开了妈妈。她不但没有听到妈妈最后的遗言，甚至在转身离开妈妈的一瞬间，都顾不上回头看望一眼！

半个小时后，陈传英的妈妈不辞而别！

临终前的陈妈妈，究竟要对女儿说什么呢？

红白镇卫生院有一位护士叫陈玉英，是陈传英的同事，陈妈妈去世时，她在身边。

陈玉英告诉我说，陈妈妈死之前一直喊冷，因为失血过多，循环不好，所以身体会发冷。当时陈妈妈知道自己不行了，就反复地说，我要死了，快叫英英过来，我有话要给她说。但陈传英当时又要给伤员包扎，又要输液，确实走不开。陈妈妈最后要给女儿说的话，其实没有啥，陈妈妈说，她有一条裤子在家里的箱子里，裤兜里还有三百元钱！让陈传英千万不要忘了，回家把这三百元钱扒出来！

裤兜里还有三百元钱！这就是灾区一位母亲临终前对女儿的最后遗言！

这对今天的城里人尤其是年轻人来说，简直就是天方夜谭！但在我的家乡四川山区——也许整个中国的农村，这样的事情实在太真实、太普遍了。老人临终前的最后遗言，几乎全是关于钱。因为钱对中国百姓来说，就是房梁、就是粮缸、就是命根啊！有什么办法呢？上世纪70年代，一个妇女在地头里顶着太阳干上一天活，才挣五六个工分，而五六个工分仅值几分钱！陈传英的妈妈是山里人，一辈子拼命挣钱，为的是供养女儿上学读书。直到女儿护校毕了业，在红白镇当上了护士，每月有了固定的工资，妈妈的兜里才总算有了一点钱。但妈妈非常看重女儿每月的这点工资，自己省吃俭用，从来舍不得花一分，甚至夏天再热再累，连五分钱一根的冰棍都舍不得买！妈妈把女儿每月工资剩下的钱，一角一角地、一元一元地攒起来，放在一个布袋里，足足攒了三百元！但妈妈离开这个世界前，没有抓住钱袋，却抓住了灾难！

而这期间的陈传英一直在忙，忙得晕头转向，忘记了时间，忘记了饥饿，忘记了疲累，甚至腰扭了、脚崴了、手指划破了，都不知道痛。后来她看见地上的矿泉水，才感到嗓子快冒烟了，从地上抓起一瓶，拧开就喝。她一直忙到晚上 10 点，才抓住一个机会坐下来，坐在红白中学的操场边。操场上，到处摆满了尸体，红白镇所有的尸体都摆在了这里！而她的妈妈，也躺在这里，就在她的身边，不足两米远。望着妈妈，陈传英脑子一片空白，神情木然。七岁的女儿自下午托付给一个家长后，她就再也没有见着，不知去向；老公在金花镇，距离这儿几十里，听说那儿地震同样厉害，也不知是死是活？爸爸是建筑工人，地震前就去了红白镇最偏远的一个山谷——“欢乐谷”，同样死生未卜；而在德阳上学的弟弟以及老家的爷爷和奶奶，也通通音讯全无。此时此刻，她身边唯一的亲人，就是妈妈了。但妈妈却走了！不到六十岁的妈妈，几个小时前还在和她说话的妈妈，说走就走了，一甩手就走了，再也不回来了，永远也不会理睬她了！妈妈是 2001 年才到红白镇的。本来妈妈是不愿意来的，她对妈妈说，来吧，红白镇好！妈妈说，再好也不是我的家，还是老家好，习惯了。再说，还有你爷爷奶奶、外公外婆呢！她就对妈妈说，妈妈，您就不要您孙女啦？您孙女天天都在想您呢！妈妈你来吧，我实在忙不过来，您不心痛女儿，总得心痛孙女吧！妈妈就来了。想不到，妈妈这一来，再也回不去了。要是妈妈不到红白镇来，也许就没事了。不，要是下午一直守在妈妈的身边，检查仔细一点，及时为妈妈打针、输液，止住流血，再想法及时送到什邡市医院，也肯定不会有事的！本来，她在医院工作，在医院工作最大的特权是什么？就是看病可以“开后门”，可以不排队，可以不挂号，可以找最好的医生会诊，可以用最好的药物治疗，甚至手术、吃药、住院，事先通通可以不付钱，等病好了，出院了，再结账。别说是自己的亲生妈妈，就是一般熟人，在医院待遇也有不同。再说了，地震了，妈妈也是红白镇受伤的灾民，而且伤势严重，又是女性，又是老人，她作为一个护士，去照顾妈妈，抢救妈妈，天经地义，理所当然。但是，妈妈没有享受到一个医院家属的任何特权，甚至连一般灾民应该得到的关怀和待遇也没得到——如果她不是医院的护士，她就可以理直气壮地守在妈妈的身边。而最让妈妈伤心的，正是这一点。她心里非常清楚，临终前的妈妈，多么希望女儿能在身边陪她说几句话啊！哪怕什么也不说，只要女儿坐在身边，看着她慢慢死去，她也心满意足了，死也瞑目了。但妈妈最后的这点心愿，她也没有满足。直到妈妈从阳间坠落阴间，她连妈妈的头发丝都没见到一眼。妈妈一生辛劳，一生节俭，把一个硬币一个硬币节省下来的钱，全用在了供养她和弟弟上学上。妈妈一辈子对她从来没什么要求，也从来没要求过什么，一生中唯一的一点要求一点愿望，就是临死前希望能见她最后一面，说上最后两句话。如果她当时一直陪在妈妈的身边，妈妈肯定也不会责怪她的；如果她能听完妈妈最后的遗言，妈妈也肯定不会生气的。可妈妈近在咫尺，她一样没有做到！这让九泉之下的妈妈怎么想？怎么原谅自己啊？

事实上，作为一个从小在山里长大的孩子，陈传英是个非常纯朴的姑娘，非常孝顺的女儿；但作为一名护士，她又必须尽到属于自己的那一份职责。后来她对我说，其实我当时没有任何别的一点想法，一点杂念，真的没有，只有一个念头，就是抓紧时间去抢救伤员，因为伤员实在太多了，我从来没有见过这么多的伤员！因此，这个晚上的陈传英在操场边上只陪妈妈坐了一小会儿，又赶紧回到了卫生院，继续救治那些还躺在地上叫着喊着哭着的伤员。她说其实她很想在妈妈面前痛哭一场，但她连哭的时间都没有啊！

陈传英一直忙到第二天即13号晚上六点三十分，才再次来到妈妈的身边。这个晚上的妈妈和昨天晚上一样，和所有躺在操场上的大人和孩子一样，还是静静地躺在那里，无声无息。陈传英感到，这个夜晚的红白镇像是一个巨大的坟场，除了操场上此起彼伏的哭泣声，四周死一般的寂静。面对操场上摆放着的几百具尸体，面对几十个还未运出去的伤员，面对四面八方、各个村落还在不断运来受伤的灾民，谁也不知道当晚怎么度过，谁也不知道今晚还会发生什么；谁也不知道明天怎么办，谁也不知道还有没有明天。因为红白镇通往外面的道路全部中断，信息一律不通，尽管镇上所有能站起来的能爬起来的甚至能跪起来的爷们儿娘们儿都使出了吃奶的力气想尽了各种招数，但断电断水哭声震天的红白镇依然乱得像一团麻一锅粥！镇长哭了，书记哭了，医生哭了，老师哭了，青年哭了壮年哭了老爷们哭了，遇难的和没有遇难的也都通通哭了！

也许老天爷嫌泪水还不够，又下起雨来了，雨水下得很大，妈妈的全身都被雨水淋透了，躺在操场上的所有遗体也被雨水淋透了！陈传英知道，躺在地上的妈妈一定很冷，妈妈从受伤到去世前，一直都在喊冷、冷、冷！可一直喊冷的妈妈想有一床破被子盖在身上，她都无能为力没有办到。直到几分钟前，一个同事才从废墟里捡来一床被子盖在妈妈的身上。可现在，下雨了，妈妈一定还是冷！她一低头，突然发现自己匆忙中竟把毛衣当裤子穿了，于是她赶紧把毛衣脱下来盖在妈妈的身上，接着又把身上能脱的衣服，也脱下来全盖在妈妈的身上。但妈妈肯定还是冷，因为哗哗流淌的雨水加上数百人哗哗流淌的泪水，把整个操场都快淹没了！而天上的雨水还在不断下着，人们的泪水还在继续流着……她突然有了一种想死的冲动，她想和妈妈一起死了算了！可她的面前立即出现了女儿昨天下午离开她时的眼睛。女儿当时浑身发抖，脸色苍白，哭着喊着要跟妈妈走。她对女儿说，妈妈要去救伤员，不可能带你走！你要听话，跟着阿姨快跑，待一会儿可能还有地震！女儿咬着牙，没有哭出声来。但她看见，女儿跑出去好远，一双含着泪水的眼睛还在回头望着她……想起女儿，她的心更难受了，她想扑过去，搂着妈妈大哭一场！但就在这时，卫生院一位已经退休的老医生急急忙忙跑了过来，说快去陈护士，又有十几个伤员从山里抬出来了……

直到 14 号下午，解放军把伤员们全都运送出去了，陈传英妈妈的遗体也被解放军临时挖了一个坑埋下去了，陈传英这才趴在妈妈的坟上放声大哭了一场！她哭了很久很久，哭得很伤心很伤心，好像要把对妈妈的歉意与悔痛，全用眼泪表达出来；要把这两天积攒下来的所有眼泪，全都哭干哭尽……

两个多月后，即 7 月 26 日上午，我在红白镇一个露天坝子里，再次见到了陈传英，也见到了她的同事陈玉英。这天，为庆祝“八一”建军节，感谢亲人解放军，卫生院的天使们上台表演了一个节目，叫《生死相依》。天使们真挚的感情感动了台下的官兵和乡亲，也感动了台下的我。

演出结束后，我见到了陈传英的同事陈玉英。陈玉英对我说，当初如果抢救及时，陈妈妈是不会死的。陈妈妈临终前还说，她本来是不愿来红白的，是女儿要她来的，可她要死了，连女儿的面都见不着。她要是不来红白，就不会死了。陈妈妈说的这个话，我们一直不敢告诉陈传英。陈妈妈安葬的时候，我们都去了，陈妈妈本来很瘦，但她的肚子却鼓起来好大，非常惨，我们都哭了。后来我们每次上山看陈妈妈，都哭。6 月中旬的时候，我还去过陈传英的老家，帮她拿点东西回来。她老家也受灾了，房子成了危房，那天我走进她家时，看见家里破破烂烂、冷冷清清，屋里很暗，没有灯光，就一个瞎子奶奶孤零零地坐在家里，怪可怜的，我当时就搂着奶奶哭了。一个家，妈妈就是顶梁柱，妈妈不在了，这个家就垮了！

接着，我见到了陈传英。陈传英对我说，这样的灾难过去我做梦都没想到过。过去我一直认为生活都是美好的，人生都是快乐的。没想到一场地震，却改变了生死，改变了一切！但这场大地震，虽然失去了妈妈，失去了那么多的人，但也让我非常感动。最让我感动的是，我亲眼看见全国那么多来帮助我们的人！每当我听到“我们都是中国人，一方有难，八方支援”这个话，我就感动得不行，就哭。13 号晚上，大概是 12 点多，那个时候不知道时间，红白镇第一次出现了解放军，我们全哭了！看见解放军把伤员往外抬，我怕他们不回来了，就拉着他们的胳膊问，你们还回不回来啊？你们还回不回来啊？解放军说，回来，我们一定回来！我就不停地说感谢感谢！他们说，不要说感谢，我们都是一家人！我就哭了，哭得很伤心！是啊，那个时候，不管认识的不认识的，都是一家人！一想到这些，我就感动得不行，就哭！我长这么大，从来没有流过那么多的眼泪。还有一批成都过来的大学生志愿者，一来就问我们，你们现在最需要什么？我想都没想就说，工作服！几天后，几十套洁白的工作服真的就送来了，我第一个就抢了一件穿在身上。穿上它，我就感到自己不一样了，有一种责任。真的，我不会说假话，我当时真的就是这么想的。作为一个医务工作者，在灾难面前，在伤员面前，看着那么多人眼睁睁地死去，而我们却无能为力，没能挽救他们的生命，特别是那些才几岁、十几岁的孩子，我感到自己就是个罪人！

陈传英还对我说，妈妈走了后，我一直非常内疚，非常痛苦。妈妈走之前，我确实很忙，忙得想趴在妈妈身上哭上一场的时间都没有！但这种痛苦还不能过多说起，因为红白镇死了一千多人，和那些失去几个人特别是失去孩子的家庭相比，我们家算幸运的。何况我还是护士，怎么好意思向人诉苦？我最大的遗憾，就是妈妈走得太匆忙了，妈妈走的时候，没有一点讲究，连一件新衣服都没给她换，我只用我的一件工作服把妈妈裹了一下，就埋了，连给妈妈梳一次头的机会都没有。小的时候，妈妈常常给我梳头，我们坐在院子里，我趴在妈妈的膝盖上，梳完后，妈妈还给我扎上两根小辫子。妈妈到红白镇后，我也常常给妈妈梳头。可这次，我连头都没给妈妈梳一次，妈妈就走了。现在我最怕的，就是下雨！一看见下雨，我就会想起“5·12”那天晚上，妈妈躺在操场上全身被雨水淋湿的样子，我就受不了，眼泪就像下雨一样地流。我现在最大的一个愿望，就是希望有一天能梦见妈妈。前段时间，周围全是伤员，一直没有时间做梦。现在，身边没有病人了，有时间做梦了，可就是梦不见妈妈。我每天晚上睡觉前，都希望能梦见妈妈，可两个多月过去了，从来没有梦见过，一次也没梦见过。我知道，我是个不孝的女儿，妈妈生气了，不愿再见到我。我现在只有加倍工作，多做好事、善事，好好善待所有的病人，求得妈妈的原谅。我不知道妈妈会不会原谅我？要是有一天我能梦见妈妈，哪怕在梦中和妈妈见上一小会儿，和妈妈说上一句话：妈妈，女儿对不起您，女儿不孝！我这一辈子，心里也会好受一些！

陈妈妈，女儿的话，您老人家听见了吗？

镜头二十一：人民教师张辉兵

他姓张，叫张辉兵。

我第一次见到张辉兵的名字，是在红白镇西山梨园坟场。

这天是5月22日上午，天下着雨，路有点滑。张辉兵的名字写在一块木板上，木板很小，长约三十厘米，宽约十厘米，像是毛笔蘸了一点钢笔水写上去的，看上去很匆忙，甚至有几分潦草。小木板插在他的坟头上，歪斜在草丛中，稍不注意，很难发现；即便发现了，也很难看清“张辉兵”三个字。好在他墓地的左前方，有一条挂在树枝上的红领巾，飘荡风中，惹人眼目。

我很快就知道，张辉兵是一名教师。于是我去了他生前的学校——红白中学。我去红白中学的时候，红白中学已经不能称为学校了，只能叫做废墟。采访中，副校长钟思文告诉我说，非常可惜，张辉兵才二十九岁，就走了，走在5月12日的那个下午。那是一个全中国都在颤抖的下午。那个下午本来他是可以不去课堂的，但6月会考在即，他是老师，物理老师，同时担任初三和初二的物理课，所以他提前去了——提前了足足二十分钟！而正是他自己提前的这二十分钟，让他提前永远离开了这个世界，离开了他最爱的学校、最爱的学生、最爱的课堂，而留下了四岁的女儿、二十七岁的妻子和五位年迈的老人！

很快我又知道，张辉兵还有一个名字，叫“黑老师”。这是他的同事和他的学生给他取的绰号。老师们告诉我说，张辉兵天生就黑，又粗又壮，体重一百九十斤；加上一年四季跑步爬山，刮风下雪从不间断，又壮又酷的身体活像一头黑豹！所以除了在课堂上，学生和老师都喜欢叫他“黑老师”。而他，对这个绰号欣然接受，不管谁叫，总是爽朗答一声“到”，像个标准的军人，痛快，响亮。

然而，张辉兵再壮的身体，还是没有扛住垮塌的楼房。

他的学生——第一个冲出教室的学生陈实告诉我说，地震发生时，张老师正在二楼的讲台上，距离教室门只有一步之遥，但他自己没有跑，而是抢先过去一把推开教室的大门，并大声喊着：地震了！同学们快跑！地震了，同学们快跑！听见张老师的喊声，他第一个就冲出了教室。

他的另一个学生——第二个冲出教室的学生唐章建告诉我说，当时楼房摇晃得很厉害，教室好像马上就要垮塌，有的同学刚跑两步，就摔倒地上。他看见张老师用一只手臂猛地撑着教室的门框，一只手臂推着、拽着同学一个个地往外跑，等十几个同学刚跑出一楼，“轰”的一声，楼房就垮了！

与张辉兵共事多年的几位老师也告诉我说，张辉兵当时在二楼教室上课，又是站在讲台上，离教室门口最近，所处位置最有利于跑出去。如果当时他要抢跑的话，第一个跑出教室的肯定是他，因为站着起跑比坐着起跑至少要快好几秒！即便他不跑，二楼与地面的高度不过两米，下面又是一块软软的草坪，凭借他强壮的身体素质和敏捷的反应能力，他只需往下轻轻一跳，同样可以逃过一劫！但张老师既没跑，也没跳，而是用他有力的手臂死死撑住教室的门框……后来人们在废墟中发现他的遗体时，发现在他倒下的最后一刻，右手臂还指着学生们逃生的方向！

和张辉兵一起遇难的，还有他的六位同事。一位是汤鸿，语文和音乐老师，二十六岁，留下了九个月的孩子；一位是郑海鹰，英语老师，二十七岁，留下了五岁的孩子；一位是王周明，语文老师，二十七岁，留下了一岁的孩子；一位是冯强，政治老师，三十四岁，留下了六岁的孩子；一位是杨冬，语文老师，三十六岁，刚结婚一年；还有一位是老大姐岳正芳老师，五十四岁，当了几十年的民办老师，刚转为公办老师没几天。

这六位老师和张辉兵一样，在灾难降临那一刻，他们用自己的良知，催赶着学生们逃生的脚步；用自己的生命，捍卫了教师的尊严！尤其是汤鸿老师，当时她正给一年级的孩子上语文课，地震发生后她非常冷静，指挥学生很有秩序地往楼下跑。如果她也和学生们一起跑，是完全可以躲过一劫的，但就在她刚准备往楼下跑的时候，突然发现教室里还有四个孩子坐在地上，吓得大哭大叫。她立即返身冲进教室，拽住四个孩子往外跑；可四个孩子两腿发软，根本无法挪动步子。就在这时，楼房开始剧烈晃动，再跑已经来不及了，她果断把四个孩子按在课桌下，然后再用自己的身体和双臂死死护住四个孩子。结果，三个孩子得救了，她和另一个孩子却走了！

红白中学遇难的学生，一共有一百五十六个！为了抢救孩子，老师们没有工具，就用手刨砖头，刨石块；用肩扛预制板，扛房梁！几天几夜没有合一下眼，没有喝一口水，没有吃一口饭。手刨破了，肩磨破了，脚划烂了，才从废墟中救出一百多个学生。

特别是校长孟明福，妻子和三岁的小孙女埋在废墟里，他也置之不顾，却组织老师拼命抢救学校的孩子。孩子们抢救出来后，由于道路中断，他又带着孩子们翻山越岭，逃出红白镇。等他返回学校，已经是第四天了，他的妻子和小孙女早已离他而去。

还有小学部的副校长张德强，地震发生后，八十四岁的老母他顾不上回去看一眼，妻子、儿子也顾不上问一声，便立即自发组成了教师救护队，第一个冲进废墟，搬开一个个预制板，刨开一块块砖石，拼命抢救埋在废墟里的孩子。他一个人刨出了八个孩子，十个手指头全刨出血来了！当晚 10 点，为了把所有孩子的尸体集中一起便于守护，他决定把下操场六具学生的尸体搬到上操场。由于体力已经耗尽，他抱起第一具尸体大约走了十米远，脚就不听使唤了，只好歇上一会儿，再改用背背。不到五十米的路程，每背一个孩子，他至少要歇上三次！当三十一个孩子的尸体全部集中一起后，他才独自坐在小学部的操场边上，守护着三十一个孩子的尸体，独自流泪。有人劝他回去休息一下，他说，我不能走啊，现在孩子的家长还没来，他们来了找不见孩子，咋办？学校一下死了这么多孩子，得有人接待，有人解释。我是一个老师，得为家长、为学生负责啊！

也许是遇难的孩子感动了上苍，“5・12”这个晚上的红白镇下起了滂沱大雨。大约从 6 点 30 分开始，雨就下个不停。大雨中，红白中学操场的四周，到处是遇难者的亲属，到处是遇难学生的家长，到处是活下来的老师，他们守在遇难者尸体旁，呼天抢地，号啕大哭，悲愤不已！

这个晚上一直守在张辉兵的身边的，是他最熟悉的两个人：一个是他的妻子宣丽，一个是他的宝贝女儿。

我第一次去红白镇，就开始寻找张辉兵的妻子宣丽，可宣丽外出做了志愿者，无法联系；两个月后我再次来到张辉兵的家乡，也许是天意，我竟在一个帐篷里与宣丽偶然相遇。宣丽多愁善感，性情开朗，可刚一谈起张辉兵，便泪流满面，哽咽不止。

宣丽告诉我说，“5·12”这个晚上很惨，一回想起来就非常可怕，非常恐怖！张辉兵这天是下午两点上完课回到家里的，她让他休息一会儿，他说不行，马上还要上课。张辉兵这天穿的是橘红色的上衣，蓝色的裤子，黑色的皮鞋，样子非常酷。他离开家门前，他俩还热烈拥抱了一次。他们每天都这样，每次在他离家之前，两人总要紧紧地拥抱一次，热烈地吻别一次，这已经成了他俩婚后不约而同的一个习惯和秘密。但她做梦也没想到，这次拥抱，竟成了他俩的最后一次！

宣丽说，地震发生时，她刚走出小卖部——她自己在学校开的那个小卖部，就感到地在摇晃，天在摇晃！她知道这个时候张辉兵肯定在教室，因为一年四季，每节课他都是准时或者提前走进教室。自他当老师那天起，他就希望班里每个学生都能有个好成绩，以后考个大学、大专或者哪怕中专，这样就能跳出“农门”。因为他自己作为一个农家子弟，深知跳出“农门”意味着什么。但她没跑多远，就看见对面学校的楼房轰的一声倒塌下去了！她立即发疯般冲向操场，见人就问，看见张辉兵没有？看见张辉兵没有？她的一只高跟鞋跑丢了，还在跑。她跑进尘雾滚滚的废墟，到处找，找那件她熟悉的橘红色的衣服，找那条她熟悉的蓝色的裤子，还有那双她熟悉的黑色的皮鞋，但她什么也没找到。很快，她就看见了刚刚跑出来的几个学生，陈实、唐章建、郑佳，还有詹新月。她问，张老师呢？几个学生告诉她说，他们听见张老师喊地震了，快跑！他们就跑了。跑的时候，看见张老师一只手在指挥同学们快跑，一只手死死撑着教室的门框！听了这话，宣丽的脑子嗡的一声，知道张辉兵一定是在最后！因为她太了解他了，他太爱他的学生了，只要还有一个学生，他是绝对不会跑的。果然，后来她在废墟堆里找见了张辉兵，他的头部被门框压着，门框上是一根水泥柱子；小腿也被一根水泥柱子压着，还有一大块连着钢筋的水泥板，一半搭在废墟上，一半压在他的身上。她不顾一切地把自己的头伸到水泥板下去看，可里面塞满了砖头，她就用手一块一块地拔出砖头，才终于看见了他那橘红色的衣服，看见了他那圆圆的、鼓鼓的、她再熟悉不过的肚子。她说他的肚子很大，脂肪很厚，女儿最喜欢骑在他的肚子上玩，也是她和女儿常常依靠的枕头。然后她又看见了他的手，她就伸出她的手，拉住他的手，明显感到他的手还有余温。但是，她没有听见他的声音。她就使劲地喊他、叫他，可他没有答应。她想爬过去靠近他，抱住他，但一块冰凉的水泥板却拉长了他和她的距离。她想把压在他身上的水泥板推开，可她无论怎么使劲，也推不开。她一下就哭了，哭得很伤心，却依然没有听见他的安慰声。她说过去每当她哭的时候，他总会用手轻轻拍着她的脑袋，不停地安慰她说，宝贝，别哭了，等星期天我带你去爬山，只要站在山上往下一看，生活中什么烦心的事都没有了！可这次，她趴在废墟里哭了好久，哭得死去活来，眼泪把地上的土都打湿了一大片，也没听见他一句安慰声。就在这时，余震来了，不少人都劝她快出来，她却死活不出来，她说只要和他在一起，再大的地震她也不怕！后来有老师劝她说，张辉兵已经不行了，快去看看女儿吧！她这才想起他们的女儿。她说地震发生后，她心里只想着他，还真没想起女儿。如果他不在了，她就不想活了，活着还有什么意思呢？但一想起女儿，想起女儿还在幼儿园，她只好离开他，去找女儿。她知道他最喜欢女儿，女儿是他的心肝宝贝，所以在离开他之前，她对他说：老公，你放心吧，我一定会把我们的女儿养大成才的！

宣丽走出学校不远，就看见女儿被她奶奶接回来了。女儿惊恐万状，魂不守舍，头上缠着纱布，脸上、手上、衣服上，还有裤子上，全是血！女儿刚见到妈妈，一下就跑过去抱着她，哭喊着问：妈妈，爸爸呢？爸爸呢？宣丽说，她当时一句话也说不出来，只有搂着女儿放声痛哭。两天前，即5月10号，女儿刚满四岁，张辉兵为女儿买回一个蛋糕，点上蜡烛，然后把女儿高高举起，骑在他的脖子上，然后在屋里转圈；一边转圈，还一边给女儿唱了一曲生日歌。

后来，就下雨了，雨越下越大，天越来越冷。宣丽说，简直就像冬天一样！她和女儿没有衣服，只能相互搂着，坐在废墟边上，看着、守着废墟下的张辉兵。张辉兵就躺在废墟里，躺在水泥板下，躺在她的眼前，等着来人把他扒出来。可从下午等到晚上，从晚上等到深夜，也没人来把他扒出来。因为压在他身上的水泥板太大太重，没有救援部队，老师和学生根本无能为力；何况仅有的一点力量都要忙着抢救学生，抢救有生还机会的人。所以宣丽和女儿只能眼睁睁地看着张辉兵躺在水泥板下，看着他继续被雨水反复冲刷。而这期间，女儿头上的伤口一直流着血。女儿的伤口一开始就没用药物处理，因为根本找不到药物，只用纱布包扎了一下。可女儿不喊痛，不喊饿，也不喊渴。宣丽告诉女儿说，医生说了，地震了，有死人，不能喝水吃东西，防止感染，防止瘟疫！女儿就不吃，不喝。后来实在饿得不行了，也渴得不行了，宣丽就给了她一个很小的西红柿，可她刚咬了一口，又吐出来了，说地震了，有毒；宣丽又给她倒了一瓶盖儿矿泉水，她也不喝，只用嘴唇在瓶盖里舔了舔，润润喉咙。她说，地震了，没水喝，要留给爸爸喝。她还不停地问妈妈，爸爸在哪里？妈妈告诉她，他在教室里。她就问，爸爸啥时能出来？妈妈说，现在教室垮了，等把教室修好了，爸爸就出来了。女儿就不哭了，说，那我不走了，我就在这里等爸爸出来！

宣丽说，是女儿的坚强，让她突然意识到自己是位母亲。为了女儿，她必须继续活下去，必须尽到一个母亲的责任！于是，本来已经打算不想活下去的她，又重新站起来，走到学生宿舍楼下，捡起一床从窗户上扔下来的棉絮，给女儿盖在身上；然后又从路边捡起一块雨布，走进废墟，盖在张辉兵的身上。也许有某种感应，就在这时，女儿似乎意识到了爸爸的存在，突然跑进废墟，拉着她妈妈的手说，妈妈，下雨了，爸爸冷，再给爸爸盖一件衣服吧，不然爸爸会感冒的！听了这话，宣丽顿时泪如泉涌，抱着女儿跪在地上，放声大哭，久久不起……

第二天一早，终于来了二三十个解放军。宣丽说，她去请解放军把张辉兵的遗体扒出来，想见他最后一面；可部队人手少，要忙着抢救有生还希望的孩子，而且还要忙着抢运重伤员，根本无法顾及埋在废墟下的死者！没有办法，她只有看着张辉兵继续躺在废墟里。

后来天色大亮，不少人开始纷纷外逃。她看见女儿伤口很严重，额头凹陷下去好大一块，还不断渗血，旁边还鼓起了两个大包，想起昨天晚上人们纷纷传说的“瘟疫”，她一下害怕了，怕得浑身发抖！她只好下决心离开张辉兵，带女儿先逃出去，找个医院给女儿包扎伤口。临走前，她再次从水泥板底下，爬到张辉兵的身边，拉着张辉兵的手，放声痛哭，久久不忍离去。宣丽说，她头天下午摸着张辉兵的手，还有余热；晚上摸着他的手，就凉了；等到临别时摸着他的手，已经完全僵硬了！后来，她听见了女儿的喊叫声，这才不得不松开他的手，从废墟里爬了出来，抱着女儿往外走。可女儿不走，哭喊着要等爸爸出来一起走。她对女儿说，你现在头上在流血，必须先去包扎伤口，不然爸爸出来看见你头上的血，会很难受的。女儿很懂事，向废墟里的爸爸挥了挥小手，说了声“爸爸再见”，便趴在妈妈的肩上，踏上了逃亡的路程。

这一天，红白镇的天空一直下着雨；通往山外的路，完全中断，无数的石头横在路上，无数的车辆趴在路上，无数逃亡的灾民拥挤在路上。宣丽抱着女儿拼命地往外跑，鞋子跑丢了，便在路边随便捡了一双。由于鞋不合脚，加上道路泥泞，她双脚都磨出了血泡。途中余震不断，不时有山石滚落，还有一家工厂的八十吨氨气发生泄漏，所以一路烟雾滚滚，弥漫山谷。宣丽只好从自己的衣服上撕下一块布，再往布上倒点矿泉水，然后捂住女儿的嘴，拼命往外逃。后来她和女儿逃到一个叫烂柴湾的地方，遇上了“黄继光团”的兵，女儿才被送到什邡恒达驾校设置的一个医疗点。

此时的医疗点全是逃难的灾民，伤的伤，残的残，都在等着医生的救治。女儿伤口上的纱布拆开后，伤口已经裂开三指宽，头骨清晰可见，而且伤口的边缘已经化脓，里面还有不少污垢。医生为女儿拆除纱布时，由于血迹和头发丝粘连一起，女儿痛得哇哇大哭！后来好不容易把纱布拆开后，鲜血又喷涌而出。医生急忙用一块纱布堵住伤口，说快送医院，这个伤口这儿没法缝合！

于是宣丽又抱着女儿，赶到什邡第二人民医院急诊室。急诊室的伤员更多，横着的，竖着的，坐着的，躺着的，喊叫的，痛哭的，遍地都是；而医生更忙，抢救的，止血的，打针的，输液的，手术的，上跑下跳，左右顾及，忙得满头大汗。宣丽见了穿白衣服的就问，医生，啥时能给孩子缝针啊？医生，孩子痛得不行了，求求你们帮帮我吧！

后来，终于轮到医生救治女儿了。可女儿新流出的血又把头发粘住了，于是医生只得拿起剪子，咔嚓、咔嚓，几下子就把女儿的头发剪掉了！宣丽一看，惊呆了。她知道，女儿的头发长得非常好，又黑又长，生下来就这样。而张辉兵最喜欢的，也是女儿的头发，平时有事没事，总爱拨弄几下，可外人谁要动一下女儿的头发，他立马就不高兴。张辉兵说过，女儿的每一根头发，在他眼里都是一首优美的诗！可现在，女儿的头发被医生几剪子就给剪光了扔在地上，还被一双双沾满泥土的脚随便踩来踩去！所以望着女儿光秃秃的脑袋和地上乱七八糟的头发，想起还在废墟下的老公，宣丽心如刀绞，眼泪忍不住一下就涌了出来。

就在这时，又有一个意想不到的情况出现了：女儿要缝合伤口，必须消毒；可医院的酒精和碘伏全用完了！怎么办？宣丽急得团团转，却没有一点办法。后来医生想了一个土办法，用肥皂消毒！可医院没有肥皂，而宣丽身上又没一分钱，宣丽只好跑到外面一个小摊上，向摊主赊了一块肥皂，医生这才用肥皂水给女儿消毒。

消毒时，肥皂水渗进女儿的伤口，女儿痛得哇哇大叫。医生消完毒，把女儿抱在一张桌子上，开始缝针。医院没有麻药，医生一针下去，女儿痛得哇哇大哭，身体拼命挣扎着，扭动着。为了配合医生缝针，宣丽只好用手按住女儿的头，再请旁边两个男人帮忙按住女儿的腿。就这样，医生一针一针地缝着女儿的头，女儿一边一声声地喊着“爸爸”，一边一声声地喊着痛！望着惨不忍睹的女儿，宣丽泪如泉涌；女儿望着痛苦不堪的妈妈，低声哀求说，妈妈，你给我唱一支爸爸教我的歌吧，我听了就不痛了。于是宣丽一边流着眼泪，一边给女儿唱起了张辉兵曾经教给女儿的那首儿歌：

门前小桥下，

走过一群猪。

二四六七八，快来快来数。

嘟哒嘟哒嘟嘟哒，快来快来数。

…………

宣丽一遍又一遍地唱着，泪如雨下，每一滴眼泪，都滴在女儿的脸上。渐渐的，女儿不哭了，也不叫了。也许是爸爸教给她的这首歌，让她想起了至今还躺在废墟中的爸爸，让她变得勇敢；也许是地震那一刻，她看到幼儿园太多孩子的鲜血与尸体，让她懂得了坚强；也许是医生没有注射麻药，非人的痛苦让她痛到麻木以致失去了痛觉！而且她自己不但不哭，还伸手为妈妈擦着泪水，一边擦一边说，妈妈不哭，妈妈不哭！在场的人见了，无不为之落泪动容，甚至连医生也哭了，握在手中的针头久久不忍下手……

半个多小时过去了，医生终于为女儿缝完了最后一针。女儿一共缝了八针，但从始至终，她一直紧咬着牙关，不让自己哭出声来，唯一发出的声音只有两个字："爸爸!"宣丽望着脸色煞白、满头大汗的女儿，痛不欲生！她说，什么叫心痛？过去她从来不知道这个词的真正含意，地震后，她终于知道了——心痛，就是用钢针狠狠扎在你的心上，先挑起来，再扎进去；再挑起来，再扎进去，然后让你看着它慢慢流血……

宣丽带着女儿再次返回红白镇时，已是 5 月 16 号的上午了。她在离开张辉兵的这几天里，每天都给张辉兵拨打电话，一天拨打十几次；可她每次听到的，总是"对不起，你拨打的号码已经关机"。她听张辉兵的父亲说，张辉兵被解放军挖出来，已经是 15 号的六点半了。由于压在张辉兵身上的水泥板太多太大，解放军费了好大的劲才把他弄出来。也就是说，从 5 月 12 号下午两点半算起，张辉兵一个人在废墟下的血泊里，整整躺了五十二个小时！

不难想象，在这五十二个小时里，张辉兵从最初的意识清醒，到中途的拼命挣扎，再到最后逼近死亡的煎熬，直至心脏最后停止跳动，经受了人世间何等痛苦的折磨啊！然而令人无法想象的是，当张辉兵从废墟里被挖出来时，现场不少老师和学生们都看见，张辉兵的手臂居然还指着学生逃生的方向！

于是，不少学生家长守着张辉兵的遗体泪流满面，久久不肯离去；几个死里逃生的学生把一块白布搭在老师的头上，轻轻为他盖上一床棉被；"黄继光团"的官兵们为表达对这位真正的人民教师的尊重，用八个战士的肩膀将他抬举上山，然后放进一个刚刚为他挖好的坑里，再把红白镇的黄土一锹一锹地覆盖在他的身上……

张辉兵走后，精神最受煎熬的，是他的父亲。

张辉兵的父亲身边，还有一位爷爷！张辉兵的爷爷已经八十三岁了，腰部左侧早就有病，一直瘫痪在床；这次地震又将腰部右侧砸伤，胳膊上还打了钢针，一直躺在医院里。张辉兵遇难后，爷爷一直被蒙在鼓里，每当爷爷问起张辉兵，张辉兵的父亲就骗他说，您孙子到很远的北京去了，去给他的学生领不要钱的书包和课本去了，过一段时间就回来了！

而张辉兵的父亲，却在"5·12"这个晚上亲眼看见了事情的真相！他看到血肉模糊的儿子躺在教学楼倒塌后的废墟里，身上压着一大块水泥板，身下是一摊浑浊的血水；而身为父亲的他，却无能为力——既不能把儿子从水泥板下解救出来，更不能让儿子死而复生！看见真相，是这个世界最可怕事情，因为见到了真相，就等于为自己种下了苦难，或者祸根！所以，张辉兵走后，最受煎熬的是他的父亲——肉体虽然还在，精神却在劫难逃！

我见到张辉兵父亲的时候，张辉兵已经离开这个世界两个多月了。为了找到他父亲，我费了好大周折，最后才如愿相见。这天是2008年7月29日的傍晚，当时红白镇的太阳正在缓缓坠落，红白中学的废墟也已恢复平静；张辉兵父亲刚从山上回来，背上背着一大捆玉米秆，像背着一座绿色的大山。我问他背这么多玉米秆干啥？他说喂猪。还说家里房子全垮了，家当全没了，只剩下一头活着的猪！

张辉兵的父亲住在红白镇镇口马路边一个临时搭起的灾棚里。红白镇不少居民都住进了新盖的板房，但张辉兵的父母没有，因为住新板房要城镇户口，他父母是农村人，没有这份资格。就像红白中学的民办教师和公办教师，资格不同，待遇也就不同。

不过，张辉兵的父亲告诉我说，当地政府已经给家里补助了八百元钱，他已经很满足了。张辉兵的父亲还告诉我说，他的前妻即张辉兵的亲生母亲，在张辉兵初二时生了一场病，要是当初能有这八百元钱，张辉兵的亲生母亲就不会死了！张辉兵的母亲死后，张辉兵就立志要考大学，将来要当医生，当个军医！但是当初家里实在太穷，交不起学费，他就没有同意张辉兵去考大学，而强迫他考了个中专。结果，张辉兵没有当成穿白大褂的医生，却成了一名站在三尺讲台的教师，最终死在了讲台的旁边！所以儿子走后，他一下瘦多了，也老多了。衣服脏了不愿换一件，胡子长了也不肯刮一刮。

但是，八级地震并没有改变张辉兵的父亲几十年来天天劳动的习惯，送走儿子的第二天，他就忙着上山了。他说眼下正是收苞谷的时候，山上的苞谷不收回来，明年就该饿肚子了！但他再忙，天天也要想着儿子。他说他现在什么都不想，就想儿子！每当想儿子的时候，就躲在“家”里，拿出儿子的照片一张一张地看；看了一遍，再看第二遍，反反复复地看。他现在每天除了上山劳动，就是坐在“家”里看儿子的照片；每次看着儿子的照片，他就落泪，就后悔。后悔什么呢？他说当初他要是同意儿子去考大学，而不是强迫他去考中专，儿子肯定就不会去当老师了；不当老师了，儿子肯定就离开红白镇了；离开红白镇了，地震时不管学校再怎么垮，儿子也就不会死了。于是，每天傍晚，他都会坐在“家”门口的马路边上，望着红白镇的天空，向着后山上儿子的墓地，反反复复、自言自语地说着一句话：都是我错了！都是我错了！……

张辉兵走后，感情最受折磨的，是他的妻子宣丽。

宣丽几乎每天也要看张辉兵的照片，每晚都希望能与张辉兵在梦中相见，但天总是要亮的。所以每天早上起床，宣丽的情绪都很沮丧，因为她不希望梦醒，希望自己永远活在梦中，永远躺在梦里。于是她每天便靠回忆来打发孤独寂寞的日子。

宣丽告诉我说，她和张辉兵相识于 1999 年。第一次见面是在夏季的一个星期天，地点就在红白镇的通溪河。她喜欢水，喜欢踩着水波摇来晃去的样子。那天也许是过于兴奋，她一不小心摔进了河里，张辉兵趁机抓住了她的手，把她从水里牵了起来，而后，再也没有松开，一直牵着她的手走了两个半小时。她的手心早就出汗了，可她喜欢他手上的温度，还有湿漉漉的感觉。2002 年，他们结婚了。结婚这天是圣诞节，张辉兵为她戴上一枚戒指，一点八六克，什邡买的，虽然只有三百六十八元，她却非常喜欢；他还送她一幅画，画面是一片树林，背景是大山，晨曦中透出一缕光明，意味无穷，宁静致远。其实，张辉兵是个穷教书匠，是靠借的八千元钱才办了婚姻大事的。他家很穷，祖祖辈辈都是红白镇的山民。他从小就很苦，穿的衣服全是捡别人的，上初中了，还打着光脚板。他最大的理想是当一名军医，不能成为一名军医，便选择做了一名教师。1998 年中师毕业后，他在红白镇柿子坪村当小学老师，凭着他的努力和水平，2004 年调入红白中学，当了一名数学和物理老师。什邡市共有二十多所初中，在全市统一考试中，他教的班考了第二名。但他的工资只有七百三十六元，他是独子，家中所有事都得靠他，还得还债！所以婚后的日子同样很穷。为了把穷日子过下去，宣丽自己在学校门口开了一个小卖部，靠每周去什邡进点小食品、小百货，赚个两毛、三毛什么的。红白镇到什邡三十七公里，车票六元五角钱，坐车要一个多小时。他怕她累着了，同时也是为了省下这六元五角钱，他借钱买了一辆摩托车，每个星期天都驮着她去进货。她坐在摩托车的后座上，背着一个大包袱；他坐在她的前面，为她遮风挡雨，还让她把双手插进他的兜里。尤其是冬天，只有一个头盔，每次他都让给她戴，而他自己却冻得像根冰棍。这对她来说是一份感动，对他却是一个习惯。每次回到家里，他第一件事就是从她背上把包袱取下来，然后泡上两包方便面，一元钱一包的，递到她手上；五角钱一包的，留给他自己。为了还债，他们甚至两个月只吃三次肉！2003 年冬天的一个夜晚，她第一次也是唯一一次发现他落泪了。她问他为什么？他说她嫁给他，却不能让她过上好日子，心里很难受！每次她坐在摩托车后面，膝盖都吹僵了，等以后有了钱，一定给她买辆二手汽车，一万多块的，再也不让她的膝盖受凉了。她听了后哭了，说不管日子再穷，只要和你在一起，我就幸福。后来，他还是没钱给她买一辆二手车，却给她买了一副护膝。她戴在膝盖上，感到非常的温暖。她说他们买不起洗衣机，他所有的衣服她都用手洗。山里的冬天，水特别冷，但能为他洗衣服，再冷，她也感到是一种幸福。

可现在，她连给他洗衣服的权利都被剥夺了！

最让宣丽感动的，是她的生日。宣丽说，她每次生日，张辉兵都会送她一件礼物。她至今都清楚地记得他每次送给她的礼物：二十岁嫁给他时，他送给她一个戒指；二十一岁生日时，他送给她一张CD，贝多芬的《命运交响曲》；二十二岁生日时，他送给她一双旅游鞋；二十三岁生日时，他送给她一个头饰；二十四岁生日时，他送给她一支钢笔和一本《鲁滨孙漂流记》；二十五岁生日时，他送给她一款MP3，并录入了她最喜欢的歌曲《白桦林》《秋天再回来》；二十六岁生日时，他送给她一枚银戒指——三十元买的，怕她说贵了，连发票也给她看；二十七岁生日时，他送给她一套内衣，花色的，软软的，透明的，他说她穿在身上，非常好看……而就在“5·12”的头天晚上，他们还在一起聊天，聊了整整一个晚上。她至今都记得他对她说过的话：“一个人要想快乐，心中就要装满爱，用爱去融化仇恨；当爱充满心间，他就会感到幸福！一个人如果无法选择生活，就选择生活的态度。我希望自己是一棵树，长大了，给人带去阴凉；倒下了，给人留下柴火。”

为了寄托对张辉兵的思念，宣丽就为他写日记，几乎天天都写。宣丽把这些日记给我了，我是在从灾区返回北京的飞机上看的，看得我泪流满面。宣丽虽是大山的女儿，却有城里女子浪漫的情怀。她的日记充满了对张辉兵诚挚的爱，而且很有文采。现摘录几段，大家不妨看看：

老公，今天又拿起了你的照片，照片上的你在对我微笑，我的心却是说不出的痛苦。你走了，我该怎样走下去呢？我在外面总是把坚强的一面展现给人看，却没人知道我的每个夜晚是怎样度过的，没人看见我的泪水怎样从眼角滴落，没人知道我笑脸的背后心有多痛，只有我才知道自己心中的那根弦有多么脆弱，只有我才能听到自己的心滴血的声音！

老公，我盼望夜晚的到来，希望每个夜晚都能在梦中遇见你，抱着你，永远不要醒来。但梦醒后，我仍要“坚强”地面对世界。每当看到一朵野花，一株小草，我都会想起你，都想摘下来送给你。要是你在我身边该有多好啊，我们可以带着孩子一起走在山路上，悠闲地散步，悠闲地采摘野花，即使你我踩在一片泥泞里，也是幸福的。可现在，我看到山中的任何景物，都不会吸引我；即使看到太阳从西边出来，我也不会感到意外，因为没有你！

老公，你知道吗？我爱你，想你，没有一天不在想着你。你的影子就像剪不断的雨水，源源不断地浮现在我的脑海中，每一幕温馨的回忆都令我心碎。老天为什么要让我爱上你？爱你爱得越深，就是对我最大的折磨，失去你，是我此生最大的痛！你曾经说过，你会爱我一生一世的，可为什么你的一生一世是如此的短暂？在大灾大难面前，你怎么可以就这样走了呢？而让我一个人来承担这么大的痛苦。

老公，你知道吗？自从你走了后，我才觉得爱是如此的不堪重负。因为爱你，我必须要站起来；因为你的爱，我才会去做很多事情。在痛苦的深渊里，只有你的爱，才会让我走出来。每一天每一刻，我只有想到你，才会感到幸福。我不想让别人来感谢我，只想把你的爱延续下去，让你在天堂放心，在天堂也要笑！倘若真有天堂，你会笑吗？

…………

张辉兵走后，心灵创伤最重的，是他女儿。

宣丽告诉我说，女儿一直想着她爸爸，牵挂着她爸爸，甚至常常在梦中也喊着爸爸。每次半夜从梦中醒来，她总是睁眼就问，妈妈，爸爸到哪儿去了？我就告诉她说，爸爸到天堂去了。女儿问，天堂在哪？我就说，天堂在很远的地方。女儿问，天堂好吗？我就说，天堂好，天堂没有地震！

是的，地震，一场大地震，再加上爸爸的突然消失，女儿心灵的创伤很深、很重！女儿在地震两天前，才刚满四岁。地震那个下午，女儿第一次看见那么多的房屋倒塌，第一次看见废墟中流淌着那么多的血迹，第一次看见幼儿园的门口摆放着那么多的尸体——那些都是刚刚还和她在一起活蹦乱跳的小伙伴啊！5 月 16 号这天，女儿还去墓地看了她爸爸。那是她第一次见到墓地，她当然不会想到，她第一次见到墓地，里面埋葬的竟是她的亲爸爸！

那天，宣丽跪在张辉兵的坟前，趴在水泥做成的坟盖上，号啕大哭，不停地喊着张辉兵的名字，泪水把坟盖都打湿了；而女儿也学着妈妈的样子，跪在爸爸的坟前，不停地喊着爸爸！这是女儿第一次以跪的方式面对这个世界。她见妈妈伤心的样子，就伸出手去，不停地给妈妈擦着眼泪，一边擦，一边说，妈妈，不准哭，不准哭……

2008 年 9 月 1 日，宣丽带着女儿来到了北京。在北京动物园门口，我与她母女俩见面了。我问她女儿叫什么名字，宣丽说女儿叫张玉鑫。我想给她女儿照几张相，女儿却不干。宣丽说，张辉兵在的时候，女儿最喜欢的就是照相了。每个星期天，张辉兵都要带女儿去山上照相；每次他给女儿拍照，女儿都高兴得不得了。可现在，一说照相她就不乐意，好像还有点反感；我刚一举起相机，她就躲，甚至跑！

这是为什么呢？

宣丽告诉我说，短短三个多月里，女儿的性格发生了很大的变化，她只要看见别的孩子和爸爸在一起，转身就走。开始，有不少记者问她，想爸爸吗？她总是回答说，想；后来，再有记者问她，想爸爸吗？她就不说话了。

我让孩子坐在我的车上，刚一坐下，她就这儿动动，那儿摸摸。看得出，她很喜欢车。我把一个笔记本电脑送给她，然后一边陪她玩着电脑，一边和她聊天；聊着聊着，我还是忍不住轻声问了她一句：想爸爸吗？

她低下头，一下就不说话了。我看着她，也不说话。车里突然静了下来，很静很静，有点像话剧中的静场。片刻，我才听见她轻轻说了一句：不想。

我和宣丽都愣住了。

但很快我就明白了孩子的心思。想想吧，一眨眼，张辉兵离开女儿已经三个多月了！三个多月来，女儿想爸爸都快想疯了，甚至在梦中也喊着“爸爸”！可她每想爸爸一次，就伤心一次；每梦见爸爸一次，就失望一次，所以她的日子除了失望，还是失望。而她的爸爸，除了给她和妈妈留下了痛苦与折磨，还有什么？既如此，女儿为什么还要想爸爸呢？再怎么想，又有什么用呢？难道有谁还能还她一个亲爸爸吗？

不过，我很快看见，孩子的眼里，含着泪水。我不知道这泪水意味着什么，也不知道这泪水还要流多长时间；但我知道，泪水总有流干的一天，相信人间亲情，万古不变。

张辉兵老师，你说对吗？

镜头二十二：大山里的小背篓

汶川大地震，不仅震垮了灾区百姓的房子，也震坏了灾区百姓的劳动生活工具，比如铁锌、锄头、扁担、粪桶、镰刀、风车、蓑衣、斗笠，等等。但多数灾民家的背篓，却幸存下来了。

背篓，就是南方人用竹子编的一个筐。这种“筐”在我的故乡四川十分流行，尤其在山区，家家必备，户户都有，无论男女老少，只要出门赶集，或者上山劳动，总要背在肩上。背篓在我故乡父老乡亲的肩上，一代又一代，我想至少背了三千年！

背篓能幸存下来，是因为平时都被主人随便扔在院子里，或者顺手放在屋檐下，所以地震时不太容易压着；即使压着了，背篓是竹子编的，有弹性，折不断，压不烂，捡起来用手挤一挤，再用膝盖顶一顶，又是老样子了。所以随着时间的推移，当大卡车、大铲车、挖掘机、推土机等大型现代化机械先后撤离灾区后，背篓——这一古老的原始工具，又成为灾区山民生活中不可或缺的主角，每天从清晨到黄昏，在淡淡的红霞与浅浅的雾霭中，一个又一个的背篓又开始晃动在弯弯曲曲的山路上。用灾民自己的话来说，自己的日子还得自己过，自己的背篓还得自己背。

于是在灾区，我又见到了一个个我儿时熟悉的小背篓。

在红白镇的木瓜坪村，我看见，一个妇女背着背篓，背篓里装的全是废纸箱，废纸箱压在她的背上，走起路来，像一个移动的废品站。这位妇女告诉我说，她家的房子全垮了，爱人和孩子也没有了，但背篓还在。她每天凌晨 4 点就起床，背着背篓下山，到很远的小镇上，去捡这些被扔掉的废纸箱。她说夏天就要过去，冬天就要来了，用这些废纸箱把垮掉的家支起来，就可以挡挡风遮遮雨了，等冬天一到，就不冷了。我说，现在山下有简易木板房，你为什么不去住？她说，我去了，住过两天，又回来了。我问，为什么？她说，我家祖祖辈辈都住在山上，早就习惯了，现在一下子几百人住在一起，就像大家都蹲在一个茅坑拉屎，很不舒服。再说了，我的爱人和孩子的魂还在家里，我晚上陪他们睡在一起，心里安稳一些。我说，你现在一个人，以后的日子怎么过？她指了指她肩上的背篓，说，再苦的日子都过来了，没得啥子的，我自己会种玉米、土豆，还可以去捡废纸箱，背到镇上去卖，一个废纸箱，可以卖两毛钱呢！

在红白镇的柿子村，我看见，一个男人背着背篓，背篓里装的全是砖头。这个男人告诉我说，他家的房子全垮了，家具也全砸坏了，幸好爱人还在，女儿还在，背篓也还在。我问他捡这些砖头干什么，他说，捡砖头来自己盖房子啊！地震了，什么都没有了，一分钱也没有了，捡回这些砖头，可以节约好大一笔钱呢！这些砖头到处扔在地上，很可惜的，我和我爱人，还有女儿，都出来捡。我一看，他的身后果然有一个妇女和女孩在地上捡砖头，母女俩一副很知足的样子。我问男人，他一个大男人，怎么也背这个背篓？男人笑了，笑得很幽默，说，没得法呀，爱人腰给砸伤了，女儿又小，这个“家”只有我来“背”了！

在红白镇空降兵133团的帐篷前，我还看见，三位大妈背着背篓，守在那里捡矿泉水瓶。三位大妈起得早，像战士一样，每天早上五点就准时“上岗”，一旦发现“情况”，争先恐后，蜂拥而上。三位大妈都是寡妇：一位满头白发；一位身穿红衣；一位右眼失明。

满头白发的大妈叫郑令英，六十三岁，丈夫六年前去世后，背篓就一刻也没离开过她的肩膀。这次大地震，儿媳重伤，孙女遇难。孙女已经十五岁了，从小喜欢读书，还说要考北京大学，北京考不上，就考成都，反正不种地，要读书。郑大妈家还养了十一头猪，这次震死了三头，三头都是大肥猪，已经长到了一百六十多斤！郑大妈说喂一头猪不容易，她每天都要上山背猪草，背满满一背篼，每天还要煮一大锅猪饲料。没想到猪刚养大，却死了！郑大妈说这事都怪儿子，地震那天儿子只顾去村里救人，不在家帮她救猪，结果死了三头猪，一头猪能值一千多块呢！郑大妈说起三头猪来，唠唠叨叨，没完没了，像比失去孙女还要可惜。她还说地震后村里就发给她三百一十元钱，再也没有见着一分。全国支援了灾区很多好东西，她什么也没得到，得到的都是些方便面、旧衣服什么的，好的都被当官的先挑了。总之郑大妈心里好像不平衡，有情绪，很心酸，向我诉了很多很多的苦。后来诉着诉着，竟当着我的面，大把大把地抹开了眼泪。

身穿红衣的大妈叫张成秀，七十一岁，个子又瘦又小，却非常精干。张大妈不爱说话，不愿接受所谓的“记者采访”，或者说不屑接受所谓的“记者采访”，看上去城府很深，像是一个经过风雨、看破红尘的人。我与她谈话，基本上是我问一句，她答一句；有时我问两句，她答一句；有时爱理不理，甚至干脆避而不答，一转身，用背篓对着我的镜头。我总感到她心里有什么事，后来一打听，六年前张大妈的丈夫患癌症去世，此后，她背背篓的时间多了，话却少了。这次地震，儿媳死了，儿子痛苦，她也痛苦，儿子伤心，她也跟着伤心；加上家里房子全垮了，连锅也揭不开了，没有经济来源，生活很困难，她只有天天背着背篓出来捡矿泉水瓶，话就更少了。但当我问张大妈现在有什么困难时，张大妈却把肩上的背篓一晃，马上面挂笑容，使劲一摆手，做出一副不肯认输的样子，说，没得啥子，我还能劳动，饿不死的！

右眼失明的大妈叫徐世蓉，七十八岁，身体很好，就是右眼看不见，什么也看不见，从小就看不见，连她自己都不知道是咋回事。徐大妈的丈夫是个矿工，二十六年前就死了，死因不详。她只知道丈夫天天咳嗽，夜夜咳嗽，有天晚上咳着咳着，就死了。我问她是不是因为矿上有污染，她说不知道。徐大妈说，她们三人中，她背背篓的时间最长。她从小就喜欢背篓，常常背着背篓上山捡柴火，掰苞谷，摘野果。丈夫死后，她的背篓更是什么都背，而且越背越重，从来没放下过。徐大妈豁达开朗，无忧无虑，好像什么苦都能吃，什么苦都吃过了。别看她只有一只眼睛看得见，给我的感觉好像比城里有两只眼睛的人还要高兴；而且看事看得清楚，看得明白。唯一让徐大妈惋惜的是，“狗日的地震”把她的腿，还有腰，给震伤了。她说她在医院住了一段时间，就让出院了，刚好一点，就出来捡矿泉水瓶，现在背起背篓来很吃力，不像地震前那么轻松。但也得背，不背怎么办？另外，“狗日的地震”把她孙女也给震死了！她说孙女都十四岁了，如果不死，再过几年就上高中考大学了，读了大学就可以挣钱养活她了。但孙女死了，以后没人管她了。谈到孙女的死，她好像在向我讲述一个邻居的故事，没有责怪，没有谩骂，没有悲伤，没有哭泣，只有惋惜。我问她以后的日子怎么过，她说没想那么多，想那么多干啥？想得再多，地震来了，还不是什么都完了！说着，她两眼一闭，开怀一笑，一副知足常乐什么都无所谓的样子。

根据我的观察，三位大妈在捡矿泉水瓶的过程中，也有明争，有暗抢，有算计，有猜疑，甚至有时还会大打出手，互相争抢。原因是，三位大妈都向我说到了同一问题：要捡到一个矿泉水瓶，很不容易。一是靠运气，运气好，今天出门就能多捡几个，运气不好，明天出门就会少捡几个，甚至没有；二是矿泉水瓶卖不了什么钱，一斤才卖一元五角。而且，厚皮的矿泉水瓶要捡上二十四个才有一斤，薄片的矿泉水瓶要捡上二十五个才有一斤。就是一天捡上一百个，也才四斤，而四斤才六块钱。问题是，要捡一百个矿泉水瓶不容易！

好在汶川大地震像山里的一根草绳，把三位大妈捆在了一个背篓上。

每当没有矿泉水瓶可捡时，我会发现，三个背篓常常紧靠一起，然后三位大妈围在背篓的四周，一起聊天。聊死人，聊活人，聊庄稼，聊家常，聊空降兵，聊志愿者，有时还打打闹闹，嘻嘻哈哈。背着背篓晃来晃去的日子，倒也过得自在悠闲，十分饱满。背篓好像就是她们活着的见证，就是她们生活的全部，就是她们继续活下去的理由。不管日子多么不易，她们只要背起背篓，就能装下全部的酸苦；无论生活多么艰辛，她们只要背起背篓，就能扛起所有的沉重！

但最令我感动、最令我震惊的，还是另一个有关背篓的故事。这个故事的主人公是位老奶奶。如果说上述几位大妈用背篓背起的，是一筐生活的艰难，那么这位老奶奶用背篓背起的，则是一座人格的大山！

老奶奶姓王，八十岁左右，家住洛水一座偏远的大山里。一位山民告诉我说，老奶奶从小喜欢山，喜欢树，喜欢花，喜欢草，尤其喜欢小背篓，每次出门，背篓总要背在肩上。老奶奶一辈子都生活在大山里，她用背篓背过柴火，背过南瓜，背过化肥，背过粮种，传说 1935 年红军长征路过川北时，还为红军背过鸡汤。后来老奶奶长大了，再后来结婚了。老奶奶的丈夫是个外乡人，常到山里挖药材，在弯弯的山道上，两人相遇了，相爱了。婚后的日子很幸福，丈夫每日进山挖药材，老奶奶每天背着背篓上山拾柴火，晚上两人点燃一堆篝火，一边烤土豆，一边唱山歌，小两口的小日子像山里的野葡萄，过得有滋有味。

可婚后第三年，有一天丈夫进山挖药材，不幸跌下山崖，再也没有回来，为老奶奶留下的唯一“遗产”，是一个只有六个月的儿子。从此，老奶奶再也没有走出过大山。她用背篓把六个月的儿子背到六岁；等六岁的儿子长大后有了儿子，她又用背篓背孙子。这时候，山里人的日子，像地里的庄稼，一天天好了起来，房顶的炊烟渐渐有了生气，山上的野果渐渐有了味道，而老奶奶的脸上，也开始有了笑容。老奶奶的背篓背起的，不再是柴火、南瓜、化肥、粮种，还有猪肉、大米、香烟、烈酒。尤其是每当背起孙子的时候，她瘦弱的肩膀，更是多了一份快活与力气。老奶奶用背篓把孙子背到上学的年龄，又用背篓把孙子第一次背进了学校。

但是，5 月 12 日这天，大地震从天而降，老奶奶的家垮了，儿媳砸死了，儿子也失踪了！山民告诉我说，老奶奶的儿子在金河磷矿，金河磷矿在一个叫“欢乐谷”的地方，这个地方很远很远，他们从来没敢进去过。金河磷矿有矿工二百多个，除了有几个人跑出来，其余全被大山埋在了下面！而老奶奶的孙子——唯一的一个孙子，这天在洛水中心小学上学。地震后，山上的老奶奶最先想到的就是孙子，于是她背起背篓就往山下跑。但地震后，原来下山的路没有了，老奶奶只好冒着余震的危险，不顾山上滚落的飞石，绕道走了一天一夜，才从山上走到了山下，走到了学校。

老奶奶来到洛水中心小学时，一下就被惊呆了！她看见，学校倒塌的墙壁上，到处挂着孩子的胳膊和大腿；学校的操场上，遍地摆放着孩子的尸体；乱七八糟的废墟上，到处是抢救的士兵；废墟的四周，到处是哭泣的家长。老奶奶急忙停住脚步，捂住胸口，悄悄退到了废墟的边上……

这天在洛水中心小学参加抢救孩子的，是空降兵 133 团。该团的一个班长告诉我说，5 月 14 日那天下午，他们班在洛水镇洛水中心小学抢救学生，救出的孩子如果活着，就交给医生护士处理；救出的孩子如果死了，就把孩子的尸体简单包裹一下，转运到旁边的操场上，让战士看护好，等家长们来认领。转运孩子尸体，是一件非常麻烦的事情，因为当时还没有尸袋（一种专门用于装尸体的黄色袋子），只能就地找一块塑料布，或者一床破席子，把尸体裹一裹，卷一卷，再找来一块门板，把尸体放在上面，由几个战士抬走。在包裹和转运孩子尸体的过程中，战士们必须非常小心，动作不能快，因为不能碰坏了孩子的尸体，所以很耽误时间。当时学生家长很多，不少家长又哭又叫，现场非常乱，所以搞得战士们非常紧张。

班长说，他大概是在搬运第三具孩子尸体的时候，看到废墟边上坐着一个老奶奶的。他说老奶奶大概有七八十岁，头发全白了！老奶奶的眼睛盯着废墟，一声不吭，一动不动，她的身边放着一个背篓，背篓上还插着一朵花，像是山菊花。因为他的家乡在湖北农村，村里也有这种背篓，所以看见背篓很亲切，对老奶奶印象很深。他们救出的第四个孩子，是个男孩，六七岁，孩子的胳膊断了，头也裂了，但孩子手里还死死攥着一个紫红色的书包。经医生检查，孩子已经死了，他们就赶紧忙着找塑料布，打算先把孩子的尸体包裹起来，再转运走。但找了两个地方都没找着。就在这时，他听见有人叫了一声“娃”，一回头，是那位坐在废墟边上的老奶奶。

班长问，老奶奶，这是您家的孩子吗？

老奶奶说，是，是我的孙子，我一眼就认出来了，他手上的书包还是早上我给背上的呢！

班长说，老奶奶，您对孩子的安放有什么要求，尽管提出来，我们照您说的做。

老奶奶却一把拦住班长说，人死了，就不能再活了，这孩子，你们就别管了！

班长说，老奶奶，不行呀，我们是军人，不光要抢救活人，对去世的孩子也要负责。您放心吧，我们一定会把您的孙子安葬好的！

老奶奶说，娃呀，现在活人都救不过来，哪还顾得上死人啊！我这孙子，有我在，你们就别管了。赶紧去救那些还活着的孩子吧，快！耽误不得呀！

说着，老奶奶使劲推了班长一把。然后，放下肩上的小背篓，解下腰上的白围裙，扑通一下跪在了孙子面前。

班长说，我看见老奶奶把孙子抱在怀里，先用耳朵贴在孙子的胸口听了听，又用手指擦了擦孙子脸上的灰尘，再翻开孩子的眼睛看了看，然后轻轻叹了口气，在孩子的额头亲了一下，自言自语地说，孙子，听话，奶奶带你回家！说着，老奶奶用围裙把孩子一裹，抱起孩子，一下放在背篓里，像放下一个刚刚睡着的婴儿，又像搁下一捆刚刚捡回的柴火。老奶奶的动作干净、利落，又很轻柔，看得出，老奶奶对孙子非常疼爱。但老奶奶除了轻轻叹了一口气，始终没有喊叫，没有痛哭，甚至眼里连一滴眼泪也没有！老奶奶背起背篓，没说一句话，只感激地向我们点了点头，就迈着小脚，向着深山一步一步地走了。留给我们的，只有一个又瘦又小的背影。当时，望着老奶奶的背影，我们全班战士都哭了！我们一下就想起了自己的妈妈和外婆，还有自己的奶奶，心里特别的难受！于是我们一起举起手来，面对老奶奶的背影，恭恭敬敬地敬了一个军礼！

听完老奶奶的故事，我泪流满面。儿时，背篓在我的记忆中，就是一个筐，筐里有玉米、红薯、山花、野果，还有顽皮与梦想、死亡与悲伤；但今天，背篓在我眼里，却是一座山！这座“山”除了生长玉米、红薯、山花、野果，还埋藏着柔情与侠骨，善真与天良！于是那一刻，我感到老奶奶肩上背起的，哪里是灾区百姓的不幸与心酸啊，而是一个民族五千年的沉重与苦难、顽强与坚韧！

那一刻，我想起了我的母亲。我母亲2006年去世，终年八十二岁。母亲一生生下十个儿女，却只养活了七个，这是母亲的骄傲，也是母亲的不幸。我们七个有幸活下来的兄弟姊妹，都是靠母亲用背篓一个个背大的。而我第一次背起背篓，才六岁。当时我和母亲生活在四川一个山清水秀的小镇，这年冬天的一个晚上，我一岁多的弟弟突然生病，母亲就用背篓把弟弟背到了十二里路远的一家医院。回来的路上，母亲实在背不动了，背篓就压在了我的肩上。天黑，路窄，加上我年幼力小，没走多远，脚底一滑，一下便摔在了路边的水田里。等母亲把我从田里捞起来，我和弟弟全身湿透了，背篓也打湿了，母亲只好重新把背篓背在自己的肩上。回家后，弟弟高烧不退，母亲只有守着弟弟落泪。快到天亮，我就眼睁睁地看着弟弟闭上了眼睛。这是我人生第一次用背篓背负生命的重量，也是我第一次亲眼目睹生命的死亡。从此，故乡的背篓在我心中烙下了深深的血印，也刻下了永久的悔恨！

没想到，近半个世纪过去了，故乡的背篓又复现眼前。于是我当即暗下决心，一定要找到这位老奶奶！

非常遗憾的是，尽管我曾两次走进什邡洛水镇，爬上几座大山，走访过几个村落，询问过不少山民，却都与老奶奶无缘相见。老奶奶的故事如同山里的云彩，飘挂云空，令人迷恋，却难以触摸。直至 2008 年 7 月 28 日傍晚，当我爬上一座大山，偶遇一位姓王的山民，才得知老奶奶后来的一些情况。

这位山民告诉我说，老奶奶把孙子背回“家”后，太阳已经快要落山了。老奶奶先用泉水，给孙子擦洗了一遍身体，再脱下自己的衣服，把孙子的尸体重新包裹了一遍，然后用背篓把孙子背到后山，为孙子选了一块向阳的坡地，用锄头刨了一个坑，自己亲手掩埋了孙子。老奶奶同时掩埋的，还有孙子的书包，书包里，塞满了孩子留下的所有作业和课本。这些作业和课本，老奶奶一本都看不懂，却放得非常整齐，非常规矩。本来，按山里人的风俗，家里死了人是忌讳亲人下葬的，当时有个村民要去帮老奶奶掩埋。但老奶奶谢绝了，说，都这个时候了，大家逃命都忙不过来，还讲什么风俗哟！你家的妹子还没找着呢，赶紧去找人吧！第二天一早，老奶奶背着背篓又要进山。当时几位村民都拦住老奶奶，说山里的人都在往外逃，你怎么还往里去？老奶奶说，我要进山找儿子。村民劝她说，别去了，里面死了很多人，你儿子如果还活着，早就跑出来了！老奶奶说，我儿子就是死了，我也要见到他的骨头，我也要把他背回来！说完，老奶奶背起背篓，头也不回地走了。但一天过去了，两天过去了，一月过去了，两月过去了，也没见老奶奶回来……

听完山民的讲述，我久久无语。

什么是中国百姓？什么是民族精神？

那一刻，望着眼前巍峨的大山，我像一个背着老奶奶留下的背篓的孩子，刚刚跨进灾区的校门。

镜头二十三：哑巴老人和他的老照片

有人说，他是个哑巴。

一个村民却对我说，不能说他是个哑巴，是我们听不懂他的话，他是用手在说话，用心在说话。

村民说，其实他说话很早，不到一岁，就什么都会说了。村里的老人都说，这孩子长大了，当个公社的广播员，准行！长到五岁的时候，他就更不得了了，村里的事，没有他不会说的。而且，什么事只要到了他的嘴里，像说相声似的，生动得很，谁都爱听，大家便叫他小铁嘴。于是大人们有事没事，就逗他说话。比如说，谁家煮了红薯，就给他一根，说，小铁嘴，来，讲个故事。他就一边啃着红薯，一边给你讲故事，等红薯啃完了，故事也讲完了；再比如说，谁家煮了鸡蛋，给他一个，说，小铁嘴，来，说段笑话。他就一边剥着鸡蛋皮，一边给你说笑话，鸡蛋皮没剥完，笑话已经说完了。特别是夏天，村里人围在树下乘凉，就让他讲故事，说笑话。一个晚上，他能把一个村的事讲完了；一个夏天，他能把三个冬天的笑话说尽了。

但就在五岁那年，他掉进了他家的茅坑里。开始，他在茅坑里又喊又叫，声音像打雷；后来，等他爹把他从茅坑里捞起来，他已经说不出话来了，一句话也说不出来了。从此，他只会用两手比划，再不会张嘴说话。村上的人都替他惋惜，说，这孩子要是不哑巴了，肯定能当个公社的广播员！可他爹却说，能捡一条命，就不错了。这孩子在五岁前，可能把要说的话都说完了，现在不会说话也罢，只要能下地干活就行！

从此，村里人都叫他小哑巴。

后来，小哑巴长大了，结婚了。结婚那天，小哑巴和新娘去镇上照了一张结婚照。这是全村第一次有人敢照结婚照。从此，村里人不再叫他小哑巴，而是去掉了一个“小”字，管他叫哑巴。哑巴虽然不会说话，但村里的人都知道，他老婆对他很忠诚，很体贴，不管他走到哪里，老婆就跟到哪里，就说到哪里。老婆就是他的嘴。

但几年后的一个晚上，哑巴的老婆突然死了。为什么会死？怎么死的？哑巴不会说话，谁都不知道。老婆下葬那天，村里有人看见，哑巴跪在坟前流泪；据说有人还听见了他的哭泣声，但声音不像人在哭，而像母猫奶着小猫在叫。后来，村里人就再也没听见过他的声音了，也再没人记得他的名字了。再后来，大家不再叫他哑巴，而是在哑巴后面添了两个字：哑巴老人——这个时候，二十年已经过去了。

村民说，二十年来，哑巴老人和村里的人几乎没有多少交流，与外界更没有什么联系，一个人吃一个人的饭，一个人睡一个人的觉。一个人的日子过得怎么样，就像自己的脚穿自己的鞋，只有自己的脚指头才知道。而村里人对哑巴老人好像也没留下什么印象，唯一能够记起的，就是常常看见他独自搂着一个小纸板，躲在树下或者墙角晒太阳。小纸板上，粘着一张很老的照片，照片周围，镶有四根小木条。哑巴老人一边晒着太阳，一边用破破烂烂的袖口擦着照片上的灰尘，一边还对着照片慢慢悠悠地“说话”，慢慢悠悠地“聊天”。再就是，有一次哑巴老人病了，病得快死了，他的枕头边上也放着这张粘在纸板上的老照片，他一只骨瘦如柴的手还搭在照片上。村里的人都说，这次哑巴老人肯定是活不过来了！但后来，后来哑巴老人又活过来了，而且一直活了下来，活了六十六年，活到 5 月 12 日汶川大地震的那个下午。

汶川大地震的那个下午，哑巴老人在家里。村民说，有邻居看见哑巴老人当时坐在一个箩筐里望着手中的照片发呆，房子突然就摇晃起来了！然后听见哑巴老人发出一声惊叫——这是二十年来村里人第一次听见哑巴老人的声音，接着就看见哑巴老人从房子里跑了出来。但哑巴老人刚刚跑出家门，好像突然想起了什么，又返身跑了回去。就在这时，房子哗啦一声倒了，哑巴老人被压在了里面。当天，村里不少人都死了，不少人也伤了。但第二天，当哑巴老人被解放军从废墟里刨出来时，就像六十年前他爸把他从茅坑里捞起来一样，不但有头有脸，手脚俱全，而且连一块皮肉也没伤着。与六十年前唯一不同的是：六十年前哑巴老人从茅坑里捞起来后，哑然失声；六十年后哑巴老人从废墟里刨出来后，居然从喉咙里发出了声音！这声音虽然很细很弱，既不能表达字词，更不能传递语句，一般人很难判断具体意思，但毕竟从无声变成了有声。

村民说，地震发生后，村里活下来的人都逃命跑了，但哑巴老人没走，哪儿也不去，就天天守在家门口，看守着他家的废墟，就像看守着一堆黄金，七天七夜，任何人也休想靠近。七天中，有人路过他的家门，也有人问他需不需要帮助，他只摇头，不说话，也不让任何人接近家门。他好像在观察着什么，又像在等待着什么。直到第八天，他才跑去找到一个头盔上印着“空降”两个字的解放军。

这个头盔上印着“空降”两个字的解放军叫王进，是空降兵133团二连的班长。

王进告诉我说，那天他带着一个班的战士正在一个村里为老百姓清理废墟中的遗物，一个老人突然跑到他跟前，不说话，光用手比画。老人比画了半天，他也不明白是什么意思，直到老人比画了三遍，嘴里发出了咿咿呀呀的声音，他这才恍然大悟，老人原来是个哑巴，请他去家里帮着清理东西。

王进立即带着三个战士来到哑巴老人家，哑巴老人又用手语比画了半天，其中一个意思王进一“听”就明白：让他们进屋后要注意房顶上的一根木头，不要掉下来砸了脑袋；但还有一个意思，王进始终“听”不明白，好像是要他进去找一样什么东西，但这样东西到底是什么，王进“听”不明白；回头问身边的三个战士，三个战士也没“听”明白。王进只好带着三个战士冒着危险进了危房，心想只要把所有值钱的东西全给清理出来，不就什么都明白了。

王进说，他们进屋后，先把一些预制板、房梁、石块等重物搬开，然后最先把衣服、被子抱出来，放在老人的面前。但老人看了看，摇摇头，摆摆手，不要；接着，他们把铁锅、油壶、碗筷刨出来，放在老人的面前。老人同样摇摇头，摆摆手，不要；再接着，他们又把老人的几百块钱也找了出来，甚至包括掉在地上的五分、一角的硬币都一个个地捡了起来，然后送到老人的手上。但老人还是摇头摆手，不要，甚至连看都不愿看一眼。

王进他们就越来越糊涂越来越不明白了。王进说，后来他们把老人家里所有值钱的东西全都清理出来了，但老人还是一个劲地摇头摆手。后来，老人自己要冲进屋去，他们马上强行拦住。因为这时危房确实存在危险，随时都有倒塌的可能；加上老人年老体衰，腿脚不便，又是哑巴，一旦发生余震，或者别的意外，老人定难逃命。

但王进说，越是拦住老人，老人越是着急，甚至急得团团转，急得满脸通红，急得满头大汗！就在这时，他突然听见老人从喉咙里发出了一个声音——“照片!”这声音其实他不是听见的，而是感觉到的，或者说是猜测到的。与此同时，他还看见老人用手给他比画了一个照片的样子。为了证实他的猜测是否正确，他问哑巴老人，是不是要找一张照片？他话音刚落，老人连连点头，并一下哭了起来。

于是，王进他们再次进屋寻找。可找了二十多分钟，也不见照片的影子。王进只好决定，让老人领着他们进屋寻找。但进屋之前，他做了精心安排：一个战士在屋外放哨；两个战士专门保护老人；然后，他把自己的头盔戴在了老人的头上。

半小时后，在老人的带领下，王进他们的手套都刨烂了，终于在一个已经被压扁的箩筐底下，刨出了一个四周镶有小木条的小纸板，小纸板上已沾满了厚厚的灰土。老人看见后，一下扑上去，搂在怀里，向王进他们深深鞠了一躬，然后搂着那个小纸板，第一个跑了出去。

王进说，他们走出屋子后，看见老人蹲在废墟边的一个角落里，双手捧着那个小纸板，像搂着一个金元宝。老人一边不停地用袖口擦着小纸板的灰土，一边嘴里咿咿呀呀地说着什么，泪水吧嗒吧嗒地滴落下来，也顾不得擦上一下。他们走到老人的身后，这才看见，小纸板上，原来粘着一张已经发黄的老照片，照片上是两个人：左边是年轻时候的哑巴老人，右边是一位留着长辫子的姑娘。

镜头二十四：死亡路上的寻找

汶川大地震，不仅让十万人丧生，几十万人伤残，还造成近一万八千人失踪！于是寻找亲人——活着的或死去的——便成为不少灾民人生的主题。

然而，失踪人群，情况复杂。一是有的人确实死了，已被当地政府就地掩埋，比如红白镇就有六十多具掩埋的尸体至今无人认领；二是有的人的确还活着，但有的可能成了精神病人，有的可能成了流浪者，有的可能被人带到了外地（比如孩子），有的可能是其他意想不到的情况。这就让寻找变得非常困难，非常微妙，充满悬念。因为任何寻找者在没有见到亲人之前，都无法断定自己的亲人到底是死了还是活着；只有找到了亲人见到了亲人——哪怕是尸体，自己对自己才有个交代，才有个了断。因此这类灾民的痛苦与悲伤，并不亚于那些已经确认亲人遇难的灾民。已经确认亲人遇难的灾民虽然也很痛苦，但毕竟已经见到了尸体，天灾人祸，只能认命，从此只有悲伤，没有牵挂。但不知亲人是死是活，连亲人尸骨都没见着的灾民，除了悲伤与痛苦，还多了一份牵挂与责任——寻找的责任！

于是，汶川大地震后，不少灾民冒着余震的危险，在弥漫着死亡气息的废墟上，在洒满泪水与血迹的山路上，开始了心惊肉跳的寻找。

都江堰有一位老人，姓姜，六十五岁，村里人都管他叫姜大爷。姜大爷年轻时在成都拉过三轮车，阅人无数，见过世面，成都的大街小巷，比他自己的脚指头还熟悉。但有一次，他把一个客人拉错了门牌号，那人本来要去东大街四十七号，他却把那人拉到了西大街 74 号；那人是个有头有脸的人物，急着回家奔丧，本来心中就有气，再气上加气，结果一气之下，一脚把姜大爷从成都踹回了乡下。

自那以后，姜大爷遇事格外冷静，从不草率行事。渐渐的，在村里便成了一个“经验丰富的热心人”，并很快享有“老姜”之称。村里人叫他“老姜”，并非是指他年纪大，而是含有“姜还是老的辣”的意思。于是村里凡遇上麻烦者，便找“老姜”姜大爷，只要找到了姜大爷，三下五除二，再麻烦的事，也能给摆平了。姜大爷平常还炒股，炒点小股，一百元二百元的，一炒就赚；而且他说什么股要涨，什么股就涨；他说什么股要跌，什么股就跌。这让村里很多年轻人佩服得五体投地，见了姜大爷，第一句话常常就是：姜还是老的辣呀！

但这次，姜大爷碰上了汶川大地震，他这块“老姜”，好像一下不“辣”了。“5·12”那天，姜大爷和老伴在屋里铡猪草，老两口一边铡，一边聊天，聊麦子该收了，聊猪饲料该买了，聊股票要跌了！正聊着聊着，房子开始晃动了！姜大爷说，他当时一看房子在晃，以为是自己眼花了，没看清；后来老伴也说房子在晃，他这才觉得不对头，一想，想起来了，是地震了！唐山大地震，松潘大地震，他都知道；他还知道，地震时不能慌张，不能乱动，不能乱跑，于是他对老伴说，别慌，别动，别乱跑！老伴是个老实人，平常什么事都听老头的，几乎是言听计从。房子在晃，她当然也怕，也想跑，但老头叫她别慌、别动、别跑，她就规规矩矩坐在那儿，不慌，不动，也不跑。

很快，房子又晃起来了，比刚才晃得还厉害！而且姜大爷还听见一阵“轰隆隆”的巨响声，他说就像有十几辆火车一起朝着他家的门口开过来了一样。这一来，姜大爷沉不住气了，喊了一声快跑，自己一抬腿，就跨出门槛，跑到院子里去了。他说，他自己都不知道是怎么跑出去的。

姜大爷跑出去了，老伴却还在里面。姜大爷这下急了，转身回去，想救老伴。可就在这时，哗啦一声，房子全倒了！凭他的经验，他这把年纪，要想救出老伴，绝无可能。于是，他急忙跑去找人！

找谁呢？姜大爷一边跑，一边想，找村里人，不行，自家的房子都倒了，谁还顾得上别人？找亲戚，太远，更不行。姜大爷很快想到了解放军。但村里没有现成的解放军，姜大爷就到处找，到处跑，直到下午快五点了，才带着两个解放军匆匆赶回自家门口。两个解放军冲进废墟后，姜大爷这才发现，两人最多十七八岁，胡子都没有，还是孩子！这样的孩子，能救人吗？

果然，“两个孩子”折腾了半天，急得满脸通红，累得青筋暴突，面对垮塌的房屋，竟束手无策——既不知如何使劲，也不知怎样用力。好在很快又赶来两个老兵，在姜大爷的指点下，老伴终于被救了出来。

但晚了，老伴身上虽然还有一点余热，手上的脉搏却没有了，心脏的跳动也停止了。面对死去的妻子，姜大爷泣不成声，后悔不已！他后悔自己不该叫老伴别跑，如果叫老伴快跑，老伴肯定就跑出来了；他后悔自己不该抢先一步跑，如果自己拉着老伴一起跑，老伴也肯定跑出来了；他后悔自己不该去找解放军，更不该慌里慌张找来两个小孩子解放军，如果一开始就叫村里的人，或者其他人，老伴可能早就救出来了，也就不会死了。总之他觉得自己聪明一世，糊涂一时，甚至认为就是自己把老伴害死的！当晚，他在家的废墟旁边，为老伴搭建了一个灵堂，守了一个晚上，哭了一个晚上，也后悔了一个晚上！

第二天一早，殡仪馆的车开到了姜大爷的家门口。这让见多识广的姜大爷大吃一惊！守着老伴哭了一晚上的他哪里知道，整个灾区已经死了好几万人了，抢救活人，转运死人，现在是最重要、最紧迫的事情！所以殡仪馆的人一下车就对他说，老人家，别哭了，快，把尸体装上车，我们拉回去及时处理，时间放长了，容易发生瘟疫。

姜大爷一想，老伴死了，早晚得处理，如果土葬，不知上面允不允许；再说了，身边连一副棺材都没有，怎么下葬？现在有车到家门口，专门来接老伴走，省事又省力，多好的事啊！不然，自己早晚还得送去，何苦呢。

于是姜大爷同意把老伴的尸体拉走。但他要求跟着车子一起去火葬场。因为他心里清楚，由于自己的过错，才让老伴死了；如果遗体再处理不好，怎么对得起死去的老伴。

但殡仪馆的人不同意，说车上死人都装不下，哪能带活人？不信你自己看看，那边还有好多死人等着要装呢！

姜大爷一看，那边果然摆了一排排的死人；亲属们哭哭啼啼，都在等着拉走呢！

姜大爷只好同意了。

当晚，姜大爷一夜未眠。

第二天一大早，姜大爷一路抹着泪水，匆匆赶往殡仪馆。一到殡仪馆，姜大爷就看见到处都是尸体，到处都是送尸体的人。大卡车，拖拉机，自行车，摩托车，还有抬着床板的，扛着门板的，背着背篓的，什么工具都有，一具具的尸体全都运到火葬场来了；而火葬场的门口，到处都是哭哭啼啼的死者亲属，排着长长的队伍，在等着烧人，一边等，一边哭。其中，有老人哭孙子的，有妻子哭丈夫的，有女儿哭妈妈的，有妈妈哭儿子的……姜大爷看着看着，想象着自己老伴被火烧的样子，忍不住就跟着大伙一起哭了起来。

但姜大爷万万没想到，他找遍了殡仪馆的里里外外，旮旮旯旯，从早上一直找到晚上，一口气没歇，一口水没喝，结果既没找到老伴的骨灰，也没找到老伴的尸体！

这下姜大爷慌了。他赶紧找昨天到村里拉死人的那个工作人员，可找了半天，他把殡仪馆的人至少看了两遍，也没找到那个人。他问火葬场一位职工，昨天到他们村里拉死人的那个人到哪儿去了？职工说，拉死人去了。他问到什么地方拉死人去了？职工说，不清楚，去的地方多了，一天要跑十几趟呢！他问见没见过他老伴的骨灰？职工说，骨灰？现在死人还烧不过来呢，哪顾得上什么骨灰！

这下姜大爷傻了。他很想痛痛快快地大哭一场，却怎么也哭不出来，连眼泪都没有了！于是姜大爷蹲在火葬场边，不停地捶打着自己的胸脯，抓扯着自己的头发，反复地责骂自己，后悔不已。他责骂自己一错再错，是个老糊涂，老混账，简直就不是个东西！他后悔自己不该同意老伴的尸体火化，更不应该随便把老伴的尸体交给一个素不相识的陌生人；即便同意火化，同意交给火葬场的人，也该留下那个人的名字和电话；最关键的是，地震时自己没有牵着老伴一起跑，昨天就应该跟着老伴一起来，汽车坐不下，哪怕跟在汽车后面走，甚至跟在汽车后面跑，也该一起来！……想着想着，姜大爷一边捶打着自己的胸脯，一边唉声叹气：糊涂啊糊涂，都怪自己太糊涂了，都怪地震把脑壳给震蒙了！

于是，姜大爷不再相信任何人了，包括自己。

在之后的一段日子里，姜大爷谁都不问，谁都不听，就认一个字：找！

他到处找，找老伴的尸体，找老伴的骨灰，找老伴的信息。哪儿有火葬场，他就去哪儿找；哪儿听说有可能，他就去哪儿找。有时坐车，有时走路，有时住灾棚，有时睡路边，碰上余震，也无所畏惧。渴了，捡瓶矿泉水；饿了，要包方便面。反正灾区人人平等，都是共产主义。寻找，成了姜大爷生命的信念，精神的支柱；同时也成了他心上一道化脓的伤口！他从都江堰找到广元，从广元找到什邡，从什邡找到江油，从江油再找到成都！

成都，是姜大爷再熟悉不过的地方。他穿行在巷子里，寻找火葬场，触景生情，想起自己当年在成都拉三轮车的日子，不禁潸然泪下。他把成都大大小小的火葬场全找了个遍，但最后，还是没有找到老伴的骨灰，也没找到老伴的尸体。

这个时候，姜大爷开始怀疑了。他怀疑当时尸体太多，有人把老伴与别的尸体搞混了；他怀疑车上尸体装不下，老伴被人从车上扔到路边了；他怀疑老伴的尸体火化后，根本就没装进骨灰盒，而是被人一铲子铲到坑里了；他怀疑老伴虽然装进了骨灰盒，但死人太多，顾不上留下名字和编号，或者把名字和编号搞混了；他怀疑车子根本就没进火葬场，而是把老伴拉到山里挖个大坑给集体掩埋了；他甚至怀疑老伴根本就没死，因为他听一灾民说，有个大娘头天晚上死了，第二天早上又活过来了。于是他便想，老伴第二天会不会也醒了过来，然后被人送到了医院，或者流落在某个路边？因为死人不会动，只有活人才会跑，如果老伴死了，怎么既不见骨灰，又不见尸体呢？现在什么都没找到，岂不说明老伴还活着吗？

就这样，姜大爷在成都一个火葬场边的一个小旅馆里想了一个晚上，也哭了一个晚上。直到天亮，他才站起来，抹了一把眼泪，又踏上了寻找的路程。他说，活要见人，死要见尸，不管结果怎样，我都要找下去！我要当面对老伴说一声，老伴，对不起！

镜头二十五：“儿子，妈妈在北川等你”

汶川大地震后，北川县城很少有一个完整的家庭能留下来。于是，寻找活着的或死去的亲人，便成为北川人心中永远的痛！

在北川人的寻找队伍中，有一位年轻的妈妈，叫贺先琼。

贺先琼本是四川乐至人，十六岁那年，独闯北川。开始，为了生存，她在北川打工，从小保姆开始干起，各种小工都干过，周围无人不知，北川来了一个能干的“外来妹”。2003 年，凭着自己的聪明与勤奋，加上亲朋好友的扶持，她在北川的一条小街上，开了一家小小的复印店，自己当上了自己的老板。后来，她结婚了，有了一个儿子。儿子的出生，让她在北川第一次有了家的感觉，仿佛一夜间她就变成了北川人。而且北川这个家，在她的感觉中，很温暖。

为北川之家带来温暖的这个儿子叫王文骁。贺先琼对儿子充满期待，才三岁，就教儿子背唐诗宋词和英语单词。她希望儿子长大后不再像她一样打工，而要像他的名字一样，文武双全，走出复印店，走出北川，走向北京、上海，或者国外。贺先琼告诉我说，儿子虽然还有三个月才满五岁，却非常懂事，非常聪明，也很乖，已经能背几十首唐诗了，地震的前一天还在学英语，有一次在英语比赛中还拿过奖。儿子和她很好，她每天一回家，儿子就扑过来抱着她，亲她。儿子特别喜欢奥特曼，衣服上全印着奥特曼，还跟他爷爷奶奶说，等我以后长大了，就给他们一人买一件奥特曼！一到星期天，她就带着儿子去公园。北川是小县城，人们出门都喜欢坐三轮，便宜，方便，悠闲。儿子也特别喜欢坐三轮，每次一坐上三轮，就说，妈妈你坐里面，有风，别吹着了。到了公园，儿子还会站在开满花朵的公园里，面对蓝天面对太阳以及过路的人群，大声背诵唐诗、背诵宋词、背诵英语。儿子稚嫩动人的声音常常让路人驻足观望，更让她感到无比的自豪。接下来，她就看着儿子大口大口地吃汉堡包，小心翼翼地吃冰淇淋。然后，再带着儿子坐上三轮车，晃晃悠悠回到家里，给儿子洗脸、洗澡，看着儿子光屁股的傻样，她笑得合不拢嘴。和儿子在一起的时光，贺先琼感到生活是那样的快乐，人生是如此的美好！

然而，“5·12”那天下午，地震说来就来了！

地震来临时，贺先琼正在北川新城的复印店上班，儿子在北川曲山镇幼儿园上学。这天儿子有点感冒，早上送儿子上学时，她特意为儿子穿了一件红色夹克衫。地震后，惊慌失措的贺先琼首先想到的就是儿子。曲山镇幼儿园在北川老城的山脚下，她不顾一切地冲向幼儿园，一路上基本都是从死人身上跨过去的。她一路狂跑，一路喊着儿子的名字，等好不容易跑到幼儿园，一看，整个幼儿园已被垮塌的山体往前整体推动了五六十米，校园已是一片废墟，幼儿园四五百个师生绝大多数都躺倒在了血泊之中，耳边尽是一片惊天动地的哭泣声！她到处寻找，八方打听，也不见儿子的踪影。望着眼前血迹斑斑、尸横遍野的幼儿园，她蹲在地上，一直哭到晚上。

第二天，北川大逃亡开始了，贺先琼随着大逃亡的人潮逃到了绵阳九洲体育馆。她饭也顾不上吃一口，便围着体育馆，一圈一圈地寻找儿子！只要有孩子的地方，她就去找，就去看；碰到北川过来的人，她就问：看见一个穿红夹克的小男孩没有？看见一个穿红夹克的小男孩没有？见到装有灾民的大卡车开过来，她也爬到车上去，一个孩子一个孩子地看，生怕漏掉一个；偶尔看见有母亲找到了自己的孩子，抱在一起放声痛哭，她就一阵兴奋，但接下来，便是更大的失落。

九洲体育馆，当时聚集了四五万灾民，寻找和被寻找的灾民，随处可见，到处都是。体育馆西边的墙，是一面“寻人墙”，墙上贴满了无数乱七八糟的小纸条，全是寻找亲人的。有的是丈夫寻找妻子，有的是妻子寻找丈夫；有的是儿子寻找父亲，有的是父亲寻找儿子；有的是女儿寻找妈妈，有的是妈妈寻找女儿；有的是爷爷寻找孙女，有的是孙子寻找奶奶……还有的在纸条旁边贴着照片，照片上不是年迈的老人，就是几岁的孩子，甚至有的还是几个月的婴儿……这些纸条上的留言，字字如血，行行似泪，风一吹，瑟瑟发抖，好似声声悲凉的哭泣！

面对数万个混乱不堪的灾民，贺先琼到哪里去找儿子呢？

贺先琼在九洲体育馆找了整整一天，最终也没找到儿子。很快，她在重庆打工的丈夫王旭也赶回来了。于是她和丈夫开始分头找，凡是儿子有可能存在的地方，哪怕有一点蛛丝马迹，都去找，一直找了一个多月。在这一个多月里，贺先琼几乎跑遍了北川和绵阳的所有医院、灾民安置点和收容点，但都没见到留下的完整资料；加上一些医院不具备救治条件，许多伤员在各家医院转来转去，让她的寻找增加了难度。每次刚刚掀开一扇希望的门帘，失望的大门很快又被关闭了。

直到 6 月底，贺先琼才回到北川。她和丈夫抱头痛哭了一个晚上，最后还是不得不含着泪水，把儿子的名字战战兢兢地填进了一张《北川遇难者申报表》。

依照中华人民共和国的法律规定，认定失踪，需下落不明两年后才能由法院宣布；认定失踪者死亡，法院要在确认失踪四年后才能发布通告。但地震为非常时期，灾区当地政府采取的都是非常措施，要求遇难者亲属在 8 月前办完失踪和死亡者的申报工作。（事实上，失踪者均按死亡者处理了）申报的程序是，先到户口所在地派出所和学校出具证明，再到民政局申报失踪，然后到公安局注销户口。因此，尽管贺先琼很不情愿填写那张申报表，却不得不填。

很快，贺先琼接到了公安局开出的儿子的《死亡证明》，并领取了政府为遇难孩子统一发放的抚恤金。从公安人员手中接过儿子《死亡证明》那一刻，贺先琼的手颤抖了……她怎么也不相信儿子就这么“死”了，就这么“死”在了一张薄薄的纸上！但儿子的《死亡证明》就在她的手中，这份《死亡证明》不是从她的复印店随便复印出来的，而是从国家权威部门正式开具出来的，上面分明还盖着一个红红的大印：北川公安局！

接着，贺先琼又到公安局注销户口。这又是一个令她伤心的日子。如果说在儿子的户口注销之前，儿子这个人在形式上、感觉上还存在的话，那么儿子的户口一旦一笔勾销，就意味着儿子不但在事实上已经死亡，而且在形式上、感觉上也永远不再存在了——这是多么残酷的一笔勾销啊！

贺先琼告诉我说，她去为儿子注销户口的时候，非常不愿意把孩子的户口销掉，总觉得只要儿子户口还在，就说明儿子还活着，还是不相信儿子真的已经死了。当时北川遇难学生的家长都是这样的心理，都不愿意把孩子的户口销掉，都不相信自己的孩子真的死了，总觉得孩子是到外面去了，比如旅游去，走亲戚去了，总有一天还会回来的！

但贺先琼的儿子的户口，最终还是被注销了！因此当贺先琼捧着再也没有儿子名字的户口簿，流了一个晚上的眼泪后，还是不得不强迫自己接受了一个残酷的现实：儿子真的没有了，也永远不会再有了！

从此，贺先琼对儿子绝望了。

没有了儿子，日子还得过下去；家一无所有了，也得靠自己支撑。于是贺先琼又像当年一样，四处奔波，到处打工。她的生活就像一个圆，转了一圈，又重新回到了起点。后来她在亲戚的帮助下，到安县的安康镇，重操旧业，开了一个比原来还小的复印店；而她的丈夫也返回重庆，继续打工。

震荡了近两个月的日子，渐渐趋于平静。

2008 年 7 月 12 日这天，贺先琼到绵阳取复印机，路过一家幼儿园的抗震宣传栏的时候，她无意间瞥了一眼，发现宣传栏中有一张孩子的照片，长得和儿子非常相像！她又惊又喜，急忙停住脚步，把照片反复仔细地看了好几遍，越看越像！

贺先琼告诉我说，她当时就傻了，像疯了一样！她不相信这是真的，可反复看了后，感觉的确是她的儿子！因为照片上的这个孩子，脸上沾满血迹污泥，左手缠着绷带，除了眉眼和轮廓与儿子十分相像外，最明显的标志，就是身上穿着的那件带拉链的红色夹克衫！这件红色夹克衫，是“5·12”地震那天，儿子上学前她亲手给儿子穿在身上的，同样也是带拉链的。

于是，贺先琼马上找到这家幼儿园的老师，想问个明白，但老师的答复令她大失所望。老师告诉她说，这张照片是他们从“百度网”上下载的；至于谁拍的，照片上的孩子姓甚名谁，一概不知。她请求老师让她保留这张照片，她要用这张照片去找回儿子！老师同意了。

贺先琼拿着“儿子”的照片，不知道自己是怎么回到家里的。是的，这太出乎意外了。本来，儿子已经“死”了，现在突然又“活”了；本来，她已经心灰意冷绝望透顶了，忽然希望的火苗一下又蹿起来了！如此离奇的大改变，简直就像一个梦，不可思议的白日梦！

贺先琼告诉我说，她回到家里后，立刻在网上开始搜索、求助，并很快在一家博客上找到了那张在宣传栏上看到的照片。儿子过去拍的好多照片地震时都没有了，幸亏她手机上还有，并找到了一张过去用相机拍的照片。于是她第一件事就是把儿子的照片发到网上，同时还在网上写了这样一段话：

我的儿子叫王文骁，地震前在北川曲山幼儿园大二班上学，下个月26号就五岁了。地震都已经过了两个多月了，本来觉得都没什么希望了，但是无意间看到百度网上的一张照片极像我的儿子；而我朋友的小孩也说5月13号那天在九洲体育馆见过他，当时见他也是穿着一件红色夹克衫，手也受伤了，缠着绷带，跟我在网上看到的照片太像了！如果这张照片能确定是在北川拍的，我觉得他就是我的儿子。作为一个母亲，虽然以前跟儿子在一起的时间很少，我真的觉得亏欠儿子的太多，但儿子从来没有这么长时间地离开过我。我很想儿子，想儿子现在怎么样了，想儿子能吃饱吗，能穿暖吗。我最大的希望就是能再见着儿子，能牵着儿子胖胖的小手，能听到儿子叫一声妈妈。记得我和儿子在北川坐三轮车的时候，儿子每次总是对我说，妈妈，你坐里面吧，我怕你被风吹到会冷。可地震后，我再也听不到儿子的声音了。如果您知道这张照片的来历，请您一定告诉我，我叫贺先琼，电话是：13550852071，我谢谢您了！

贺先琼把照片和留言放到网上后，一天到晚就泡在网上，只要有一点时间就趴在网上看，看有没有人回帖子，有没有新的消息，心里还默默祈求老天保佑儿子快点出现。同时她从安县到绵阳，从绵阳到北川，去了儿童福利院、民政局、妇联等单位，总之所有能想到的地方她都去了。接着，她又在自己的复印店里复印了上千份《寻人启事》（她的复印店好像一开始就是为儿子开的），而后抱着这一千多份《寻人启事》，到处奔波寻找，八方张贴散发；还把《寻人启事》和儿子的照片以及那张极像儿子的照片，刊发在了绵阳晚报上。

然而，贺先琼期盼的奇迹没有出现。

于是她就整天整夜地想：儿子既然还活着，会在哪里呢？是躺在医院，还是流落路边？是已经被人拐走，还是正在沿街要饭？是常常被人欺负？还是得到了好心人的呵护？这种痛彻心扉的牵挂让她焦虑不安，通夜失眠；这种明知希望就在眼前却又抓不到手的撕肝裂肺的心痛，让她比当初失去儿子还要难受！

终于，8月20号这天晚上，贺先琼在网上看到一个自称“暧昧公子”的人发的一个帖子，说那张极像儿子的照片是他的一个朋友李艺拍的。她立即与这个叫李艺的人取得了联系，并在QQ上与他做了交谈。后来贺先琼把她与李艺的谈话原始记录传给了我。两人交谈的主要内容，摘录如下：

贺先琼：照片是在什么地方拍的？

李艺：当时是我们一群朋友去北川，在那儿拍了几张照片，具体什么地方我也不晓得了。

贺先琼：你拍的照片还在吗？

李艺：我已经删除了。

贺先琼：孩子当时是什么情况？

李艺：孩子救出来后好像是被成都的“120”接走了，好像是送到北川了，后来的事情我不大晓得了。

贺先琼：你的手机或座机号，能留给我吗？

李艺：我就在成都，可以帮你找一下，因为当时好像记得车牌号。

贺先琼：车牌号码是多少？请你告诉我，这个太重要了！

李艺：我得想想，但不敢给你保证能想得起来。

…………

后来，这个自称李艺的人一会儿问贺先琼你有视频吗，一会儿问你现在住在哪儿，一会儿又说你等一下，我有事，一个小时后再聊……

我看完上述两人在QQ上的对话，告诉贺先琼说，根据我的经验判断，这个自称“李艺”的人，不可信。

贺先琼告诉我说，自从上次聊了之后，这个自称“李艺”的人，再也没有出现过了，好像从人间蒸发了似的。

但到9月下旬的一天，贺先琼又接到上海一个自称“李丽”的人打来的电话。李丽说，她在北川当志愿者时，曾经看护过照片上的这个小男孩，还给他喂过水；照片上那只拿着棉签给孩子擦伤口的手，就是她的手。

我问贺先琼，李丽是四川口音吗？贺先琼说，是四川口音，她说她是四川达州人，在绵阳西南科技大学上过学。还说，是她把孩子抱上救护车的，当时情况很混乱，只记得救护车上标有“军区”二字，至于孩子最后送往何处，她不得而知。

我告诉贺先琼说，这个自称“李丽”的人的话，感觉比较靠谱。

贺先琼是个很聪明的四川女子，她很快赶到成都军区总医院，居然查到了5月13号这天，该医院在地震后确实曾经收治过一个小男孩，也是四岁，也是头部受伤！可惜，这个小男孩不叫王文骁，而叫王文涛，与她儿子就差了一个字！但贺先琼还是坚持认为，这个孩子很可能就是她的儿子！因为地震后人多，很乱，医生或护士可能听错了，把她的儿子王文骁，听成了王文涛，于是把“骁”写成了“涛”，“王文骁”就变成了“王文涛”。贺先琼为自己的这个推理非常激动，好像儿子就在眼前，就牵在她的手上。

然而，当她找到主治医生作进一步的核实时，主治医生却告诉她说，医院确实来过这样一个小男孩，可这个小男孩的伤情不重，经过简单处理后，当时就被他父母接走了。

贺先琼不信——不是不信医生，而是不信医生的记忆。她想，世上哪有这么巧的事啊！

于是她继续查问医院各个科室各个部门的有关医生护士，上楼下楼，跑东跑西，来来回回，不知跑了多少次。最后苦苦求情，希望医院能让她查看一下那个孩子的病历。医院同意了。

贺先琼后来告诉我说，当她拿到那份病历的时候，就像抓到了儿子命根似的。她一字一句地看，反反复复地看，生怕漏掉一个字！但病历上却清楚地写着：王文涛，四岁，男，手活动无异常。而她的儿子王文骁，从照片上能明显看出，左手伤势严重！

希望的火苗，扑闪一下，又灭了。

生活似乎总是喜欢拿人开玩笑。

2008 年 10 月中旬的一天，贺先琼又接到一个来自江苏江阴的好心人的电话，这位好心人告诉她说，江阴有一个叫陈锡忠的人，抗震救灾期间在北川收养了一个男孩，这男孩很像她放在网上的那个男孩。

接到这个电话后，贺先琼当即决定去江阴！有人劝她说，太远了，人生地不熟的，花那么多钱，还不一定是你儿子，最好别去了。但她说，只要能找到孩子，我不怕花钱，也不怕吃苦，就怕没有线索！于是，第二天她便带上户籍证明，还有儿子的照片，连夜登上了飞往南京的飞机。

一上飞机，贺先琼的心就怦怦跳个不停。这是她有生以来第一次坐飞机。她是个普通的女人，是个打工族，是个体户，做的又是小本生意，平常省吃俭用，连衣服都舍不得买一件，饭馆也舍不得吃一次，哪舍得花钱坐飞机！可为了儿子，为了能早一点见到儿子，再多钱她也愿意花！她希望江苏就是她寻找的终点，从此再也不要跑了，因为她已经跑得很累、很累了；同时她感到坐飞机很可怕，悬在高空，毫无着落，不像坐火车那么踏实，所以她打算在江苏找到儿子后，回去时就带儿子坐火车，不坐飞机，否则儿子会害怕的。

在江苏江阴市公安局民警的帮助下，贺先琼几经周转，终于找到了那个名叫陈锡忠的人的家。但到家后，陈锡忠却告诉她说，他确实收养了一个孩子，但孩子不在家，跟他妈妈出门了。

咋个这么巧啊？贺先琼有点怀疑，会不会是这家人不愿让自己领走儿子？她失望地离开了陈家，却没有离开江阴，她要等，等那个孩子回来，看到底是不是她的儿子。

第二天，陈锡忠给她打来电话，说孩子回来了，她可以去看看。她立即去了，并见到孩子。孩子就站在院里，和儿子一般高，一般大，也是胖乎乎的脸，样子很像；但，不是她的儿子，的确不是！

望着眼前这个和自己儿子相似的孩子，贺先琼心里有说不出的难受。她想转身离去，却挪不动步子。她走到孩子的身边，几乎是哀求地说，孩子，阿姨抱你一下行吗？孩子很懂事，点点头。她蹲下去，把孩子紧紧抱在怀里，就像紧紧抱着自己的儿子，久久舍不得离去……她哭了，孩子哭了，陈锡忠一家人也感动得流下了热泪。

贺先琼返回四川后，对儿子的寻找依然没有放弃。她不断向社会发出哀求和呼吁：如果哪位好心人收留了她的儿子，请善待她的儿子。她说，地震让她变得一无所有，无所谓，钱可以再挣，生活可以从头再来；但她不能没有儿子。她希望好心的人们能继续给她提供信息，哪怕有一点点线索，她也会付出全力。

2008 年 11 月的一天，一位广东的网友给贺先琼打来电话，说她发在网上那张极像儿子的照片曾经刊登在 5 月 14 日广东的一家报纸上，并且他已经找到了这张报纸；但这张照片下的文字注明，是拍摄于什邡，而不是北川。

贺先琼马上与广东的这家报纸取得了联系，可这家报纸的编辑告诉她说，他们的报纸的确是发过这张照片，但当时发灾区的照片很多，现在想不起来这张照片当初是谁传过来的。

贺先琼继续在网上搜寻、查找。她很清楚，关键是要找到那个拍摄照片的人。一天晚上，她终于在新浪网的一家博客里找到了这张照片。她与博主取得联系后，博主说，这张照片是他的侄子拍的，他侄子叫李艺，是在什邡拍的。怎么又钻出来一个李艺？贺先琼感到非常奇怪。此前那个“李艺”说，照片是他在北川拍的，人在成都；现在这个李艺，又说照片是在什邡拍的。这两个李艺到底是怎么回事呢？是一个李艺，还是两个李艺？若是两个李艺，难道两个李艺拍了同一张照片？如果只有一个李艺，照片怎么又在什邡拍的呢？

贺先琼决定搞个水落石出。

11 月中旬，贺先琼来到什邡人民医院。她拿着照片询问医院的几个工作人员，当初是否有这么一个孩子来过医院。对方看了照片后说，记不清了，好像没有印象。贺先琼回来后继续打听，终于打听到确实还有一个李艺，这个李艺的家就在什邡，是位个体户，做服装生意的，业余爱好摄影。她去什邡时，并不知道这个李艺就在什邡，所以与李艺擦肩而过。

一家电视台得知这个消息后，很快去什邡找到了李艺。李艺表示，那张照片的确是他拍的，并出示了原始照片。电台记者们经过对照、查证，认定李艺出示的原始照片和发在网上的照片，确系同一照片，照片为李艺所拍无疑。但是，李艺说，他这张照片是在什邡拍的，而不是北川拍的。为证实李艺的说法是否属实，记者找到什邡市人民医院，医院有关人员确认照片上的地点就是什邡市人民医院，并找到了当初护理过这个孩子的护士；而这位护士也确认了照片上那只拿着棉签为孩子擦伤口的手，就是她自己的手。接着，记者们通过医院提供的线索，在什邡找到了照片上的这个孩子。孩子三岁多一点，确实受过伤，两根手指断了。之后，记者又将李艺的原始照片和照片上的这个孩子，一并带到了正在成都寻找儿子的贺先琼面前。

贺先琼告诉我说，当她看到记者带来的照片和孩子时，她心慌意乱，不知道这个世界怎么了，更不明白命运为何要如此反复地捉弄她。

我问她，你确实亲眼见到了李艺的原始照片吗？

她说，确实亲眼见到了。

我问她，你能确认你手中的那张照片和李艺的原始照片，是同一照片吗？

她说，是同一张照片。不同的是，她手中的那张照片是经过裁剪后发到网上的，背景被裁剪掉了；而李艺的原始照片背景上有医院，有护士。

我问她，你能确认记者带去的孩子不是你的儿子，但你能确认照片上的孩子和记者带去的那个孩子，是同一个孩子吗？

她说，像是同一个孩子，好像又不是很像。

我问她，你判断的根据是什么？

她说，因为从李艺提供的原始照片上看，孩子的旁边还站着他的父亲。

我问她，你见到孩子的父亲了吗？

她说，没有，孩子是妈妈跟着去的。他的妈妈说，孩子的爸爸在金河磷矿。

我说，怎么那么巧？两个孩子在地震那天都穿着同样的红色夹克衫？

她说，我也不知道到底是怎么回事，脑壳都搞晕了！

事情到此，应该是真相大白了：照片上那个孩子，不是贺先琼的儿子。

这对贺先琼而言，实在残酷，就像被人扔进油锅里炸了一次，捞起来又炸了一次！

但问题是，陕西周正龙的“华南虎照”能造假欺骗天下，什邡李艺的“原始照”会不会也有造假的嫌疑？我相信不会。不过照片尚未经过权威部门的鉴定，在理论上至少还是一个问题；此外，据我对金河磷矿的调查采访，地震时金河磷矿被两座大山覆盖，二百多人几乎全部被掩埋，逃生者寥寥无几；倘若孩子的父亲真是金河磷矿的工人，而当时又在金河磷矿上班，那么位于红白镇深山中的金河磷矿距离什邡医院上百公里，这位父亲怎么可能在孩子受伤后第一时间跑到什邡，并站在了儿子的身旁？

当然，这些都不重要，重要的是：照片上的孩子不是贺先琼的儿子，并不等于贺先琼的儿子就一定遇难了。所以尽管如此，贺先琼依然感觉儿子还在，依然认定儿子没死，依然坚持继续寻找！因为除了上述几条线索外，贺先琼告诉我说，她至少还有六条线索：

第一条，她曾遇到过曲山小学五年级一个叫王宝的学生，王宝过去就认识她的儿子，王宝告诉她说，5 月 13 日这天，他和同学们被安置在绵阳体育馆的里面，曾见过她儿子。她儿子手上有伤，穿着红衣服，还问过他：宝哥，你看见我妈妈没有？她当时虽然曾在绵阳体育馆找过儿子，却是在体育馆外围找的，不知道体育馆里面还有孩子。

第二条，她儿子的同学的家长周斌，打电话告诉她说，他曾经在绵阳中医院找自己孩子的时候，看见过一个穿红衣服的男孩，护士告诉他说，这是从北川过来的孩子，没有人认领。但当时他急于要找自己的孩子，没有仔细过问。

第三条，她去问过“地震明星”郎铮的外婆，郎铮的外婆告诉她说，她当时看见和郎铮一起救出的孩子中，有一个穿红色夹克衫的小男孩。

第四条，一个安徽武警战士打电话告诉她说，他曾经在北川参加过抗震救灾，并参加过北川曲山镇幼儿园孩子的抢救，救出的孩子中确实有一个身穿红色夹克衫的小男孩，他还把这个孩子护送到了绵阳中心医院，或者是绵阳中医院。

第五条，重庆三十七师一个叫祖远海的战士打电话告诉她说，他曾在北川曲山镇幼儿园救过一个身穿红色夹克衫的小男孩，救出来后，还抱过这个小男孩。

第六条，她后来与上海的李丽在网上再次相遇，李丽很委屈，说许多人都不相信她说的话。李丽向她再次表示说，她确实救护过照片上那样一个小男孩，她没有说假话，也没有必要说假话，她为什么要说假话呢？

贺先琼还告诉我说，也有人给她打电话，说如果告诉了你儿子的线索，你打算怎么办？意思是暗示她给信息费；还有一位没有任何联系方式的网友给她留言说：你的孩子现在很好，在上幼儿园，不用担心……

上述种种信息，虽然很难判定哪一条绝对准确、绝对可靠，却让贺先琼心存希望。于是，“儿子没有遇难，儿子还活在人间”，这个念头渐渐在贺先琼脑海里凝固下来。她明知自己寻找的脚步很可能是通向失望，通向绝望，甚至通向死亡，可她依然还是要坚持寻找！也许，她的寻找用不了多久就会有个结果；也许，她的寻找需要五年、十年、二十年，甚至是一辈子！但寻找已经成了她的一种生活习惯，一种心理需求，一种精神渴望，一种生命志愿，甚至一种不可或缺的人生方式。因为她已经不再仅仅是在寻找儿子了，而是在寻找一种亲情，一种希望，一种寄托，一种可能。

就在我结束本文写作之际，贺先琼还在电话里对我说，我不管什么结果，我都要坚持找下去！我还要亲自去找一下李丽，再当面问点线索。我是儿子的妈妈，我总觉得儿子还活着，我一看见儿子的照片，一看见儿子的眼神，就好像听见儿子在说，妈妈，我没有死，我还在，你怎么不来找我呀？我的脚步就停不下来。所以我想，既然儿子还在，如果我现在不去找他的话，他长大了会怪我的。儿子会说，妈妈，当初你知道我还在，为啥子不来找我呢？你知道这么多年来我是怎么想你们的吗？

你知道这么多年来我是怎么过来的吗?

贺先琼还告诉我说，尤其是她在绵阳或者成都寻找儿子的路途中，看见天桥上那些被人贩子用来当做要钱工具的孩子趴在地上时，她就会停住脚步，站在旁边，一边流泪，一边想：我儿子会不会也像这些孩子一样，被人贩子拐去当要钱的工具呢?

所以，贺先琼担心时间长了，儿子会忘记北川，忘记妈妈和爸爸；担心儿子长大回来后，找不到妈妈，于是便在一个静静的深夜，趴在电脑跟前，一边流着眼泪，一边给儿子写了一个帖子发在网上：

> 骁儿，妈妈最爱的宝贝，你现在在哪儿？过得好，还是过得不好？妈妈好担心哟！儿子，天气变凉了，你现在有加厚的衣服吗？有人管你吗？你在上学吗？地震出来时带的伤好了没有？受伤的手还疼吗？骁儿，妈妈很担心你，很想你，妈妈没有办法不想你！妈妈一直在不停地找你，妈妈每次打喷嚏的时候，就知道是骁儿在想妈妈了。
>
> 骁儿，妈妈求你了，你一定要记住，你叫王文骁，现在已经五岁了，北川县曲山镇人，地震前在曲山镇幼儿园大二班上学，妈妈叫贺先琼，爸爸叫王旭。妈妈以前在北川开复印店，叫“旭光复印店”。希望你长大了，不要忘记妈妈。妈妈的家再简陋，只要有你，也是温馨的，幸福的。妈妈的电话是：13550852071。妈妈这个电话永远也不变，一直为你留着！
>
> 骁儿，妈妈在北川等着你，一定等着你！

这位年轻的北川妈妈，能等回她的儿子吗?

2008年5月19日—29日第一次赴灾区采访

2008年6月1日—6月10日第二次赴灾区采访

2008年7月16日—7月31日第三次赴灾区采访

2008年8月1日—11月30日匆匆写于北京

后 记

从天上到人间

李鸣生

作为一名军人，没有上过战场，如同一个船员，没有下过大海。要说遗憾，这恐怕得算一件。因为即便有一天第三次世界大战爆发，肯定也不会轮到我了。

然而，汶川大地震说爆发，就爆发了！于是我很想去灾区，就像一个战士渴望奔赴战场！家乡遭难，不去看看，良心上说不过去。

事情就这么简单。

等我到灾区一看，事情没这么简单。

汶川大地震的死亡人数尽管不及唐山大地震的一半，但“震波”却至少是唐山大地震的一百倍！在血迹斑斑的废墟上，我不仅看到了人性的复杂，也看到了人心的单纯；不仅看到了大难与大悲，也看到了大爱与大美；不仅看到了死亡与绝望，也看到了希望与新生。作为一个四川籍作家，在家乡的废墟上，尸体的气息中，死亡的阴影里，亲历了人类历史上如此惊天动地的一场大劫难，不用文字留下点什么，好意思吗？

于是震惊变成了责任，悲痛变成了良心。

我决定写点什么。

写什么呢？

汶川大地震，事件之大，人物之多，问题之敏感，内容之复杂，实属罕见。

于是写什么？怎么写？成了一个问题。

过去十二年，我写的主要是高科技领域，尤其是航天领域。常常面对的是茫茫太空，浩瀚宇宙，千年历史，未来时空；笔下的人物几乎都是大科学家、大专家，不是在中外游走，就是在天地驰骋。而现在，要从天上到人间，从太空到废墟；加之出书在即，写作时间满打满算只能有四个月。这对我无疑是一个很大的难题，也是一次很大的挑战。最后，思来想去，我决定将本书聚焦在人心上，聚焦在大地震对人心的重创上——不管是受灾人还是救灾人。

接下来的问题是，如此一个庞大复杂的题材怎么写？我对我自己的写作理念早就不满，对当今纪实文学的写作理念同样不满，很想做一点探索、一点试验。于是写作此书时，便有了如下几点很不成熟的想法：

第一，我想逃避概念写作。

谁都知道，好作品是从生命的血液和生活的土壤里长出来的，而不是由概念生成的。但历史每天都在生产概念，人类每天都在复制概念；我们早已进入一个复制概念的时代。某个概念一旦产出，立即便被复制。开始是几个人，接着是一批人，随后便是整个社会。当一个个的概念被广泛复制、再广泛传播后，创意便被淹没了，真理便被阉割了，自我也就消失了。因此，自“五四”后近一个世纪来，中国大多数作家都在自觉或不自觉地进行着概念化的写作。小说如此。散文如此。报告文学如此。尤其所谓的“大题材”写作，更是如此，或者说更容易如此。我在上世纪七八十年代写的东西全是概念化的产物，九十年代初或多或少也有，时至今日依然无法完全剔除。这是几十年来中国“左”的政治文化对作家们洗脑的结果，已深入骨髓，难以克服。比如一说写汶川大地震，脑子里立刻就会蹦出“抗震救灾”这个概念。而概念化写作，是中国作家的天敌，更是报告文学家的死穴。因此，为剔除概念化的写作，我想在本书中作点探讨。

第二，我想有点属于个人的思想。

优秀的作家首先是个思想家。思想的基点是对历史客观的审视与真诚的反省；思想的意义既属于个人，也属于人类。我不是优秀的作家，但写汶川大地震，我想坚守自己独立的人格、独立的立场、独立的调查、独立的思想。在这个信息、传媒高度发达的社会里，留给报告文学的空间已经不多了。如果说记者留下的是新闻——当然不止是新闻，作家留下的就是思想，哪怕这个思想尚不成熟。因为在我看来，报告文学能继续存活的唯一理由，就是思想。所以面对这场大劫难，我想用自己的脑袋思考点问题。

第三，我想尽量说点真话。

真实是报告文学的前提，也是报告文学的生命。但报告文学走到今天，如果还仅停留在“内容真实”这个最基本的层面上的话，恐怕很难满足读者的需求了。其实，真相比真实更重要，与其强调作品的真实，不如强调作品的真相；而无论是真实还是真相，均取决于作家自身是否虚假，是否讲真话。因此，作家的真实比作品的真实还重要。如果连作家自身都虚假了，在这个早已谎言为患的世界里，还需要报告文学吗？当然我也知道，说假话易，讲真话难。但面对汶川大地震，面对尸横遍野的灾区，面对被血水与泪水浸透的废墟，我必须尽量说点真话；即便有些真话不能说，但至少要做到不说假话。

第四，我想让报告文学的叙事有点变化。

近二十年来，小说的叙事发生了较大的变化，而报告文学的叙事却老面孔居多。尤其一些写所谓“大题材”的报告文学，几十年来基本上都是官方视角，“主流”叙事。作家总是有模有样、捏腔拿调、卷着舌头说话。有的说的是大话、空话甚至是假话；有的就像早市上二道贩子的大白菜，既没特色，又缺质感，还少了鲜活。因此写作本书时，我想有意识地避开官方视角，而用作家和当事人的现场视角，共同参与叙事，并将传统的“主流”叙事转化为作家个性化的叙事，让作品尽可能呈现出一种客观的、立体的，同时又是透明的、可靠的叙事风格。

第五，我想在文本上作点探索。

报告文学不仅需要思想的革命，也需要文本的革命。随着影像时代的到来，传统文字在影像面前常常显得苍白无力，底气不足。比如，用文字描述一朵花怎样美丽、一个女子如何漂亮，码出一筐汉字，也不如放上一张照片来得真实可信。于是我想到了我手中的相机，想到了图文结合。但这些照片不是陪衬，不是配角，更不是装饰与点缀，而是让它渗进我的思考与创作之中，和文字水乳交融，共同担当叙事，从而成为文字不可替代的部分，成为作品的另一种纪实，甚至成为作者陈述事实、揭示真相的客观证据。于是，我先拍下照片，再写出文字，让照片映照文字，文字融入照片，而不是先写出文字，再去搜罗照片，文字、照片两张皮；并在国内首次斗胆冠以“长篇摄影报告文学”，抛砖引玉，以求共识。

总之，“抗震救灾”以人为本，《震中在人心》则以心为本。除了书中所写到的内容外，还有很多问题都是我关注和思考的，譬如：大地震令人心碎，但心碎之后如何重构精神的大厦、心灵的家园？大地震令人心痛，但心痛之后将会痛出一群什么样的国民？大地震震撼人心，但震撼之后又会震出一个什么样的中国？

至于我的这部小书，不过像地震后的一块碎片，倘若能给汶川大地震中遇难的近十万亡灵带去一份安慰，能给活着的人们带来真正意义上的反省，能为日后研究、考察、反思汶川大地震的政治家、社会学家、人类学家、地震学家以及文学评论家们留下一个“标本”，幸矣，足矣！

2008 年 12 月 6 日

附　录

写作难度在于能不能写出真相

《南方周末》记者　夏　榆

李鸣生第三次去汶川地震灾区采访的时候，病了一个星期。在溽热的军用帐篷里，每天打吊针，上午一次，下午一次。这是最偏远的一个山区，听说部队要撤，李鸣生立马从北京飞到成都，而后搭车去了最偏远的红白镇。

当时下着暴雨，李鸣生住的地方是黄继光生前所在团驻地。十五人到二十人住一顶帐篷，只有李鸣生和团长是各自住一顶帐篷。李鸣生住的帐篷四周全是水沟，因为几乎天天晚上有暴雨，水沟里注满雨水。

因为帐篷是搭在一个山洼里，四周全是山，那时最惧怕的是山洪暴发，山体垮塌。李鸣生睡到半夜就不敢睡了，起来侦察地形，要清楚自己是在什么地方。因为几乎每天有余震，山如果倒下来怎么办？往哪儿跑？

“没有地方跑，因为四周都是山，真的有些害怕。我去红白镇的第一天就遇到山洪暴发，泥石流，亲眼目睹一百多个灾民从深山被官兵们抢救出来，抬着的，扛着的，背着的，扶着的，满山遍野，全是受难的灾民，情景令人胆寒。”李鸣生说。

每天凌晨两三点才能入睡。白天到处跑着采访，晚上整理采访录音，每天都要把录音和拍摄的照片输到电脑里。住在帐篷里，中午高温达到

42 ℃，温度计都能爆炸。热，被子一摸就是水，却没水可以洗澡。在那个地方，有救援部队的小战士，没有水洗脸刷牙，更没有水洗澡，裆都烂了，他们只好把帐篷掀起来透风，脱去衣服，光着膀子，穿着裤衩。

除了酷热，还有腐臭的气息也令人窒息。李鸣生说："遍布的废墟，死去的人还没处理干净，死去的狗、牛、猪，散发出来的腐臭气息，加上红白镇附近的蓥华镇有一个工厂爆炸，造成毒气污染非常厉害。每到夜深人静的时候，我从帐篷出来，感觉整个山谷都是一片死一样的寂静。狗死了，鸡死了，猪死了，人也死了，到处弥漫着死亡的气息，听不到一点儿声音，心里瘆得慌，怀疑这个世界上只有自己一个人在心跳。"

2010 年 10 月，李鸣生写作的二十五万字长篇摄影报告文学《震中在人心》荣获第五届鲁迅文学奖。

这是李鸣生第三次获得鲁迅文学奖。11 月 3 日，李鸣生接受《南方周末》记者专访时，让记忆再度回到死亡的寂静中。"在深夜里面对遍野的废墟感觉非常恐怖，感觉死亡的气息弥漫在一个山谷里怎么也散不出去。"李鸣生说。

年轻的士兵因为恐惧尿不出来

夏榆：你三次进入汶川地震灾区采访，最后去汶川已经看不到别的采访者了吗？

李鸣生：七月份灾区几乎看不到外来的采访者了。整个红白镇只有我一个人在采访。没想到去了没几天就病倒了，因为心里有一种绝望的痛苦。痛苦什么呢？我亲眼见到过那么多的废墟、灾民、死人和倒塌的教学楼，心理都垮掉了；加上每天采访的都是大量有关灾难、死亡的故事，每天听到的都是悲伤的哭诉声，所以心里塞满绝望的感觉。在那段时间里，我感觉自己像死人一样，每天晚上都做梦，噩梦，梦里全是废墟上流着血的学生，坟坑里躺着的孩子。这些孩子都是贫困家庭的，成绩非常优秀，上学、读书、考大学，是他们走出贫困山区唯一的梦想，唯一的出路。可地震来了，学校没有了，家庭没有了，甚至有的连爸爸妈妈也没有了，从此结束了一切。想到这些，心里就受不了；加上采访太累，就病倒了。我当兵三十五年，从来没有那么遭过罪，有一天实在扛不住了，差一点当了逃兵。但我觉得大地震带给百姓的灾难太深太重，留给我们思考的东西太多太多。三十二年前的唐山大地震，二十四万人埋进了废墟，可事后我们并没有作深刻的反思，真正吸取教训，致使国民地震意识淡漠，防范知识贫乏，让我们再次陷入被动，付出沉重代价。采访中，我发现不少人都是“震盲”，防范常识一无所知，地震来临那一刻，全都傻了！有一个山村，地震发生时，全村的人到处乱跑，结果不少人都被山上滚落的石头砸死了。这时只有一个老太太站出来大声喊道：“大家别跑，这是地震，赶紧趴倒！”这才避免了更多人的死亡。原来这个老太太年轻时经历过唐山大地震。还有一个学生，已经十三岁了，他亲口告诉我说，他是第一次听说“地震”这两个字。所以这次我就想，一定要把汶川大地震最本质、最惨烈的东西表达出来，尤其要把那些掩埋在废墟之下的真相挖掘出来！不仅要写出汶川大地震对人类身体和物资的摧残，更要写出汶川大地震对人类心灵的伤害和精神的重创，同时还要留下我对汶川大地震的思考、反省与质问。只有这样，才能让我们的国民真正知道，灾难带给人类的痛苦究竟有多大，灾难造成人类精神的创伤到底有多重，从而由天灾想到人祸，由今日想到明天。

夏榆：别的作品都是正面表现军人如何在灾区轰轰烈烈地抗震救灾，唯独你写了军人在无人注目的灾区默默无闻地寻找尸体、挖掘尸体、搬运尸体、挖掘坟坑、埋葬死人并为死人站岗的全过程。能具体讲讲吗？

李鸣生：地震发生后，大量的尸体如何处理，是灾区最棘手、也最敏感的一个问题，搞不好，国内国外都会有动静。地方政府后来实在没办法，就想到了亲人解放军。但中国军队几十年不打仗了，年轻的战士只有在电视电影屏幕上见过死人，一下零距离地接触大量尸体，惧怕程度可想而知；何况绝大多数都是“80后”“90后”。但他们的表现非常优秀。比如挖坟坑的时候，为了让死去的人安息，活着的人放心，战士们总是尽可能给遇难的孩子找一个向阳的地方，坑挖好后，再跳进坑里，用手摸摸看平不平，不平的地方，再捣鼓捣鼓，怕有石头硌着孩子。掩埋尸体前还要为孩子们穿衣“洗脸”，埋掉后再到山上采摘一些野花放在坟头，最后还要为遇难的孩子站岗。做这些事，没人要求他们，更没有行政命令，完全出自于他们内心的自觉。

夏榆：为什么还要站岗呢？

李鸣生：为了保证一具完整的尸体。因为当时灾区非常乱，有的狗要去吃尸体；再一个就是有个别人要去挖尸体，扬言要抬着尸体去游行。所以军人必须守护好墓地，为死者站好最后一班岗。站岗时一晚上只有两个人，轮流站岗，睡觉时就在地上铺一层雨布，躺下便睡。采访中好几个战士告诉我，晚上想尿尿，却怎么也尿不出来，特别是头两个晚上。

夏榆：为什么会尿不出来？

李鸣生：怕呀！你想啊，在深山老林里，又是晚上，一个人站在坟地里，多恐怖！再说了，这些站岗的都是小新兵，有的才十六七岁，到部队才一个星期，还不知道军人是什么意思，一声令下，就从梦中拉到了灾区。不当兵的话，还在爸爸妈妈或者爷爷奶奶怀里撒娇呢！所以晚上一个人站在坟地里，哪怕一点响动，一声狗叫，甚至风把树叶刮了一下，也吓得浑身哆嗦；更何况，这些小战士面对的是几百具刚刚掩埋的尸体，能尿得出来吗？

夏榆：你说你自己也有心理创伤，是怎么回事？

李鸣生：我三次去灾区，看到、听到的东西越多，心里的负担就越重，情感受到的撞击就越厉害，觉得人好像都垮了一样，经常处于一种恍惚之中。后来我到成都精神病医院采访时，专门找了精神病医生和心理医师，他们告诉我说，其实我的心理也被创伤了；还说去灾区采访的记者和作家都会有不同程度的心理创伤，这叫次级创伤。后来我又采访了一些心理学专家，他们又给我讲了许多一战、二战、越战中的军人心理创伤的病例。唐山大地震后，有专家曾对两千个幸存者作过测试，发现百分之八十七以上都有心理创伤。我这才知道，地震灾难和战争灾难一样，有幸活下来的人都会留下心理创伤；尤其是那些失去亲人的受难者，他们的心理和精神创伤更难治愈，有的还会伴随终生。我写完书稿后，大概有半年时间，心里才缓过劲来。

夏榆：这本书的写作过程是个什么情况？写作中会很难过吗？

李鸣生：写作的过程很痛苦。因为这个时候要有情感投入，要把真实、真相变成文字，而且每天都必须要做。我采访时，录音和笔记同时进行，记满了五个采访本。写作时，要看采访本，要反复听录音，某句话不对，某个问题有疑问，某个数据不确切，我都会再打电话到灾区核实；特别是重要的细节必须细抠。这样的过程就很累，就很痛苦，因为你要反复被采访者痛哭流涕的声音重新带回充满死亡气息的废墟现场，重新回到当初灾难降临的那个状态。有时候我听一段录音，里面什么都没有，只有哭泣的声音，长达好几分钟。我就等，等对方哭完了再说。我在三个多月的写作期间，几乎每晚都失眠，做噩梦，梦见一片片浸透血迹和泪水的废墟，一片片垮塌的民房和学校，一片片遗落在废墟上的衣服、鞋子、书包、作业本和课本，还有那些在废墟上哭诉不止、长跪不起的遇难学生的母亲。想起这些母亲以及家里所有亲人以后的日子，我就非常难受。因为这些母亲的年纪，一般都在三十多岁，孩子突然走了，你说是再要一个，还是不要？不要，两口子都还年轻，没有一个孩子在身边，今后的日子怎么过？以后老了，谁养？谁疼？再要一个，大地震的阴影太深太深，能生得出来吗？这些东西让我的精神随时处于一种恍惚的状态甚至崩溃的边缘。所以我在写作期间，一边写作，一边找中医，三四个月里吃了八十多服中药。尤其是 2008 年 9 月，我去鄂尔多斯参加一个国际文化节的活动，那天正好是中秋节，草原的中秋之夜非常美丽，所有的人都去喝酒、吃饭、看中秋晚会了。由于我正在写作中，没一点心情，就没去。结果，偌大一个五星级的宾馆就剩我一个人在房间写作，非常寂静。当我写到几百个遇难的孩子被埋进撒满石灰的坟坑后，数百个家长像疯了一样号啕大哭着要冲进墓地时，几个月来郁积在我心里的情绪再也忍无可忍了，一下子就放声大哭起来。哭完之后，心里才好受多了。

“不能把鲜血变美酒，不能把废墟变秀场”

夏榆：现在回头看写《震中在人心》，最大的难度是什么？

李鸣生：最大的难度是，有些真话是说，还是不说。说，说到什么程度。不说，心里憋得难受。所以很纠结。比如，关于教学楼垮塌的问题，当时一些地方部门不让说，上面还有某些规定。但是我在现场亲眼看到的事实，看到的真相，又不允许我有所隐瞒，不允许我说假话。一个作家的良知命令我，必须把废墟下的真相揭示出来，把灾民的诉求表达出来，把灾难的本质传递出去。实事求是嘛，这是共产党的优良传统，好作风，怎么可以随便丢掉呢！只有实事求是地写出来，让全社会都来反省，才能避免悲剧再度上演。因为我们生存的这个地球早已千疮百孔，自然的灾难和人造的灾难太多太多，天天都在发生，而且还在继续发生，甚至还会有更大的发生！比如火山、海啸、空难、水患、瘟疫、疾病，还有注满三聚氰胺的婴儿奶粉以及那些戴着慈善面具的政客们随时可能发动的战争！谁能保证，这些灾难不会在我们一觉醒来时突然降临到我们的头顶呢？

夏榆：什么样的真相是你觉得必须要说的？

李鸣生：遇难者的人数。比如都江堰新建小学，八百多个学生，就死掉三百二十六个。这个学校我专门调查过，学生家长全是农民工，“三无”人员，连一个科员都没有。要知道，科级干部在中国的权力体制中是最低的。这所学校的质量地震前就有问题，没有引起重视。我当时就想，如果这所学校的学生家长都是有权有势的高干，或者穷得只剩下人民币的大款，三百二十六个小学生会死掉吗？更可恨的是，这所学校的校门建得太低太窄，地震发生后，救援的车开不进去，只好用钢钎把校门重新拓宽。折腾了一两个小时后，救援的车才挤进去，以致耽误了抢救孩子的最佳时机。这是一个事实。

第二个事实，这所学校左边是都江堰幼儿园，右边是都江堰宾馆，左右两栋楼房都没倒，唯独地处中间的新建小学全部倒塌。三栋楼房几乎是屁股对着屁股，脸对着脸，同在一块地盘上，同处一片阳光下，为什么结果不一样？有“专家”说这是因为“地震波”。说这话的人，不是弱智，就是良心被狗吃了。还有北川中学，死了一千三百多个学生。奇怪的是，离北川中学二百米左右的一些破破烂烂的小民房没有倒，反而北川中学的教学楼却像豆腐块一样垮塌得一塌糊涂。还有红白中学，教学楼垮了，压死一百多个孩子，而与教学楼肩并肩的新建的宿舍楼却巍然屹立。这又是为什么？类似这样的情况很多，我专门到现场作了考察，并拍了照片作为证据。

第三个事实，我在垮塌的学校的废墟上找到了很多钢筋，并拍了照片。这些钢筋普遍很细，有的比筷子还细，这肯定不符合建筑标准。更恶劣的是，我第三次去灾区时，发现有人把废墟上的钢筋挖出来，装在大卡车上。我问他们为什么要这些废钢筋，他们告诉我说，拉到山外去卖。我问卖出去干什么用，他们回答说，拿去建房子呗！听了这话，我目瞪口呆，不寒而栗！我把这些问题归结为“后地震时代问题”，类似这些“后地震时代问题”，灾区有的是，如果不揭示出来，行吗？

还有一个事实，就是有些学生家长，因为看到教学楼的垮塌，导致孩子死了，情感受不了，要讨回公道，讨个说法，给当地政府部门写公开信表达自己的诉求，或者到废墟学校去祭奠自己的孩子，烧点纸，点炷香，磕个头，痛痛快快地哭一场。这在我看来属于人之常情，完全可以理解。但有的地方却加以阻挠，不允许。开始我采访这些家长还可以，后来就困难了。有的有话不敢讲，吞吞吐吐，拐弯抹角，甚至有的不敢接受采访。有的家长告诉我说，有人不让他们到废墟上去悼念孩子，甚至把他们的手机都收掉了。我觉得这很不近人情，不讲道理。怕什么嘛？有什么可怕的嘛？人家的孩子死了，去废墟上给孩子哭诉一下，不就是倾诉一下情感，发泄一下情绪，跟自己的孩子说几句话吗？有什么不可以的呢？为什么要被限制、被驱赶、被禁止？为什么要剥夺一个公民起码的权利？难道在灾区十三万平方公里苦难的废墟上，孩子死了，父母连哭的权利都没有吗？这是哪家的王法啊！

夏榆：你去了几所学校？

李鸣生：垮塌的主要学校我几乎都去了，大概有二十多所吧。据不完全统计，整个四川灾区中学、小学和幼儿园，一共垮塌了五六千所，遇难的学生大概两万。但到底确切的数字是多少，现在我也说不清。过几天我还要第五次去灾区，我想把这个数字彻底搞清楚，因为这很重要。学校垮得这么惨，学生死了这么多，谁不痛心？不痛心的肯定是他妈的王八蛋！所以这个事实让我无法接受。当然了，天灾非常残酷，不可避免；但是，所有的伤害难道都归于天灾吗？天灾之外还有没有人祸呢？比如，如果一开始我们对山村的基础教育能更重视一点，对山村学校经费的投入能更多一点，对山村教学楼房的建筑质量能抓得好一点，这次垮塌的教学楼和死亡的学生能有这么多吗？肯定不是，绝对会大大减少！

夏榆：你如何掌握写作的尺度呢？

李鸣生：我当然会考虑方方面面的效应。但是一个作家的写作底线不能越过。我不能昧着良心说空话，说大话，说瞎话，甚至说假话，更不能献媚，取悦于他人。一些人舒服了，老百姓就受苦了。所以我给这次写作立下一个规矩：不能把鲜血变成美酒，不能把悲剧变成喜剧，不能把死尸变成活人，不能把废墟变成秀场。我这话也是有感而发的。因为我三次去灾区，后来一周年的时候我又去了一次。在灾区我看到了很多人性之美，也看到了一些人性之假，人性之丑，甚至人性之恶！比如有些人、有些单位，在废墟上是有作秀的动机和作秀的痕迹的，只不过有的作得很隐蔽，很巧妙，很艺术；有的作得很露骨，很笨拙，很愚蠢。这是我绝不能容忍的。所以说写这部书很重要的一个问题，就是我能不能说真话，能不能写出一些真相？说真话，写真相，真到什么程度？是有一说一，全盘托出，还是遮遮掩掩，半真半假？这对我是最难的，也是我最纠结、最矛盾的。本来，讲真话是一个常识问题，幼儿园的问题，也是我们政府年年讲、月月讲、天天讲的问题，但现如今却好像成了一个比天还大的大难题。真是滑天下之大稽！

精神的创伤比身体的创伤更难愈合

夏榆：文学与新闻的不同，就在于它表达的深入和呈现的广阔。我注意到《震中在人心》，选取了很多独特的区域来呈现灾难带给人的创伤，除了那些垮塌的学校，我还看到精神病院。为什么想到写精神病院？

李鸣生：我是在采访一个母亲时生出这个想法的。这个母亲的孩子死去后，她在废墟上点燃一炷香，一个人面对废墟默默流泪，长跪不起。我发现她的精神有些恍惚，好像已经处于失常的状态。这让我感到很痛苦，也提醒了我。我想探究一下大地震把很多正常人震成非正常人后是什么状态。我觉得文学应该去关注这类特殊人群，深入到这类特殊人群的内心，才有典型意义。于是我去了都江堰的精神病院，去了成都精神病医院，面对面地采访了许多精神病人；同时还采访了精神病院的院长、医生、护士、志愿者以及心理学的专家教授。

夏榆：在精神病院采访困难吗？

李鸣生：当然不容易。其实进精神病院之前，我心里是有负担的。第一，我怎么进得去？怎么能让医生同意我采访？我想了很多办法，后来还是进去了。第二，怎么采访？我从来没有采访过精神病人，没有一点经验，怎么跟他们对话？遇到意外情况怎么处理？比如打我、骂我，和我纠缠不清，怎么办？因为精神病人什么情况都有可能出现。所以一开始我不敢接触他们。但我觉得一定要零距离地接触他们，面对面地和他们交流，认真听他们的诉说，才有可能用一个正常人的心去理解非正常人的心。后来我慢慢进入他们当中，发现他们不是我想象的那么恐怖。我在写作的时候，完全用的是他们的原话，包括语气、语调和口头语，我想尽量留下一种本真的东西。因为精神病人和正常人是不一样的，他们时而清醒时而不清醒，状态和感觉与正常人有不同程度的差异，非常特别。只有把这些在大灾难中最微妙最特别的东西抓住了，才可能真正表现大地震本质的东西，也才永远属于文学。

夏榆：这个精神病院在哪里？

李鸣生：精神病院在四川有二十多家，都江堰有，成都也有，成都精神卫生中心最大。精神病人看起来有病，实际上他们也有正常人的情感，或者说和正常人的情感是一样的，因为他们的心也是肉长的。在采访中，我发现其实大地震并没有摧毁一个精神病人正常的情感，他们渴望见到自己亲人的那种感觉非常强烈，如果我没和他们接触，根本就感觉不到这一点。有的一见面就向我哭诉，甚至苦苦哀求我说，请你帮我带个信吧，请你帮我找找我的孩子吧！实际上她的孩子早已死了。大地震后，政府出于人道主义，将这些患者送到医院，住院是免费的。但他们进了医院之后，就和自己的亲人全隔断了。而他们又非常渴望见到自己的亲人，比如说母亲想念女儿，丈夫想念老婆，父亲想念儿子，还有就是担心家里受灾怎么样了，房子怎么样了，非常渴望和亲人交流。但因为精神病院与外界是隔绝的，加上当时地震非常混乱，医院联系不上他们的亲人。而另一方面，他们的亲人知道病人被政府收进医院后，由于家里太穷，担心万一和医院接触后，医院要让他们付医疗费，就故意躲避起来，不去见病人。因为精神病人的医疗费是相当昂贵的，灾民们已经家破人亡，根本不可能付得起。于是明明可以去见自己的亲人，却不敢去见自己的亲人；明明很想去见自己的亲人，却强忍着不去见自己的亲人。什么叫残酷？什么叫冷血？我认为这就是大地震导致的残酷，这就是大地震酿造的冷血！所以说，汶川大地震摧毁的不仅是房屋、肉体、生命，还有人间最珍贵的——亲情！

夏榆：你能讲一讲他们的故事吗？

李鸣生：有一天我到精神病院病区采访时，有一个高个子的精神病人非常有礼貌地对我说，我想借用一下你的手机，给家里的人打一个电话可以吗？他这句话把我吓了一跳，但我还是把手机给了他，说没问题，你打吧。他正拿起电话要打的时候，旁边一个小个子精神病人很着急的样子，说能不能让我先打一个啊？我的老妈不知道怎么样了。高个子就把手机递给了这个小个子，说，那你先打吧。这小个子拨打电话的时候，我注意到，其他十几个精神病人全部围了上去，全神贯注在听。但电话拨通后，却没有人接，小个子非常失望，最后把手机还给了高个子，很歉意的样子。高个子拿着手机，却不当众打，而是躲到一个墙角边上去打。可他打了好几次，还是没有拨通。他转身还我手机的时候，我发现他的眼里含着泪水。

这几位精神病人打电话的细节，让我非常感动。因为我从他们身上感到了人间最伟大的一种情怀，最稀缺的一种温暖。即使因为这场地震让他们成了精神病人，而且身陷绝境，可他们仍能相互谦让，相互关心，首先想着的依然是他人。而在我们这个社会里，又有多少正常人会去想到这些非正常的精神病人呢？

夏榆：在地震之后，这些精神病院处于什么样的状况？

李鸣生：地震之后，四川的精神病医院我觉得做得相当不错，还有其他医院比如成都儿童医院。这些医护人员在地震来临那一刻，不顾自己和家人的安危，一心照顾病人，体现了很好的职业素质和职业操守，让我非常感动。他们首先把精神病人转移到最安全的地方，然后集中在一个房间里，再想各种办法，稳定病人的情绪，照顾病人的生活。

夏榆：这些精神病院没有死亡的案例吗？

李鸣生：我没听说过有。但病人的轻重程度是不一样的，有些病人比较老实一点，很听话；有些病人很害怕，很恐慌，甚至狂躁，乱喊乱叫，不听招呼。医院等他们情绪慢慢控制下来后，才开始转移。都江堰的精神病人基本上都转移到成都来了，大概有八十多个。

夏榆：大地震期间，有很多媒体——报纸、电视、广播和网络都在参与报道，跟这些媒体相比，你写作的独特性在哪里？哪些是别人没有表达过的内容？

李鸣生：我在写作时拒绝看任何报道和材料，我只依靠我的采访笔记、采访录音以及我拍下的照片；依靠我在现场、在废墟看到和听到的那些最能触动我的东西，用我自己的现场视角把它讲述出来；同时我还有意采用当事人的视角，通过他们的讲述还原地震的本真原貌。比如我采访北川、汶川的人，就让他讲地震最初来临那一刻，他眼睛看到的是什么景物，耳朵听到的是什么声音，脚下感到的是什么样的震动；还有天空是什么颜色，房屋怎么垮塌，河流如何奔流，大山怎样移动；以及灾民们逃命的狼狈情景，遇难者临死前的绝望挣扎；等等。我希望把大地震最初天崩地裂那一瞬间描述、记录下来。无论是山上的和尚、空中的飞行员，还是地上的灾民；不管是七个月的婴儿，三岁的孩童，还是九十岁的老人，我都注重大地震来临那一刻带给他们感官的感受、心灵的震颤和精神的冲击。比如：地震来临那一刻，有人看到的是一座山在横着移动，而不是我们想象的大山一下就垮塌下去了。所以我选择了空中、地上、废墟、坟地、村庄、学校、医院等各类特殊环境和人群，希望从不同的角度，真实地、立体地呈现这场罕见的大灾难。

夏榆：你去灾区采访的东西都写进《震中在人心》了吗？

李鸣生：至少还有四分之一的内容没有写进去，已经采访、构想好了，却没时间写了，原因是出版社要赶在地震一周年前出书。比如，有一章是写大地震对山村文明的摧毁，以及灾民们对山村文明的依恋与梦想的；还有一章是写从废墟下死而复生的人的故事的。我想通过人在生死悬崖边上的挣扎的感觉、反应、情绪、心理和精神等，来探讨人的生命极限，以及人性在特殊环境下的复杂与深奥。有一位年轻妇女，是在废墟下活得最长的一个，我辗转好几百公里才找到她，可惜没有写进本书。总之遗憾不少。这就是历史。

2010 年 11 月 6 日

汶川大地震的个性文学痕迹

——读《震中在人心》

李炳银

读过李鸣生的《震中在人心》之后，我明显地感到它与不少同类题材作品的不同。首先，这部作品，将报告的对象比较集中地锁定在地震的灾难性和对于受害者的影响方面，使得作品始终在一种悲凉和痛苦的记忆与遗留的患难中展开，是一种真正接近地震本身的报告。李鸣生的报告，明显地区别于很多只是将灾难作为背景，而只关注于抢险救灾行为的作品，更区别于一些明显是借救灾在表功的功利性宣传文字。所以，《震中在人心》更加容易使人在一些直观的死亡、血泪、痛苦情景背后感受到地震灾难的深刻危害性。作品中讲述了一个在经历了地震之后走路不会拐弯的人；一个在地震中严重受伤，平时只能够躺在床上行动不了的人，如何在感到余震时，奇迹般地迅速逃到室外的情形；还有那些受到刺激而患了精神病的患者，以及大量因为地震的恐怖而不同程度地患上多种心理疾病的人。这些带有个性和能够说明地震可怕和持续危害性的细节，是注重现场和直观消息的新闻镜头时常所忽略的，所以，获取这样的细节，恰恰是报告文学发挥自己的优势所在。有不少的报告文学作品，看来之所以不会使人感到新鲜和激动，原因就在于作者不自觉间将自己的笔等同于记者的镜头，简单地伴着新闻的旋律舞蹈，结果使自己的优势和个性减弱甚至消失了。

报告文学是一种文学创作活动。它不应该类同于新闻传播那样要紧追着对象的脚步走，将自己简单地变成一种机械的记录。所以，在报告文学创作中，作家的主体性、操控性必须得到确立，让作品的展开、进展和表现把握在自己的手里。遗憾的是，这些年来不少的报告文学作家，在自己的创作过程中放弃或失去了这些主体精神和自我掌控能力，将自己简单地变成了事件对象或人物的跟班差役，变成一个机械的记录者。因此，就有许多的作品变成了工程建设的流水账，变成了人物生平经历的资料罗列，变成了跟在新闻宣传身后的矫情伴唱。没有主体选择和个性发现的报告，自然会成为平庸的记录，和真正看重发现和理性内涵的报告文学的距离自然很大。

李鸣生报告文学中的内容，是作者三次深入地震灾区，进行仔细深入的调查采访所获取的东西。在很多地方，区别于人们已经在大量的新闻消息中看到的内容，具有初创新颖的特点。例如，他写地震竟然神奇地将一个女性残害得“脑袋没有了，肩膀没有了，半个身子也没有了，就剩下了一只乳房”。别人都在全力地描述救援者如何艰难地在废墟中抢救遇难者，他却去报告和表现那些刚刚入伍不久的年轻战士，在搬运处理掩埋大量遇难者尸体过程中由无奈、恐惧，到人性、到深情、到坚强认真的复杂过程；写自己看到两万多年幼的学生在地震中罹难，家长、亲属表现出极大的悲伤、抱怨的心理情绪；写一个老奶奶面对自己孙子的尸体，欲哭无泪，在战士要求代为处理尸体时，她竟然叫战士们快去救那些还活着的孩子，然后解下身上的围裙，将孙子的尸体包裹好，放进背篓，慢慢地走向山上的动人情形；写一位年轻女教师的父母，面对遇难的女儿，悲伤难耐，最后不得不亲自动手埋葬女儿的凄惨情节。可以说，李鸣生是在自己充分的主体发现感受和理解中面对和描述地震灾难的，作品中既包含了作为一个四川籍作家，对家乡发生地震灾难的悲痛忧伤的感情，也突出地表现了一个作家以自己的眼光发现、感受、理解和描述地震灾难的个性。所以在他的作品中，地震是同人们的生死命运，同人们的独特感受，同文学细腻、真实、深刻的表现浑然一体的。

难得的是，作者在这样的作品中还自觉地运用了理性的武器，从而使人们在面对地震灾难的时候，有了反省的空间。对于地震这样突发的灾难我们自然无奈，但在全成都的人都已经直接地感受到地震已经发生的时候，我们有的的电台节目主持人却怯于新闻纪律的约束，不能够将事情的真相明白地告诉听众；在大批救援部队到达灾区的时候，混乱的局面也检验了我们指挥协调的不力；许多学校周边的房屋损伤轻微，而恰恰只有学校的房屋倒塌，对学生造成重创这样的独特现象也使人疑惑。这些通过人的努力就可以解决的问题，事前没有得到很好的决策安排，显然是一种失误失职的行为。在真实的基础上认真地理性考问和思考，是报告文学的灵魂，是人们在新闻报道之外还需要和喜欢报告文学的重要因素。可惜，我们的报告文学作品，如今在这个方面表现得很不充分。报告文学，不管是记事写人，还是述史，再现客观真实的对象，只是最基础的层面，能够显示作品价值和意义的，是作家独立、特别、准确、深刻和文学的理性表达。希望我们的报告文学作家很好地珍惜这样的权利。

从文学的角度看，李鸣生的这部作品，不是只在直观信息的层面运行，它是深入到受灾群众的特殊遭际、命运和心灵、悲痛中的记述。所以，作品中有不少可供人们言说传播的人物故事。而正是在这样的人物故事中，地震灾难对人的打击祸害才变得真实具体，文学的特性和力量才很好地得到张扬。作品也才不会随着地震灾难的过去而消失。大量真实图片的配合，无疑在视觉上增强了作品的冲击力，这也是这部作品的特别之处。李鸣生的作品不是最早发表和出版地震主题的作品，但我相信它会是比较个性文学地报告这次地震的少数成功作品之一，会长久地被人们所记忆。

李鸣生是我们报告文学作家中的骨干作家。他开辟的航天高科技领域报告文学天地，如今已经是色彩斑斓，收获累累。过去，他的作品多以述事、解密信息见长并引人关注，作品中包含了他不少对科学领域的世界人类眼光和历史的反思内容。他总是将题材在历史文化的背景中作文学艺术的生动表达，使枯燥的科学技术过程中漫溢出人文历史和思想艺术的华彩。如果说他那些作品还明显地受到历史的约束和事件的牵制的话，这部作品就明显是他自己更多地独立选择和书写了。因此，这部作品既是李鸣生的新作，也是他报告文学创作的新起点。

2009年4月1日

凝固的坚硬和柔软

——评《震中在人心》

张志强

两年前那场天灾使“天府”变成了“地狱”。至今在我们的记忆里还留有清晰惊悚的刻痕。李鸣生用写惯了航天的笔，书写了这场比航天发射更具震撼力的灾难。

航天是向上的，而灾难却是向下的。航天把人类送上天堂，而地震却要把人类送入地狱。对人类来说，上天与入地都是重大的事件。在《震中在人心》里，我们看到了一位记录了中国所有重大向上发射的作家，同样以极为敏感、有力的笔书写了一次人类向下的坠落。他所记录的不仅是肉身向下的瞬间与永恒，同时还发现了一次精神的羽化与飞升。

李鸣生用“摄影报告文学”命名的这部作品，是一部具有探索性的报告文学。它以真实得近乎冰冷与坚硬的图片和文字向我们叙述了“5·12”汶川大地震这场震惊世界的大灾难。当作家站在已经让他陌生得无言以对的故乡的时候，文字几乎失去了表达的功能。他不由自主地举起胸前的相机，按动快门。于是，我们看到了一个个冷酷、苍凉、极富质感的锐利的灾难场景。那是一幅幅用尸体、瓦砾和凄然的涕泣渲染的画面。然后，在由画面组成的冰冷世界里，作家用文字对那些生存的和死去的人们进行了细致的记录。图片与文字共同组合成了一块色彩单调的黑白幕布，却述叙了一个丰富而具震撼力的生与死的空间。图片与文字为我们凝固了那个曾经鲜活、生动，如今却已被颠覆与更改的世界。永恒与瞬间，既是现实又归于历史。那些失去体温的戒指、衣物、球鞋、书包、课桌和作业本，那只在废墟上守望着红领巾的小黄狗，那只因主人遇难而不再沾惹荤腥的小花猫，还有那只在无声的残垣断壁前踟躇徘徊、不再啼鸣的公鸡，这些坚硬如铁的冰冷的定格在告诉我们，两年前那场震撼宇宙的大摇晃的真相。

重要的是，作品并没有停留在对灾难事件表象世界的记录，而是由事件的现场走进了精神的现场。探索灾难的精神损伤与内心的疼痛，进行深度的灵魂追问与关怀。这是一次非常容易落入“救灾英雄谱”式的叙事模式的写作。但是，作品虽然也记录下了救灾英雄的身影，却更多地走入这些救灾英雄的内心与被救灾民的灵魂。考问着一个个真切而现实的问题。作者由“山崩地裂的那一刻”走进面对亲人的这场“战争”。他抓住了人——灾难中的人来结构这部作品，于是我们看到的是一个个活着和死去的灵魂在强震面前的存在与消失。作品从连看一眼尸体都畏惧的小战士们的行为开始，写到他们的心理适应与成熟，写到面对被他们一次次救下的生命与一具具被他们掩埋过的亡灵的精神历程。他们在呜咽的哭声里亲手把那些曾经鲜活的生命送入天堂圣殿。他们在这场灾难面前经历着灵魂的洗礼与净化，渐渐地长大与成熟。他们是真实的英雄，是现实中的军人。他们也曾立下豪言壮语，但当面对残酷的灾难现实时，他们也有恐惧，也有懦弱，也有胆怯。因为他们也都是普通的人，有的还只是十六七岁的孩子。他们的英雄行动甚至是在现实逼迫下的不自觉行为。可在这场救与被救的“战争”中，在拯救他人的生命的过程中，他们却收获了灵魂的救赎。虽然，在今天的虚构作品中，我们不难看到那些具有人性化的人物形象。但是，当活生生的英雄就在作家身边的时候，作家依然能够深入到这些人的内心与那些脆弱的角落里去，这得需要多么大的勇气与敏锐的观察。

《震中在人心》是一部叙事结构独特而多彩的报告文学。在叙事上，作者以“四幕”二十五个“镜头”的规模，完成了对这场人间大悲剧的叙事。第一幕“山崩地裂那一刻”，把目光直接切入到灾难中的人的生存与死亡。第二幕“面对亲人的‘战争’”，关注的是埋葬那些亡灵的人们，这是一场精神的战争。第三幕“祖国的‘花朵’”，把镜头摇到了死亡最多的学生娃身上。李鸣生在追问着这样的问题：这些花朵为什么凋零得如此众多，他们的死亡是必然的吗？第四幕“死去的与活着的”，李鸣生把那支敏感的笔直接探入到人的精神，他提出了一个惊天动地的问题：在灾难中，是那些幸存下来的生命更幸运，还是那些已经升入天堂的人更幸运呢？这几乎是一道无法破解的谜题，作者只告诉我们，灵魂的痛感才是致命的。

《震中在人心》中的每一幕书写都是惊心的，每一幕都是高潮。这里几乎没有铺垫、过渡与渲染。我们在作品中看到的几乎都是血淋淋的、震撼着我们心灵的现场。现实中的死亡、现场中的救赎。物理世界的消亡与精神世界的伤痛、重建与复生。

作品没有繁冗的文字预热，以散点透视的方式，用冷峻的画面、事件，用作家急急奔走的脚步声和他激烈的心跳，构建起一种宏大叙事感。在叙事中，作品不断地追问着，这场灾难为什么会如此惨重？为什么死亡人数最多的是那些学生？灾难留给我们的思考在哪里？这是一次报告文学叙事的探险，作者在文字的空白地带用图片进行追加式的叙事，图与文字相得益彰。将叙事文学书写的艺术性与图片表达的客观性发挥到了极致。事实证明这次文学的探险是成功而有效的。

作品的书写语言也有着极大的冒险性。作者没有采取被作家们一再推崇的“客观”“冷静”“第三视角”等有距离感的叙事风格，而是采用了一种完全融入式的叙事态度。正如李鸣生所言——当他进入受着灾难煎熬的现场，作为一个有血肉的作家，怎么可能冷静下来？那是面对一个个正在流血的生命，面对家乡父老兄弟姐妹被压在废墟下的躯体啊！于是我们在作品中感受到了作家那些血浓于水的关怀，感受到了作家面对满目疮痍的故乡时流着泪的质问与疑窦，还有那些怒火冲天的良知表白。

李鸣生就是这样，用滴血的文字与图片，用那么具有疼痛感的事件、人物，不断地追击着那些坚硬的灾难、死亡、记忆和时间。作品带给我们的精神考问，其实比事件更深刻。他说：“那一刻，我幡然醒悟：汶川大地震，震中其实不在汶川，而是在人心——在灾民的心里，在中国人的心里，在全人类的心里！地震摧毁了房屋，摧毁了家园，摧毁了生命，摧毁了财产，摧毁了村庄，摧毁了校园，摧残了健全的肢体，破坏了端庄的五官。但创伤最重的，是人的心灵，人的精神，人的情感!”李鸣生的确说出了这场灾难的实质。

《震中在人心》又是一部柔软而温暖的书。李鸣生用滚烫的语言擦亮了我们那被不断复制的波澜不惊的日常磨钝了的感知能力，唤醒了我们那些血性的触须。在曾经有热度、现在变得僵硬的身躯面前，我们是怎样祭奠着那些曾经被我们诅咒的日子的？谁又能够预知这些被我们不断厌弃着的生活，在日后会成为我们想念的好时光？作品告知我们这些卑微的灵魂，珍惜我们的日子，这些琐碎但踏实的日复一日才是最宝贵的。作品用凝结的血斑、炽烈的亲情、忘我的拯救、辛辣的川音表达了一种柔软的声音。

李鸣生也用自己的声音表达着一种深切的关怀。作品让我们看到了一个异常智慧的叙事者。他胸前挂着相机，不断按动的右手食指带着僵硬的抖动。他是事件的旁观者，同时也是这个事件的当事人。这不仅仅因为灾区是他的家乡，而且，也因为他身处的现场是随时都可能再次发生重大灾难的场所。

《震中在人心》还是一部带给我们震撼的作品。这震撼不仅来自那些惊天动地的人物、事件，还来自那些由急切的语句构建起来的宏大语境营造。这是一部用细节、用人物、用事件勾联起来的“个人叙事”之作。但，他所建构起来的叙事效果却是宏大的。作品给予阅读者的震动恰恰是那些极为个人化的感受，在这密密麻麻的、纷繁而有序的事件中，我们感受到的却是那种丝丝入扣的刺痛，那种灵魂天空受到冲撞的震动感。

作品从捕捉这灾难现场事件开始，然后写到了对于死亡者的处理，那种来自物理空间与心理空间的困难。接着，他又写到了孩子们那些纯洁的、惊骇的、无助的眼神，那一双双生动的手，那些孤单的背影。还有，那用小手折起的一千架纸飞机，那稚嫩的声音呼唤着的“我想有个家”，那个在废墟上的儿童节。

李鸣生用一种强悍的话语力量控制了事件叙述。人在死亡面前可能会变得脆弱与善良，也可能变得凶悍与多思。作家写惯了那些善的东西，还能表达在大灾面前的那些不满与愤懑吗？李鸣生写道："许多亲属——主要是学生的家长——坚决不同意马上掩埋尸体！为什么？要借尸还魂，借尸理论，借尸讨个说法，借尸严惩腐败分子，借尸追查豆腐渣工程！"他以作家的良知在追问着一些本可避免的悲剧。这是灾难留给我们最该想一想的东西。

作者一反常态地以事件当事人的身份，参与了对灾难的种种思考，用身临其境式的镜头，叙述着他独特而敏捷的发现。我们甚至能在作品的语言空间里清晰地听到李鸣生奔走时的喘息、流着泪的劝慰、惊心动魄的怒问、按下快门的颤抖以及心脏"怦怦"的跳动！他放弃了冷静与客观的"第三者"的叙事视角，直接跳进了叙事的火坑。用一块块扎实的血色语言块垒与重彩情感魔方把阅读者强行带入到了灾难的现场。从叙事学的角度，这可算是一次大胆的冒险，但是，从叙事效果看，这却是一次成功的突围。作品在急切的语速下却显露出了作者老到的叙事构想，这正是他所要达到的目的。

李鸣生曾经很为"概念写作"恼火，他甚至毫不讳言地解剖自己："我在上世纪七八十年代写的东西全是概念化的产物，九十年代或多或少也有，时至今日依然无法完全剔除"，因此，他要在这本书的写作上，做一次重大的突破。他说"我想让报告文学的叙事有点变化"，"我想在文本上做点尝试"，他把作品的焦点定在了心，而不仅仅是人。于是，我们看到的这部作品是用画面与文字共同编织的有着奇妙色彩的叙事文本。

事实证明，李鸣生成功了。

2010 年 11 月 8 日

心灵行吟心灵

——评《震中在人心》

王凤英

常常慨叹于报告文学暗转于新闻的记录或者流于政治化从而不动声色淡化文学的姿色，那些分明并不弱于雷击式的灵魂关注渐次成为点缀，使许多构成篇章和生动表达的语言叙述被新闻传递的范式取代。具有新闻特点的报告文学模糊了自身的成色质地，为数不少的简单直观和功利表现社会生活对象会铺天盖地于写者的笔端，似乎已见惯不怪。然而，这种似乎近于普及式的写作追求由于人的主观经验受制于颂扬法则的客观性，报告文学成了集体组织与机械的奴仆，使生命降至苍白的物质化与机械化的热情中，因而导致文学书写精神的情绪不断煎熬。姑不论直观快速的传媒速递具有多少深刻性、形象性，个体的体验思考便在匆忙的环顾和浮光掠影式描述之后仅存陌山陌水般的共同声明，而文学功能因未能充分发挥而遗失殆尽。

李鸣生这部《震中在人心》不啻以一种还愿式写作直抵内在感知的个性彼岸，将报告文学的表现理解极为用心地镌刻出不凡的深度和品质。诚然，没有人喜欢苦难，但苦难依然不期而至。人类总是无法规避任何苦难，这是人类的悲哀。人类的悲哀远不止于此，即便历经了无数劫难，劫难仍无休止。苦难的力量通常可以慑服人的精神。李鸣生在作品中两眼泣血地文学呈现出地震灾难的真实场景，图文互解，以细腻和颇具震撼力的镜头感异乎寻常地径直插入让生命不可抗拒的抽搐的疼痛本能感受，地震本真的现场感觉以一种惨烈的方式和苦难的颜色深入人心。例如，第一幕“山崩地裂那一刻”，说地震后一条公路全拱起来了，像一块块跷跷板，路面扯开又合拢，合拢了又扯开，逼真再现地震时的恐怖场景。第二幕“面对亲人的‘战争’”中写军务股长曹建中带着没经验的新兵挪动尸体时尸水喷到他的脸上，遇难者的亲属们吓得退避三舍，当他把尸体包裹好抬出废墟，遇难者祖孙三代几十个人全部跪在他和战士们面前。这样的描述给人以极强的情感影响和震撼，恰到好处地讲述了军人们在救灾现场的救灾情形，客观的视角不乏热情歌颂。第三幕“祖国的‘花朵’”写到废墟上的钢筋刺破了孩子的眼睛，孩子的眼球被挤出来后只剩下一个空空洞洞的眼眶，血凝固在钢筋上；钢筋插在孩子的胸口上，孩子双手紧攥钢筋的情景。疼痛中灵魂的呻吟声随地震波的烈度极速传递出来，人们极大的悲哀具有了驱策力量。第四幕“死去的与活着的”写大山里背背篓的大妈们，七十一岁的张成秀凄然一笑和八十一岁老奶奶的欲哭无泪，令人心碎。她们于破碎中试着修复绝望生活的坚强，时时拖曳着感染人的力道，有如符咒般抓紧人的情绪使之成为工具。李鸣生在他的长篇报告文学里，他已非只是四川籍的军人，而是深怀悲天悯人，把在别人不自觉的心灵中的隐象赋予形体和生命，最后构起人所共感的情感交融性，一种心灵深处的呻吟痛楚。这样的传达显然是成功的，尤其在图片决绝地加之于文字描述之侧，艺术的冲击波更为汹涌，超理性地葆有不多见的内容真实。

没有身临其境的描写很难在生命场景上进入挥洒状态，何况于地震灾难的呈现越加困难。李鸣生三入汶川深入采访用心体会，尽量客观反映震时、震后人们在精神、情感和生理等历经支离破碎的坚硬符号，他们并不真的顽强得不可思议。人物诉说中语速和此时此刻的精神状态十分吻合，细节描写加强了真实性。如陈传英讲述地震时救人，顾不上救妈妈，妈妈死前想告诉她的一句话因她没时间听到而永远带走，想哭一场都没有时间。这样的叙事急促而不凌乱，把一个医务工作者在地震中抢救伤员的忙碌和对母亲的深深遗憾作了面貌清楚的梳理。如十六岁的金辛亲手埋葬八岁孩子的情景，他在为孩子“洗脸”，他心里是害怕的，看到孩子脸上突然有泪水更害怕了，后来发现是他自己的眼泪滴在了孩子的脸上。埋葬孩子后又采来一把野花放在孩子身边。这些细节描写都是在情感的不着痕迹中完成置换，具有很强的清晰度和认同感。又如向东排长帮老大娘挖掘压死的老伴时，把从死者的一条防盗内裤里挖到的一千元人民币交给老大娘，老大娘骂着死老头还藏私房钱，刚一骂完又抱着老伴的尸体号啕大哭。叙述在意料之外又在情理之中，语言有不错的透视性。李鸣生的作品中常有可以言说的人和事，这些人和事的叙述是他沥血锥心的深情行吟，细致且精准表现出属于地震时灾难的个性场景和个性事件，感染力是一望而知的。基于这些特点，文学表达便有了一定的厚重，震中的裂度从人心向四周辐射开去，在同类题材中赫然而有的深层反思无疑隆出一片魅心魅意的叙事高地。

地震毕竟是在隆隆声中开始，又是在一片废墟中结束的，而灵魂的惊悸在破碎中站立显得很不容易。李鸣生的作品中用“我”的个性化视角串联起各个相关内容和章节，有我的地方弥漫着更为深切的痛楚。在他梓里发生的天崩地裂，急遽的心理变化和情感承受催生了作品另一种更真实的精神呈现秩序，在技巧上肯定裹挟起更多的还愿式虔诚，语言上依然斡旋于逻辑与理性的约束，并能服膺于心灵的自动表现。那些无法忽略的伤痛在“我”的滔滔不绝的无语流淌下平静铺陈，去发现那些前所未知而一直游走的细部，拖曳出更为深沉的表现，正如海明威所说，冰山八分之七的体质是隐藏于水底的。

《震中在人心》，李鸣生用心灵行吟心灵，很好地运用文学诠释了图片的震撼力度，展示了报告文学和谐的传递范式。但作品最成功之处，在于作者用灵魂镌刻的心灵之裂度宛如冲击波，排山倒海。

2010 年 11 月 16 日